Kendare Blake est l'autrice de la série *Three Dark Crowns*, qui s'est classée n° 1 des best-sellers du *New York Times*. Elle est également l'autrice de *Anna Dressed in Blood*, finaliste des Cybils Awards, *Girl of Nightmares*, *Antigoddess*, *Mortal Gods* et *Ungodly*. Ses livres, traduits dans plus de vingt langues, ont figuré sur de nombreuses listes des best of de l'année et ont reçu de nombreux prix.

Kendare vit et écrit à Gig Harbor, dans l'État de Washington.

Kendare Blake

THREE DARK CROWNS

TOME 1

Traduit de l'anglais (américain) par Hermine Hémon

ÉDITIONS LEHA
young adult

Titre original :
Three Dark Crowns

Version française
Three Dark Crowns
par Kendare Blake

Traduction : Hermine Hémon
Illustration de couverture : John Dismukes
Carte : Virginia Allyn

Loi n°49-956 du 16 juillet 1949
sur les publications destinées à la jeunesse.

ISBN : 978-2-493405-64-7 – 1ère publication Majik

Majik
18, avenue de la Madrague de Montredon, 13008 Marseille

Trois sombres reines
Nées dans un val,
Trois douces triplées
À jamais rivales.

Trois sœurs
Belles et sombres,
L'une aura la couronne,
Deux rejoindront les ombres.

N
O
E
S
Vallée d'Innisfuil
Mont Horn
Sunpool
Cottage noir
Port Bernadine
Kenora
MONTS MARINS
WOLF-SPRING
Highgate
Ville des naturalistes
Anse de la
Tête-de-phoque
Three Dark Crowns

Baie de Long-Matin
Port Sablon
Chaussée noire de Shannon
ROLANTH
Ville des élémentaires
Lac Céleste
PRYNN
Ville des empoisonneurs
Trignor
COLLINES RAPACES
Cap Horn
INDRID-DOWN
La Capitale
Le Volroy
Port de Bardon
BASTIAN
Ville des guerriers
Carte de Fennbirn

Seizième anniversaire de la reine

21 décembre

Quatre mois avant Beltane

MANOIR GREAVESDRAKE

Une jeune reine se tient pieds nus sur un billot, les bras tendus. Seuls ses sous-vêtements et ses longs cheveux noirs lâchés dans son dos la protègent des courants d'air. Toute la force de sa fine carrure est employée à garder son menton haut et ses épaules droites.

Deux femmes élancées marchent autour d'elle. Leurs doigts tambourinent sur leurs bras croisés et leurs pas résonnent sur le plancher de bois.

— Elle est tellement maigre qu'on peut voir ses côtes, dit Geneviève en tapotant doucement ces dernières comme si cela pouvait faire disparaître les os sous la peau. Tellement menue. Une petite reine n'inspire pas une grande confiance. Le Conseil n'a de cesse de parler de sa taille.

Elle toise la reine avec dédain, son regard s'attardant sur la moindre imperfection : ses joues creuses, sa peau blafarde. Les croûtes toujours visibles sur sa main droite après qu'on y a appliqué du sumac vénéneux. Mais il n'y a aucune cicatrice, c'est un point auquel on prête une attention particulière.

— Baisse les bras, lui enjoint Geneviève, qui tourne les talons.

La reine Katharine lance un regard à Natalia, la plus grande et la plus âgée des deux sœurs Arron, avant de bouger. Natalia opine, et le sang se précipite au bout des doigts de Katharine.

— Elle devra porter des gants, ce soir, ajoute Geneviève d'un ton ouvertement critique.

Mais c'est bien Natalia qui décide de la formation de la reine, et si Natalia veut étaler du sumac sur les mains de Katharine une semaine avant son anniversaire, rien ne l'en empêchera.

Geneviève soulève une mèche de Katharine, puis tire fort dessus.

Katharine cligne des yeux. Les mains de Geneviève ne lui ont laissé aucun répit depuis qu'elle est montée sur ce billot. Elle a même parfois été poussée si fort qu'il lui a semblé que Geneviève cherchait à la faire tomber afin de la réprimander de s'être fait un hématome.

Geneviève tire une nouvelle fois sur ses cheveux.

— Au moins, ils ne tombent pas. Mais comment est-ce que des cheveux bruns peuvent être si ternes ? Et elle est encore tellement, tellement petite.

— Elle est la plus petite et la plus jeune des triplées, énonce Natalia d'une voix profonde et calme. Il est des choses, ma sœur, que l'on ne peut changer.

Quand Natalia s'avance, Katharine éprouve beaucoup de peine à ne pas la suivre du regard. Natalia Arron est la personne la plus proche d'une mère qu'elle connaîtra jamais. C'est dans sa jupe en soie que Katharine a enfoui son visage à six ans, en pleurs d'avoir été séparée de ses sœurs, pendant toute la durée du voyage depuis le Cottage noir vers sa nouvelle demeure, le manoir Greavesdrake. Rien dans l'attitude de Katharine n'était digne d'une reine ce jour-là, mais Natalia ne lui avait fait aucune remarque. Elle avait laissé la jeune reine sangloter et abîmer ses vêtements, elle avait caressé sa chevelure. C'est le premier souvenir de Katharine. Le seul et unique moment où Natalia lui a permis de se comporter comme une enfant.

Dans la lumière rasante et indirecte du petit salon, le chignon blond glacé que porte Natalia paraît presque blanc. Mais elle n'a rien d'une femme âgée. L'âge n'aura jamais aucune emprise sur elle. Elle a bien trop de travail et bien trop de responsabilités pour le permettre. Elle est à la tête de la famille des empoisonneurs Arron, et la membre la plus influente du Conseil noir. Et puis elle éduque leur nouvelle reine.

Geneviève saisit la main marquée de Katharine. Un de ses pouces suit le tracé de ses croûtes jusqu'à en trouver une plus étendue que les autres, qu'elle gratte jusqu'à ce qu'elle saigne.

— Geneviève, l'avertit Natalia. Cela suffit.

— Les gants feront l'affaire, j'imagine, conclut Geneviève d'un air contrarié. Des gants remontant jusqu'aux coudes dessineront ses bras.

Elle lâche la main de Katharine, qui vient rebondir contre sa hanche. Cela fait plus d'une heure qu'elle se tient sur le billot, et la journée est loin d'être terminée, jusqu'à la soirée de sa fête et du Gave noir. Le festin des empoisonneurs. Rien que d'y penser, son estomac se noue et elle grimace doucement.

Natalia fronce les sourcils.

— Est-ce que tu t'es reposée ?

— Oui, Natalia, répond Katharine.

— Tu n'as rien ingéré d'autre que de l'eau et de la bouillie diluée ?

— Rien d'autre.

Cela fait des jours qu'elle n'a rien mangé d'autre, et cela se révélera peut-être insuffisant. Le poison qu'elle devra ingurgiter, sa quantité seule, pourrait bien mettre à mal tout l'entraînement de Natalia. Évidemment, cette épreuve serait une formalité si Katharine avait des talents puissants d'empoisonneuse.

Là, debout sur le billot, les murs assombris du petit salon semblent pesants, s'affaissant sous le poids de tous les Arron présents. Ils sont venus des quatre coins de l'île pour l'événement, le seizième anniversaire de la reine. Greavesdrake donne d'habitude l'impression d'être une gigantesque grotte silencieuse, vide à l'exception de Natalia et de ses servants ; son frère et sa sœur, Geneviève et Antonin ; et les cousins de Natalia, Lucian et Allegra, quand ils ne sont pas chez eux, en ville. Aujourd'hui, le manoir est plein à craquer et paré de ses plus beaux atours. Il est rempli de poisons et d'empoisonneurs. Si une demeure pouvait se parer d'un sourire, celui de Greavesdrake serait large.

— Elle doit être prête, reprend Geneviève. L'île entière aura vent de ce qu'il se passera ici ce soir.

Natalia penche la tête vers sa sœur. Ce seul geste indique à Geneviève que, si Natalia compatit avec les inquiétudes de sa sœur, elle est également lasse de les entendre.

Natalia se détourne pour regarder par la fenêtre en direction de la capitale, Indrid-Down, au bas des collines. Les flèches jumelles noires du Volroy, la résidence de la reine durant son règne et le siège permanent du Conseil noir, culminent au-dessus des fumées de cheminées.

— Geneviève. Tu es bien trop nerveuse.

— Trop nerveuse ? Nous entrons dans l'année de l'Ascension avec une reine faible. Si nous venions à perdre… Je refuse de retourner à Prynn !

La voix de sa sœur est tellement stridente que Natalia se met à rire. Prynn. Fut un temps, c'était la ville des poisons, mais aujourd'hui seuls les empoisonneurs les plus insignifiants y vivent encore. La capitale, Indrid-Down, leur appartient tout entière désormais, et c'est le cas depuis cent ans.

— Geneviève, tu n'as jamais mis les pieds à Prynn.

— Ne te moque pas de moi.

— Alors ne me donne pas de raison de le faire. Je ne te comprends vraiment pas, parfois.

Elle observe une nouvelle fois les flèches noires du Volroy. Cinq membres de la famille Arron siègent au Conseil noir. Jamais moins de cinq d'entre eux n'ont siégé au Conseil en trois générations, placés là par la reine empoisonneuse régnante.

— Je ne fais que t'informer de ce qui pourrait t'avoir échappé, quand on voit le temps que tu passes à t'inquiéter des affaires du Conseil ou à préparer et cajoler notre reine.

— Rien ne m'échappe, la corrige Natalia.

Geneviève baisse alors les yeux.

— Bien sûr. Excuse-moi, ma sœur. C'est seulement que le Conseil commence à être sur ses gardes, comme le Temple soutient ouvertement l'élémentaire.

— Le Temple n'existe que pour les jours de festival et pour prier pour les enfants malades.

Natalia se retourne vers Katharine et lui tapote le menton.

— Pour le reste, le peuple se tourne vers le Conseil. Pourquoi ne pas te rendre aux écuries et faire une balade à cheval, Geneviève ? suggère-t-elle. Cela saura calmer tes nerfs. Ou retourne au Volroy. Il y aura sûrement des questions qui requerront ton attention.

Geneviève referme la bouche. Pendant un moment, elle donne l'impression de vouloir désobéir ou s'approcher du billot pour gifler Katharine, simplement pour se détendre.

— C'est une bonne idée, dit finalement Geneviève. Je te verrai ce soir, ma sœur.

Après le départ de Geneviève, Natalia fait un signe de la tête à Katharine.

— Tu peux descendre.

Les genoux de la frêle fille tremblent alors qu'elle s'exécute, prêtant attention à ne pas trébucher.

— Regagne tes appartements, lui enjoint Natalia avant de porter son attention sur une liasse de feuilles sur la table. Je te ferai envoyer Giselle avec un bol de bouillie. Puis tu n'auras le droit à rien d'autre que quelques gorgées d'eau.

Katharine incline la tête et fait une demi-révérence pour que Natalia la devine du coin de l'œil. Mais la reine ne s'en va pas.

— Est-ce que…, commence Katharine. Est-ce que la situation est vraiment aussi grave que le dit Geneviève ?

Natalia l'observe quelques instants, comme si elle se demandait si elle allait s'abaisser à lui répondre.

— Geneviève s'inquiète. C'est une éternelle angoissée, depuis l'enfance. Non, Kat. La situation n'est pas si désespérée.

Elle s'approche pour replacer des mèches de la jeune fille derrière son oreille. Natalia exprime souvent sa satisfaction au travers de cette attention.

— Les reines empoisonneuses règnent sur ce trône depuis bien avant ma naissance. Et cela sera encore le cas bien après notre mort à toutes les deux.

Elle pose ses mains sur les épaules de Katharine. Natalia, cette grande femme à la beauté froide. Sa parole laisse rarement place au débat ou au doute. Si Katharine était plus comme elle, les Arron n'auraient rien à craindre.

— Ce soir est une fête, ajoute Natalia. Célébrée en ton honneur, pour ton anniversaire. Profites-en, reine Katharine. Et moi, je m'inquiète du reste.

Assise face au miroir de sa coiffeuse, la reine Katharine étudie son reflet alors que Giselle peigne ses cheveux noirs avec des gestes amples et réguliers. Katharine est toujours vêtue de son peignoir et de ses sous-vêtements, et elle a encore froid. Greavesdrake est un lieu empli de courants d'air, qui ne se départ pas facilement de ses ombres. Il lui semble parfois qu'elle a passé la majorité de sa vie dans la pénombre, transie par le froid.

Sur sa droite se trouve une cage en verre. À l'intérieur, son serpent corail femelle se repose, l'estomac rempli de criquets. Elle appartient à Katharine depuis qu'elle est sortie de son œuf, et c'est la seule créature venimeuse que la future reine ne craint pas. Elle reconnaît les vibrations de la voix de Katharine et l'odeur de sa peau. Elle ne l'a jamais mordue, pas même une seule fois.

Katharine la portera ce soir, enroulée autour de son poignet comme un bracelet chaud et musculeux. Natalia, elle, arborera un mamba noir. Un petit serpent en bracelet n'est pas aussi chic qu'un serpent plus imposant posé sur les épaules, mais Katharine préfère sa parure. Elle est plus jolie : rouge, jaune et noire, des couleurs toxiques, dit-on. Un accessoire de choix pour une reine empoisonneuse.

Katharine touche le verre et le serpent soulève sa tête ronde. Elle a reçu l'ordre de ne pas lui donner de nom, il lui a été répété à maintes reprises que ce n'est pas un animal de compagnie. Mais dans sa tête, Katharine l'appelle « Sweetheart ».

— Ne buvez pas trop de champagne, conseille Giselle tout en partageant la chevelure de Katharine en sections. Il sera certainement envenimé ou teinté d'un jus empoisonné. Aux cuisines, j'ai entendu parler de baies de gui rose.

— Il faudra bien que j'en boive. Ils porteront un toast en l'honneur de mon anniversaire, après tout.

Le sien et celui de ses sœurs. L'île entière fête le seizième anniversaire de la dernière génération des reines triplées.

— Mouillez seulement vos lèvres, alors. Rien de plus. Il ne faut pas se méfier uniquement du poison, mais de la boisson en elle-même. Vous êtes trop frêle pour pouvoir en boire trop sans avoir l'air négligée.

Giselle tresse les cheveux de Katharine, puis les enroule pour former un chignon sur le haut de sa tête. Ses gestes sont doux et elle ne tire sur aucune mèche. Elle sait que toutes ces années d'empoisonnement ont fragilisé son cuir chevelu.

Katharine tend son bras pour mettre davantage de maquillage, mais Giselle la reprend d'un claquement de la langue. La reine est déjà bien trop blanche, une tentative pour dissimuler les os qui ressortent de ses épaules et pour habiller ses joues creuses. Les poisons l'ont amaigrie, toutes ces nuits de sueur et de nausées ont épuisé sa peau qui est devenue translucide comme du papier mouillé.

— Vous êtes déjà bien assez jolie, la rassure Giselle en souriant au travers du miroir. Avec vos grands yeux noirs de poupée.

Giselle est gentille, c'est sa servante favorite à Greavesdrake. Mais même elle est plus belle que la reine de bien des façons. Ses hanches sont pleines, elle a de belles couleurs aux joues et ses cheveux sont d'un blond étincelant, même si elle doit les teindre du blond glacé que Natalia préfère.

— Des yeux de poupée, répète Katharine.

C'est peut-être vrai, mais ils ne sont pas beaux. Ce sont de grands orbes noirs au milieu d'un visage émacié. En se regardant dans le miroir, elle imagine son corps en pièces distinctes : os, peau, trop peu de sang. Il ne faudrait pas grand-chose pour qu'elle soit réduite à néant, pour ôter ses muscles fragiles et arracher ses organes pour les sécher au soleil. Elle se demande souvent si ses sœurs se décomposeraient de la même façon. Si, sous leur peau, elles sont toutes semblables. Et non pas une empoisonneuse, une naturaliste et une élémentaire.

— Geneviève pense que je vais échouer. Elle dit que je suis trop petite et trop faible.

— Vous êtes une reine empoisonneuse. Qu'est-ce qu'il y a de plus important ? Et puis vous n'êtes pas si petite et si faible que ça. J'ai connu plus petit et plus faible.

Natalia entre dans la chambre parée d'une robe fourreau noire moulante. Elles auraient dû l'entendre arriver ; ses talons claquent sur le sol et résonnent jusqu'au plafond. Elles étaient trop distraites.

— Est-elle prête ? demande Natalia alors que Katharine se lève.

Se faire habiller par celle qui est à la tête de la famille Arron est un honneur, réservé aux jours de festival et aux anniversaires les plus importants.

Giselle va chercher la robe de Katharine, noire et ample. Lourde. Il n'y a aucune manche, mais les gants en satin noir sont déjà sortis afin de recouvrir les croûtes dues au sumac.

Katharine passe les jambes dans la robe et Natalia commence à la nouer. L'estomac de la reine frémit. Les bruits des festivités se propagent dans les escaliers. Natalia et Giselle enfilent les gants sur ses mains. La servante ouvre la cage du serpent, Katharine saisit Sweetheart et celle-ci s'enroule avec obéissance autour de son poignet.

— Est-ce qu'elle est endormie ? s'enquiert Natalia. Il vaudrait peut-être mieux que ce soit le cas.

— Elle se comportera comme il faut, répond Katharine en caressant les écailles de Sweetheart. Elle est bien élevée.

— Si tu le dis.

Natalia tourne Katharine vers le miroir et pose ses mains sur ses épaules.

Jamais auparavant trois reines avec le même don n'avaient régné successivement. Sylvia, Nicola et Camille étaient les trois dernières. Toutes trois des empoisonneuses, élevées par les Arron. Une de plus et peut-être parlera-t-on de dynastie ; peut-être que seule la reine empoisonneuse sera autorisée à grandir et que ses sœurs seront noyées à la naissance.

— Il n'y aura rien de trop surprenant lors du Gave noir, reprend Natalia. Rien que tu n'aies déjà vu. Mais ne mange pas trop. Ruse, fais ce pour quoi nous nous sommes entraînées.

— Il serait de bon augure, dit doucement Katharine, que mon don se manifeste ce soir. Le jour de mon anniversaire, comme celui de la reine Hadly.

— Tu as encore mis le nez dans les histoires de la bibliothèque.

Natalia asperge d'un peu de parfum au jasmin le cou de Katharine avant de toucher les tresses sur le haut de sa tête. Les cheveux blond glacé de Natalia sont coiffés dans un style similaire, peut-être pour manifester une certaine solidarité.

— La reine Hadly n'était pas une empoisonneuse. Elle avait le don de la guerre, c'est encore autre chose.

Katharine acquiesce alors qu'on la tourne de gauche à droite, plus mannequin qu'individu, de la glaise brute sur laquelle Natalia peut appliquer son art du poison.

— Tu es maigrichonne, continue Natalia. Camille n'a jamais été maigre. Elle était pratiquement ronde. Elle avait hâte d'être au Gave noir comme une enfant attend un banquet.

Katharine tend l'oreille à la mention de la reine Camille. Bien qu'elle ait été élevée comme sœur adoptive de Camille, Natalia ne parle presque jamais de la reine précédente, la mère de Katharine, même si celle-ci ne la considère pas comme telle. La doctrine du Temple impose que les reines n'aient ni mère ni père, ce sont des filles de la Déesse uniquement. De plus, la reine Camille a quitté l'île avec son roi consort dès qu'elle s'est remise de ses couches, comme c'est le cas de toutes les reines. La Déesse crée les nouvelles reines, et le règne des précédentes prend fin.

Pourtant, Katharine aime entendre les histoires des reines d'avant. La seule anecdote que mentionne Natalia à propos de Camille est la façon dont celle-ci s'est arrogé la couronne. Comme elle a empoisonné ses sœurs d'une manière si malicieuse et pernicieuse qu'il leur aura fallu des jours pour périr. Comme elles semblaient si calmes au moment de leur trépas et que, sans l'écume sur leurs lèvres, on aurait pu croire qu'elles étaient mortes dans leur sommeil.

Natalia avait elle-même vu ces visages apaisés et empoisonnés, et si Katharine devait réussir, elle en verrait deux de plus.

— Mais tu ressembles à Camille par d'autres aspects, dit Natalia en soupirant. Elle aussi aimait les livres poussiéreux de la bibliothèque et elle paraissait toujours si jeune. Mais elle l'était, jeune, elle n'a régné que seize années après son couronnement, la Déesse lui a envoyé ses triplées rapidement.

Les triplées de la reine Camille lui ont été envoyées rapidement car elle était faible, c'est ce que chuchote le peuple. Katharine se demande parfois de combien de temps elle disposera. Pendant combien d'années elle pourra guider son peuple avant que la Déesse choisisse de la remplacer. Elle s'imagine que la famille Arron s'en fiche. Le Conseil noir règne sur l'île par intérim, et tant qu'elle portera la couronne, leur contrôle demeurera.

— Camille était comme une petite sœur, je suppose, reprend Natalia.

— Cela fait-il de moi votre nièce ?

Natalia agrippe son menton.

— Ne sois pas si sentimentale, la corrige-t-elle avant de la relâcher. Malgré le fait qu'elle ait semblé si candide, Camille a su tuer ses sœurs avec élégance. Elle a toujours été une grande empoisonneuse, son don s'est manifesté très tôt.

Katharine fronce les sourcils. Une de ses triplées a elle aussi démontré son don très tôt. Mirabella, la grande élémentaire.

— Je tuerai mes sœurs avec tout autant d'adresse, Natalia. Je le promets. Même si elles n'auront peut-être pas l'air de dormir quand j'en aurai terminé avec elles.

La salle de bal nord est pleine d'empoisonneurs. On dirait que tous les parents de la famille Arron, et bien d'autres empoisonneurs de Prynn, ont fait le déplacement jusqu'à Indrid-Down. Katharine étudie l'assemblée du haut de l'escalier principal. Tout rappelle le cristal, l'argent et les gemmes, tout, même les tours scintillantes de baies de belladone pourpres enrobées dans du sucre filé.

Les hôtes sont presque trop raffinés ; les femmes sont habillées de perles noires et de colliers ras de cou en diamants noirs, les hommes portent des cravates en soie noires. Bien trop de chair se trouve sous leur peau, ils ont trop de force dans les bras. Ils la jugeront, la penseront déficiente, ils riront.

Alors qu'elle observe la salle, une femme aux cheveux noirs penche la tête en arrière. Pendant un instant, ses molaires tout comme son larynx sont visibles, comme si sa mâchoire s'était déboîtée. Aux oreilles de Katharine, les échanges polis deviennent hurlements, et la salle de bal se remplit de monstres étincelants.

— Je ne peux pas faire ça, Giselle, souffle-t-elle.

La servante cesse alors de lisser les jupons volumineux de sa robe et la saisit par les épaules.

— Bien sûr que vous pouvez y arriver.

— Il y a plus de marches qu'avant dans cet escalier.

— Mais non, dit Giselle en riant. Reine Katharine, vous serez parfaite.

Dans la salle en dessous, la musique s'arrête. Natalia a levé une main.

— Vous êtes prête, réaffirme Giselle avant de vérifier l'état de la robe une dernière fois.

— Merci à vous tous, s'adresse Natalia à tous ses invités de sa voix profonde et retentissante, d'être présents pour ce moment si important, cette date si particulière. Mais cette année se démarque des autres. Cette année, notre Katharine a seize ans !

Les invités applaudissent.

— Et quand le printemps sera arrivé et que viendra l'heure de Beltane, ce ne sera pas qu'un simple festival. Ce sera celui qui marquera le début de l'année de l'Ascension. L'île tout entière pourra se rendre compte de la force des empoisonneurs lors de la cérémonie de la Révélation ! Et après Beltane, nous aurons le plaisir de voir notre reine empoisonner ses sœurs avec délectation.

Natalia fait un geste en direction des marches.

— Le festival de cette année comme coup d'envoi, et le festival de l'année prochaine pour le sacrement.

De nouveaux applaudissements, mêlés à des rires et des cris approbateurs. Ils pensent que cela sera tellement simple, une année pour empoisonner deux reines. Une reine puissante pourrait y parvenir en un mois, mais Katharine ne dispose pas de cette force.

— Mais ce soir, conclut Natalia, vous pourrez simplement apprécier sa compagnie.

Natalia pivote en direction des escaliers raides tapissés d'un tissu bordeaux. Un long tapis noir et brillant a été ajouté tout spécialement pour l'occasion. Ou peut-être pour faire glisser Katharine.

— Cette robe est plus lourde qu'elle n'en avait l'air dans ma penderie, dit doucement Katharine, et Giselle répond par un rire.

Au moment où elle sort de l'ombre pour commencer à descendre les escaliers, Katharine sent que toutes les paires d'yeux sont posées sur elle. Les empoisonneurs sont des êtres sévères et exigeants par nature. Ils peuvent blesser quelqu'un d'un regard aussi facilement qu'avec un couteau. Les habitants de l'île de Fennbirn évoluent et se renforcent dans le même temps que leur reine régente. Les naturalistes gagnent en puissance sous le règne d'une naturaliste, les élémentaires sous celui d'une élémentaire. Après trois reines empoisonneuses, les empoisonneurs sont tous plus puissants que les autres, et les Arron ont su en tirer leur parti.

Katharine ne sait pas si elle devrait sourire. Elle sait seulement qu'elle ne doit pas trembler ou trébucher. Elle en oublie de respirer. Elle aperçoit Geneviève, se tenant derrière Natalia, sur sa droite. Les yeux lilas de Geneviève sont comme des pierres. Elle semble autant furieuse qu'effrayée, comme si elle défiait Katharine de commettre une erreur. Comme si elle se délectait de pouvoir potentiellement gifler le visage de la jeune reine.

Quand les talons de Katharine parviennent enfin sur le sol de la salle de bal, les verres se lèvent et des dents blanches apparaissent. Le cœur de Katharine se desserre. Tout ira bien, pour le moment tout du moins.

Un serviteur lui propose une flûte de champagne ; elle s'en empare et la renifle : le champagne dégage des notes de chêne et de pomme. S'il a été empoisonné, ce n'est pas avec des baies de gui rose, comme le suspecte Giselle. Elle en prend une petite gorgée, à peine ce qu'il faut pour se tremper les lèvres.

Une fois son entrée faite, la musique reprend, tout comme les discussions. Les empoisonneurs revêtus de leurs plus beaux habits noirs volettent dans sa direction et s'en écartent comme des corbeaux. Ils sont tellement nombreux, se laissant tomber en inclinaisons et révérences polies, tellement de noms sont donnés, mais un seul compte : Arron. En quelques minutes, l'anxiété la saisit. Sa robe semble l'oppresser, la salle devient subitement étouffante. Elle cherche Natalia, en vain.

— Est-ce que ça va, reine Katharine ?

Katharine cligne des yeux vers la femme se trouvant face à elle. Elle ne se rappelle plus le sujet de leur conversation.

— Oui, répond-elle. Bien sûr.

— Alors, qu'en pensez-vous ? Les célébrations de vos sœurs sont-elles aussi fastes que celle-ci ?

— Bien évidemment que non, voyons ! Les naturalistes vont certainement rôtir du poisson au-dessus d'un feu.

Les empoisonneurs rient.

— Et Mirabella… Mirabella…

— Sera certainement en train de patauger pieds nus dans des flaques d'eau.

Katharine se retourne. Un jeune et bel empoisonneur lui sourit, il a les yeux bleus de Natalia et ses cheveux blond glacé. Il lui tend une main.

— Après tout, les élémentaires aiment-ils quoi que ce soit d'autre ? continue-t-il. Ma reine, m'accorderez-vous une danse ?

Katharine se laisse guider jusqu'à la piste et il l'attire vers lui. Un sublime scorpion *leiurus quinquestriatus* bleu-vert, parfois appelé rôdeur mortel, est accroché à son revers droit. Il est encore vivant. Ses pattes se tortillent avec apathie, un ornement superbement grotesque. Katharine s'écarte un peu. Le venin de ces scorpions est extrêmement douloureux, elle a déjà été piquée et soignée sept fois, mais elle montre encore une résistance très faible à ses effets.

— Vous m'avez sauvée, lance-t-elle. Un instant d'hésitation sur mes mots et j'aurais pris mes jambes à mon cou.

Son sourire est assez attentionné pour la faire rougir. Ils virevoltent sur la piste alors qu'elle analyse ses traits anguleux.

— Comment vous appelez-vous ? Vous êtes très certainement un Arron. Vous avez la même allure. Vous avez leurs cheveux. À moins que vous ne vous soyez teint pour l'occasion.

Il se met à rire.

— Pardon ? Comme les serviteurs, vous voulez dire ? Oh, tante Natalia et son paraître.

— Tante Natalia ? Vous êtes donc bien un Arron.

— Tout à fait. Je m'appelle Pietyr Renard. Ma mère était Paulina Renard et mon père est le frère de Natalia, Christophe.

Il la fait tournoyer.

— Vous dansez bien.

Sa main glisse dans son dos, et elle commence à se tendre alors qu'il se rapproche de ses épaules, où il pourrait sentir la rugosité de sa peau, résultant de différents empoisonnements.

— C'est un miracle, répond-elle, quand on sait à quel point cette robe est lourde. J'ai presque l'impression que ses coutures vont bientôt me faire saigner.

— Eh bien, cela ne devrait être permis. On dit que les reines empoisonneuses les plus puissantes ont du poison dans le sang. Il serait regrettable qu'un de ces vautours vous saisisse afin d'en confirmer le goût.

Du poison dans le sang. Qu'ils seraient déçus de goûter le sien.

— Des « vautours » ? Beaucoup des personnes ici présentes ne sont-elles pas de votre famille ?

— Si, très précisément.

Katharine se met à rire mais s'arrête lorsque son visage s'approche du scorpion de trop près. Pietyr est grand, plus grand qu'elle d'une tête ou presque. Elle pourrait très facilement danser face à face avec le scorpion.

— Votre rire est très agréable, lance Pietyr. Mais c'est étrange, je m'attendais à ce que vous soyez très nerveuse.

— Je le suis. Le Gave…

— Non, pas à propos du Gave. Je pensais plutôt à cette année. La Révélation au festival de Beltane. Le commencement de tout.

— Le commencement de tout, répète-t-elle doucement.

Bien souvent, Natalia lui dit de s'inquiéter d'un élément après l'autre. Pour ainsi éviter de se sentir dépassée. Jusqu'ici, cela a été assez simple. Mais il est vrai que Natalia a le don de tout simplifier.

— J'y ferai face, car tel est mon devoir.

Cela fait rire Pietyr.

— Tant de terreur dans votre voix. J'espère que vous pourrez communiquer davantage d'enthousiasme quand vous rencontrerez vos prétendants.

— Cela n'aura aucune importance. N'importe quel roi consort que je choisirai m'aimera quand je serai reine.

— Ne préféreriez-vous pas qu'il vous aime avant, plutôt ? Je pense que c'est exactement ce que nous souhaitons tous, être aimé pour qui nous sommes plutôt que pour notre position.

Elle s'apprête à sortir la rhétorique adéquate : être reine n'est pas une position. N'importe qui ne peut être reine. Elle seule, ou une de ses sœurs, est liée à la Déesse. Elles seules peuvent concevoir la future génération de triplées. Mais elle comprend ce que Pietyr veut dire. Il serait agréable d'être aimée malgré ses défauts et d'être appréciée pour sa personne plutôt que pour les pouvoirs qui découlent de sa charge.

— Et ne préféreriez-vous pas qu'ils vous aiment tous, continue-t-il, plutôt qu'un seul ?

— Pietyr Renard. Vous devez venir de bien loin si vous n'avez pas entendu les rumeurs. Tout le monde sait à qui iront les faveurs des prétendants. On dit que ma sœur Mirabella est aussi belle que la lumière des étoiles. Personne n'a jamais dit quoi que ce soit d'aussi flatteur à mon sujet.

— Mais peut-être n'est-ce bien que cela, des flatteries. On dit aussi que Mirabella est pratiquement folle, sujette à des crises de rage. C'est une fanatique, l'esclave du Temple.

— Et qu'elle est assez puissante pour réduire n'importe quel bâtiment à un tas de gravats.

Il jette un regard vers le plafond au-dessus d'eux, et Katharine sourit. Elle ne parlait pas de Greavesdrake. Rien ne sera jamais assez puissant pour arracher Greavesdrake à ses fondations. Natalia ne le permettrait pas.

— Et qu'en est-il de votre sœur Arsinoé, la naturaliste ? demande Pietyr nonchalamment.

Ils se mettent tous deux à rire. Personne ne dit jamais rien d'Arsinoé.

Pietyr fait une nouvelle fois tournoyer Katharine autour de la piste. Cela fait un certain temps qu'ils dansent, désormais. Et c'est quelque chose que l'on commence à remarquer.

Le morceau se termine. Le troisième ou peut-être le quatrième sur lequel ils dansent. Pietyr s'arrête de valser et pose un baiser sur le bout des doigts gantés de la reine.

— J'espère vous revoir, reine Katharine, conclut-il.

Katharine opine du chef. Elle ne remarque pas le silence qui règne dans la salle de bal avant qu'il soit parti. Puis les discussions reprennent, rebondissant contre les miroirs du mur sud et remontant jusqu'aux tuiles ouvragées du plafond.

Natalia capte le regard de Katharine depuis le centre d'un groupe de robes noires. Elle devrait danser avec quelqu'un d'autre, mais la longue table drapée de noir est déjà entourée de serviteurs se précipitant telles des fourmis et y déposant les plateaux d'argent pour le festin.

Le Gave noir. Parfois appelé l'« Excès noir », c'est un festin rituel de poisons, accompli par toutes les reines empoisonneuses à chaque grand festival. Et ainsi, que son don soit faible ou non, Katharine est elle aussi obligée de se plier à la tradition. Elle n'a en aucun cas le droit de recracher le poison et doit tout avaler jusqu'à la dernière bouchée, jusqu'à ce qu'elle soit enfermée seule dans ses appartements. Aucun des invités empoisonneurs ne doit pouvoir voir ce qu'il se passe ensuite. Les suées, les crises et le sang.

Quand les violoncelles commencent à jouer, elle est sur le point de prendre ses jambes à son cou. Tout cela paraît trop soudain. Elle aurait voulu avoir un peu plus de temps.

Chaque empoisonneur important se trouve dans cette salle de bal ce soir. Chacun des Arron du Conseil noir : Lucian et Geneviève, Allegra et Antonin. Natalia. Elle ne peut même pas imaginer décevoir Natalia.

Les invités s'approchent de la table dressée. Pour une fois, la foule fournit un soutien, elle fait avancer la jeune reine. Natalia ordonne aux serviteurs de relever les cloches en argent pour révéler les plats. Des tas de baies rutilantes. Des poules farcies de ciguë. Des scorpions confits et un jus macéré de laurier rose. Un savoureux ragoût de chevreuil avec des reflets carmin et noir et des pois rouges. La simple vision de ce buffet assèche complètement la bouche de

Katharine. Autant le serpent enroulé autour de son poignet que son corsage semblent la serrer au plus près.

— Avez-vous faim, reine Katharine ? demande Natalia.

Katharine glisse son doigt le long des chaudes écailles de Sweetheart. Elle sait exactement ce qu'elle doit dire. Tout cela fait partie d'un scénario élaboré et a été répété.

— Je suis affamée.

— Ce qui causerait la mort d'autrui va vous nourrir, continue Natalia. La Déesse y pourvoit. Est-ce que cela vous satisfait ?

Katharine déglutit péniblement.

— Cette offrande est appropriée.

La tradition veut que Natalia fasse une révérence. Quand elle s'exécute, le geste semble bien loin d'être naturel, comme un pot d'argile en train de se fissurer.

Katharine pose les mains sur la table. Le reste du festin dépend d'elle : sa progression, sa durée, son rythme. Elle peut choisir de s'asseoir ou au contraire rester debout. Elle n'a pas besoin de tout avaler, mais plus elle en ingèrera, plus l'exploit sera impressionnant. Natalia lui a conseillé d'ignorer les couverts et de manger avec ses doigts. De laisser les sucs couler le long de son menton. Si elle était une empoisonneuse aussi puissante que Mirabella l'est comme élémentaire, elle dévorerait le festin dans son intégralité.

La nourriture sent très bon, mais plus rien ne peut se jouer de l'estomac de Katharine. Il essaie de se refermer en se tordant et est perclus de crampes.

— La poule, dit-elle.

Une servante la place devant elle. La pièce semble lourde et elle est remplie d'yeux, comme si la salle elle-même attendait. Ils lui mettront la tête dedans s'il le faut.

Katharine fait rouler ses épaules. Sept des neuf membres du Conseil se trouvent juste devant. Bien évidemment les cinq Arron, ainsi que Lucian Marlowe et Paola Vend. Les deux autres ont été envoyés par politesse aux célébrations de ses sœurs.

Il n'y a que trois prêtresses présentes, mais Natalia dit que les prêtresses n'ont aucune importance. La grande prêtresse Luca a toujours été dans la poche de Mirabella, rejetant la neutralité du Temple en affirmant que la jeune reine sera la première à arracher le pouvoir des mains du Conseil noir. Mais c'est bien ce dernier qui compte sur l'île, et les prêtresses ne sont rien de plus que des reliques ou des gouvernantes.

Katharine déchire de la viande blanche de la partie la plus charnue de la poule, le plus loin possible de la farce toxique. Elle la pousse entre ses lèvres et mâche. Pendant un temps, elle a peur de ne pas être en mesure d'avaler. Mais le morceau descend dans son œsophage, la foule se détend.

Elle demande ensuite les scorpions confits. Ce mets est facile à aborder. De jolis cercueils de bonbon scintillant. Tout le venin est dans la queue. Katharine mange quatre paires de pinces puis réclame le ragoût de chevreuil aux pois rouges.

Elle aurait dû garder le ragoût pour la fin. Elle ne pourra pas contourner le poison de ce plat. La substance des pois rouges s'est immiscée partout. Dans chacune des fibres de la viande et chacune des gouttes de la sauce.

Le cœur de Katharine se met à tambouriner. Quelque part dans la salle de bal, Geneviève est en train de la maudire. Mais elle ne peut rien y faire. Elle doit prendre une bouchée, et même se pourlécher les doigts. Elle boit le jus toxique et se nettoie le palais avec de l'eau fraîche. Sa tête commence à lui faire mal, sa vision se trouble et ses pupilles se dilatent.

Il lui reste peu de temps avant de devenir malade. Avant qu'elle n'échoue. Elle ressent le poids de tous ces yeux. Et le poids de leurs attentes. Ils exigent tous qu'elle finisse. Leur désir est tellement prégnant qu'elle peut pratiquement l'entendre.

Une tourte aux champignons sauvages est le plat suivant, elle l'ingurgite rapidement. Son pouls est déjà irrégulier, mais elle n'est pas certaine que cela provienne du poison ou de sa tension. La vitesse à laquelle elle dévore les aliments donne une impression d'enthousiasme, et les Arron l'applaudissent. Ils l'encouragent. Cette atmosphère la rend négligente, et elle avale plus de champignons qu'elle ne l'aurait voulu. L'un des derniers morceaux a le même goût que la russule. Mais c'est impossible, ces champignons sont bien trop dangereux. Son estomac se retourne. La toxine agit vite et avec violence.

— Les baies.

Elle en met deux dans sa bouche et les loge dans ses joues avant de se servir du vin empoisonné. Elle en laisse la majorité couler sur sa gorge et tacher le devant de sa robe, mais cela n'a aucune importance. Le Gave noir est terminé. Elle frappe la table de ses deux mains.

Les empoisonneurs hurlent.

— Et ce n'est qu'un avant-goût, déclare Natalia. Le Gave noir de la Révélation sera digne de figurer dans les annales.

— Natalia, je dois partir, dit Katharine en attrapant la manche de Natalia.

La foule renoue avec le silence. Natalia se dégage de sa prise discrètement.

— Comment ?

— Je dois partir ! s'écrie Katharine, mais c'est trop tard.

Son estomac vacille. Tout se passe si rapidement qu'elle n'a même pas le temps de se détourner. Elle se plie en deux et vomit les plats du Gave sur la nappe de la table.

— Tout ira bien, affirme-t-elle en repoussant la nausée. Je dois être malade.

Son estomac gargouille une nouvelle fois. Les protestations de dégoût sont encore plus fortes. Le bruit des robes froissées alors que les empoisonneurs s'écartent de ce chaos se diffuse dans la salle.

Katharine aperçoit leurs airs renfrognés au travers de ses yeux rouges et larmoyants. Son déshonneur se retrouve dans la moindre de leurs expressions.

— Je vous en prie, lance Katharine en haletant de douleur, que quelqu'un m'accompagne à mes appartements.

Personne ne vient à son aide. Ses genoux frappent le sol de marbre avec violence. Ce n'est pas une affection bénigne, elle est couverte de sueur, les vaisseaux de ses joues ont éclaté.

— Natalia. Excuse-moi.

Mais cette dernière ne répond rien. Tout ce que Katharine peut voir, ce sont ses poings serrés et le mouvement de ses bras alors qu'elle dirige en silence et avec violence les invités vers la porte. Dans tout l'espace de la salle, des pieds se pressent vers la sortie, ils veulent s'écarter aussi vite que possible de Katharine. Elle vomit une nouvelle fois et se drape dans la nappe.

La salle de bal s'obscurcit. Les serviteurs commencent à dégager les tables tandis qu'une nouvelle crampe déforme son petit corps.

Dans une telle disgrâce, même les serviteurs ne viennent pas à son aide.

WOLF-SPRING

Camden traque une souris dans la neige. Le petit rongeur brun s'est retrouvé au milieu d'une clairière, et peu importe la vitesse à laquelle celui-ci se déplace, les grosses pattes de Camden seront toujours plus rapides, même si elle a de la neige jusqu'aux genoux.

Jules observe ce jeu macabre avec amusement. La souris est terrifiée mais obstinée, et Camden est dressée au-dessus, aussi enthousiaste que si c'était un cerf ou un gros morceau d'agneau plus qu'une simple bouchée. Camden est un félin des montagnes et, à l'âge de trois ans, elle a déjà atteint sa taille imposante d'adulte. Elle est bien loin du chaton aux yeux coulants qui est sorti des bois en suivant Jules, assez jeune à l'époque pour avoir un pelage tacheté et davantage de duvet que de fourrure. Aujourd'hui, sa robe, lisse et soyeuse, a adopté la teinte dorée du miel, et la seule note noire se trouve à ses extrémités : oreilles, orteils et le bout de la queue.

La neige virevolte sous l'action de ses pattes entre chacun de ses bonds, et la souris file encore plus vite pour retrouver la couverture des rares herbes. Malgré le lien qu'elle partage avec son familier, Jules ne sait pas si la souris sera épargnée ou dévorée. Peu importe, elle espère que le calvaire sera bientôt terminé. La pauvre bête a encore plusieurs mètres à courir avant de se trouver à couvert, et la poursuite commence à ressembler à de la torture.

— Jules. Ça ne va pas.

La reine Arsinoé se tient au centre de la clairière, habillée tout en noir comme cela est la coutume chez les reines. Elle ressemble à une tache d'encre au milieu de la neige. Elle essaie de faire éclore un bourgeon en rose, mais celui-ci reste vert au creux de sa paume et clairement refermé.

— Plaît-il ?

Elles ont déjà souvent joué à ce petit jeu durant les dernières années, et Jules devine ce qui l'attend.

Arsinoé tend la main.

— Pourquoi est-ce que tu ne m'aides pas ?

Pour Jules, ce bourgeon représente de l'énergie et des possibilités. Elle peut sentir la moindre fragrance qu'il renferme, elle sait quelle nuance de rouge la rose adoptera.

Une telle tâche devrait être aisée pour n'importe quel naturaliste. Et cela devrait l'être encore davantage pour une reine. Arsinoé est censée être capable de faire fleurir des buissons entiers et mûrir des champs. Mais son don ne s'est pas encore exprimé. Et à cause de cela, personne ne s'attend à ce qu'Arsinoé survive à l'année de l'Ascension. Mais Jules refuse de renoncer. Même si la reine a seize ans, que Beltane aura lieu dans quatre mois et que ce festival plane comme une menace au-dessus de sa tête.

Arsinoé fait bouger ses doigts et le bourgeon est projeté d'un côté à l'autre de sa main.

— Rien qu'un petit coup de main, reprend-elle. Pour m'aider à commencer.

Jules soupire. Elle veut dire non. Elle devrait dire non. Mais ce bourgeon est comme une démangeaison. De toute façon, celui-ci est mort, il a été coupé de sa plante parente dans la serre. Elle ne peut pas le laisser se faner et flétrir alors qu'il est encore vert.

— Concentre-toi. Joins-toi à moi.

— Mm-hmm, acquiesce Arsinoé.

Il faut finalement bien peu de choses. Une pensée, à peine, un murmure. Le bourgeon s'ouvre comme une peau de haricot dans de l'huile brûlante et une grosse rose aux pétales imposants éclot dans la main d'Arsinoé. Elle est vive comme le sang et exhale l'odeur de l'été.

— Et voilà, déclare Arsinoé avant de poser la rose dans la neige. Et ce n'est pas si mal, en plus. Je pense que c'est moi qui ai fait les pétales au milieu.

— Tentons autre chose, lance Jules, certaine que cette éclosion venait d'elle seule.

Peut-être devraient-elles s'essayer à utiliser son don autrement. Elle a entendu des étourneaux sur le chemin pour venir ici. Elles pourraient tous les appeler jusqu'à ce qu'ils se posent sur les branches nues qui bordent la clairière. Des milliers d'oiseaux voleraient dans leur direction, tous les étourneaux de Wolf-Spring se retrouveraient ici, et les arbres bouillonneraient de petits corps tachetés.

La boule de neige d'Arsinoé touche Camden en pleine truffe, mais Jules ressent la même chose : de la surprise et une vague d'irritation, alors que le félin s'ébroue pour débarrasser sa fourrure des derniers flocons. La seconde boule atteint Jules à l'épaule, tout juste assez haut pour projeter de la neige dans la partie chaude de son manteau. Arsinoé rit.

— Tu es vraiment une enfant ! crie Jules d'énervement, tandis que Camden grogne et bondit.

Arsinoé essaie à peine d'éviter l'attaque de représailles. Elle se couvre le visage du bras et se baisse, et les griffes du couguar parcourent son dos.

— Arsinoé !

Camden se recule furtivement et s'éclipse. Mais ce n'est pas sa faute. Elle ressent ce que Jules ressent. Ses actions sont celles de Jules.

Jules se précipite vers la reine et l'ausculte. Il n'y a pas de sang. Aucune trace de griffure ou de déchirure sur le manteau d'Arsinoé.

— Excuse-moi !

— Ce n'est pas grave, Jules.

Arsinoé s'aide de l'avant-bras de Jules pour se relever, mais ses doigts tremblent.

— Ce n'est pas grave. Combien de fois est-ce que nous nous sommes poussées l'une l'autre d'un arbre quand nous étions plus jeunes ?

— Ce n'est pas la même chose. C'était du jeu.

Jules regarde son couguar avec regret.

— Cam n'est plus un chaton. Ses griffes et ses dents sont tranchantes, et elle est rapide. Je dois faire davantage attention à partir de maintenant. Je n'y manquerai pas.

Les yeux de Jules s'agrandissent.

— C'est du sang, là, sur ton oreille ?

Arsinoé retire sa capuche et écarte ses cheveux bruns courts et hirsutes.

— Non, regarde. Elle ne s'est pas approchée. Je sais que tu ne me ferais jamais de mal, Jules. Aucune de vous deux ne me ferait de mal.

Elle tend la main, et Cam vient se faufiler dessous. Son ronronnement profond traduit les excuses du couguar.

— Je ne voulais vraiment pas en arriver là, reprend Jules.

— Je le sais bien. Nous sommes toutes sous pression. N'y pense plus.

Arsinoé repasse sa capuche noire.

— Et n'en dis rien à grand-mère Cait. Elle a bien assez de choses à l'esprit en ce moment.

Jules opine du chef. Elle n'a pas besoin de raconter quoi que ce soit à grand-mère Cait pour savoir quelle serait sa réaction. Ou pour imaginer la déception et l'inquiétude sur son visage.

Après avoir quitté la clairière, Jules et Arsinoé dépassent les quais, en traversant le square menant au marché d'hiver. En passant devant la crique, Jules fait un signe du bras à Shad Millner, qui se trouve à l'arrière de son bateau, revenant tout juste d'une partie de pêche. Il réagit à son salut et lui montre une sole marron bien dodue. Son familier, une mouette, bat des ailes avec fierté, même si Jules doute fort que l'oiseau ait attrapé ce poisson-là.

— J'espère que je ne vais pas en avoir un comme ça, dit Arsinoé en avisant la mouette.

Ce matin, elle a appelé son familier. Comme tous les matins depuis qu'elle est partie du Cottage noir de son enfance. Mais rien n'a répondu à l'appel.

Elles avancent, Arsinoé marchant dans des flaques de neige fondue et Camden traînant derrière, triste d'avoir quitté la poudreuse sauvage et retrouvé le village en pierre froid. La laideur de l'hiver n'est pas près de relâcher Wolf-Spring de son étreinte. Des mois de gel et de fonte partielle ont recouvert le pavé d'un mélange de neige et de boue. De la buée voile les fenêtres, et la neige, tassée, est devenue marron par l'action de tant de pieds enduits de boue. La couverture nuageuse donne l'impression que l'on regarde la ville au travers d'un verre sale.

— Fais attention, murmure Jules alors qu'elles passent devant l'épicerie des sœurs Martinson.

Elle fait un signe de la tête en direction des cageots de fruits vides. Trois petits fauteurs de trouble se cachent derrière ces derniers. L'une d'entre eux est Polly Nichols, coiffée du vieux couvre-chef en tweed de son père. Jules ne connaît pas les deux garçons. Mais elle sait ce qu'ils ont en tête.

Chacun d'eux a une pierre à la main.

Camden s'approche du flanc de Jules et grogne avec férocité. Les enfants l'entendent. Ils jettent un regard vers Jules et s'affaissent encore davantage. Les deux garçons battent en retraite, mais Polly Nichols étrécit les yeux. Chacune de ses taches de rousseur pourrait correspondre à une de ses bêtises, et même sa mère en a conscience.

— Ne jette pas cette pierre, Polly, ordonne Arsinoé, mais cela ne fait qu'envenimer la situation.

Les petites lèvres de Polly sont tellement serrées qu'elles semblent presque disparaître. Elle saute de derrière sa cachette et lance la pierre de toutes ses forces. Arsinoé l'intercepte de la main, mais elle lui échappe et vient frapper le côté de sa tête.

— Aïe !

Arsinoé porte la main à l'endroit meurtri par la pierre. Jules serre les poings et envoie Camden grogner sur les talons des enfants, déterminée à faire tomber Polly Nichols sur le pavé.

— Je vais bien, rappelle-la, lui dit Arsinoé.

Elle essuie la traînée de sang qui coule le long de sa mâchoire.

— Les petits chenapans.

— Des chenapans ? Ce sont des morveux ! persifle Jules. On devrait les faire fouetter ! Laisse au moins Cam déchirer le chapeau ridicule de Polly !

Mais Jules rappelle Camden, et le félin s'arrête au coin d'une rue et feule.

— Juillenne Milone !

Jules et Arsinoé se retournent. C'est Luke, le propriétaire de la librairie Gillespie. Sa veste brune lui donne un air élégant, et ses cheveux blonds dévoilent son beau visage.

— Petite de taille, mais grande par le félin, dit-il avant de rire. Entrez donc boire un thé.

Alors qu'elles entrent dans le magasin, Jules s'étire pour faire taire la clochette en cuivre qui se trouve en haut de la porte. Elle suit Luke et Arsinoé alors qu'ils passent les grandes étagères vert-bleu et qu'ils grimpent les marches pour atteindre l'étage supérieur, là où les attend une table avec des sandwichs et un plateau recouvert de tranches d'un gâteau jaune au beurre.

— Asseyez-vous, lance Luke avant d'aller chercher une théière dans la cuisine.

— Comment savais-tu que nous arrivions ? demande Arsinoé.

— J'ai une assez bonne vue sur la colline. Faites attention aux plumes. Hank est en pleine mue.

Hank est le familier de Luke, un sublime coq noir et vert. Arsinoé souffle sur le plateau pour dégager une plume et avance sa main vers une petite assiette de muffins. Elle en saisit un et l'observe.

— Ce sont des pattes de petits machins noirs et brillants ? s'interroge Jules.

— Et des carapaces, ajoute Arsinoé.

Des muffins au scarabée, afin d'aider Hank à faire pousser de nouvelles plumes.

— Les oiseaux, note-t-elle avant de reposer le muffin.

— Pendant un temps tu as voulu un corbeau comme Éva, lui rappelle Jules.

Éva est le familier de la grand-mère de Jules, Cait. Un superbe corbeau noir. La mère de Jules, Madrigal, possède elle aussi un corbeau, nommé Aria. C'est un oiseau plus délicat qu'Éva, et au tempérament plus compliqué, à l'instar de Madrigal. Pendant longtemps, Jules a cru qu'elle aussi aurait un corbeau. Elle avait tendance à observer les nids, en attendant qu'un poussin duveteux tombe dans ses mains. Mais en secret, elle avait espéré avoir un chien, comme l'épagneul blanc de son grand-père Ellis, Jake. Ou l'adorable limier de sa tante Caragh. Mais maintenant, elle n'échangerait Camden pour rien au monde.

— Je pense que j'aimerais avoir un lièvre rapide, lance Arsinoé. Ou un raton masqué et malin pour qu'il m'aide à chaparder des palourdes frites à Madge.

— Tu auras un animal bien plus majestueux qu'un lapin ou un raton laveur, lui répond Luke. Tu es une reine.

Arsinoé et lui regardent Camden, qui est tellement grande que sa tête et ses épaules dépassent de la table. Qu'il soit le familier d'une reine ou non, rien n'est plus majestueux qu'un félin des montagnes.

— Un loup, peut-être, comme la reine Bernadine, propose Luke.

Il verse du thé à Jules avant d'ajouter de la crème et quatre morceaux de sucre. Du thé comme le prendrait une enfant, c'est ainsi qu'elle préfère le boire, mais cela lui est défendu chez elle.

— Un autre loup à Wolf-Spring, songe Arsinoé, un morceau de gâteau dans la bouche. Pour le moment, je serais heureuse avec… un des scarabées qui se trouve dans les muffins de Hank.

— Ne sois pas si défaitiste. Mon père n'a pas eu le sien avant ses vingt ans.

— Luke, dit Arsinoé avant de rire. Les reines sans don n'atteignent pas leurs vingt ans.

Elle avance sa main pour saisir un sandwich.

— C'est peut-être pour ça que mon familier ne s'est pas encore présenté. Il sait très bien que je serai morte dans un an. Oh !

Une goutte de sang vient tomber sur son assiette, la pierre de Polly lui a laissé une blessure dissimulée sous ses cheveux. Une autre goutte chute sur la belle nappe de Luke. Hank saute sur la table pour le goûter.

— Je ferais bien d'aller me nettoyer. Excuse-moi, Luke. Je remplacerai tout ça.

— N'y pense même pas, la rassure Luke alors qu'elle part en direction de la salle de bains.

Il pose son menton sur ses mains d'un air triste.

— C'est elle qui sera couronnée lors du festival du printemps prochain, Jules. Tu verras.

Jules regarde son thé. Il y a tellement de crème dedans qu'il semble presque blanc.

— Il faut d'abord que l'on survive au Beltane du printemps qui nous attend.

Luke ne réplique que par un sourire. Il en est tellement persuadé. Mais durant les trois dernières générations, des reines naturalistes plus talentueuses ont tout de même été tuées. Les Arron sont trop puissants, leurs poisons atteignent toujours leur cible. Et même si ces derniers ne parviennent pas à leurs fins, Mirabella non plus ne doit pas être ignorée. Chacun des navires qui voguent vers le nord-est de l'île revient avec des histoires sur les tempêtes

Shannon qui balaient la ville de Rolanth, où siègent les élémentaires.

— Ce ne sont que des espoirs, et tu le sais bien. Toi et moi espérons, car tu ne veux pas qu'Arsinoé meure. Parce que tu l'aimes.

— Évidemment que je l'aime. Mais j'ai également la foi. Je crois qu'Arsinoé est la reine élue.

— Comment peux-tu le savoir ?

— Je le sais, c'est tout. Sinon, pourquoi la Déesse aurait-elle placé ici une naturaliste aussi puissante que toi pour la protéger ?

Les célébrations de l'anniversaire d'Arsinoé se tiennent sur la place au centre de la ville, sous de grandes tentes noir et blanc. Chaque année, la température des tentes augmente sous l'effet de la cuisson de la nourriture et de l'attroupement des corps, jusqu'à ce que les rabats de ces dernières soient ouverts afin de faire entrer un peu d'air hivernal. Chaque année, la majorité des invités est saoule avant même que le soleil se soit couché.

Alors qu'Arsinoé se fraie un chemin dans la foule, Jules et Camden sont sur ses talons. L'humeur est joviale, mais il ne faut qu'une seconde pour que la soupe devienne aigre.

— L'hiver a été long, entend Jules, mais la folie n'a pas été trop prégnante. C'est surprenant qu'il n'y ait pas eu plus de pertes en mer chez les pêcheurs, à la suite d'un crochet sur une tempe, par exemple.

Jules pousse Arsinoé au-delà de la conversation. Elles doivent voir beaucoup de personnes avant de pouvoir s'asseoir et apprécier leur repas.

— C'est un bel arrangement, remarque Arsinoé alors qu'elle se penche pour renifler une longue gerbe de fleurs sauvages disposée dans un vase.

Le bouquet est composé des teintes roses et pourpres des épiaires et des orchis brillants. Il est aussi beau qu'un gâteau de mariage tout juste éclos par le don d'un naturaliste. Chaque famille a apporté le sien, ainsi que quelques gerbes de plus afin de décorer les tables des sans-don.

— C'est notre Betty qui les a faites, cette année, explique un homme tout proche d'Arsinoé.

Il fait un clin d'œil vers une fillette empourprée de l'autre côté des tables et des poteaux. Elle a environ huit ans et elle porte un pull noir fraîchement tricoté et un collier de cuir tressé.

— C'est vrai, Betty ? Eh bien, ce sont les plus belles de l'année.

Arsinoé sourit et Betty la remercie, et si qui que ce soit remarque qu'une petite fille peut faire de si belles éclosions alors que la reine, elle, ne peut pas faire s'ouvrir une malheureuse rose, personne n'en dit rien.

Les yeux de Betty s'illuminent à la vue de Camden, et le gros félin s'approche d'elle pour se laisser caresser. Le père de la fille observe la scène, opinant respectueusement du chef en direction de Jules tandis qu'elles passent.

Les Milone sont les naturalistes les plus prospères de Wolf-Spring. Leurs champs sont opulents, tout comme leurs vergers, et leurs bois sont remplis de gibier. Et maintenant ils ont Jules, la naturaliste la plus puissante des soixante dernières années, dit-on. Ce sont pour ces raisons, et bien d'autres, qu'ils ont été choisis pour accueillir la reine naturaliste et qu'ils doivent accepter les responsabilités qui en découlent. Comme jouer le rôle de l'hôte pour les membres du Conseil de passage, par exemple. Une chose qui ne leur est en rien naturelle.

Au sein de la tente principale, la grand-mère et le grand-père de Jules sont assis de part et d'autre de l'invitée d'honneur, Renata Hargrove, une membre du Conseil noir envoyée depuis la capitale, Indrid-Down. Madrigal devrait elle aussi être présente, mais son siège est vide. Elle a disparu, comme à son habitude. Pauvres Cait et Ellis, piégés dans leurs sièges. Les joues de grand-père Ellis lui feront mal, plus tard, d'avoir tant forcé son sourire. Sur ses genoux, son petit épagneul, Jake, fait un sourire qui ressemble moins à de l'amabilité qu'à des babines retroussées pour montrer ses dents.

— Ils n'ont envoyé qu'un seul représentant cette année, note Arsinoé en susurrant. Un seul des neuf. Et qui ne dispose d'aucun don, en plus. Que penses-tu que le Conseil essaie de nous transmettre comme message ?

Elle ricane puis engouffre une pince de crabe beurrée et rôtie aux herbes. Arsinoé se cache toujours derrière ce sourire arrogant. Elle trouve les yeux de Renata, et cette dernière penche la tête. Ce n'est pas vraiment un signe de reconnaissance. Juste ce qu'il faut, et les poils du dos de Jules se hérissent.

— Tout le monde sait que son siège au Conseil a été acheté par sa famille sans don, grogne-t-elle. Elle lécherait le poison des chaussures de Natalia Arron si on le lui demandait.

Jules regarde les quelques prêtresses du temple de Wolf-Spring qui ont décidé de venir. N'envoyer qu'un seul membre du Conseil est une insulte, mais cela reste mieux que le comportement du Temple vis-à-vis d'Arsinoé. La grande prêtresse Luca n'est venue à aucun des anniversaires de cette dernière. Elle s'est occasionnellement rendue à ceux de Katharine, quand elle était jeune. Désormais, elle n'en a plus que pour Mirabella, Mirabella, Mirabella.

— Ces prêtresses ne devraient pas se montrer, gronde Jules. Le Temple ne devrait en aucun cas choisir un camp.

— Calme-toi, Jules.

Arsinoé pose une main sur le bras de son amie avant de changer de sujet.

— La pêche a été bonne.

Jules se tourne vers la table principale, qui a été remplie de poissons et de crabes. Sa proie est la pièce maîtresse : un gigantesque cabillaud noir flanqué de deux énormes bars rayés. Elle les a appelés des profondeurs plus tôt ce matin, avant même qu'Arsinoé se soit levée. Ils se trouvent désormais étalés sur des pommes de terre, des oignons et du chou blanc d'hiver. La majeure partie de leurs filets charnus a déjà été dégustée.

— Tu ne devrais pas passer outre, la prévient Jules. Cela compte.

— L'irrévérence ? demande Arsinoé en renâclant. Évidemment que non.

Elle mange une autre pince de crabe.

— Tu sais quoi, si je survis à cette année de l'Ascension, je voudrais que la pièce maîtresse soit un requin.

— Un requin ?

— Un grand blanc. Ne te montre pas radine quand il en viendra à mon couronnement, Jules.

Celle-ci rit.

— *Quand* tu auras survécu à ton Ascension, tu pourras ensorceler ton grand blanc toi-même.

Elles échangent un large sourire. Outre sa chevelure qui la distingue clairement, Arsinoé ne ressemble pas vraiment à une reine. Ses cheveux sont rêches, et personne ne parvient à l'empêcher de se les couper. Son pantalon noir est le même que celui qu'elle porte jour après jour, tout comme sa veste noire légère. Le seul élément raffiné qu'ils ont réussi à lui faire passer pour l'occasion est une nouvelle écharpe que Madrigal a dénichée chez Pearson, fabriquée avec la laine de leurs fameux lapins aux oreilles tombantes. Mais c'est peut-être pour le mieux. Wolf-Spring n'est pas une ville de délicatesse. C'est une ville de pêcheurs, d'agriculteurs et de gens des quais, et personne ne revêt jamais ses beaux atours noirs si ce n'est pour Beltane.

Arsinoé étudie la tapisserie accrochée derrière la table principale et fronce les sourcils. Normalement, on retrouve cette dernière à l'hôtel de ville, mais elle est toujours déplacée pour l'anniversaire d'Arsinoé. Elle représente le couronnement de la dernière grande reine naturaliste, Bernadine, qui a alourdi les vergers de fruits à sa mort et qui possédait un énorme loup gris comme familier. Sur cette image, la reine se tient sous un arbre s'affaissant sous le poids des pommes, le loup à son côté. Entre les mâchoires de l'animal se trouve la gorge arrachée d'une de ses sœurs, dont le corps sans vie repose aux pieds de Bernadine.

— Je déteste ce truc, lance Arsinoé.

— Pourquoi ?

— Parce qu'il me rappelle tout ce que je ne suis pas.

Jules donne un coup d'épaule à la reine.

— Dans la tente des desserts, il y a du gâteau aux graines. Et du gâteau à la citrouille. Et du gâteau blanc avec un glaçage aux fraises. Retrouvons Luke et allons nous servir.

— Parfait.

En chemin, Arsinoé fait halte pour discuter avec des habitants et caresser leurs familiers. La majorité d'entre eux sont des chiens ou des oiseaux, des gardiens de naturalistes pour le moins communs. Thomas Mintz, le meilleur pêcheur de l'île, demande à son lion de mer d'offrir une pomme à Arsinoé du bout de sa truffe.

— Vous nous quittez ? s'enquiert Renata Hargrove.

Jules et Arsinoé se retournent, surprises que Renata ait fait l'effort de descendre de la table principale.

— Je vais seulement à la tente des sucreries, répond Arsinoé. Peut-on… vous ramener quelque chose ?

Elle lance un regard gauche à Jules. Aucun membre du Conseil noir n'a jamais fait preuve d'intérêt envers Arsinoé, outre leur présence annuelle lors de ses anniversaires. Ils viennent manger, échanger quelques politesses avec les Milone et s'en vont, se plaignant ensuite de la qualité de la nourriture et de la taille des chambres de l'auberge Wolverton. Mais Renata semble presque heureuse de cet échange.

— Si vous partez, vous manquerez mon annonce, dit Renata en souriant.

— Quelle annonce ? demande Jules.

— Je viens annoncer que l'exil de Joseph Sandrin touche à sa fin. Il est déjà sur le chemin du retour et devrait arriver dans deux jours.

L'anse de la Tête-de-Phoque se trouve tout au bout des longs docks en bois. Les planches grises patinées par les tempêtes craquent dans le vent frais, et la mer ridée et éclairée par la lune reflète les frémissements de la respiration de Jules.

Joseph Sandrin est sur le chemin du retour.

— Jules, attends.

Les pas d'Arsinoé secouent le ponton alors qu'elle suit Jules jusqu'à la pointe, Camden trottinant à côté d'elles avec réticence. Le félin n'a jamais tellement apprécié l'eau, et cette frêle planche de bois ne lui semble pas être une barrière en laquelle elle peut avoir confiance.

— Est-ce que tu vas bien ? demande Jules par habitude.

— Pourquoi est-ce que tu me poses cette question ?

Elle s'enfonce davantage dans son écharpe pour se protéger du vent.

— Je n'aurais pas dû te laisser comme ça.

— Si, bien sûr. Il revient. Après tout ce temps.

— Tu penses que c'est la vérité ?

— Mentir à ce sujet le jour où l'on fête mon anniversaire serait une preuve de bien plus de courage que n'en ont les Arron.

Elles projettent leurs regards au-delà des eaux sombres, au-delà de l'anse, au-delà du banc de sable submergé qui les protège des vagues, et observent les courants des profondeurs.

Cela fait plus de cinq ans qu'elles ont essayé de fuir l'île. Cinq ans que Joseph a volé un des quillards de son père pour les aider à s'échapper.

Jules se repose contre l'épaule d'Arsinoé. Elles ont ce geste de réconfort l'une envers l'autre depuis qu'elles sont enfants. Peu importe ce que cette tentative leur a coûté, Jules n'a jamais regretté leur acte. Elle réessaierait, s'il y avait le moindre espoir.

Mais il n'y en a aucun. Sous les docks, la mer murmure, tout comme elle l'a fait contre les flancs du bateau qui les emprisonnait dans le brouillard entourant l'île. Peu importait la voilure ou la force avec laquelle ils ramaient, ce brouillard était impénétrable. On les a retrouvés transis de froid, effrayés et ballottés par les eaux du port. Les pêcheurs leur ont dit qu'ils avaient été idiots, que Jules et Joseph auraient peut-être pu y parvenir, se perdre en mer ou peut-être atteindre le continent. Mais Arsinoé est une reine. L'île ne s'en séparerait jamais.

— Tu penses qu'il ressemble à quoi maintenant ? demande Arsinoé.

Il n'est certainement plus petit, de la crasse recouvrant sa mâchoire et ses doigts. Ce n'est plus un enfant. Il a dû grandir.

— J'ai peur de le revoir, admet Jules.

— Tu n'as jamais peur de rien.

— Et s'il a changé ?

— Et si au contraire il n'a pas changé ?

Arsinoé vient saisir une pierre plate dans sa poche et essaie de la faire ricocher sur l'eau, mais il y a bien trop de vagues.

— Tout cela semble de bon augure, dit la reine. Qu'il revienne, pour notre dernière année. On pourrait avoir l'impression que c'est ainsi que les choses devaient se dérouler.

— Comme si la Déesse en avait voulu ainsi ?

— Ce n'est pas ce que j'ai dit.

Arsinoé baisse le regard et sourit. Elle gratte Camden entre les oreilles.

— Rentrons, lance Jules. Attraper froid n'arrangera rien à notre situation.

— Sûrement pas, tes yeux rougiraient et ton nez gonflerait.

Jules pousse Arsinoé vers l'avant, vers la marina et la longue route sinueuse qui conduit à la maison des Milone.

Camden trottine rapidement pour donner un coup dans les genoux d'Arsinoé. Ni Jules ni le félin ne pourront dormir cette nuit. L'annonce de Renata Hargrove a ravivé leur moindre souvenir de Joseph.

Alors qu'elles laissent le dernier quai derrière elles, Camden ralentit son allure, et ses oreilles se tendent en direction de la ville. Quelques pas devant le félin, Arsinoé se plaint de ne pas avoir assez de gâteau à la fraise dans l'estomac. Elle n'entend rien. Jules n'entend rien non plus, mais les yeux jaunes de Camden lui font comprendre que quelque chose ne va pas.

— Que se passe-t-il ? s'enquiert Arsinoé en se rendant enfin compte de la situation.

— Je n'en sais rien. Une rixe, je pense.

— Des soulards viennent sûrement de quitter ma fête.

Elles pressent le pas vers le square. Plus elles se rapprochent, plus le félin se déplace rapidement. Elles passent devant la librairie Gillespie, et Jules demande à Arsinoé de frapper à la porte et d'attendre à l'intérieur.

— Mais, Jules ! commence Arsinoé, mais celle-ci et son familier sont déjà partis, elles courent à toutes jambes dans la rue.

Elles dépassent les tentes vides et ouvertes aux quatre vents et se précipitent vers l'allée derrière la cuisine du pub *La Bruyère et la Pierre.*

Jules ne reconnaît aucune voix. Mais elle reconnaît le son des coups de poing qui touchent leur cible.

— Arrêtez ! s'écrie-t-elle avant de se lancer au milieu de la mêlée. Arrêtez tout de suite !

À la vue de Camden à ses côtés, les gens s'écartent. Deux hommes et une femme se battent pour une raison dont elle se fiche. Cela n'aura plus aucune importance demain matin, quand la bière ne fera plus effet.

— Milone, grogne un des hommes. Vous n'êtes rien d'autre qu'une petite brute avec votre couguar. Mais vous ne représentez pas la loi.

— Non, c'est vrai. C'est le Conseil noir qui est la loi, et si vous continuez, je les laisserai s'emparer de vous. Je les laisserai vous empoisonner jusqu'à perdre raison, ou peut-être même jusqu'à ce que vous en mouriez, sur la place d'Indrid-Down.

— Jules, interrompt Arsinoé en sortant des ombres. Est-ce que tout va bien ?

— Tout va bien. Une petite bagarre, rien de plus.

Une bagarre qui va s'envenimer. Il y a une matraque dans la main de la femme.

— Pourquoi ne pas vous occuper de la reine, lance cette dernière, et déguerpir ?

La femme soulève sa matraque et la projette en avant. Jules saute en arrière, mais l'extrémité de l'arme vient tout de même la frapper à l'épaule avec force. Camden feule, et Jules forme un poing.

— Idiote ! crie Arsinoé.

Elle se place entre Jules et la femme.

— Ne la poussez pas, et ne me poussez pas.

— Vous pousser, vous ? demande l'homme saoul en riant. Quand la vraie reine arrivera, nous lui offrirons votre tête sur une pique.

Jules montre les dents et se propulse en avant. Elle le touche de plein fouet à la mâchoire avant même qu'Arsinoé puisse l'arrêter.

— Envoie-le à Indrid-Down ! hurle Jules. Il t'a menacée !

— Laisse-le faire.

Elle se retourne et repousse l'homme qui tient sa mâchoire en sang. Camden feule, et les deux autres se reculent.

— Déguerpissez ! s'écrie Arsinoé. Si vous voulez vous en prendre à moi, allez-y ! Vous aurez tous votre chance, après Beltane.

ROLANTH

Les pèlerins se retrouvent sous le dôme nord du temple de Rolanth, les lèvres collantes de gâteau au caramel ou de brochettes de poulet sucré-salé, les épaules enroulées dans de grands manteaux noirs claquant aux quatre vents.

La reine Mirabella est debout près de l'autel de la Déesse. Elle est en nage, mais cette sueur n'a rien à voir avec la chaleur. Les élémentaires ne sont pas vraiment sensibles aux températures, et si c'était le cas, personne à l'intérieur du bâtiment ne se plaindrait de la chaleur. Le temple de Rolanth est dédié à la reine des éléments. Des ouvertures donnent autant à l'est qu'à l'ouest, le toit est soutenu par des poutres et des colonnes de marbre massif. L'air circule peu importe la saison, et personne ne frissonne jamais, si ce n'est les prêtresses.

Mirabella vient de remplir l'atmosphère de foudre. Des éclairs lézardent le ciel de tous les côtés et touchent le sol comme d'épaisses veines. Des flashs prolongés éclairent l'intérieur du bâtiment comme s'il faisait jour. Elle est folle de joie. La foudre est son élément préféré. Les éclairs et les tempêtes, toute cette électricité qui se diffuse dans son sang, elle la fait vibrer jusque dans ses os.

Mais à en juger par les regards que lance son peuple, on pourrait presque croire qu'elle n'a rien fait du tout. À la lumière chaude des bougies, leurs attentes se lisent dans leurs yeux écarquillés. Ils ont tous entendu les murmures, les rumeurs de ce qu'elle est capable de faire. Et ils veulent tout voir, le feu, le vent, l'eau. Ils veulent qu'elle fasse trembler la terre jusqu'à ce que les piliers du temple craquent. Peut-être souhaitent-ils même qu'elle désolidarise de l'île la falaise noire tout entière pour la faire tomber dans la mer et ainsi faire voguer le temple dans la baie.

Mirabella renâcle. Un jour, peut-être. Mais pour l'heure, cela paraît un peu trop demander.

Elle en appelle au vent. Ses rafales éteignent la moitié des brasiers et dispersent des étincelles et des braises orange dans le temple. Des cris de joie emplissent ses oreilles tandis que la foule s'écarte avec plaisir.

Elle n'attend même pas que le vent ait fini de souffler pour raviver les flammes des dernières torches encore allumées, afin qu'elles viennent lécher la peinture murale de la reine Elo, la souffleuse de feu, sur laquelle elle est dépeinte sur sa barge d'or, en train de calciner une flotte ennemie du continent dans le port de Bardon.

Et pourtant, ils en veulent encore davantage. Les uns contre les autres, ils sont devenus aussi excités que des enfants. Elle a bien plus de spectateurs qu'elle n'en a jamais vu, ils emplissent entièrement l'espace intérieur de l'édifice et la cour extérieure. La grande prêtresse Luca lui a dit avant la cérémonie que la route menant au temple brillait de toutes les chandelles portées par ses partisans.

Tous les individus présents ne sont pas des élémentaires. Son don en a inspiré d'autres, des naturalistes et certains, plus rares, qui ont le don de la guerre. Beaucoup n'ont même aucun don. Ils sont tous ici pour voir les rumeurs prendre vie, que Mirabella est bien la prochaine reine de Fennbirn et que le long règne des empoisonneurs touche enfin à son terme.

Les bras de Mirabella tremblent. Elle ne s'est pas autant servie de son don depuis longtemps. Cela date peut-être même de la première fois où elle est arrivée à Rolanth et qu'elle a rencontré les Westwood. Quand on l'a séparée de ses sœurs à l'âge de six ans et qu'elle a essayé de réduire à néant la maison de la famille par le vent et la foudre. Elle jette un regard en direction des bassins peu profonds qui se trouvent sur sa droite, illuminés par de jolies bougies flottantes.

Non. Surtout pas l'eau. L'eau est le pire des éléments. Le plus difficile à contrôler. Elle aurait dû commencer par celui-là. Elle l'aurait fait si ses nerfs ne l'avaient pas emporté sur sa raison.

Mirabella survole la foule du regard vers le fond du temple, où la grande prêtresse Luca s'est blottie contre la courbure du mur sud, habillée d'une robe épaisse. Mirabella lui fait un signe de ses sourcils perlés de sueur, et la grande prêtresse comprend.

La voix autoritaire et claire de Luca se fait entendre par-dessus le vacarme.

— Un de plus.

La foule est influençable, et en quelques instants des murmures reprennent ces paroles et scandent des encouragements.

Un. Juste un seul élément de plus. Encore une dernière démonstration.

Mirabella se renferme profondément en elle-même, appelant la Déesse en silence, la remerciant pour son don. Mais elle ne fait qu'appliquer les enseignements du Temple. Mirabella n'a que faire des prières. Son don d'élémentaire forme une boule dans sa poitrine. Elle inspire de l'air avant de relâcher sa puissance. Une onde de choc se propage sous les pieds des spectateurs, elle se diffuse dans le temple et au travers de toutes les personnes qui s'y trouvent.

Quelque part un vase tombe et éclate. Les personnes à l'extérieur ressentent la réverbération et s'exclament.

Enfin, la foule l'acclame.

Elle fait couler le sang de sa sœur avec une paire de ciseaux. Ce qui devait juste lui couper les cheveux lui a finalement cisaillé une oreille.

— Est-ce là une comptine ? lui demande sa sœur. C'est une histoire de conte de fées ?

— Je l'ai déjà entendue, répond Mirabella en étudiant la tache bordeaux.

Elle dépose l'oreille sur le genou de sa sœur et fait glisser son doigt le long de la lame aiguisée des ciseaux.

— Prends garde à ne pas te couper. Notre peau de reine est si fragile. De plus, mes oiseaux voudront te manger tout entière. Les yeux dans ton crâne et les oreilles attachées. Ne bois pas. Elle a transformé notre vin en sang.

— Qui donc ? demande Mirabella, même si elle le sait très bien.

— Le vin devient sang et le sang redevient vin, que ce soit dans nos veines ou dans nos verres.

Quelque part, se diffusant dans la tour, la voix d'une petite fille chante ; le son grimpe les marches et s'enroule encore et encore, comme un nœud qui se resserre.

— Ce n'est pas ma sœur.

Sa sœur hausse les épaules. Le sang se déverse comme une lente cascade depuis le trou béant sur le côté de sa tête.

— Elle l'est. Je le suis. Nous le sommes.

Les ciseaux s'ouvrent et se referment. L'autre oreille est tranchée et déposée sur les genoux de sa sœur.

Mirabella se réveille avec le goût cuivré du sang dans la bouche. Ce n'était rien de plus qu'un rêve, mais c'était un rêve intense. Elle s'attend presque à trouver des morceaux de ses sœurs dans ses poings.

L'oreille d'Arsinoé s'est posée avec une telle douceur sur ses genoux. Même si ce n'était pas vraiment Arsinoé. Tant d'années se sont écoulées, Mirabella est incapable d'imaginer à quoi sa sœur peut bien ressembler aujourd'hui. On lui a dit qu'Arsinoé était laide, avec des cheveux courts et secs comme de la paille et un visage des plus communs. Mais Mirabella n'en croit pas un mot. C'est ce que les autres pensent qu'elle veut entendre.

Mirabella repousse ses draps à coups de pied et boit une grande gorgée d'eau du verre se trouvant sur sa table de nuit. La grande demeure des Westwood est calme. Elle suppose que la totalité de Rolanth est silencieuse, même si les rayons du soleil lui indiquent qu'il sera bientôt midi. Les festivités de son anniversaire se sont prolongées jusque tard dans la nuit.

— Vous êtes réveillée.

Mirabella se retourne en direction de sa porte ouverte et sourit faiblement à la frêle prêtresse qui se tient dans l'embrasure. Elle est jeune et petite. Les bracelets noirs sur son poignet ne sont encore que des bracelets, pas des tatouages.

— Oui, répond Mirabella. Tout juste.

La fille opine du chef et entre pour l'aider à s'habiller, accompagnée d'une seconde initiée qui était cachée dans son ombre.

— Avez-vous bien dormi ?

— Plutôt, oui, ment Mirabella.

Les rêves ont empiré, dernièrement. Luca affirme que c'est normal. Que c'est ainsi que vivent les reines, et qu'après la mort de ses sœurs les rêves cesseront.

Mirabella ne bouge pas alors que les prêtresses lui peignent les cheveux et l'habillent d'une robe confortable après les réjouissances de la nuit. Puis, finalement, elles s'en retournent aux ombres. Elles sont toujours avec elle, les prêtresses. Même dans la maison Westwood. Depuis que la grande prêtresse s'est rendu compte de la puissance de son don, elle est gardée par le Temple. Elle aimerait parfois qu'elles disparaissent.

Elle croise l'oncle Miles dans le couloir qui mène aux cuisines, il appuie une compresse froide contre son front.

— Trop de vin ? demande-t-elle.

— Trop de tout.

Il marque une révérence gauche avant de regagner sa chambre.

— Où est Sara ?

— Elle est au salon, répond-il par-dessus son épaule. Elle n'a pas quitté cette pièce depuis le petit déjeuner.

Sara Westwood est sa mère d'adoption. Une femme bonne et pieuse, si l'on omet sa tendance prononcée pour l'inquiétude. Elle s'est bien occupée de Mirabella, et elle a un don plutôt puissant, spécialisé dans l'élément de l'eau. Quand Mirabella s'installe dans la salle de séjour pour le thé, les plaintes que Sara émet, depuis le sofa du salon où elle est sûrement allongée, se font parfois entendre aux étages. La complaisance a un prix.

Mais la soirée a été un réel succès. C'est Luca elle-même qui l'a affirmé, ainsi que toutes les prêtresses. Le peuple de

Fennbirn va parler de cet événement pendant des années. Ils diront qu'ils étaient présents pour l'Ascension de la nouvelle reine.

Mirabella pose ses pieds sur le fauteuil en velours vert placé en face du canapé et s'étire. Elle est épuisée. Son don lui fait l'effet d'une boule de caoutchouc dans l'estomac, instable et désagréable. Mais tout rentrera dans l'ordre.

— C'était un sacré spectacle, ma reine.

Bree est affaissée contre la porte, puis elle tournoie pour entrer dans la pièce. Elle se laisse tomber au côté de Mirabella sur le long canapé en satin. Ses cheveux bruns brillants aux reflets dorés sont relâchés, à la différence de sa tresse habituelle, et même si elle aussi semble exténuée, ce n'est rien d'autre qu'une bonne fatigue.

— Je déteste que tu m'appelles ainsi, précise Mirabella en souriant. Où étais-tu ?

— Fenn Wexton me montrait les écuries de sa mère.

— Fenn Wexton, ricane Mirabella. C'est un idiot qui rit tout le temps.

— Mais est-ce que tu as déjà vu ses bras ? Et il n'a pas beaucoup ri hier soir. Tilda et Annabeth se sont jointes à nous pendant un temps. Nous avons bu un pichet de vin mielleux et nous nous sommes allongés sur le toit de sa grange, sous les étoiles. Nous sommes presque passés au travers de cette toiture pourrie !

Mirabella lève les yeux au plafond.

— Peut-être qu'on aurait pu te faire venir avec nous en catimini, reprend Bree, et Mirabella se met à rire.

— Bree, elles me mettent des cloches aux chevilles. Des grosses cloches qui sonnent fort, comme si j'étais un chat. Comme si j'allais filer comme une petite souris.

— Ce n'est pas comme si tu n'avais pas déjà filé avant, dit Bree avec un sourire complice.

— Je n'ai jamais manqué un événement aussi important ! proteste Mirabella. J'ai toujours été consciencieuse quand il le fallait. Mais elles aiment toujours savoir où je suis. Ce que je fais. Ce que je pense.

— Elles vont te surveiller d'encore plus près avec l'arrivée de l'année de l'Ascension. Rho et toutes ces prêtresses qui montent la garde.

Elle roule sur elle-même pour se mettre sur le ventre.

— Mira, est-ce que tu seras un jour libre ?

Mirabella lui jette un regard oblique.

— Ne sois pas si dramatique. Maintenant, va te laver, nous avons un essayage de robes cet après-midi.

La marche mal fixée des escaliers craque six fois, et quelques instants plus tard, six grandes prêtresses entrent en file dans la pièce. Bree leur lance une expression de mécontentement avant de s'étirer avec langueur.

— Ma reine, annonce la fille la plus proche. La grande prêtresse souhaite vous voir.

— Très bien.

Mirabella se lève. Elle pensait que la tâche serait moins plaisante, mais rencontrer Luca est toujours agréable.

— Assurez-vous qu'elle soit de retour pour son essayage de cet après-midi, dit Bree avant d'agiter les doigts en un au revoir paresseux.

Mirabella a de gros doutes quant au fait qu'elle reverra Bree aujourd'hui. Essayage de robes ou non, rien ne pourra jamais empêcher Bree de faire très exactement ce qu'elle voudra, et, en tant que fille unique et adorée de Sara Westwood, personne n'a jamais réellement essayé de la contraindre à quoi que ce soit. Il serait facile d'éprouver une certaine rancœur envers Bree et sa liberté, mais Mirabella l'aime trop pour cela.

À l'extérieur, Mirabella adopte une cadence rapide, une subtile pique lancée aux prêtresses qui la gardent de si près. La plupart d'entre elles ont la gueule de bois après l'anniversaire de la veille, tout comme Sara, et cette marche vivifiante leur donne un teint un peu verdâtre.

Mais cela n'a rien de réellement cruel. La maison Westwood est très proche du temple. Quand Mirabella était plus jeune, et plus à même de se faufiler sous le nez de ses gardes, elle filait parfois pour aller voir Luca seule, ou elle longeait en courant les terres du temple pour rejoindre les falaises de basalte de la Chaussée noire de Shannon. Cet espace lui manque. Cette intimité. Quand elle pouvait marcher le dos voûté ou donner des coups de pied à des pierres pour les projeter en direction des arbres. Quand elle pouvait encore être aussi sauvage que doit l'être une reine élémentaire.

Elle est aujourd'hui cernée par des robes blanches. Elle doit tendre le cou pour porter son regard au-delà de l'épaule la plus proche, pour ne serait-ce qu'entrapercevoir la ville au-dessous. Rolanth. La cité des élémentaires, un centre de pierre étendu et des ruisseaux d'eau se déversant des collines verdoyantes. Des canaux coulent entre les bâtiments comme des artères, transportant vers l'intérieur des terres les gens et les cargaisons en provenance de la mer, grâce à un système d'écluses. De là où elle se trouve, les bâtiments semblent fiers et blancs, les canaux sont pratiquement bleus. Elle peut facilement se représenter le panache de cette cité quand elle était encore riche et fortifiée. Avant que les empoisonneurs s'arrogent le trône et le Conseil et refusent de s'en séparer.

— C'est une belle journée, dit Mirabella pour briser la monotonie.

— C'est bien vrai, ma reine, répond une des prêtresses. La Déesse est clémente.

Elles n'ajoutent rien de plus. Mirabella ne connaît le nom d'aucune de ses gardiennes. Tant de prêtresses se sont présentées au temple de Rolanth dernièrement qu'elle n'arrive plus à suivre. Luca affirme que les temples de l'île observent un afflux similaire. La force du don de Mirabella a renouvelé la foi de l'île. Parfois, la jeune reine souhaiterait que Luca attribue moins de choses à la puissance de son don.

Luca la reçoit dans le temple à proprement parler plutôt qu'à l'étage, dans ses appartements. La vieille femme ouvre ses bras. Elle soustrait Mirabella aux prêtresses et l'embrasse sur la joue.

— Tu n'as pas l'air si fatiguée que ça. J'aurais peut-être dû te faire travailler l'eau hier soir, après tout.

— Si vous aviez fait ça, vous n'auriez rien vu. Ou peut-être aurais-je trempé quelqu'un par accident.

— Par accident, reprend Luca avec ironie.

Lors de sa première rencontre avec Luca, Mirabella a essayé de la noyer en invoquant un élémentaire d'eau du lac Céleste et en l'envoyant dans la gorge de la grande prêtresse. Mais c'était il y a bien longtemps.

Luca repasse ses mains sous les différentes couches de tissu et de fourrure. Mirabella ignore quel était le don de Luca avant qu'elle devienne une prêtresse, mais il n'était pas élémentaire. Elle est bien trop frileuse.

Une prêtresse passant à leur côté manque de tomber, et le bras de Luca jaillit à toute vitesse pour la stabiliser.

— Fais attention, mon enfant, lui dit Luca, et la fille opine du chef. Ces robes sont trop longues, tu vas te faire mal. Demande à quelqu'un de les couper.

— Oui, Luca, souffle-t-elle.

La fille n'est qu'une initiée. On peut encore refuser son service au Temple. Elle peut encore changer d'avis et rentrer chez elle.

Celle-ci marche plus lentement en direction du mur sud, où trois autres prêtresses sont en train de restaurer la peinture murale de la reine Shannon. Le peintre a exceptionnellement bien capturé les traits de la reine. Ses yeux noirs ressortent du mur, concentrés et résolus malgré la pluie et le vent qui obscurcissent la partie la plus basse de son visage.

— Elle a toujours été ma préférée, affirme Mirabella. La reine Shannon et ses tempêtes.

— L'une des plus puissantes. Avant ta naissance. Un jour, c'est ton visage qui viendra éclipser le sien sur ce mur.

— Nous ne devrions pas le souhaiter. Aucune de ces peintures ne montre des temps de paix.

Luca soupire.

— Le temps présent n'est pas à la paix, après des décennies d'empoisonneurs dans la capitale. La Déesse ne t'aurait pas donné de tels pouvoirs si tu n'allais pas en avoir besoin.

Luca saisit son bras et la guide dans le dôme sud.

— Un jour, reprend-elle, après ton couronnement peut-être, je t'accompagnerai au temple de la reine guerrière dans la cité de Bastian. Ils n'ont pas de peintures murales, mais ils ont une statue d'Emmeline, avec une lance ensanglantée au-dessus de la tête et des flèches, le tout suspendu au plafond.

— Suspendu au plafond ? s'étonne Mirabella.

— Il y a longtemps, quand le don de la guerre était encore prégnant, une reine guerrière pouvait déplacer des objets dans les airs par sa simple volonté.

Les yeux de Mirabella s'écarquillent, ce qui fait rire la grande prêtresse.

— Enfin, c'est ce que l'on dit.

— Pourquoi avez-vous demandé à me voir, grande prêtresse ?

— Car tu as une tâche à effectuer.

Luca se détourne de la peinture murale et referme ses mains. Elle se met en marche vers le nord en direction de l'autel de la Déesse, et Mirabella la suit.

— Je voulais patienter encore, continue-t-elle. Je savais à quel point tu serais fatiguée, au lendemain d'un tel événement. Mais même si j'aimerais que tu restes éternellement jeune, et que tu restes éternellement à mes côtés dans cet endroit paisible, c'est impossible. Tu as grandi. Tu es une reine, et à moins que ton don ne te permette désormais d'arrêter le temps, la Révélation approche. Nous ne pouvons plus repousser ces choses qui doivent être faites.

Elle pose une main douce sur la joue de Mirabella.

— Mais si tu n'es pas prête, je m'arrangerai pour qu'elles soient repoussées.

Mirabella place sa main sur celle de Luca. Elle embrasserait la tête de la vieille femme si les prêtresses ne les observaient pas. Aucune grande prêtresse n'a accordé autant de grâces à une reine que Luca pour elle. Ou causé un tel scandale en quittant ses appartements du temple d'Indrid-Down pour s'installer plus près de sa favorite.

— Je suis prête, affirme Mirabella. J'effectuerai toute tâche que vous m'assignerez avec plaisir.

— Très bien, acquiesce Luca en lui tapotant le dos. Très bien.

Les prêtresses accompagnent Mirabella bien au-delà des terres du temple, elles traversent la forêt verte en direction des falaises de basalte qui se projettent au-dessus de la mer. Mirabella a toujours apprécié l'air iodé et les brises légères, ainsi que de pouvoir faire de grands pas sous sa jupe.

Quand elles l'ont conduite en dehors du temple, les prêtresses ne lui ont pas dit ce qu'elles attendaient d'elle. La prêtresse Rho mène l'escorte, donc Mirabella s'imagine qu'elles partent en chasse. C'est toujours Rho qui est à la tête des chasses. Chacune des initiées du temple la craint. On affirme qu'elle n'hésiterait pas à corriger celles qui la mécontentent. Être une prêtresse signifie rejeter son passé, mais Mirabella est persuadée que Rho possède le don de la guerre.

Aujourd'hui, Rho a une mine sombre et sérieuse. Les prêtresses portent leurs lances de chasse, mais elles n'ont amené aucun limier. Et les terrains de chasse au gibier se trouvent loin derrière elles, au cœur des bois.

Elles atteignent les falaises et continuent vers le nord, elles marchent sur la pierre bien plus longtemps que Mirabella ne l'a jamais fait.

— Où allons-nous ?

— Ce n'est plus très loin, ma reine, répond Rho. Ce n'est vraiment plus très loin.

Elle donne une tape à la prêtresse sur sa gauche.

— Pars en avant. Assure-toi que tout est prêt.

La prêtresse opine du chef, parcourt le chemin en courant avant de disparaître au détour d'un virage.

— Rho ? Que faisons-nous ? Qu'est-ce qu'on attend de moi ?

— Ce que la Déesse exige et les devoirs d'une reine. Existe-t-il d'autres tâches à effectuer ?

Elle regarde Mirabella par-dessus son épaule et sourit mesquinement. Ses cheveux, qui s'échappent de sous sa capuche, sont rouge sang.

Le bruit de leurs bottes est lourd quand elles viennent frapper la pierre et le gravier, mais il est constant. Personne d'autre que la fille à qui on a demandé de partir en éclaireuse n'ira plus vite, même si Mirabella essaie de changer le rythme de la marche. Ce qu'elle cesse d'ailleurs rapidement de faire, se sentant idiote, comme un oiseau essayant d'abattre une cage faite de robes.

Devant elles, le chemin vire, puis elles passent un coude et s'enfoncent encore dans un canyon de pierre noire. Mirabella voit alors pour la première fois ce qu'elles ont préparé pour elle, et cela ne ressemble pas à grand-chose. Une assemblée de prêtresses en robes noires et blanches. Un brasier dont les flammes volent haut, brûlant quelque chose qui laisse à peine échapper de la fumée. Et un baril. Quand le groupe les entend arriver, il se retourne et forme une rangée.

Aucune d'entre elles n'est initiée. Elles ne comptent que deux novices. L'une d'elles porte un fourreau noir étrange, avec une sorte de plaid sur les épaules. Ses cheveux bruns sont détachés, et malgré cette protection, sa peau semble froide et très pâle. Elle lance un regard écarquillé et reconnaissant à Mirabella, comme si elle allait la sauver.

— Vous auriez dû me le dire, assène Mirabella. Vous auriez dû me le dire, Rho !

— Et pourquoi cela ? Est-ce que cela aurait fait une différence ?

Elle fait un signe de la tête pour que la fille s'avance, fille qui laisse le plaid tomber pour continuer pieds nus et tremblotante.

— Elle se sacrifie pour vous, souffle Rho. Ne la déshonorez pas.

La jeune prêtresse s'agenouille devant Mirabella et regarde vers le ciel. Ses yeux sont clairs. Elles ne l'ont même pas droguée pour qu'elle ait moins mal. Elle tend la main, et Mirabella la saisit avec réticence, et elle reste là, engourdie, alors que la fille prie. Une fois sa prière terminée, la fille se lève et marche vers le front de la falaise.

Tous les éléments sont présents. L'eau dans le baril. Le feu dans le brasier. Le vent et la foudre au bout de ses doigts. Ou bien elle pourrait faire trembler la terre pour l'ensevelir. Peut-être que cela serait indolore, tout au moins.

La fille qui va être sacrifiée sourit à Mirabella puis ferme les yeux, afin de rendre l'acte plus simple. Mais ce n'est en rien plus simple.

Se laissant gagner par l'impatience, Rho fait un signe à la prêtresse se trouvant près du brasier, qui allume alors une torche.

— Si vous ne le faites pas, ma reine, nous le ferons. Et nous prendrons plus de temps que vous.

MANOIR GREAVESDRAKE

Giselle verse de l'eau chaude sur les cloques qui recouvrent la peau de la reine Katharine. Ces papules rouge brillant emplies de fluide s'étirent dans son dos en formant des bandes, mais elle en a également sur les épaules et sur le haut des bras. Elles ont été causées par une décoction d'orties. Natalia a marqué Katharine de cette mixture ce matin, à l'aide d'une boule de coton imbibée.

— Elle a été imprudente, murmure Giselle. Ça va laisser des cicatrices. Ne bougez pas, Katharine.

Elle touche Katharine avec douceur, et une larme roule le long de la joue de la reine.

Natalia, elle, n'aurait jamais fait une préparation aussi forte. Mais ce n'est pas elle qui l'a concoctée, c'est Geneviève.

— Quand elle verra le résultat, à quel point les cloques sont gonflées, elle fera fouetter sa sœur sur la place publique.

Katharine parvient à rire un peu. Comme elle aimerait que cela se produise ! Mais ce ne sera jamais le cas. Natalia sera certes contrariée à la vue des marques, mais peu importent les punitions que Geneviève recevra, elles se feront dans le calme et entre quatre murs.

Elle expire alors que Giselle verse doucement de l'eau sur ses épaules. La servante a fait infuser de la camomille dans l'eau, afin qu'elle agisse un peu sur le gonflement, mais même ainsi, il faudra plusieurs jours avant que Katharine puisse s'habiller normalement sans avoir peur d'éclater l'une des papules.

— Penchez-vous vers l'avant, Kat.

Elle s'exécute et recommence à pleurer. Au travers de la porte de la salle de bains, elle peut voir sa chambre et sa coiffeuse, ainsi que la cage vide de Sweetheart. Son petit serpent a eu peur quand elle est tombée lors du Gave noir. Elle a relâché son étreinte autour du poignet de Katharine avant de disparaître. Elle doit très certainement être morte à l'heure qu'il est, perdue à jamais entre les murs froids de Greavesdrake.

L'empoisonnement aux orties n'avait rien d'une punition. C'est ce que Natalia lui a dit, elle le lui a assuré d'une voix calme et ferme tout en appliquant le poison bande après bande. Mais Katharine n'est pas dupe. Décevoir un Arron a un prix, et même une reine se doit de le payer.

Cela aurait pu être pire. Connaissant Geneviève, on aurait pu lui injecter du venin d'araignée et la laisser porter les cicatrices de la nécrose pour toujours.

— Comment peut-elle vous faire cela ? se demande Giselle en pressant un linge chaud sur la nuque de Katharine.

— Tu le sais très bien. Elle le fait pour me renforcer. Pour me sauver la vie.

Les salles et les couloirs du manoir Greavesdrake sont délicieusement calmes. Après toutes les arrivées et les départs des derniers jours, la maison est enfin en paix, et Natalia peut se détendre dans la solitude de son bureau et le confort de sa bergère en cuir, son fauteuil préféré. Jusqu'à ce que quelqu'un frappe à la porte.

Quand son majordome entre les mains vides, le visage de Natalia s'affaisse.

— J'espérais que vous m'apportiez une théière d'infusion de mangrove.

— Très certainement, madame. Et dois-je également apporter une tasse pour votre invité ?

Elle se retourne davantage dans son siège pour voir la silhouette qui attend dans le couloir sombre. Elle opine une fois de la tête, irritée, et l'homme est introduit dans la pièce.

— Après trente ans, on aurait pu imaginer que mon majordome personnel saurait que je ne veux pas d'invité après avoir vidé ma maison, dit Natalia en se levant.

— Je me demandais où tout le monde était parti. Même les serviteurs sont comme des fantômes.

— J'ai renvoyé tout le monde ce matin.

Elle était fatiguée de voir leurs visages. Leurs regards condescendants et accusateurs.

— Comment vas-tu, Pietyr ?

Son neveu s'approche et lui embrasse la joue. Jusqu'au bal, cela faisait des années qu'elle n'avait pas vu le fils unique de son frère Christophe. Il n'était encore qu'un enfant quand ce dernier avait décidé de quitter le Conseil pour habiter à la campagne. Mais il n'est plus un enfant aujourd'hui, il est devenu un bel homme.

— Je vais bien, tante Natalia.

— Que me vaut le plaisir de cette visite ? Je pensais que tu serais rentré maintenant, de retour à la campagne avec mon frère et Marguerite.

Il fronce légèrement les sourcils à la mention du nom de sa belle-mère. Natalia ne peut pas lui en vouloir. La première femme de Christophe était bien meilleure. Elle n'aurait jamais dirigé son frère vers le Temple.

— C'est précisément ce sujet qui m'amène. J'espère que vous m'autoriserez à ne plus jamais y retourner.

Il lui passe devant sans attendre d'y être invité et se sert un petit verre de brandy empoisonné. Quand il remarque son expression horrifiée, il lui dit :

— Pardonnez-moi. Vous en vouliez ? Je croyais que vous aviez demandé du thé.

Natalia croise les bras. Elle se rappelle maintenant que Pietyr a toujours été son préféré parmi tous ses neveux et nièces. C'est le seul à avoir ses hautes pommettes et ses yeux bleus de glace. Il a la même bouche sérieuse et le même culot.

— Si tu ne souhaites pas retourner à la campagne, que veux-tu faire, alors ? Veux-tu que je te trouve une place ici, à la capitale ?

— Non, répond-il en souriant. J'espère rester ici avec vous. Je souhaite vous aider avec la reine.

— C'est avec toi qu'elle a dansé si longtemps.

— Exactement.

— Et maintenant tu penses savoir de quoi elle a besoin.

— Je sais qu'elle aura besoin de quelque chose, remarque-t-il. J'étais dehors ce matin quand vous étiez en train de l'empoisonner, j'ai entendu ses cris.

— Son don est obstinément timide. Mais il commence à poindre.

— Oh ? Vous avez donc remarqué que son immunité s'améliorait ? Mais est-ce que cela est dû à son don ou plutôt (il baisse la voix) à votre entraînement ?

— Peu importe, elle empoisonne très bien.

— Je suis ravi de l'entendre.

Mais Natalia sait qu'il en faudra plus que ça pour Katharine. Aucune reine Arron n'a jamais eu à faire face à une rivale comme Mirabella. Cela fait plusieurs générations que l'île n'a pas connu une reine qui soit à moitié aussi puissante qu'elle. Même à Indrid-Down on murmure que chaque reine Arron est plus faible que la précédente. On dit que Nicola pouvait tomber malade avec des champignons et que Camille ne résistait pas au venin de serpent. On dit également que les prouesses de Camille avec les toxines étaient tellement faibles que Natalia a dû tuer ses sœurs elle-même.

Et alors ? La place du don est de moins en moins importante. Les couronnes ne sont plus tellement gagnées, elles sont créées par le biais de la politique et des alliances. Et aucune famille de cette île ne sait mieux naviguer en ces eaux troubles que les Arron.

— Évidemment, les Westwood sont toujours derrière nous, reprend Pietyr. Ils pensent que Mirabella est l'élue. Qu'elle est intouchable. Mais vous et moi savons que si Mirabella venait à régner, ce serait en fait le Temple qui tirerait les ficelles.

— Oui. Depuis que Luca a commencé à ouvertement montrer ses faveurs aux Westwood, ils sont à la solde de la grande prêtresse.

Les idiots. Mais ce n'est pas parce qu'ils sont idiots qu'ils ne sont pas dangereux. Si Mirabella est couronnée, elle utilisera son statut de reine pour remplacer le moindre des empoisonneurs du Conseil par un élémentaire, par des Westwood. Si le Conseil est dirigé par cette famille, l'île deviendra alors assez faible pour tomber.

— Mais si tu as une offre, mon neveu, je suis prête à l'entendre.

— Katharine a d'autres atouts. D'autres forces.

Il lève son verre pour regarder le liquide à la lumière. Il est évident qu'il n'y a pas un seul brandy d'aussi bonne qualité dans le foyer de Marguerite.

— Une fois Beltane terminé, poursuit-il, les prétendants seront très proches des autres reines. Ils pourraient très facilement glisser un poison et personne ne pourrait rien nous reprocher.

— Ces prétendants connaissent les règles. Aucun d'entre eux ne prendra le risque d'être découvert.

— Peut-être le prendraient-ils, s'ils aiment Katharine.

— C'est vrai, admet Natalia.

Les garçons font bien des choses pour les filles qu'ils pensent aimer. Malheureusement, Katharine ne possède pas les attributs nécessaires susceptibles d'inspirer une telle loyauté. Elle est adorable, mais bien trop docile. Et Geneviève a raison quand elle dit qu'elle est bien trop maigre.

— Peux-tu la former dans le temps qui nous est imparti ? demande-t-elle.

— Je le peux. Quand j'en aurai terminé avec elle, elle sera devenue un tel joyau qu'ils oublieront tout de la politique et des alliances. Ils réfléchiront avec leur cœur.

Natalia ricane.

— Il serait tout aussi bien qu'ils pensent avec ce qui se trouve entre leurs jambes.

— C'est ce qu'ils feront également.

Le majordome revient avec la théière, mais Natalia la repousse d'un geste de la main. Elle prendra un brandy, plutôt, afin de conclure leur affaire. Même si les prétendants n'ont aucune utilité quand on parle de poisons. Le jeu en vaudra la chandelle, ne serait-ce que pour voir la disgrâce de Mirabella quand elle sera repoussée.

— Et que désires-tu en échange de ton aide ? demande-t-elle.

— Bien peu de choses. Simplement ne jamais retourner auprès de mon faible de père et de sa sotte de femme. Et… (une lueur traverse ses yeux bleus) je veux siéger au Conseil noir, après le couronnement de Katharine.

Katharine reste sagement debout, dans une robe légère comme une plume noire, tandis que Giselle et Louise retirent les draps de son lit. Après la nuit du Gave et sa matinée de souffrance, ils sont dans un état désastreux, souillés par des taches de sueur et de sang. Peut-être peuvent-ils encore être récupérés. Louise a appris quelques astuces de nettoyage depuis qu'elle est devenue l'une de ses servantes. Elle a l'habitude de s'occuper de son linge après un empoisonnement important.

Katharine tire sur sa robe pour la refermer et grimace quand le tissu vient frotter contre les cloques. Sous sa main, la cage vide de Sweetheart demeure inlassablement ouverte. Son pauvre petit serpent. Elle aurait dû faire plus attention lors de sa chute. Elle aurait dû la donner à un serviteur pour qu'on s'occupe d'elle avant que le festin débute. Elle a été si malade qu'elle ne s'est même pas rendu compte que Sweetheart s'était enfuie avant le lendemain matin. Il était bien trop tard, alors. Mais ce qui la déchire le plus est que, malgré la peur que devait ressentir l'animal, elle ne l'a pas mordue.

Katharine sursaute au cri de Louise, et Giselle pince fort l'épaule de la servante. Louise a toujours été facilement effrayée. Mais son air surpris est justifié : un garçon se trouve à l'intérieur de la chambre de la reine.

— Pietyr, s'étonne Katharine, et il répond d'une révérence.

— Est-il arrivé quelque chose à votre animal de compagnie ? s'enquiert-il en faisant un geste en direction de la cage qu'elle couve de sa main.

— Mon serpent. Elle a disparu après… après…

— Natalia a-t-elle demandé à des serviteurs d'inspecter la salle de bal ?

— Je ne voulais pas l'importuner.

— Je suis certain que ce ne serait en rien un souci.

Il fait un signe de la tête à Louise, qui esquisse une révérence et se précipite pour parler à Natalia. Après son départ, Pietyr remercie également Giselle.

Katharine tire fort sur le tissu de sa robe pour l'ajuster malgré les cloques. Ce n'est pas vraiment ce qu'elle devrait porter en compagnie d'un invité.

— Je suis désolé de me présenter ainsi sans prévenir. Je n'ai pas l'habitude des coutumes et des protocoles. À la campagne, d'où je viens, nous nous arrogeons beaucoup de libertés. J'espère que vous pourrez me pardonner.

— Bien évidemment. Mais que… Pourquoi êtes-vous ici ? Les convives du bal sont déjà partis.

— Pas moi, dit-il en soulevant un sourcil. Je m'entretenais avec ma tante, et il semblerait que je puisse rester.

Il s'avance vers elle avant de se détourner au dernier moment afin d'inspecter les bouteilles de parfum se trouvant sur sa coiffeuse. Son sourire exprime l'espièglerie, et un secret partagé, ou peut-être un secret qu'ils partageront.

— Rester ? Ici ?

— Oui. Avec vous. Je vais devenir votre plus grand ami, reine Katharine.

Katharine penche la tête. Cela doit être une plaisanterie très élaborée de Natalia. La reine n'a jamais réellement saisi son sens de l'humour.

— Oh. Et quel genre de choses ferons-nous ?

— J'imagine que nous ferons toutes les choses que font des amis.

Pietyr passe un bras autour de sa taille.

— Quand vous serez en état.

— Je sais déjà danser.

— Il n'y a pas que la danse dans la vie.

Il s'approche pour l'embrasser, elle le repousse. C'était tellement soudain. Elle balbutie une excuse. Même si elle ne voit pas pourquoi ce serait à elle de s'excuser alors que c'est lui qui s'est montré trop cavalier. Quoi qu'il en soit, il ne semble pas mécontent.

— Vous voyez ? reprend-il avec un sourire. Cela fait trop longtemps que vous êtes en compagnie de mes tantes et de vos servantes. Elles ne vous ont pas mieux préparée à traiter avec vos prétendants qu'elles ne vous ont préparée pour ce festin de poisons.

Les joues de Katharine deviennent écarlates.

— Pour qui vous prenez-vous pour affirmer de telles choses ?

— Je suis votre serviteur, répond-il en touchant sa joue. Je suis votre esclave. Je suis ici pour m'assurer qu'aucun de vos prétendants ne pense à l'une de vos sœurs avant de penser à vous.

WOLF-SPRING

À l'aube du jour du retour de Joseph, le temps est nuageux et menaçant. Jules observe ces différents tons de gris depuis son lit, dans la chambre qu'elle partage avec Arsinoé. Elle a très difficilement trouvé le sommeil.

— Cela fait des semaines qu'ils savent qu'il revient.

— Évidemment, assure Madrigal.

Elle se lève pour se placer derrière Jules alors que celle-ci vient de s'asseoir à sa coiffeuse. Elle passe ensuite une brosse dans les cheveux brun sombre et hirsutes de Jules.

— Mais pourquoi le faire rentrer maintenant, deux jours après l'anniversaire d'Arsinoé ? Il aura manqué les festivités et rentrera juste à temps pour voir les déchets dans les rues, et les mouettes et les corbeaux se battre pour les restes.

— Tu as trouvé ta réponse. Comme ça, ils peuvent nous le mettre dans les pattes et nous regarder nous ruer sur lui comme des poulets sans tête. La pauvre Annie Sandrin doit être folle à l'heure qu'il est.

En effet.

Dans la maison familiale près de la jetée, la mère de Joseph doit être submergée, à préparer tout ce qu'il faut pour son retour en aboyant sur son mari, Matthew et Jonah. Elle doit aboyer de joie, mais elle doit aboyer quand même.

— Et s'il ne rentrait pas ? demande Jules.

— Pourquoi ne rentrerait-il pas ?

Madrigal essaie une nouvelle fois d'épingler les cheveux de Jules sur son crâne.

— Il est ici chez lui.

— Tu crois qu'il ressemblera à quoi ?

— S'il ressemble à son frère Matthew, alors toutes les filles de Wolf-Spring courent un grave danger, dit Madrigal en souriant. Quand Matthew avait l'âge de Joseph, la moitié de la ville suivait son bateau à la nage.

Jules fait un mouvement brusque sous la brosse.

— Matthew ne s'est jamais intéressé à qui que ce soit d'autre que tante Caragh.

— Oui, oui, murmure Madrigal. Il avait la loyauté d'un limier envers ma très sérieuse sœur, tout comme Joseph te sera entièrement dévoué.

Soudain elle lève les mains et envoie valser les cheveux de Jules.

— Ce chantier est un cas désespéré.

Jules regarde son reflet dans le miroir avec tristesse. Madrigal est belle sans le moindre effort, avec ses cheveux auburn et miel et ses longs bras souples et agiles. Personne ne s'imagine jamais qu'elles sont mère et fille. Parfois, Jules suspecte même que cette situation ne déplaît pas à Madrigal.

— Tu aurais dû dormir un peu plus, la réprimande Madrigal. Tu as des cernes noirs sous les yeux.

— C'était impossible, Camden se levait pour se tourner toutes les cinq minutes.

— Et d'après toi, pourquoi ne dormait-elle pas ? C'est ton anxiété qui l'a maintenue éveillée. Si elle cogne la table et brise quoi que ce soit aujourd'hui, tu seras responsable.

Madrigal s'écarte un peu de sa fille et étudie son propre reflet. Elle touche les pointes de ses cheveux ondulés, doux et dorés, et met un peu de parfum sur son cou blanc gracile.

— J'ai fait tout ce que je pouvais, dit-elle finalement. Il devra t'aimer telle que tu es.

Arsinoé monte les marches avant de s'appuyer contre la porte.

— Tu es superbe, Jules, lance-t-elle.

— Tu dois le laisser venir à toi, affirme Madrigal.

— Pourquoi ? C'est mon ami. Ce n'est pas un jeu.

Jules se détourne de sa coiffeuse et commence à descendre l'escalier. Elle passe la porte et emprunte le chemin de terre du jardin avant de remarquer qu'Arsinoé est restée près de la maison.

— Tu ne viens pas ?

La reine glisse ses mains dans ses poches.

— Je ne pense pas. Vous devriez rester tous les deux.

— Il voudra te voir.

— Oui, mais plus tard.

— Bon, accompagne-moi une partie du chemin, alors !

Arsinoé se met à rire.

— Très bien.

Elles parcourent ensemble l'étroite route serpentant dans les collines qui séparent la propriété de la ville. Le chemin passe devant les docks et entre dans le square du marché d'hiver. Alors qu'elles se trouvent au sommet de la dernière colline avant l'anse, Arsinoé s'arrête.

— Tu ne t'es jamais demandé, commence Arsinoé, ce que nous serions devenues si les choses s'étaient déroulées différemment ?

— Différemment de quelle façon ? Si nous n'avions pas essayé de fuir ? Si nous avions réussi à fuir ? Ou si nous avions été exilées aussi ?

Mais seul Joseph a été exilé. La punition de Jules a été de devenir sage-femme et infirmière solitaire au chevet des reines. De vivre seule au Cottage noir au service de la Couronne, ayant pour seule compagnie la reine et son roi consort durant la grossesse, et les triplées jusqu'à ce qu'elles aient l'âge d'être enlevées. Elle se trouverait dans le Cottage noir à l'heure qu'il est si sa tante Caragh ne s'était pas portée volontaire pour prendre sa place.

— Ils auraient dû me tuer, souffle Arsinoé. J'aurais dû proposer cette solution afin que Joseph ne soit pas exilé. Afin que Caragh ne vive pas dans ce cottage.

— Ils voulaient tous nous tuer. Natalia Arron nous aurait fait empoisonner pour nous voir nous tortiller et nous faire baver sur le sol du Conseil. Là, dans le Volroy même.

Elle aurait exposé leurs corps sur la place de la ville d'Indrid-Down si elle avait cru pouvoir y parvenir sans encombre. Les filles n'avaient que onze ans à l'époque.

— Cela pourrait bien être notre destin si nous commettons un nouveau faux pas, lance Arsinoé. Et ce serait vraiment une sale affaire. Ils prépareraient une décoction pour que nous mettions du temps à mourir. Du sang coulerait de nos yeux et de nos bouches.

Elle crache sur le gravier.

— Saletés d'empoisonneurs.

Jules soupire et regarde la ville dans laquelle elle a grandi. Des bâtiments les uns sur les autres, accrochés autour de l'anse comme des balanes grises. Wolf-Spring paraît bien laide aujourd'hui. Elle n'est pas assez importante pour que Joseph, ou qui que ce soit d'ailleurs, souhaite y revenir.

— Penses-tu qu'il aura un don ? demande Arsinoé.

— Ça m'étonnerait. Aucun des autres Sandrin n'en a un. À part Matthew, le charmeur de poissons.

— Je pense que Matthew a dit ça à ta tante Caragh pour l'impressionner. Son vrai don est de charmer les filles, et tous les garçons Sandrin ont le même. Même Jonah a commencé à courir derrière les filles de la ville.

Jules jure en soupirant. C'est exactement ce que Madrigal lui a exposé.

— C'est ce qui t'inquiète ?

— Je ne suis pas inquiète, riposte Jules.

Mais elle a peur. Peur que Joseph ait changé et que le garçon qu'elle a connu n'existe plus. Qu'il ait disparu dans les cinq années durant lesquelles ils ont été séparés.

Camden trottine devant elles, marche sur le bord du chemin et bâille.

— Je ne sais simplement pas quoi faire avec lui. Nous ne pouvons plus vraiment aller chasser des grenouilles et des escargots dans le ruisseau Welden.

— Pas par ce temps-là, lui accorde Arsinoé.

— Tu crois qu'elles sont comment, les filles du continent ? demande soudain Jules.

— Les filles du continent ? Oh, elles sont horribles. Laides.

— Bien évidemment. C'est pourquoi ma sublime mère se mêle parfaitement à elles.

Arsinoé ricane.

— Si elles ont quoi que ce soit à voir avec Madrigal, tu n'as aucun souci à te faire.

— Mais peut-être qu'elle a raison. Je n'aurais peut-être pas dû venir.

Arsinoé la pousse violemment vers l'avant.

— Allez, avance, andouille. Ou tu vas être en retard.

Jules se met en marche, descend en direction du dock où se trouve la famille de Joseph, vêtue de ses plus beaux manteaux noirs. Le bateau de Joseph n'est pas encore visible à l'horizon, mais sa mère, Annie, est déjà debout sur une caisse à le chercher du regard. Jules pourrait l'attendre avec eux. Depuis que Joseph et elle sont enfants, elle a toujours été la bienvenue chez les Sandrin, avant même que tante Caragh et Matthew se fiancent. Mais au lieu de choisir cette option, elle fait un détour par la place pour voir de plus loin.

Sur la place, les tentes d'anniversaire sont encore dressées. Elles ont été partiellement nettoyées, mais pas complètement. Depuis la fin des festivités, Wolf-Spring souffre d'une gueule de bois collective. Peu de choses ont été accomplies. Au travers des rabats ouverts, Jules aperçoit des plats toujours posés sur la table principale, recouverts d'ailes mouvantes d'oiseaux. Les corbeaux ont trouvé les restes de son cabillaud. Une fois qu'ils en auront terminé, quelqu'un se chargera de jeter les détritus à l'eau.

Sur les docks, davantage de personnes s'amassent, et pas seulement sur la jetée. Tout autour de l'anse, les rideaux et les volets sont ouverts, et ici et là, des gens sont sortis en prétendant nettoyer leur porche.

Elle sent que quelque chose lui pousse la hanche, elle baisse le visage et remarque les yeux jaunes affamés de Camden. Son estomac à elle aussi réclame de quoi se remplir. Dans sa chambre, sur son bureau, il y a un plateau avec du thé et du pain beurré. Elle n'avait pas envie de manger, chez elle, mais elle a désormais l'impression de n'avoir jamais été aussi vide de sa vie.

Elle achète un poisson pour Camden au marché d'hiver, un beau bar aux yeux clairs avec une queue courbée, comme s'il avait été mis en glace alors qu'il nageait encore. Elle s'achète aussi quelques huîtres de la pêche matinale de Madge, puis les ouvre à l'aide de son gros couteau plat.

— Tiens, dit Madge en lui tendant du vinaigre.

Elle fait un signe de tête en direction de l'anse.

— Tu ne devrais pas être là-bas à vociférer comme les autres ?

— Je n'aime pas tellement la foule, explique Jules.

— Je te comprends.

Elle place un autre coquillage dans la main de Jules.

— Pour le couguar, ajoute-t-elle avec un clin d'œil.

— Merci, Madge.

Sur les docks, la foule commence à bouger et ce mouvement remonte toute la colline avant d'atteindre le marché. Madge allonge son cou.

— Ah oui, le voilà.

Le bateau de Joseph vient d'entrer dans le port. Il a glissé sur l'eau sans un bruit ; il est déjà assez proche pour que Jules aperçoive des marins sur le pont.

— Toutes les voiles sont noires, remarque Madge. Quelqu'un du continent essaie de nous caresser dans le sens du poil.

Jules s'étire le plus possible. Voilà le bateau. Celui qui lui apporte le moment dont elle a rêvé, et qui l'a terrorisée durant ces cinq dernières années.

— Tu ferais mieux d'y aller, Jules Milone. Nous savons tous que c'est ton visage qu'il voudra voir.

Jules lui répond d'un sourire rapide, et Camden et elle quittent le marché d'hiver à toute vitesse. Ses pieds la précipitent au travers de la place, lui faisant dépasser les tentes ouvertes.

Tant de personnes se sont amassées là, elles sont venues au port une fois que leur curiosité a eu raison d'elles. Elle ne pourra pas passer, même si Camden leur fraie un passage. À moins qu'elles en viennent à pousser et à grogner, ce que grand-mère Cait n'approuverait pas, et elle en entendrait certainement parler.

Jules marche péniblement sur les pentes depuis lesquelles elle observe la scène. Ils déchargent d'abord des caisses. Des affaires personnelles et peut-être même des biens destinés au commerce. Des présents. Jules observe le bateau du continent. Il ne paraît pas à sa place dans l'anse de la Tête-de-Phoque, il a été peint d'une couleur blanche brillante, avec beaucoup d'or et d'argent autour des écoutilles et des gréements. Il semble presque s'illuminer sous le ciel sinistre de Wolf-Spring.

Puis Joseph pose un pied sur la passerelle.

Elle l'aurait reconnu même sans les pleurs de sa mère. Elle l'aurait reconnu même s'il est aujourd'hui plus grand, et plus vieux, et que la jeunesse de son visage a fondu.

Les Sandrin l'embrassent. Matthew le soulève et le serre fort dans ses bras, et son père leur donne à tous deux une tape dans le dos. Joseph ébouriffe les cheveux de Jonah. Annie n'a pas pu se résoudre à lâcher le bord de sa veste.

Jules fait quelques pas en arrière. Cinq années, c'est beaucoup. Un temps suffisamment long pour oublier quelqu'un. Que fera-t-elle s'il l'aperçoit sur la colline et lui sourit poliment ? S'il lui fait juste un signe de tête en passant devant elle avec sa famille ?

Elle est en train de reculer quand il crie son nom. Puis il le hurle encore plus fort, pour qu'il se hisse au-dessus de la foule :

— Jules !

— Joseph !

Ils se hâtent l'un vers l'autre, lui repoussant la foule et elle dévalant la pente la tête la première. Sa veste noire s'ouvre pour dévoiler une chemise blanche, puis ils se percutent.

Ce moment n'a rien à voir avec des retrouvailles de conte de fées. Ce n'est en rien ce qu'elle avait imaginé ou ce dont elle avait rêvé tout éveillée pendant tout ce temps où ils ont été séparés. Le menton de Jules se perd dans le torse de Joseph. Elle ne sait pas quoi faire de ses bras. Mais il est là, en chair et en os, ils ont tous deux changé et en même temps ils sont restés les mêmes.

Quand ils relâchent leur étreinte, il la retient par les épaules et elle le retient par les coudes. Elle a commencé à verser quelques larmes, mais elles n'ont rien de triste.

— Tu es tellement…

— Toi aussi, répond-il en essuyant ses joues de son pouce. Mon Dieu, Jules. J'avais peur de ne pas te reconnaître, mais tu as à peine changé !

— Tu trouves ? demande-t-elle, soudain mortifiée de se sentir si petite.

Il la verra toujours comme une enfant.

— Non, ce n'est pas ce que je voulais dire, s'excuse-t-il. Bien évidemment tu as grandi. Mais comment aurais-je pu oublier tes yeux ?

Il touche ses tempes, pose une main près de son œil bleu et une autre près de son œil vert.

— Pendant longtemps j'ai cru que je te verrais en le souhaitant assez fort.

Mais c'était impossible. Le Conseil n'avait autorisé aucune correspondance entre eux. Jules et sa famille savaient uniquement qu'il se trouvait sur le continent, en famille d'accueil, et qu'il était vivant. Son exil était total.

Camden se faufile en contournant la jambe de Jules et ronronne. Le mouvement semble presque timide, mais il fait néanmoins sursauter Joseph.

— Qu'est-ce qui t'arrive ?

— Mais qu'est-ce que…, crachote-t-il avant de rire. Évidemment. J'ai été loin trop longtemps et j'ai oublié à quel point Fennbirn est étrange.

— Comment ça « étrange » ?

— Tu saurais ce que je veux dire si tu étais partie aussi.

Il tend une main pour que Cam la renifle et lui lèche les doigts.

— C'est un familier.

— C'est une *femelle* familier, le corrige Jules. Je te présente Camden.

— Mais ce n'est pas possible…

— Si, affirme Jules en opinant de la tête. C'est la mienne.

Ses yeux vont de la fille au couguar.

— Mais elle devrait appartenir à Arsinoé. Pour avoir un tel familier, tu dois être la naturaliste la plus puissante depuis cinquante ans.

— Soixante, à ce qu'on dit.

Jules hausse les épaules.

— Une reine naturaliste voit le jour, et le don se fait connaître lui aussi. Ou as-tu oublié cela également ?

Joseph sourit et gratte Camden derrière les oreilles.

— Qu'est-ce qu'elle a, alors, Arsinoé ? Et où est-elle ? Il y a des gens que j'aimerais lui faire rencontrer. Un en particulier.

— Qui donc ?

— Mon frère adoptif, William Chatworth Jr., et son père. Ils ont formé une délégation pour cette année.

Il la regarde avec espièglerie. Le Temple n'appréciera pas leur présence. Les délégations sont interdites avant le festival de Beltane et les prétendants ne sont pas autorisés à s'entretenir avec les reines avant la cérémonie de la Révélation. Elle se demande qui sont ces personnes qui ont eu le droit de contourner les règles.

Joseph fait un signe de la tête à quelqu'un par-dessus l'épaule gauche de Jules. Elle se retourne et voit Autumn, une prêtresse du temple de Wolf-Spring, s'approcher d'eux avec une expression sombre.

— Juillenne Milone, dit-elle doucement. Veuillez pardonner mon interruption. Le Temple souhaite accueillir Joseph Sandrin. Nous souhaiterions l'accompagner ainsi que sa famille à l'autel pour qu'ils reçoivent notre bénédiction.

— Bien sûr.

— Cela ne peut pas attendre ? demande Joseph.

Il grogne face à l'absence de réponse de la prêtresse.

Sur la colline orientale de Wolf-Spring se trouve le temple de la ville, un cercle de brique blanche entouré de petits cottages de prêtresses. Autumn est l'une des sept prêtresses à y résider. Ce lieu semble toujours isolé à Jules quand elle y va pour prier. En dehors des jours de festival, le temple est vide, à l'exception d'Autumn, qui s'occupe des terres, et des autres prêtresses dans les jardins.

— Et comme toujours, ajoute Autumn, nous invitons également la reine Arsinoé, pour qu'elle aussi reçoive une bénédiction.

Jules acquiesce. Arsinoé n'a jamais mis un pied dans le temple. Elle dit ne pas vouloir prier pour une déesse qui lui a tourné le dos.

— Écoutez, rétorque Joseph. Je viendrai quand je serai prêt, si je le suis un jour.

Le visage serein d'Autumn prend un air renfrogné. Elle tourne les talons et s'en va.

— C'est loin d'être un accueil chaleureux. J'en suis désolée.

— C'est tout l'accueil dont j'ai besoin.

Joseph passe ses bras autour de ses épaules.

— Toi. Ici. Et ma famille. Viens leur dire bonjour. Je veux que vous soyez tous avec moi, autant que possible.

Madrigal dit à Arsinoé qu'elles vont chasser le faisan dans les collines. Elle les charmera et Arsinoé les abattra.

— Vous n'avez jamais chassé de votre vie, réplique Arsinoé en mettant sa petite arbalète et son carquois sur l'épaule. Qu'allons-nous faire réellement ?

— Je ne vois pas ce que tu veux dire.

Elle repousse ses beaux cheveux auburn en arrière, mais le regard qu'elle lance par la fenêtre de la cuisine en direction de Cait, qui est en train de préparer un ragoût, confirme les soupçons d'Arsinoé.

Ensemble elles marchent loin au nord de la maison, sur le chemin contournant la clairière et l'étang du Bois-au-Chien, puis entrent dans la forêt. Arsinoé s'enfonce jusqu'au mollet dans la neige. Madrigal chantonne une petite chanson, elle reste gracieuse malgré les rafales de neige. Son familier, Aria, vole loin devant elle au-dessus des arbres. Elle ne s'attarde jamais sur les épaules de Madrigal, contrairement à Éva qui, elle, reste sur celles de Cait. Il semblerait presque qu'elles ne sont pas liées du tout. Ou c'est peut-être qu'Aria ne s'accorde jamais avec les vêtements qu'aime porter Madrigal.

— Madrigal, où allons-nous ?

— Pas loin.

Mais elles sont déjà loin. Elles ont atteint une certaine altitude, où de grandes pierres grises deviennent visibles. Certaines ne sont que de la roche, mais d'autres sont des ruines en grande partie enfouies de monolithes datant de l'époque où l'île était déjà ancienne et portait un nom tout autre.

En hiver, ces pierres sont dissimulées par la neige et glissantes. Arsinoé a déjà manqué de tomber deux fois.

Madrigal change de direction et marche le long d'une élévation sous le vent, où la neige est moins épaisse. C'est un drôle d'endroit où le tronc massif et les branches nues d'un arbre s'affaissent pour former une sorte de canopée. Au pied de la colline, Madrigal a caché du bois sec et deux petits tabourets à trois pieds. Elle tend l'un de ces derniers à Arsinoé et commence à préparer le bois pour un feu. Puis elle déverse de l'huile contenue dans une flasque en argent sur le tout et allume le foyer avec une longue allumette.

Le tas s'embrase. Les bûches prennent rapidement.

— Pas si mal, pour une naturaliste. Même si ce serait plus simple si j'étais élémentaire. Parfois, je me dis que je préférerais être n'importe quoi d'autre qu'une naturaliste.

— Même une empoisonneuse ? demande Arsinoé.

— Si j'étais empoisonneuse, j'habiterais une gigantesque demeure à Indrid-Down plutôt que le cottage rempli de courants d'air de ma mère près de la mer. Mais non. Je pensais plutôt au don de la guerre. Être une guerrière serait bien plus excitant que tout cela. Ou avoir le don de voyance et savoir ce qui va advenir de nous.

Arsinoé approche son tabouret du feu. Elle ne rétorque pas que la maison Milone est bien plus qu'un simple cottage plein de courants d'air près de la mer. Madrigal, elle, ne le verra jamais autrement.

— Pourquoi êtes-vous revenue, alors, si vous êtes si triste ? Vous avez passé six ans sur le continent, vous auriez pu y rester.

Madrigal remue les braises du foyer avec un long bâton.

— Pour Jules, évidemment. Je ne pouvais pas rester là-bas et laisser mon ennuyeuse sœur l'éduquer.

Elle marque une pause. Elle sait qu'elle est allée trop loin. Aucun membre de la famille ne veut entendre quoi que ce soit de négatif sur Caragh. Surtout pas après qu'elle a accepté de prendre la place de Jules dans le Cottage noir. Comme cela doit contrarier Madrigal, qui a rarement une parole agréable à dire.

— Et pour toi aussi, continue Madrigal en haussant les épaules. Une jeune reine. Je n'étais même pas née quand la précédente a été couronnée, je ne pouvais donc pas rater cet événement. Tu es la seule chose intéressante que cette île ait connue depuis longtemps.

— Oui, intéressante. J'imagine que ma mort sera très intéressante aussi.

— Ne sois pas si amère. Je suis de ton côté, contrairement à la moitié des habitants de cette île. Pourquoi crois-tu que je t'aie fait venir jusqu'ici ?

Arsinoé place son arbalète et ses carreaux à ses pieds et glisse ses mains froides dans ses poches. Elle aurait dû refuser de la suivre. Mais comme Jules est à Wolf-Spring avec Joseph, c'était soit ça, soit des tâches ménagères.

— Que penses-tu que ma Juillenne est en train de faire en ville ? demande Madrigal en jouant avec quelque chose dans son manteau.

Elle sort un petit sac et le pose sur ses genoux.

— Elle retrouve un vieil ami. Son meilleur ami.

— Non, tu es sa meilleure amie, répond Madrigal avec malice. Joseph Sandrin a toujours été… autre chose.

Elle tire quatre objets de son sac : une tresse de cheveux incurvée, un morceau de tissu gris, un ruban de satin noir et un couteau aiguisé en argent.

— De la magie basse, remarque Arsinoé.

— Ne dis pas ça. C'est le Temple qui parle dans ces mots. Ce que tu vois là est le sang même de cette île. Tout ce qu'il reste de la Déesse dans notre monde.

Arsinoé observe Madrigal soigneusement aligner les objets. Elle ne peut nier sa fascination. L'atmosphère est particulière, ici. Le sol est différent lui aussi, comme si l'on ressentait les battements d'un cœur. C'est étrange qu'elle ne soit jamais tombée sur cet endroit avant, ni sur cet arbre penché. Si cela avait été le cas, elle aurait tout de suite compris.

— Quoi qu'il en soit, reprend Arsinoé, la magie basse ne constitue pas un don de reine. Nous ne sommes pas comme tous les autres. Notre lignée est…

Elle s'arrête.

— … sacrée.

Elle a failli dire « celle de la Déesse ». C'est la vérité, mais ces mots lui laissent un goût amer en bouche.

— Je ne devrais pas participer à cela. Je devrais aller sur les berges de la rivière et crier sur un crabe jusqu'à ce qu'il se prosterne devant moi.

— Cela fait combien de temps maintenant que tu essaies de faire ça ? Combien de fois as-tu appelé un familier qui ne s'est jamais présenté ?

— Il se présentera un jour.

— Ce sera le cas, oui, si l'on fait entendre ta voix.

Madrigal sourit. Arsinoé n'a jamais vu de beauté en Madrigal, bien qu'énormément de personnes ne perçoivent que ça. « Belle » est un mot trop aimable pour décrire exactement ce qu'elle est.

— C'est Jules qui va m'aider à le faire.

— Ne sois pas si butée. Jules n'en est peut-être pas capable. Pour elle, ce genre de choses est bien trop naturel. Le don se trouve là, au bout de ses doigts. Elle me rappelle ma sœur par cet aspect.

— Vraiment ?

— Oui. Un jour Caragh a ouvert les yeux et elle avait le don. Et tout ce qui allait avec. Tout comme Jules. La puissance de son don n'était pas aussi brute que celui de Jules, mais il était assez fort pour faire tourner la tête de mes parents. Et elle y est parvenue sans effort.

Madrigal ravive le feu, ce qui fait voleter des braises.

— Je me suis parfois demandé si d'une façon ou d'une autre Caragh ne pouvait pas en réalité être la mère de Jules. Même si je me souviens bien de lui avoir donné naissance. Elles étaient si proches quand je suis revenue sur l'île. Jules lui ressemble même davantage qu'à moi.

— Elle est donc plus laide, vous voulez dire.

Arsinoé fronce les sourcils.

— Ce n'est pas ce que j'ai dit.

— Que pourriez-vous vouloir dire d'autre ? Caragh et vous vous ressemblez. Et Jules ne ressemble à aucune de vous deux. La seule caractéristique que Caragh et elle partagent, c'est qu'elles sont toutes deux moins belles que vous ne l'êtes. Jules a tissé un lien avec Caragh, mais à quoi d'autre pouviez-vous vous attendre ? Vous étiez partie. Caragh l'a élevée.

— « Elle l'a élevée », répète Madrigal. Elle avait à peine neuf ans quand je suis revenue.

Elle saisit le morceau de tissu qui se trouve sur ses genoux et arrache les fils qui en dépassent jusqu'à ce que les bords soient bien lisses.

— Peut-être que je me sens coupable d'être partie, reprend-elle en regardant le travail accompli. C'est peut-être même pour ça que je suis en train de faire ce que je fais.

Arsinoé étudie le morceau de tissu gris. Elle regarde également la tresse de cheveux bruns et se demande à qui elle appartenait. Sous l'arbre penché, la brise s'est calmée et même le feu crépite doucement désormais. Peu importe ce que Madrigal fabrique, elles ne devraient pas le faire. La magie basse est pratiquée par les simples d'esprit et les personnes désespérées. Même si l'on obtient un résultat, il y a toujours un prix à payer.

— As-tu remarqué que personne ne s'inquiète du fait que ton don ne se soit pas encore révélé ? demande Madrigal. Ni Cait. Ni Ellis. Ni même Jules, d'ailleurs. Personne ne pense que tu survivras, Arsinoé. Car les reines naturalistes ne survivent jamais. À moins qu'elles ne soient de véritables bêtes, comme Bernadine et son loup.

Elle forme un nœud dans le tissu et l'utilise pour ancrer un autre nœud autour de la tresse de cheveux.

— La grande reine Bernadine, souffle Arsinoé. Est-ce que vous savez à quel point j'en ai marre d'entendre parler d'elle ? C'est la seule reine naturaliste dont qui que ce soit se rappelle.

— C'est la seule qui vaille la peine qu'on se souvienne d'elle. Et malgré leur côté sauvage, les habitants de Wolf-Spring se sont habitués à ce fait. Ils l'ont accepté. Moi, je ne peux pas m'y résoudre.

— Pourquoi donc ?

— Je n'en suis pas certaine, réplique Madrigal en haussant les épaules. Peut-être parce que je t'ai vue grandir dans l'ombre talentueuse de Jules, tout comme moi avec Caragh. Ou peut-être parce que je veux que ma fille m'aime et que je me dis qu'en te sauvant toi elle pourrait bien apprendre.

Elle soulève le tissu et la tresse noués. Arsinoé secoue la tête.

— Cela n'augure rien de bon. Quelque chose va toujours de travers quand on parle de moi. Quelqu'un va souffrir.

— C'est toi qui souffriras quand tes sœurs te tueront, lui rappelle Madrigal en refermant la main d'Arsinoé sur le charme.

Il ressemble à un détritus bon à jeter. Mais ce n'est pas l'effet que l'objet lui fait. Il paraît bien plus lourd que ne devraient l'être une tresse et un morceau de tissu. Et bien plus vivant que tous les boutons de rose qu'elle ait jamais eus en main.

— La Déesse est ici, dans ce lieu, affirme Madrigal. Les prêtresses lui vouent un culte comme si c'était un être ou une créature distante, mais toi et moi, nous ne sommes pas dupes. Nous ressentons sa présence au sein même de cette île. Partout. Tu as ressenti sa présence dans le brouillard cette nuit-là, à bord du bateau. Elle refusait de te laisser partir. Elle est l'île et l'île est elle.

Arsinoé déglutit. Ces mots semblent être vrais. Peut-être que jadis la Déesse était effectivement partout, elle emplissait l'atmosphère jusqu'à atteindre le continent. Mais aujourd'hui elle est recluse, recroquevillée sur elle-même, telle une bête au fond de sa tanière. Tout aussi puissante, tout aussi dangereuse.

— Est-ce que ce sont des cheveux de Jules ?

— Oui. J'ai coupé cette tresse alors que je la brossais ce matin. Il m'a fallu du temps pour les raidir et leur faire prendre cette forme.

— Et le tissu ?

Il paraît vieux, froissé et sale.

— Un morceau d'une des chemises de Joseph, qui date de l'époque où il n'était encore qu'un enfant. Enfin c'est ce que dit ma mère. Il l'a déchirée sur un clou près des granges et Jules l'a gardée après lui en avoir offert une nouvelle. Je ne sais pas comment elle fait pour se rappeler ce genre de choses, ricane-t-elle. Nous pourrions effectivement employer d'autres éléments provenant de Joseph, mais nous ne voudrions pas qu'il charge Jules comme un cerf en rut.

— C'est un sortilège d'amour, comprend Arsinoé. Vous m'apprenez à utiliser de la magie basse afin qu'on lance un sortilège d'amour pour Jules ?

— Existe-t-il motivation plus pure au monde ?

Madrigal lui tend le ruban noir.

— Joins-les et noue le tout ensemble avec ça.

— Comment avez-vous appris tout ça ?

Même si, en vérité, elle a le sentiment qu'elle aussi pourrait le faire. Ses doigts savent entrelacer la tresse au tissu sans effort, et elle avait senti qu'elle aurait besoin du ruban sans que Madrigal le lui dise.

— Au-delà de cette île, il n'existe rien d'autre, souffle Madrigal. Ferme les yeux. Plonge-toi dans les flammes.

— Jules voudrait le faire elle-même. Non, elle ne le ferait même pas, elle n'en a aucunement besoin.

De l'autre côté du feu, Madrigal fait une moue triste. Toutes les filles de Wolf-Spring connaissent les garçons Sandrin. Leurs sourires malicieux et leurs yeux qui ont la couleur des nuages se reflétant dans la mer. Tout ce vent dans leurs crinières brunes. Joseph sera comme ça lui aussi. Et même si Arsinoé aime Jules et la trouve belle, elle sait aussi que la beauté de Jules ne sera peut-être pas suffisante pour retenir un tel garçon.

Arsinoé baisse le regard sur le charme, il s'enroule autour de ses doigts. Il y a quelques instants, ce n'était rien de plus qu'un rebut bon à jeter ou à laisser aux oiseaux pour qu'ils en fassent leur nid. Mais les nœuds élaborés par Madrigal représentent bien plus que cela, tout comme ce lien qui joint les cheveux de Jules et la chemise de Joseph.

Elle fait un dernier tour avec le ruban et en fixe l'extrémité. Madrigal saisit le couteau d'argent et incise la partie tendre de l'avant-bras d'Arsinoé, avec une telle dextérité que la blessure ne prend que quelques secondes pour commencer à saigner.

— Aïe, s'exclame Arsinoé.

— Ça ne t'a rien fait.

— Si, j'ai eu mal, et vous auriez pu me prévenir.

Madrigal la fait taire et appuie directement le charme contre la plaie ouverte. Elle serre le bras d'Arsinoé comme si elle cherchait à extraire son sang et à le canaliser dans le charme, comme on trairait du lait pour en remplir un seau.

— Le sang d'une reine. Le sang de l'île. Grâce à toi, Jules et Joseph ne seront plus jamais séparés.

Arsinoé ferme les yeux. Jules et Joseph. Ils étaient inséparables depuis leur naissance, jusqu'à ce qu'elle s'introduise dans leurs vies. Jusqu'à ce qu'ils essaient de la sauver et soient séparés pour cette action. Le Conseil noir n'a pas imposé de châtiment à Arsinoé, si ce n'est la culpabilité. Et dans les années qui se sont écoulées, la culpabilité ressentie par la perte de Joseph l'a pleinement punie.

Madrigal relâche enfin son bras et Arsinoé le replie au niveau du coude. Le saignement se tarit, et la coupure commence à la lancer. Madrigal n'est pas allée assez loin dans sa réflexion pour penser à apporter de quoi nettoyer ou bander la plaie. Le prix de cette magie sera peut-être la perte du bras d'une reine.

Madrigal glisse le charme dans un petit sac. Quand elle tend le sachet à Arsinoé, ses doigts sont poisseux et rouges, et le charme semble palpiter comme un cœur bien vivant.

— Une fois séché, reprend Madrigal, garde-le quelque part en sécurité. Sous ton oreiller. Ou tresse-le dans ta chevelure, si tu peux faire en sorte de ne pas le défaire.

Arsinoé tient l'objet dans son poing. Maintenant que cette magie a été invoquée, elle paraît totalement immorale. Comme une chose déplacée, dérangeante, même si elle part de bonnes intentions. Elle ne sait pas pourquoi elle y a participé. Elle ne se trouve aucune excuse, si ce n'est que ça lui est venu naturellement et que rien ne lui est jamais venu naturellement auparavant.

— Je ne peux pas faire ça à Jules. Je ne peux pas la priver ainsi de sa volonté. Peu importe la raison, elle ne le voudrait pas.

Avant de se remettre en question, Arsinoé jette le charme dans les flammes. Le sachet s'embrase comme un rien, les cheveux de Jules ainsi que le tissu fané de la chemise de Joseph noircissent et se racornissent comme les pattes d'un insecte en train de mourir. La fumée qui s'échappe du feu est âcre. Madrigal hurle et se lève en bondissant.

— Éteignez ce feu et rentrons, ordonne Arsinoé.

Elle essaie d'adopter le ton d'une reine, mais elle tremble et elle est faible, comme si elle venait de perdre tout un demi-litre de sang plutôt que quelques gouttes.

— Que viens-tu de faire ? demande Madrigal avec tristesse. Que viens-tu de faire à notre pauvre Jules ?

ROLANTH

Dans le cloître de la partie orientale du temple, Mirabella a le droit d'être seule. C'est l'un des rares endroits où les prêtresses lui permettent de se rendre sans escorte. L'un des rares endroits qu'elles considèrent comme sécurisé. Même lorsqu'elle prie à l'autel, une ou deux d'entre elles se tiennent dans les ombres. Il n'y a que dans ce cloître et dans sa chambre de la maison Westwood qu'elle est libre d'être seule. Libre de réfléchir, de s'allonger ou même de pleurer.

Elle pleure souvent depuis le test supervisé par Rho dans les falaises. La plupart de ses larmes sont versées en secret, mais cela n'a pas toujours été le cas. La nouvelle de son bouleversement s'est répandue rapidement, et les prêtresses ont commencé à lui lancer des regards suspects. Elles ne parviennent pas à décider si ses sanglots sont un signe de faiblesse ou de grande compassion. Quoi qu'il en soit, elles préféreraient qu'elle ne pleure pas.

Mirabella range ses pieds sous sa robe alors qu'elle est assise sur un banc en pierre. Quand elle lève le pied, un petit pic noir et blanc duveteux se pose dans l'empreinte ainsi laissée, avant de sauter d'avant en arrière.

— Oh, s'exclame-t-elle.

C'est un animal très vif avec des yeux noirs et intelligents. Elle tapote les poches de sa jupe et secoue doucement les plis de son manteau.

— Excuse-moi. Je n'ai pas de graines à te donner.

Elle aurait dû en apporter. Des colombes qui roucoulent auraient été distrayantes.

— Ce ne sont pas des graines qu'il attend.

Mirabella se retourne. Une jeune initiée se tient à l'entrée du cloître, dans l'ouverture des buissons recouverts de neige. Elle serre sa capuche près d'elle pour repousser la fraîcheur du vent.

Mirabella s'éclaircit la voix.

— Que veut-il, alors ?

La fille sourit et s'avance dans le cloître.

— Il souhaite vous rendre le sourire.

Elle ouvre sa capuche, et le pic se dépêche de quitter le sol gelé pour retourner se lover dans son col.

Les yeux de la reine s'écarquillent.

— Vous êtes naturaliste.

La fille acquiesce de la tête.

— Je m'appelle Elizabeth. J'ai grandi à Port-Bernadine. J'espère que mon intrusion ne vous dérange pas. Je trouvais simplement que vous aviez l'air si triste, et Pepper arrive toujours à me faire sourire.

Le petit oiseau montre le bout de son bec derrière la capuche avant de disparaître à nouveau. Mirabella l'observe avec intérêt. Elle n'avait jamais vu de familier ; quand elle arrive au temple, une prêtresse doit renoncer à son don, et les familiers y sont interdits.

— Comment avez-vous pu le garder ?

Elizabeth frotte sa joue bronzée contre la tête de l'oiseau.

— Je vous en prie, n'en dites rien à personne. Elles l'abattraient à vue. J'ai essayé de faire en sorte qu'il reste à bonne distance, mais il refuse de partir. J'imagine que j'ai de la chance qu'il soit facile à cacher. Je trouve que nous obliger à les repousser avant de prendre nos bracelets est cruel. Et si je changeais d'avis et quittais le temple ? Où se trouverait alors Pepper ? Dans les bois à proximité ? Ou si loin dans les montagnes qu'il n'entendrait jamais mes appels ?

— Il est cruel de vous demander de renoncer à lui tout court.

Elizabeth hausse les épaules.

— Ma mère m'a dit qu'avant cela n'était pas requis des prêtresses. Mais qu'aujourd'hui l'île est bien trop divisée. Les naturalistes contre les empoisonneurs contre les élémentaires. Même les rares qui possèdent le don de la guerre et ceux, plus rares encore, qui ont le don de voyance sont hostiles les uns envers les autres.

Elle regarde Pepper et soupire.

— Renoncer à eux nous unit. Et ce sacrifice renforce notre foi. Mais vous avez raison, cela reste cruel.

— Puis-je ? demande Mirabella en tendant une main.

Elizabeth sourit et le petit oiseau vole à toute vitesse pour se percher sur les doigts courbés de Mirabella.

— Il vous apprécie.

Mirabella rit.

— C'est gentil, mais vous êtes naturaliste, l'oiseau fera ce que vous lui ordonnerez de faire.

— Ce n'est pas exactement comme ça que fonctionne le lien avec un familier. Et vous pourriez vous en rendre compte par vous-même. Il pourrait se montrer hésitant et avoir les yeux moins vifs. Il pourrait même laisser quelques fientes dans votre paume.

— J'ai de la chance qu'il m'apprécie, alors.

Pepper cligne une fois des yeux et repart à toute vitesse se mettre en sécurité dans la capuche d'Elizabeth.

— Je me devais de faire quelque chose pour vous aider, en vous voyant si triste.

Elizabeth s'installe à côté d'elle sur le banc.

— Je sais pourquoi vous pleurez.

— J'imagine que toutes les prêtresses du temple savent pourquoi je pleure.

L'initiée opine de la tête.

— Mais cela revêt un sens tout particulier pour moi, car j'ai failli être à la place de la jeune fille sacrifiée.

— Vous ?

— La façon dont elles en parlent, explique-t-elle. Le devoir et la communion avec la Déesse. J'ai failli dire oui. Je pensais devoir dire oui. La volontaire s'appelait Lora. Elle est morte en croyant rendre un grand service. Il existe des morts bien pires.

Des morts bien pires, comme mourir brûlée vive de la main de ses sœurs-prêtresses. Mirabella a essayé de voir la situation ainsi. De se dire qu'elle avait sauvé la fille des flammes. Mais cela n'y fait rien. Rien dans cette affaire ne semble juste, peu importe la manière dont on l'aborde.

— Notre nature est ambivalente, reine Mirabella. Chaque don a un côté sombre et un côté plus lumineux. Nous les naturalistes pouvons faire pousser des choses, mais en même temps nous amadouons les homards pour qu'ils sautent dans la casserole et nos familiers dévorent des lapins.

— Oui. Je le sais bien.

Les élémentaires peuvent réduire des forêts en cendres aussi simplement qu'ils peuvent les abreuver d'eau. Le don de la guerre est utile tant pour la protection que pour le carnage. Même ceux qui ont le don de voyance sont souvent touchés de folie et de paranoïa. C'est pour cette raison que les reines naissant avec le don de voyance sont noyées.

— Même les empoisonneurs, affirme Elizabeth, peuvent également guérir.

— Alors, celle-là, je ne l'avais jamais entendue.

Les empoisonneurs sont connus pour leur malveillance. Chacune de leurs exécutions finit par être très salissante. Quand ils mettent à mort une femme ou un homme grâce à leurs flamboyants poisons, ils font couler le sang des yeux ou donnent des spasmes à leurs victimes jusqu'à ce qu'elles s'en brisent les vertèbres.

— C'est vrai, insiste Elizabeth. Ils connaissent les voies de la guérison. Ils les ont simplement oubliées dans leur course effrénée à l'obtention de sièges au Conseil.

Mirabella sourit légèrement. Puis elle secoue la tête.

— Mais ce n'est pas pareil, Elizabeth. Ce n'est pas la même chose pour les reines.

— Oh, je le sais bien. Et je ne suis arrivée à Rolanth que récemment. Mais je peux déjà voir que vous êtes une bonne personne, Mirabella. Je ne sais pas si vous ferez une bonne reine, mais le point de départ est déjà très prometteur.

Une tresse noire glisse en dehors de la capuche d'Elizabeth, ses cheveux sont presque aussi sombres que ceux de la reine. La façon dont elle porte sa tresse rappelle Bree à Mirabella. Pepper le pic se secoue les plumes. Il semblerait que cet oiseau soit un animal de bien peu de mots.

— Vous êtes la seule prêtresse à avoir pris le temps de réellement me parler. À part Luca, je veux dire.

— Vraiment ? s'étonne Elizabeth. Oh. Encore un autre signe montrant que je ferais une bien piètre prêtresse. Rho me le répète assez souvent. Peut-être a-t-elle raison.

Rho la sanguinaire. La terreur du temple. Mirabella ne se rappelle pas l'avoir déjà vue faire preuve de gentillesse ou s'exprimer avec douceur. Mais elle fera une bonne protectrice une fois le festival de Beltane terminé et l'Ascension débutée. Luca a raison à ce sujet.

Elizabeth penche la tête.

— Vous sentez-vous un peu mieux, maintenant ?

— Oui, affirme Mirabella.

— Très bien. Ce rite dont nous parlons, celui du sacrifice, vous pouvez être certaine que l'idée vient de Rho. Elle veut que les anciennes méthodes reviennent au goût du jour et que le Temple supplante une nouvelle fois le Conseil. Elle pense pouvoir y parvenir par la force, comme si elle représentait la main de la Déesse à elle seule.

Elizabeth esquisse un franc sourire.

— Mais non, c'est bien vous.

— Vous avez dit qu'elle l'a fait, dit la grande prêtresse. Un point c'est tout.

— Je n'ai pas pour autant dit qu'elle l'avait bien fait, complète Rho.

Rho saisit un bibelot qui se trouve sur le coin du bureau en acajou de Luca, un orbe d'opale brillant et poli, et elle fait une grimace. Elle n'apprécie pas les appartements de la grande prêtresse, ils sont tout en haut du temple, surplombant les falaises de la Chaussée noire de Shannon. Ils sont trop doux, avec des oreillers et des couvertures pour repousser les courants d'air. Et bien trop en désordre, emplis d'objets de décoration qui n'ont aucune utilité, comme des vases en mosaïque et des œufs en or sculptés. Comme cette petite opale.

Luca voit Rho bander son bras en arrière pour la jeter par la fenêtre.

— Ne vous avisez pas de faire ça, l'avertit la grande prêtresse. C'était un cadeau.

— Ce n'est rien de plus qu'un caillou.

— Il n'en reste pas moins un cadeau. Et fermez cette fenêtre, la brise est froide aujourd'hui. J'ai hâte d'être au printemps, des feux de Beltane nous annonçant les chaudes nuits d'été. Voudrez-vous de la soupe ? La cuisine me dit qu'elle est à base de lapin, de choux et de crème.

— Luca, relance Rho. Vous ne m'écoutez pas. Ce rituel tout entier était une mascarade. Notre reine s'est retrouvée piégée, et même ainsi elle n'a rien fait avant que la fille ressente la chaleur des flammes.

Luca soupire.

— Le sacrifice est actuellement enseveli sous un tas de pierres. Elle a effectué le rituel, vous ne pouvez pas en plus lui demander d'apprécier ce qu'elle a fait.

Luca elle-même ne l'a pas apprécié. Elle a écouté quand on lui a reproché d'être trop douce. Elle les a crues quand elles lui ont dit que c'est finalement Mirabella qui souffrirait de ce comportement. Et aujourd'hui, une innocente a perdu la vie. Écrasée sous des pierres qui forment un monument bien pratique près duquel prier.

— Nous ne lui demanderons pas d'accomplir d'autres tâches similaires, affirme Luca. Vous ne la connaissez pas comme moi je la connais. Si elle ressent trop de pression, elle se rebellera. Et si Mirabella apprend à se révolter…, si elle se souvient comment faire…

Luca regarde par la fenêtre donnant sur l'ouest, au travers des arbres, jusqu'à poser les yeux sur le toit de la maison Westwood. Même à cette distance, les parafoudres en cuivre restent visibles, dressés comme des cheveux hérissés. Les Westwood eux aussi savent qu'il vaut mieux ne pas les retirer.

— Vous n'étiez pas là, ajoute Luca, quand on nous a amené Mirabella du Cottage noir. Moi non plus, d'ailleurs. J'étais encore à Indrid-Down, en train de combattre le Conseil des Arron pour la moindre miette de pouvoir. Sans son regard, je n'aurais jamais cru Sara Westwood quand elle est venue me dire que notre reine de six ans allait arracher sa maison. Cette île n'a pas connu de don comme le sien depuis plusieurs centaines d'années. Depuis Shannon et les reines de l'ancien temps. Nous sommes ses gardiennes, et non pas ses propriétaires.

— Peut-être. Mais si elle ne remplit pas son devoir, le Conseil noir maintiendra son emprise pendant encore une génération.

Luca se frotte le visage avec insistance. Peut-être est-elle trop âgée pour ce petit jeu. Trop éreintée par cette vie entière passée à essayer d'arracher le pouvoir des mains des Arron. Mais Rho a raison. Si une autre reine empoisonneuse grimpe sur le trône, les Arron du Conseil noir régneront jusqu'à ce que les prochaines triplées soient assez grandes. Et quand cela se produira, Luca sera morte depuis longtemps.

— Mirabella aura son trône, affirme la grande prêtresse. Et le Temple reprendra le contrôle du Conseil. Il le remplira de Westwood, et il sera bien plus simple à contrôler.

Quelques jours plus tard, Mirabella émerge d'un autre songe avec le goût du sang dans la bouche. Dans son rêve,

Arsinoé, Katharine et elle étaient enfants. Elle se rappelle avoir vu une chevelure brune flotter dans l'eau et de la boue sur le nez d'Arsinoé. Et ses propres mains se transformer en griffes pour réduire ses sœurs en charpie.

Elle se relève sur ses avant-bras après avoir gardé la tête enfouie dans ses oreillers. C'est la mi-journée, et sa chambre est vide. Peut-être même n'y a-t-il aucune prêtresse tapie à l'extérieur de sa porte, comme Sara, Bree et les autres Westwood sont à la maison.

Les rêves se font de plus en plus fréquents. Ils la réveillent deux, peut-être trois fois par nuit. Luca a dit qu'il fallait s'y attendre. Qu'ils lui indiqueraient la voie. Mais la grande prêtresse ne l'avait pas prévenue de toute l'horreur qu'ils lui feraient ressentir.

Mirabella ferme les yeux. Mais au lieu de l'obscurité, elle discerne le visage de la prêtresse sacrifiée au milieu des pierres éboulées. Elle voit le nez sale d'Arsinoé. Elle entend le rire de Katharine.

Les reines ne sont pas censées aimer leurs sœurs. Elle a toujours su cela, même quand elles vivaient ensemble au Cottage noir, où elle les avait aimées quoi qu'il advienne.

— Elles n'ont plus rien à voir avec ces enfants, souffle-t-elle dans ses mains.

Ce sont des reines, elles doivent mourir.

Bree frappe à la porte et passe la tête par l'ouverture, sa longue tresse auburn pend dans le vide par-dessus son épaule.

— C'est déjà l'heure ? demande Mirabella.

Aujourd'hui, elles vont en ville, où les meilleurs artisans de Rolanth leur présenteront leurs bijoux les plus fins et leurs plus belles robes pour les cérémonies du festival de Beltane.

— Presque. Mais ne prends pas un air si sombre. Regarde qui nous vient du temple.

Bree ouvre la porte en grand et Elizabeth montre sa tête de l'autre côté de l'ouverture. Mirabella sourit.

— Oh non. On va commencer à dire que je ne suis amie qu'avec des filles à tresses.

Une fois Mirabella apprêtée et habillée, Bree, Elizabeth et elle grimpent dans un carrosse qui les attend devant la maison Westwood. Sara se trouve déjà à l'intérieur.

— Très bien, lance Sara en tapant sur la toiture du véhicule, signalant ainsi au chauffeur qu'il faut partir. C'est aimable de votre part de vous joindre à nous, prêtresse.

Elle sourit à Elizabeth.

— Le Temple approuvera certainement nos choix, aujourd'hui.

— Oh, je ne suis pas ici pour approuver quoi que ce soit de la part du Temple, sourit Elizabeth avec joie en regardant la cité cahoter derrière les fenêtres. Je ne fais qu'éviter mes corvées.

Les lèvres de Sara se plissent pour former une très fine ligne et Bree ricane.

— Nous sommes heureuses de vous compter parmi nous quoi qu'il en soit, dit Sara. Mira, est-ce que tu vas bien ? Tu as l'air toute pâle.

— Je vais bien, merci.

Sara frappe plus fort contre la toiture et le cocher presse les chevaux pour qu'ils accélèrent.

— Peut-être as-tu besoin de manger quelque chose. Il y aura tout ce qu'il faut quand nous arriverons au parc.

Le parc de la Lande se trouve au centre du quartier qui borde le canal. Il est beau au printemps, car les arbres bourgeonnent, les pierres sont pâles et la fontaine d'ivoire gargouille. À cette époque de l'année, les arbres sont nus et le parc tout entier semble plus aéré. Cela laisse plein de place aux joailliers et aux couturiers pour présenter leurs biens.

— J'espère que le couturier de la troisième rue sera là, avec son sublime fils, lance Bree.

— Je croyais que tu côtoyais le garçon Wexton, s'étonne Sara.

Bree se repose dans les coussins en velours du carrosse.

— Non, plus maintenant. Depuis l'anniversaire de Mira, il a oublié comment embrasser. Trop de langue !

Elle grimace et fait mine de s'étrangler avant de se poser contre Mirabella pour obtenir un peu de réconfort. Mirabella et Elizabeth rient. Sara ne dit rien, mais ses yeux s'ouvrent en grand et ses lèvres disparaissent presque.

Mirabella regarde par la fenêtre. Elles sont presque arrivées. Dans le quartier central, les bâtiments sont larges et blancs. La moindre fissure naissante a été recouverte de peinture. Ici, on peut se rendre compte de la magnificence de Rolanth jadis. On peut aussi aisément imaginer comme la ville pourra retrouver sa gloire après que Mirabella aura atteint le trône.

— Nous voici arrivées, dit Sara tandis que la voiture tractée s'arrête soudainement.

Elle lisse la jupe de sa longue robe noire et quitte la voiture.

— Bree, murmure-t-elle, essaie de ne pas te perdre, je t'en prie.

— Oui, mère, répond Bree en levant les yeux.

Mirabella sort après Sara. Au travers des grilles du parc, elle aperçoit les joailliers et les couturiers, attendant en rang. Et les prêtresses, bien évidemment, qui montent la garde.

Bree étire son cou.

— Il est là, sourit-elle.

Il est facile de voir de qui elle parle. Un beau garçon aux cheveux châtain clair se tient près du joaillier à l'extrémité du rang. Lui aussi a bien remarqué Bree.

— Il ne te faut jamais trop de temps, dit Mirabella doucement.

— Et c'est normal. Cela fait des années que je m'entraîne.

Bree saisit le bras de son amie d'une main et celui d'Elizabeth de l'autre.

— Nous devons découvrir son nom.

— Ces sottises suffisent, intervient Sara.

Elle sépare les bras des filles et prend place au côté de la reine.

— Mère, grogne Bree. Nous ne sommes là que pour choisir des bijoux. Vous n'avez pas besoin d'en faire tout un Débarquement !

— Tout événement public deviendra formel après son couronnement, remarque Sara. Tu ferais bien de t'y habituer.

Alors qu'elles entrent dans le parc, Sara fait un signe à l'une des prêtresses novices.

— La reine Mirabella n'a rien mangé aujourd'hui. Pourriez-vous s'il vous plaît lui trouver quelque chose ?

La fille opine du chef et file. Mirabella n'a en vérité pas si faim que cela. Lorsqu'elle rêve de ses sœurs, elle n'a en général plus d'appétit jusqu'au soir. Mais il sera plus simple de grignoter que de discuter avec Sara.

Les marchands s'inclinent quand elles passent devant leurs tables. Les Westwood achèteront un petit objet à chacun d'entre eux, une bague ou un bracelet, une écharpe peut-être. Seuls certains se verront commander des robes et des parures de bijoux.

— Je peux te dire sans même m'arrêter que nous n'achèterons que des mouchoirs à la première table, souffle Sara dans l'oreille de Mirabella. Cette femme n'a aucune notion du mouvement élémentaire. Tout ce qu'elle coud est très serré et sévère. Parfait pour une empoisonneuse.

En s'approchant de l'étal de la femme, Mirabella se rend compte que Sara a raison. Tout scintille et chaque robe est près du corps. Mais la couturière est très anxieuse, elle a tellement d'espoir.

— Voilà de très beaux gants, dit Mirabella avant que Sara ait le temps d'ouvrir la bouche. Vous travaillez également le cuir ?

Elle se tourne à demi vers Sara.

— Bree a besoin d'une nouvelle paire pour l'archerie. Et le petit Nico ne doit plus pouvoir mettre les siens.

— Oui, reine Mirabella, répond la marchande. J'apprécie tout particulièrement le travail du cuir.

Mirabella quitte la table afin que Sara discute des honoraires et pour ne pas l'entendre grincer des dents. Au marchand suivant elle choisit des bagues en argent torsadé et à celui d'après des bagues en or poli, tandis que Bree la tire avec empressement pour s'approcher du garçon aux cheveux châtains.

La prêtresse novice revient avec un plateau de pain et de fromage et un petit bocal de tomates en conserve. Elizabeth la débarrasse.

— Bree, calme-toi, rit-elle. Prends un instant pour manger.

Elle s'exécute, mais elles ne sont plus qu'à une table de sa proie et la manière dont elle grignote son fromage est hautement suggestive.

— Nous devons trouver quelque chose pour la distraire, murmure Elizabeth à Mirabella. Ces robes, peut-être. Elles sont sublimes !

— Je ne pense pas qu'une robe pourra la distraire. Peu importe sa qualité.

Le couturier étudie Bree. Il s'agenouille sous sa table.

— Celle-ci, peut-être, dit-il en dépliant une robe devant elles.

Mirabella et Elizabeth restent sans voix. Bree en laisse tomber son fromage.

Ce n'est pas une robe de reine, car elles doivent être entièrement noires. Celle-ci a un corset brodé de vagues bleues et une traîne faite de morceaux de satin bleu marine apparaissant au travers de la jupe noire. Elle est splendide.

— C'est celle qu'il nous faut, affirme Mirabella.

Elle se tourne vers Bree et caresse sa tresse affectueusement.

— Tu vas me faire de l'ombre avec celle-ci. Tous les prétendants n'auront d'yeux que pour toi.

— Non, rétorque Elizabeth. Ce n'est pas vrai, Mira !

Peut-être bien que non. Les cheveux noir corbeau et les yeux étrangement foncés d'une reine attirent toujours l'attention. Mais Elizabeth a mal compris. Mirabella n'est pas jalouse. Jamais elle ne pourra être jalouse de Bree.

Sara les rejoint et opine de la tête pour marquer son approbation.

— Nous aurons besoin de trois robes, lance-t-elle, dont celle-ci, ajustée à la taille de ma fille. Peut-être même davantage si nous ne trouvons rien qui égale votre savoir-faire. Je viendrai directement à votre atelier pour que nous discutions plus en détails.

— Enfin, souffle Bree dans l'oreille de Mirabella.

Elles ont fini par atteindre le joaillier et le garçon.

— Nous parlerons à son père, et non à lui. Comment vas-tu t'y prendre ?

Bree fait un mouvement discret du menton. Le marchand et son fils ont un petit brasero allumé à l'arrière de leur table pour rester au chaud en attendant. Peut-être ne sont-ils pas élémentaires, ou que leurs dons sont faibles.

Bree met son bras autour d'Elizabeth.

— Ma douce Elizabeth, lance-t-elle. Mais tu trembles !

Elle se tourne vers le garçon.

— Pouvons-nous contourner la table pour nous réchauffer près de votre feu ?

— Bien évidemment, répond-il rapidement.

Mirabella plisse les lèvres alors que le garçon accompagne Bree et Elizabeth près du brasier. D'un léger mouvement du poignet, Bree fait virevolter des braises. Elle regarde Mirabella par-dessus son épaule et lui fait un clin d'œil.

— Bien, dit Sara d'une voix basse. Je pensais que nous allions avoir besoin d'acheter l'étal entier pour lui donner davantage de temps pour flirter.

Ce sera peut-être bien le cas. Les pièces du joaillier sont sublimes. Exposées sur la table, des gemmes ciselées avec attention brillent dans des arrangements très élaborés. La main de Mirabella se laisse guider vers un collier de trois pierres rouge-orange vif pendues à une courte chaîne en argent. Même sur cette table à la lumière de l'hiver, elles semblent incandescentes.

— Je voudrais celui-ci, je souhaiterais le porter la nuit de la Révélation.

Une fois les achats effectués, elles retournent à la voiture. Mirabella a le collier de feu sur ses genoux, dans un boîtier en velours. Elle a hâte de le montrer à Luca. Elle est persuadée que la grande prêtresse l'appréciera. Peut-être même qu'après la cérémonie de la Révélation Mirabella le lui offrira.

— Bon, maintenant que nous en avons terminé avec ces emplettes, commence Sara tandis que le carrosse démarre, nous avons reçu des nouvelles. Elles nous viennent de Wolf-Spring, vous imaginez ?

— Des nouvelles ? demande Bree. Quelles nouvelles ?

— Il semblerait qu'un prétendant s'y trouve. Sa délégation est arrivée plus tôt.

— Mais c'est interdit, rétorque Mirabella. Le Temple le sait-il ?

Elle regarde Elizabeth, mais l'initiée ne fait que hausser les épaules.

— Je te le confirme, fait Sara. C'est la première délégation de sa famille. Ils reçoivent donc un traitement de faveur à cause de ce léger handicap. Afin qu'ils prennent leurs marques sur ce territoire inconnu. Et également pour les remercier d'avoir accueilli Joseph Sandrin durant son exil.

— Cela fait longtemps que je n'ai pas entendu ce nom.

Elle songeait souvent à lui, avant. Dès qu'elle pensait à Arsinoé. Il était le garçon qui avait essayé de fuir avec elle. Il avait tenté de l'aider à s'échapper. Lorsqu'ils ont été appréhendés, elle a entendu dire qu'il avait craché sur les pieds de Natalia Arron.

Il lui présente aujourd'hui un prétendant. Cela n'a pas dû être facile, alors qu'il lui portait lui-même tant d'amour.

— Je pense que tu vas le rencontrer, lance Sara.

— Joseph ?

— Non, le prétendant. Avant Beltane. Nous ferons en sorte qu'il vienne ici. Sous la surveillance du Temple, naturellement.

— C'est quand même dommage, glisse Bree. Disposer de tous ces prétendants et ne pouvoir en choisir qu'un seul. Mais quand même… Tous ces prétendants.

Elle frissonne de plaisir.

— J'aimerais parfois être la reine.

Mirabella fronce les sourcils.

— Ne dis jamais ça.

Le ton de ses mots fait taire toutes les voix du carrosse.

— Ce n'était rien de plus qu'une blague, Mira, répond doucement Bree. Bien évidemment que je ne le souhaite pas réellement. Personne ne souhaite être une reine.

MANOIR GREAVESDRAKE

L'immense bibliothèque sombre de Greavesdrake est le lieu favori de Katharine. Le grand âtre diffuse de la chaleur partout sauf dans les recoins les plus ténébreux, et en grandissant, les hautes étagères ainsi que les énormes fauteuils en cuir lui fournissaient de multiples endroits où se cacher des gifles de Geneviève ou de la formation aux poisons. Mais aujourd'hui, le feu n'est pas très vif, et Pietyr et elle sont assis au beau milieu de la pièce. Ils ont ouvert trois paires de rideaux qui voilaient les fenêtres donnant vers l'est et ils se blottissent dans les rayons les plus lumineux. La chaleur du soleil semble plus agréable. Plus douce, davantage méritée.

Pietyr lui tend un morceau de pain, sur lequel est étalé du fromage de brebis triple crème. Il a préparé un pique-nique à même le tapis, constitué des meilleurs plats non empoisonnés qu'il a pu trouver. Une tendre attention, même si elle est délibérément destinée à l'engraisser.

— Tu devrais goûter le soufflé au crabe. Avant qu'il refroidisse.

— Je le goûterai, le rassure Katharine.

Elle mord dans le pain et le fromage, mais ce n'est pas une chose facile. Même les meilleurs aliments ont un goût de boue quand ils sont consommés avec la nausée. Elle touche les bandages sur son poignet.

— Quel est le poison utilisé cette fois-ci ? demande Pietyr.

— Une sorte de venin de serpent.

Ce n'était pas un poison qui lui était inconnu. Mais la coupure employée pour l'appliquer était plus appuyée que nécessaire, car Geneviève lui en voulait encore pour la nuit du Gave noir. Pietyr a déjà regardé la blessure et il n'a pas apprécié ce qu'il a vu.

— Après ton couronnement, il n'y aura plus de raison pour que tu souffres autant.

Il lui sert une petite assiette d'œufs brouillés, de caviar et de crème fraîche. Elle prend une bouchée et s'efforce de sourire.

— Ce n'est pas un sourire, Kat. C'est une grimace.

— Peut-être devrions-nous garder tout cela pour le dîner ? propose-t-elle.

— Et te faire sauter deux repas de plus ?

Il secoue la tête.

— Nous devons réveiller ton appétit d'empoisonneuse. Goûte une pâtisserie. Ou un peu de jus, au moins.

Katharine se met à rire.

— Tu es le meilleur assistant personnel que j'aie jamais eu. Meilleur que Giselle même.

— Vraiment ? demande-t-il en soulevant un sourcil. Je n'ai pourtant aucune expérience dans le domaine. La maison que j'habite à la campagne est bien protégée et bien gérée par Marguerite, même si je déteste le reconnaître. J'ai passé ma vie à me faire servir.

— Peut-être as-tu appris en observant, alors, suggère Katharine. Mon couronnement t'importe beaucoup. Même si c'est le cas pour tous les Arron. Es-tu réellement ici simplement pour fuir la campagne ? Qu'est-ce que Natalia t'a promis ?

— Elle m'a promis un siège au Conseil, après que tu prendras place sur le trône. Mais tout cela va bien au-delà de cette simple affaire.

Il la regarde avec insistance et elle rougit. Il aime la voir rougir. Il se dit que Mirabella est très certainement trop fière pour afficher le moindre plaisir à être le centre de l'attention de quelqu'un.

— Les reines empoisonneuses sont ce qu'il y a de mieux pour l'île.

Il l'oblige à manger un autre morceau de pain.

— Cela fait cent ans que nous la dirigeons. Les Westwood sont arrogants s'ils pensent pouvoir faire mieux.

— Les Westwood, reprend Katharine, et le Temple aussi.

— Oui. Le Temple. Je ne sais pas pourquoi ils se sentent si lésés. Pourquoi ils ont ce besoin de posséder l'âme de toute la population. Mais c'est bien ce qu'il se passe.

Pietyr avale un peu de pain recouvert de gelée de pomme. Il ne boude pas la nourriture non empoisonnée comme les autres Arron. Le comportement du garçon ne met pas en exergue la faiblesse de Katharine.

— Cette pièce sent la poussière, Kat. Je ne vois pas pourquoi tu t'y plais autant.

Katharine contemple les tas de livres à reliure en cuir qui l'entourent.

— La reine Camille les aimait. Elle aimait lire des livres parlant des reines du continent. Sais-tu que c'est de là qu'Arsinoé tire son prénom ?

— Non, je ne le savais pas.

— Une reine du continent a été tuée par sa sœur. Elle s'appelait elle aussi Arsinoé. Donc, quand Arsinoé est née plus faible, elle lui a donné ce nom. Arsinoé la naturaliste.

— Une manière tout à fait perverse de baptiser un enfant. Je la plaindrais presque.

— La reine nous connaît à notre naissance. Elle connaît nos dons. Une ratée est une ratée, même à la naissance.

— Quoi qu'il en soit, elle t'a donné un bon nom, Katharine l'empoisonneuse. Elle a dû voir à l'époque qu'en grandissant tu serais douce et réfléchie.

Il passe un doigt sur sa joue.

— Et très belle.

— Assez belle pour capter le regard de chacun des prétendants ? Est-ce que je dois vraiment faire ça ?

— Oui, tu y es tenue. Imagine la tête de Mirabella quand les prétendants l'ignoreront. Peut-être sera-t-elle prise d'un tel désarroi qu'elle se jettera des falaises de Rolanth.

Cela pourrait effectivement être très pratique. Mais ça priverait Katharine de la vue de sa sœur s'arrachant la peau de la gorge après qu'elle l'a obstruée avec du poison.

Katharine se met à rire.

— Que t'arrive-t-il ?

— Je pensais à Arsinoé, explique-t-elle. À quel point elle sera triste et facile à tuer, après la mort de Mirabella.

Pietyr ricane. Il l'attire à elle.

— Embrasse-moi, dit-il, et elle s'exécute.

Elle embrasse de mieux en mieux et est de plus en plus audacieuse. Elle lui mord doucement la lèvre après leur baiser.

Il est tellement attirant. Elle pourrait l'embrasser à longueur de journée, sans jamais s'en lasser.

— Tu apprends vite.

— Et toi ? Auprès de combien de filles t'es-tu entraîné, Pietyr ?

— Beaucoup. Avec pratiquement toutes les servantes qui ont travaillé dans notre foyer, et la plupart des filles du village voisin. Ainsi que certaines des amies les plus perspicaces de ma belle-mère.

— Je n'aurais jamais dû poser la question, boude-t-elle.

Il caresse sa cuisse, ce qui fait rire Katharine. Tant de filles. Tant de femmes. Mais il est à elle et à elle seule, pour le moment.

— Ne me trouves-tu pas fade, après avoir côtoyé des filles plus entraînées ?

— Non, nie-t-il avant de la regarder dans les yeux. Jamais. En vérité, la partie la plus délicate de tout cela sera un point auquel je n'avais jamais réellement pensé auparavant.

— Lequel ?

— Me rappeler pourquoi je suis là. Faire de toi le genre de reine qui fait chavirer les cœurs. T'aider à gagner le soutien de l'île lors du festival.

— En quoi leur soutien importe-t-il ? Ils ne m'aideront pas à tuer mes sœurs.

— Une reine aimée compte beaucoup d'yeux et d'oreilles à sa disposition. Cet appui comptera grandement dans tous les cas après ton couronnement.

L'estomac de Katharine remue soudain et elle repousse la nourriture.

— Tout ça implique pressions et attentes. Et j'échouerai. Tout comme lors de mon anniversaire.

— Tu n'échoueras pas, la contredit Pietyr. Quand tu prendras ta place sur ta scène lors de la Révélation, personne ne se préoccupera des scènes de tes sœurs. Quand les prétendants te verront lors de la cérémonie du

Débarquement, ils en oublieront complètement les autres reines.

— Mais Mirabella…

— Oublie Mirabella. Elle sera raide et hautaine. Tu souriras, tu flirteras. Tu seras la reine qu'ils voudront. Si je parviens à te faire te tenir droite.

— Me tenir droite ?

— Tu as une démarche effacée, Kat. Je veux que tu évolues dans une pièce comme si elle t'appartenait. J'ai même parfois l'impression que tu détales.

— Je détale !

Elle rit et le pousse. Il s'allonge sur le tapis en riant également.

— Mais tu as raison. Il m'arrive de détaler comme un rat, sourit-elle. Mais c'en est fini. Tu vas m'apprendre ce que je dois savoir et je leur ferai oublier jusqu'à leurs noms d'un simple regard.

— D'un simple regard ? C'est une promesse tout à fait ambitieuse.

— Mais j'y arriverai. Et je te ferai oublier également.

Katharine abaisse ses paupières.

— Me faire oublier quoi ?

Elle relève le regard vers lui.

— Que je ne te suis pas destinée.

Quand Natalia demande à Katharine de l'accompagner au Volroy, il ne peut y avoir qu'une seule raison à cela : empoisonner un prisonnier. Elle ne s'est jamais rendue au palais en d'autres circonstances. Elle n'a jamais participé à une session du Conseil noir, à les écouter débattre des impôts sur les fruits naturalistes ou des fenêtres de verre provenant de Rolanth. Elle n'a jamais rencontré non plus les représentants du dernier roi consort venus du continent quand ils souhaitent affirmer leurs intérêts. Mais ce n'est pas grave, lui dit Natalia. Elle assistera à tout ça un jour, après son couronnement.

— Il a été jugé à Kenora, explique Natalia alors qu'elles sont en voiture à cheval en direction d'Indrid-Down et des flèches noires du Volroy. Pour meurtre. Attaque au couteau, et violente avec ça. Il n'aura pas fallu longtemps pour que le Conseil détermine sa punition.

La voiture s'arrête momentanément rue Edgemoor afin d'accéder au palais par la porte secondaire. Katharine lève la tête dans l'ombre de la forteresse, mais elles se trouvent déjà trop près des spires pour qu'elle en aperçoive la cime. C'est ici qu'elle vivra quand elle sera couronnée, mais elle n'a jamais trop apprécié le Volroy. Malgré la grandeur des spires jumelles et leurs contreforts flottants, la structure est bien trop formelle et constituée de bien trop de surfaces dures. Il y a plus de fenêtres et de lumière qu'à Greavesdrake, et pourtant le lieu n'en est pas plus chaleureux. Tellement de couloirs dont les courants d'air font siffler la structure comme une flûte.

Katharine s'écarte des fenêtres du carrosse tandis que les plafonds viennent les recouvrir.

— Geneviève et Lucian seront-ils présents aujourd'hui ? demande-t-elle.

— Oui. Peut-être les retrouverons-nous après, pour le repas. Je peux demander que Geneviève s'asseye à une autre table que la nôtre.

Katharine sourit. Il n'a toujours pas été permis à Geneviève de regagner Greavesdrake, Natalia préférant que la demeure reste calme. Avec un peu de chance elle n'aura l'autorisation de revenir qu'après Beltane.

La voiture s'arrête, elles en descendent et entrent dans le bâtiment. Les personnes qui les croisent dans les couloirs leur adressent un signe de tête respectueux, les deux femmes portent des manteaux en coton sombre et des couvre-chefs noirs et chauds. Katharine s'assure que ses manches sont toujours bien en place, afin de cacher les pansements de Geneviève et les dernières lésions de ses cloques. Elles ont presque toutes guéri maintenant, bien plus rapidement qu'elle ne l'aurait imaginé. Grâce à Pietyr, elle est en meilleure santé et en meilleure forme. La plupart des croûtes ont disparu, laissant la place à une peau rosée au-dessous. Aucune ne donnera une cicatrice.

En s'engageant dans les escaliers menant aux cellules des étages inférieurs, Katharine marque une pause. Les endroits souterrains l'ont toujours mise mal à l'aise, et les cellules ont cette odeur bien particulière et désagréable. Elles sentent la glace sale et froide. L'air qui ne parvient pas à s'échapper du Volroy au travers des nombreuses fenêtres des étages vient se putréfier dans les cellules.

— Ce meurtre est-il son seul crime ? demande-t-elle alors qu'elles descendent avec précaution les marches en pierre.

Les cellules sont généralement réservées aux prisonniers les plus importants. Comme ceux ayant commis un crime à l'encontre de la reine.

— Ils auraient peut-être pu s'occuper de lui à Kenora après le jugement, admet Natalia. Mais j'ai pensé que tu bénéficierais d'un petit entraînement.

Arrivées au dernier souterrain, l'effluve de glace froide cède à la véritable odeur de cellule : celle de la crasse humaine mélangée à la sueur et la peur. Elle se fait plus prégnante par la proximité et la chaleur des différentes torches présentes.

Natalia se dépouille de son manteau et l'un des gardes lui tend une main pour la débarrasser avant de se faufiler au travers d'une petite porte. Un autre garde déverrouille la plus grande porte de métal, la repoussant avec une telle force que l'acier lourd vient rebondir contre la glissière.

Des nombreuses cellules composant ce niveau, il n'y en a qu'une seule d'occupée. Le prisonnier est reclus dans le coin le plus éloigné, les genoux ramassés contre sa poitrine. Il semble sale, fatigué et n'a pas l'air bien âgé.

Katharine s'agrippe aux barreaux. Il a été inculpé pour meurtre. Mais au regard de sa peur, elle ne peut pas l'imaginer commettre quoi que ce soit.

— Qui a-t-il tué ? demande Natalia.

— Un autre garçon, qui avait à peine quelques années de plus que lui.

Ils lui ont fourni une couverture et un peu de paille. Les restes de son piètre petit déjeuner se trouvent dans un coin à côté de lui, ainsi qu'une petite tasse en métal et une assiette nettoyée du bout des doigts. Les barreaux qui les séparent sont solides, mais elle aurait été en sécurité quand bien même ils auraient été faits de tissu. Peu importe la violence qui sommeillait avant en lui, ces quelques jours passés en prison l'ont fait disparaître.

— Comment vous appelez-vous ?

Du coin de l'œil, elle voit Natalia froncer les sourcils. Son nom n'a aucune espèce d'importance. Mais elle veut tout de même le connaître.

— Walter Mills.

Ses yeux tremblent. Il sait pourquoi elle est ici.

— Walter Mills, dit-elle doucement. Pourquoi avez-vous tué ce garçon ?

— Il a tué ma sœur.

— Pourquoi ne se trouve-t-il pas ici dans cette cellule à votre place, alors ?

— Car les autres n'en savent rien. Ils pensent tous qu'elle s'est enfuie.

— Comment savez-vous que ce n'est pas le cas ? demande Natalia d'un air sceptique.

— Je le sais, c'est tout. Elle n'aurait jamais pris la fuite.

Natalia s'approche tout près de l'oreille de Katharine.

— Nous ne pouvons pas savoir s'il dit la vérité. Il a été jugé, il a été condamné. Et nous pouvons difficilement demander la comparution du garçon qui est mort.

Natalia soupire.

— Tu as tous les éléments qu'il te faut ?

Katharine opine de la tête. Personne ne peut rien y faire. Le Conseil a scellé son sort. Et elle a désormais en main tout ce qu'elle a besoin de savoir. Son crime, ses raisons. Sa santé, son âge et son poids approximatif.

— Je vous en prie, souffle le garçon. Ayez pitié.

Natalia pose un bras sur les épaules de Katharine et la guide vers la sortie. Il n'est pas strictement légal que Katharine participe aux exécutions avant son couronnement. Mais Natalia a le bras très long. Katharine l'accompagne dans la chambre des poisons depuis qu'on est venu la chercher au Cottage noir, ou presque.

Une fois arrivées dans cette chambre, très haut dans la tour est, Katharine défait son manteau et le laisse tomber sur l'une des bergères que Natalia adore. Elle ne retire pas ses gants. Ils sont ajustés, isolés et la protégeront un peu au cas où elle renverserait quelque chose.

— Avons-nous des détails quant au crime ? demande-t-elle.

— Attaque portée avec un couteau à lame courte. Seize coups, selon le rapport du guérisseur.

Seize coups. C'est un nombre excessif, qui trahit la rage. Cette rage pourrait effectivement étayer le fait que Walter Mills cherchait à se venger. Mais elle ne le saura jamais. C'est bien cela qui rend les choses si difficiles.

Les placards à poisons occupent deux murs entiers de la pièce. Cette collection est le fruit d'années de collecte, stockée et augmentée par les nombreuses expéditions que les Arron ont conduites sur l'île et sur le continent. Il y a des herbes, des venins et des baies séchées provenant de toutes les terres et tous les climats, préservés et catalogués avec un très grand soin. Les doigts de Katharine parcourent les tiroirs ; elle murmure le nom des différentes substances alors qu'elle les passe en revue. Un jour, elle se servira peut-être de tout cela pour se débarrasser de Mirabella et d'Arsinoé. Elle emploiera alors des mélanges tout à fait sophistiqués. Mais dans le cas de Walter Mills, elle ne versera pas trop dans la créativité.

Elle s'arrête sur un tiroir rempli de fioles de ricine.

Une seule baie équivaudrait à une mort très lente et très sanglante, provoquant une hémorragie de chaque organe du corps.

— Le garçon qu'il a tué, sa mort a-t-elle été longue ? A-t-il souffert ?

— Une longue nuit et une journée entière.

— Aucune pitié, alors.

— Aucune pitié ? reprend Natalia. Même compte tenu de son jeune âge ?

Katharine lance un regard à Natalia. Elle ne prône pas souvent la pitié. Mais soit, pas de ricine, alors. Au lieu de cela, Katharine ouvre un tiroir et pointe du doigt des bocaux contenant du vomiquier séché.

— Un très bon choix.

Ce poison est entreposé dans un bocal en verre. Tout est fait avec beaucoup de soin. Les placards et leurs étagères sont également doublés afin de prévenir toute dispersion de poison, dans le cas d'un renversement accidentel. Ces précautions ont très certainement évité une mort étonnante et douloureuse à des servantes négligentes.

Katharine pose le poison sur l'une des longues tables et saisit un mortier et un pilon. Des pots d'eau et d'huile sont disponibles afin d'émulsifier le mélange. Au vomiquier, elle ajoute de l'essence de saule en poudre pour atténuer la douleur et de la centranthe pour endormir la peur. La dose est très importante, la mort est assurée, mais elle sera clémente.

— Natalia, pourriez-vous s'il vous plaît demander une carafe d'un bon vin doux ?

Elle est toujours présente lors de la prise. Natalia n'a jamais transigé sur la question. En tant que reine, Katharine doit avoir conscience de ce qu'elle fait, les voir se débattre dans leurs chaînes ou essayer de repousser les mains qui les forcent à ingérer le poison. Elle doit sentir à quel point la foule sur la place peut les terrifier. Au début, c'était quelque chose de difficile à regarder. Mais cela fait des années qu'aucun d'entre eux n'a fait pleurer Katharine et elle a appris à garder les yeux grands ouverts.

Au plus profond du Volroy, Walter Mills est assis contre le mur de sa cellule, les mains sur les genoux.

— Vous revenez déjà. Vous allez me traîner là dehors ? Dans la cour, afin que tout le monde puisse observer ?

— La reine a fait preuve de clémence. Vous mourrez ici, en privé.

Il regarde la carafe dans les bras de Katharine et commence à pleurer en silence.

— Garde, appelle Katharine en lui faisant signe. Apportez-nous une table et trois chaises, ainsi que deux verres.

— Que faites-vous, reine Katharine ? demande doucement Natalia.

Mais elle ne cherche pas à l'arrêter.

— Ouvrez la cellule, ordonne Katharine après qu'il a apporté la table. Dressez-la pour trois personnes.

Pendant un court instant, Walter observe la porte ouverte, mais même en proie à la panique il sait bien que cela serait inutile. Katharine et Natalia prennent place à la table, et Katharine sert du vin dans les deux verres. Walter scrute le breuvage tandis qu'elle le verse, comme s'il s'attendait à ce qu'il se mette à fumer ou à grésiller. Évidemment, rien ne se produit. Mais l'odeur qui parfume la pièce est doucereuse.

— Il a tué ma sœur.

— Vous auriez dû nous le présenter, alors, répond Natalia. Nous nous serions occupées de lui, vous pouvez nous croire.

Katharine essaie de lui faire un sourire agréable.

— Vous pensez que je vais tout simplement boire votre truc ?

— Je pense que c'est un grand honneur, affirme Katharine, que de partager votre dernier verre avec la tête de la maison Arron. Et je pense également qu'il est bien plus agréable de parler et de s'endormir calmement que d'être forcé jusqu'à l'étouffement.

Elle lui tend un verre. Walter hésite pendant quelques instants et répand quelques larmes de plus. Mais il s'assoit finalement à la table.

Natalia avale la première gorgée. Il lui faut beaucoup de temps, mais Walter trouve en définitive du courage. Il boit. Et il parvient même à pleurer une nouvelle fois, après avoir bu.

— C'est…, commence-t-il en hésitant. C'est très bon. Vous ne vous joignez pas à nous, reine Katharine ?

— Je ne prends jamais de mes propres poisons.

Une ombre traverse son visage. Il croit désormais que les rumeurs disent vrai et qu'elle n'a aucun don. Mais cela n'a aucune importance, le poison est déjà dans son estomac.

Walter Mills boit et boit encore, et Natalia boit tout autant que lui, jusqu'à ce que ses joues soient rouges et qu'il soit totalement saoul. Ils échangent sur des sujets agréables. Sa famille. Son enfance. Il éprouve de plus en plus de peine à respirer, jusqu'à ce qu'enfin ses yeux se ferment et qu'il s'affale sur la table. Il faudra moins d'une heure à son cœur pour cesser de battre.

Natalia regarde Katharine et sourit. Son don de poison est peut-être faible, ou peut-être n'a-t-elle même aucun don. Mais elle est très douée en matière d'empoisonnement.

WOLF-SPRING

Jules se doutait qu'au retour de Joseph certaines choses auraient changé. Elle ne s'attendait pas à ce qu'il reprenne sa place dans sa vie comme si de rien n'était. Elle ne savait même pas s'il considérerait qu'il y avait encore une place, après tant d'années. Cinq années ne sont peut-être pas grand-chose, mais durant ces années-là, Joseph est devenu un jeune homme. Et peut-être a-t-il acquis une vision plus vaste du monde que ne pourrait bien l'espérer Jules depuis son petit coin du sud-ouest de l'île de Fennbirn.

Mais il est de retour. Sa famille peut enfin respirer, et Jules et lui ont largement fait le tour des civilités.

— Est-ce que tu as froid ? demande-t-il alors qu'ils descendent la rue menant au pub *La Tête de Lion*.

— Non.

— Mais si. Ton cou est tellement rétracté qu'il a pratiquement disparu.

Il jette un regard aux alentours dans la rue. Il n'y a pas un seul endroit où ils aimeraient aller. Ils sont tous deux fatigués des clins d'œil entendus que leur envoient malicieusement les vieux amants et des regards suspects de ceux qui détestent le continent.

Une neige légère commence à tomber, et Camden grogne avant de s'ébrouer. Il n'y a plus rien à faire. Ils doivent se rendre à l'évidence et se souhaiter une bonne nuit, mais aucun d'eux ne veut plus jamais quitter l'autre.

— Je sais où on peut aller, sourit Joseph.

Il lui prend la main et la presse pour qu'ils empruntent la rue en direction de l'anse, où le bateau du continent est amarré.

— Il y aura très peu de membres d'équipage ce soir. M. Chatworth et Billy restent à Wolverton jusqu'à son départ.

— Son départ ? reprend Jules. Tu ne veux pas plutôt dire « leur départ » ?

— Billy reste ici. Il sera là tout au long de Beltane. Pour apprendre à connaître Arsinoé. Je pensais d'ailleurs que nous pourrions bientôt les présenter l'un à l'autre. Faire un pique-nique autour d'un feu près de l'étang.

Il reprend sa main et ils courent sur la pente qui mène aux quais. Le bateau est doucement ballotté par les flots. Ses hublots et attaches brillent à la lumière de la lune. Il demeure bien trop rutilant pour Wolf-Spring, même la nuit.

— Tu veux qu'il devienne roi consort, remarque Jules.

— Évidemment. Mon frère d'adoption et Arsinoé sur le trône, toi et moi au Conseil. Cela ferait un beau dénouement.

— Moi, au Conseil ? ricane Jules. Je serais plutôt la cheffe de sa garde personnelle. Tu as vraisemblablement tout prévu, Joseph.

— Eh bien, j'ai eu cinq ans pour y penser.

Ils traversent la passerelle, et Jules tend la main vers Camden pour qu'elle avance avec eux.

— Elle a peur des bateaux ?

— Non, mais elle n'aime pas trop ça. Nous faisons parfois des sorties avec Matthew. Pour l'aider à attraper du poisson.

— Je suis heureux que vous soyez restés proches. Même après ce qui est arrivé à Caragh. Je pense que ta présence lui permet de retrouver une petite partie d'elle. Quelque chose que ces salauds ne pourront jamais lui retirer.

— Oui, conclut Jules.

Matthew aime encore sa tante Caragh, et elle espère que ce sentiment continuera toujours.

Jules observe ce qui l'entoure. Les ponts sont briqués et tout est propre et bien rangé. Rien ne sent le poisson. Les voiles noires sont repliées. Évidemment, Chatworth allait venir sur l'île avec son plus beau vaisseau. Et les Chatworth doivent être une famille de renom, sinon comment est-ce que leur fils pourrait être un prétendant ?

— Jules, par ici.

Joseph la mène vers les cabines, se faufilant sans bruit afin d'éviter l'équipage. Ils passent une petite porte et pénètrent dans une pièce sombre, jusqu'à ce qu'il allume une lampe. La cabine dans laquelle ils sont entrés est elle aussi petite, on y trouve une couchette, un bureau et quelques vêtements toujours dans un placard. Cam se dresse sur ses pattes arrière et renifle le pourtour de la porte.

Le cœur du bateau est chaud et le cou de Jules sort de sa cachette. Mais elle aimerait inventer une excuse pour dissimuler son visage.

— Je ne sais pas quoi dire. Je veux que les choses soient comme avant.

— Je sais. Mais on ne peut plus vraiment jouer aux chevaliers, si ?

— Certainement pas sans Arsinoé dans le rôle du dragon.

Ils se mettent à rire ensemble en se rappelant ces bons souvenirs.

— Ah, Jules, grogne-t-il. Pourquoi est-ce qu'il a fallu que je revienne maintenant ? En pleine Ascension ? J'ai déjà l'impression que le moindre instant avec toi est comme subtilisé à quelqu'un d'autre.

Jules déglutit péniblement. L'entendre s'exprimer ainsi est assez bouleversant. Ils n'ont jamais échangé de telles paroles quand ils étaient enfants. Même durant leurs promesses de loyauté les plus grandiloquentes.

— J'ai quelque chose pour toi. C'est un peu bête, maintenant.

Il se dirige vers le bureau et en ouvre un tiroir. À l'intérieur se trouve une petite boîte blanche, fermée par un ruban vert.

— C'est un cadeau, pour ton anniversaire.

Personne ne fête jamais l'anniversaire de Jules. C'est une petite de Beltane, une enfant conçue lors du festival de Beltane, tout comme les reines. On dit que cela porte chance et ces enfants sont censés être doués, mais ce n'est pas le meilleur jour pour fêter un anniversaire. Oublié et éclipsé.

— Ouvre.

Jules dénoue le ruban. Dans la boîte elle découvre un anneau en argent fin, serti de pierres vert sombre. Joseph le sort de son écrin et le glisse sur l'un des doigts de Jules.

— Sur le continent, cet anneau signifierait que tu dois m'épouser, dit-il doucement.

Un anneau en échange d'un mariage. Ce doit être une blague, mais il paraît tellement sérieux.

— C'est un très bel anneau.

— C'est vrai. Mais il ne te convient pas. J'aurais dû le savoir.

— Il est trop beau pour moi ?

— Non, répond-il rapidement. Je veux simplement dire que tu n'as pas besoin de faire semblant de l'apprécier. Tu n'es pas obligée de le porter.

— Mais je veux le porter.

Joseph penche la tête et lui embrasse les mains. Elle frissonne malgré ses lèvres chaudes. Il la regarde comme il ne l'a jamais regardée avant, et elle sait, avec autant d'espoir que d'effroi, que oui, c'est bel et bien vrai, ils ont tous les deux grandi.

— Je veux que les choses soient exactement comme si je n'avais jamais été banni, explique-t-il. Je ne leur permettrai pas de me retirer quoi que ce soit, Jules. Et surtout pas toi.

— Luke. Ce gâteau est sec.

Arsinoé boit un peu de thé pour aider sa bouchée à descendre. De toute l'île, les pâtisseries de Luke sont d'ordinaire ses préférées. Il essaie à chaque fois de nouvelles recettes tirées des livres de pâtisserie qui se trouvent sur ses étagères mais qu'il n'arrive jamais à vendre.

— Je sais, admet Luke en soupirant. Il me manquait un œuf. J'aimerais parfois que Hank soit une poule.

Arsinoé repousse son assiette sur le comptoir et le coq noir et vert vient picorer ses miettes.

Jules arrivera bientôt au magasin avec Joseph. Elle aura enfin le droit à ses propres retrouvailles avec lui. Jules dit qu'il ne la tient pas responsable de son exil. Et c'est certainement vrai. Mais cela ne change en rien le fait qu'il *devrait* la tenir responsable.

Mais Jules et Joseph sont heureux ensemble, à nouveau inséparables, et cela suffit à Arsinoé. Jules déborde d'une telle joie que la côtoyer en devient presque difficile. Avoir jeté le charme de Madrigal au feu n'a semble-t-il eu aucun effet.

Arsinoé n'a pas parlé de cette excursion à l'arbre penché à Jules, ni à personne d'autre. Elle n'a parlé à personne non plus de son besoin grandissant de retourner à cet endroit. Cela ne ferait que créer des histoires. La magie basse est mal vue de ceux qui ont un don. Elle sait bien qu'en tant que reine elle ferait mieux de la repousser. Mais elle ne veut pas se l'entendre dire, surtout pas de Jules.

Des pas sur les planches à l'extérieur précèdent le tintement de la cloche en cuivre de Luke. Arsinoé inspire profondément et péniblement. Elle est presque aussi anxieuse à l'idée de revoir Joseph que Jules l'était, et à peu près tout aussi excitée. Peut-être a-t-il d'abord été l'ami de Jules, mais il est également devenu le sien. L'un des rares qu'elle ait jamais eus.

Elle se retourne avec des miettes de gâteau sur le manteau, elle grimace avec nervosité…

Jules et Joseph ne sont pas seuls. Ils sont accompagnés d'un garçon. Arsinoé serre les dents. Elle sait à peine quoi dire à Joseph, et maintenant, elle doit en plus échanger des civilités guindées avec un inconnu.

Ils entrent tous trois dans la pièce en riant, terminant ainsi une conversation privée visiblement hilarante. Quand Joseph aperçoit Arsinoé, son sourire s'étire sur toute la largeur de son visage. Elle croise les bras.

— Tu ressembles exactement à ce que j'imaginais, lance-t-elle.

— Je te retourne le compliment. Tu n'as jamais eu l'air d'une reine.

Jules arbore un large sourire silencieux, mais Arsinoé rit à gorge déployée et l'attire vers elle pour le prendre dans ses bras. Elle n'est pas tout à fait aussi grande que lui, mais pas loin. Elle est certainement plus proche de sa taille que Jules.

— Vous feriez mieux de me laisser une place, glisse Luke avant de s'imposer pour donner une tape dans le dos de Joseph et lui serrer la main. Joseph Sandrin. Comme on se retrouve !

— Luke Gillespie. Cela fait vraiment longtemps. Bonjour, Hank.

Le coq se trouvant sur le comptoir baisse la tête et le magasin devient silencieux. Arsinoé cherche quelque chose à dire. Un autre moment de silence et elle ne pourra plus ignorer l'étranger qui les accompagne. Mais elle ne réagit pas assez vite.

— Je voudrais te présenter quelqu'un, annonce Joseph.

Il la tourne avec raideur en direction de l'intrus, un garçon qui fait environ la taille de Joseph, avec des cheveux châtains et une expression qui lui paraît bien trop fière pour lui plaire.

— Voici William Chatworth Jr. Sa famille compose l'une des délégations de cette année. C'est l'un des prétendants.

— C'est ce que j'ai entendu dire.

Le garçon lui tend une main ; elle l'accepte et la serre une fois.

— Vous pouvez m'appeler Billy. Tout le monde le fait, sauf mon père.

Arsinoé étrécit les yeux. Elle serait ravie de tordre le cou de Jules, mais Camden lui arracherait les yeux. Elle s'attendait à retrouver de vieux amis, pas à tomber dans l'embuscade d'un nouvel inconnu.

— Alors, Junior, combien des séants du Conseil noir avez-vous dû embrasser pour arriver si tôt ? demande-t-elle avec un beau sourire.

— Je n'en sais rien, répond le garçon, lui aussi tout sourire. C'est mon père l'embrasseur de la famille. Pouvons-nous y aller ?

Le plan diabolique de Jules et Joseph consiste en un pique-nique près de l'étang du Bois-au-Chien. Un feu et de la viande en brochettes. Arsinoé espère que Billy Chatworth est déçu. Choqué par ce manque de splendeur, scandalisé par ce manque de faste. Mais si c'est le cas, il n'en montre rien. Il semble même parfaitement heureux de marcher jusqu'à l'étang en s'enfonçant jusqu'aux genoux dans la neige.

— Arsinoé, souffle Jules. Arrête au moins de grimacer.

— Non, tu n'aurais jamais dû faire ça. Tu aurais dû me prévenir.

— Si je t'avais prévenue, tu ne te serais pas présentée. Et puis il fallait bien que ça arrive, tu es la raison de sa présence.

Cette affirmation n'est que partiellement vraie. Les prétendants rencontreront certes toutes les reines, mais ils ne jetteront leur dévolu que sur la véritable reine, celle qui sera couronnée, et ce ne sera pas elle. S'il est enthousiaste à l'idée de faire sa connaissance, ce n'est que pour s'entraîner avant de côtoyer Mirabella et Katharine.

— Cette présentation aurait pu avoir lieu plus tard. Je pensais que nous passerions la journée tous les trois ensemble. Comme avant.

Jules soupire comme pour lui signifier qu'ils auront tout le temps qu'il faut pour cela à l'avenir. Mais s'il y a bien une chose qu'Arsinoé n'a jamais eu le luxe d'avoir, c'est du temps.

Alors qu'ils s'approchent de l'étang, les garçons partent devant pour démarrer le feu. Pour un mois de décembre, il ne fait pas si froid que ça. Si le soleil daigne sortir de derrière les nuages, il pourrait même y avoir quelques fontes. Camden bondit dans la neige et la fait virevolter comme si c'était de la pluie. Arsinoé doit bien admettre que c'est une belle journée, malgré l'intrus.

— Eh bien ? demande Jules quand Joseph et Billy ne sont plus à portée. Que penses-tu de lui ?

Arsinoé plisse les yeux. Billy Chatworth porte des vêtements de l'île, mais il ne les porte pas bien. Il n'a que quelques centimètres de moins que Joseph et ses cheveux châtains sont courts, comme s'ils étaient plaqués contre son crâne.

— Il n'est pas aussi beau que Joseph, taquine Arsinoé, et Jules devient écarlate. Je savais bien qu'il aurait ce menton Sandrin. Et ces yeux !

Elle donne des petits coups dans les côtes de Jules jusqu'à ce qu'elle rie elle aussi et la repousse.

— Bref, qu'est-ce que tu penses du continental ?

— Je ne sais pas, répond Jules. Il m'a dit qu'il avait eu un chat qui me ressemblait quand il était plus jeune, avec un œil bleu et un œil vert. Il a aussi dit qu'il était sourd.

— Comme c'est charmant.

Elles atteignent l'étang. Joseph sort un paquet de viande pour la rôtir et Camden met ses pattes sur son torse pour renifler les aliments. Le feu est déjà très chaud, d'une couleur orange agréable, en parfait contraste avec la blancheur immaculée des environs.

Arsinoé s'approche de l'arbre le plus proche pour en arracher des branches, une pour elle et une pour Jules. Elles utilisent ensuite leurs couteaux pour les tailler en pointe. Le continental observe la scène et Arsinoé s'assure de faire des gestes amples et dangereux.

— Voudriez-vous, commence Billy en s'éclaircissant la gorge. Voudriez-vous que je fasse cela pour vous ?

— Non. Et à vrai dire, je prépare cette branche pour vous.

Elle saisit un morceau de viande dans le paquet. L'embroche comme du beurre sur son bâton. Puis le plonge dans les flammes en l'écoutant grésiller.

— Merci. Je n'ai jamais rencontré de fille aussi à l'aise avec un couteau. Mais bon, je n'ai jamais rencontré non plus de fille avec un tigre.

— C'est un félin des montagnes, le corrige Jules avant de jeter un morceau de viande crue à Cam. Nous n'avons pas de tigres ici.

— Mais le pourriez-vous ? demande Billy. Est-ce que ce serait possible ?

— Comment ça ?

— Est-ce que l'un d'entre vous pourrait avoir un don tel que vous pourriez en appeler un et le faire traverser la mer ?

— Peut-être en suis-je capable, réfléchit Arsinoé tout haut. C'est peut-être bien ça qui lui prend autant de temps.

Elle envoie un petit sourire satisfait à Jules tout en taillant une autre brochette en pointe.

— J'ai du mal à imaginer qu'un don puisse être si développé. Je suis l'une des naturalistes les plus puissantes de l'île et je ne peux pas appeler un animal qui se trouve plus loin que les eaux profondes qui bordent la côte.

— Tu n'en sais rien, la contredit Arsinoé. Et je te parie que tu y parviendrais si tu essayais. Je te parie que tu pourrais appeler n'importe quoi, Jules.

— Je suis d'accord, renchérit Joseph. Elle est devenue très puissante après mon départ.

La viande est retirée des brochettes et ils la mangent en silence. Elle est bonne, tendre et persillée. Arsinoé envisage de laisser le jus couler le long de son menton mais pense quand même que c'est un peu trop.

Mais cela ne l'empêche pas de ne rien dire avant que Jules lui donne un coup de pied.

— Que pensez-vous de notre île, Junior ?

— J'en suis tombé amoureux. Éperdument. Joseph me parle de Fennbirn depuis qu'il est arrivé chez nous. C'est un réel plaisir de la découvrir et de vous rencontrer, ainsi que Jules, dont j'ai entendu parler encore plus fréquemment.

Arsinoé fait une moue. C'est une bonne réponse, qu'il a très bien fournie.

— J'imagine que je devrais vous remercier, reprend Arsinoé. Pour vous être si bien occupé de Joseph. Il vous a dit que j'étais la raison de son exil ?

— Arsinoé, l'interrompt Joseph. Ne fais pas ça. Si je le pouvais, je recommencerais sans hésiter.

— Moi non. Tu m'as manqué.

— Tu m'as manqué à moi aussi, lui répond-il avant de saisir la main de Jules. Vous m'avez toutes les deux manqué.

Ces deux-là devraient être seuls. Car même si Joseph a manqué à Arsinoé, ce n'est rien comparé au vide qu'il a laissé chez Jules.

Arsinoé gobe un dernier morceau de viande et se lève.

— Mais où vas-tu ? demande Jules.

— Je vais montrer le paysage à Junior. Ce ne sera pas long.

Elle fait un clin d'œil à Joseph.

— Enfin, pas trop long.

Arsinoé guide le continental au travers des arbres et le long du chemin rocheux qui serpente dans les collines au-dessus de la Tête-de-Phoque. Ce n'est pas un chemin sûr en hiver, à moins de bien connaître le terrain. Elle se sent presque coupable. Mais s'il veut devenir un roi consort, il devra endurer bien pire.

— C'est un sentier ? interroge-t-il, derrière elle.

— Oui, l'absence d'arbres et de buissons peut vous mettre la puce à l'oreille.

Les pierres sont tranchantes et en majorité recouvertes de glace. Une chute vaudra très certainement un coude ou un genou brisé. Un faux pas, et c'est la mort. Arsinoé marche aussi vite que sa conscience le lui permet, mais Billy ne se plaint pas. Il n'essaie même pas de la ralentir. Il apprend vite.

— C'est vrai que vous n'avez aucun don sur le continent ?

— Des dons ? Oh. De la magie, vous voulez dire. Oui, c'est vrai.

Cela n'a rien à voir avec ce qu'elle voulait dire. Et ce n'est pas vrai. Même si lui n'en sait rien, la magie basse est bien présente dans le reste du monde. Madrigal le lui a affirmé.

— On dit que vous en aviez auparavant, reprend-elle. Et que vous les avez perdus.

— Qui est ce « on » ? Ils vous ont raconté des sornettes.

— Ce serait étrange, un monde sans don. Le continent doit être bien singulier.

— En avoir est bien plus étrange, croyez-moi. Et vous devriez cesser de l'appeler ainsi. « *LE* continent ». Il y a bien d'autres terres, vous savez.

Arsinoé ne répond rien. Sur l'île, tout ce qui ne fait pas partie de l'île fait partie du continent. Cela a toujours été le cas et c'est ainsi que ce sera toujours à ses yeux, elle qui ne verra jamais rien d'autre.

— Vous verrez, lance Billy. Un jour.

— Moi, non. La reine, elle, peut-être.

— Mais n'êtes-vous pas une reine ? Vous en avez tout l'air. Des cheveux sombres comme la nuit et des yeux noirs saisissants.

— Saisissants, répète Arsinoé en aparté.

Elle esquisse un sourire narquois. Personne ne réussira à l'amadouer aussi facilement.

Ils passent le sommet de la dernière colline et atteignent le point de vue.

— Voilà, annonce Arsinoé en pointant des éléments du doigt. Vous ne trouverez pas meilleure vue de Wolf-Spring sur toute l'île. La maison des Sandrin, et le marché d'hiver. Et votre bateau, ballottant dans le port.

— C'est très beau, admet-il en se tournant. Quel est ce pic, là-bas ?

— C'est le mont Horn. Je suis née à son pied, dans son ombre, dans la prairie du Cottage noir. Mais vous ne pouvez pas voir tout ça d'ici.

Billy est à bout de souffle et cela la satisfait. Elle a juste un peu trop chaud pour supporter son écharpe. Quand il saisit sa main, le geste est tellement inattendu qu'elle n'a pas le réflexe de la lui retirer.

— Merci. De m'avoir montré tout ça. Je suis certain que vous me montrerez bien d'autres choses avant votre couronnement et le mien à vos côtés. Mais les rois consorts sont-ils couronnés eux aussi ? Cette partie-là ne m'a jamais paru claire.

— Vous êtes très têtu, réplique-t-elle en tortillant sa main pour qu'il la relâche. Mais vous n'êtes pas idiot, et moi non plus.

Il lui fait un sourire plein d'envie qui ressemble à s'y méprendre à celui de Joseph. Sa bouche est de travers et moqueuse. Peut-être l'a-t-il même appris auprès de Joseph.

— Très bien, très bien. Dieu que c'est compliqué.

— Et ça ne fera qu'empirer. Vous devriez peut-être rentrer chez vous.

— C'est impossible.

— Pourquoi cela ?

— À cause de la couronne, évidemment, et de tout ce qu'elle implique. Les droits commerciaux avec Fennbirn. Le prestige. Mon père veut tout cela.

— Et vous pensez que je peux vous aider à atteindre ces objectifs ?

Billy hausse les épaules. Il regarde l'anse d'un air penseur.

— Joseph le croit. Et j'espère qu'il a raison. Cela lui ferait plaisir. Il n'apprécierait pas que vous mouriez et que j'épouse une autre reine.

Arsinoé fronce les sourcils. Joseph ne l'apprécierait pas, mais il ferait avec. Tout le monde ferait avec. Même Jules.

— Tout cela est tellement étrange. J'ai pris un bateau dans une baie, j'ai vogué dans la brume et nous nous sommes retrouvés à Fennbirn. Alors que cette dernière n'avait jamais été là quand j'ai pris la mer dans cette direction auparavant. Mais me voici, à participer à toute cette folie.

— C'est de la compassion que vous recherchez ?

— Non. Pas du tout. Je sais que ce que vous avez à faire est pire. Et j'apprécie ce que vous venez de faire, me retirer votre main. Vous m'avez poussé à être honnête. Rares sont les filles qui feraient ça, là d'où je viens.

— Il y a plein de filles comme ça, ici. Il y en a tant que vous nous trouverez rapidement bien fades. Ne perdez simplement pas de temps avec moi, d'accord ? Ce n'est… ce n'est pas moi qu'il faut courtiser.

— Très bien, dit-il en lui montrant sa paume ouverte. Mais nous allons être voisins pendant un certain temps, alors peut-être voudrez-vous me serrer la main et me guider calmement sur ce traître chemin du retour ?

Arsinoé sourit et prend la main de Billy. Elle l'apprécie déjà plus, maintenant qu'ils se comprennent mutuellement.

— Que font-ils, selon toi ? demande Jules en s'occupant du feu.

— Je pense que tout se passe comme prévu.

Il se rapproche d'elle sur le rondin de bois humide et enneigé. Il est chaud et le feu aussi. Jules tripote la pierre verte passée autour de son doigt. Sur le continent, elle indiquerait qu'il souhaite l'épouser, a-t-il dit. Mais sur l'île, elle ne représente rien de plus qu'une bague. Elle n'a toujours pas trouvé le courage de lui demander ce qu'elle signifiait pour lui.

— C'est peut-être un peu tôt pour se prononcer, rétorque Jules. Elle ne l'aimera peut-être pas. Et il doit encore rencontrer les autres reines.

— C'est vrai. Mais il n'en fera rien. Après toutes les histoires que je lui ai racontées sur Arsinoé, il est déjà à moitié amoureux d'elle.

Jules ne sait pas quelles histoires il a pu raconter au sujet d'Arsinoé afin d'en faire tomber quelqu'un amoureux. Ils n'étaient rien de plus que des enfants quand ils ont été séparés. Mais si c'étaient des mensonges ou s'il a enjolivé les choses, Billy découvrira rapidement la vérité par lui-même.

— La situation sera étrange après son couronnement, lance Joseph. Je vais devoir baisser la tête quand elle s'exprimera.

— C'est ce que nous devrons faire devant les autres.

— Il me sera compliqué de baisser la tête tout court, après autant de temps sur le continent. J'oublierai très certainement de le faire pour la grande prêtresse et je me ferai bannir une nouvelle fois.

— Joseph, se met à rire Jules. Ils ne te banniraient jamais pour ça.

— Non. Mais tout est si différent là-bas, Jules. Les hommes ne tremblent pas quand une femme parle.

— Personne ne devrait avoir à trembler. C'est pourquoi l'île doit changer le Conseil noir.

— Je sais, et il le faudra.

Il passe un bras autour d'elle avant de toucher la bague qu'il lui a donnée et de lui caresser les cheveux.

— Jules, murmure-t-il, puis il se penche pour l'embrasser.

Elle sursaute quand leurs lèvres se rencontrent. Joseph se retire, confus.

— Excuse-moi. Je ne sais pas pourquoi j'ai réagi comme ça.

— Ce n'est pas grave.

Mais il y a bien un problème. Joseph ne s'écarte pas, il reste près d'elle et la serre encore plus fort.

— Jules, est-ce qu'il y a eu quelqu'un d'autre ? Pendant mon absence.

Elle secoue la tête. Elle n'a jamais eu honte de cela avant, mais c'est désormais le cas.

— Personne du tout ?

— Non.

Personne ne l'a jamais regardée comme Joseph la regarde. Pas même Joseph, avant son retour. Elle n'est pas belle comme sa mère ou sa tante Caragh. Elle s'est toujours sentie petite et étrange. Mais elle ne lui en dira rien.

— Je crois que les garçons ont toujours eu peur de moi.

— Je n'en doute effectivement pas, confirme Joseph. Quand nous étions jeunes, ils avaient peur de toi à cause de ton caractère. Et je parierais que ce couguar n'a certainement pas aidé.

Jules fait un sourire en direction de Camden.

— C'est moi qui devrais m'excuser, continue Joseph. Mais je n'aime pas l'idée que qui que ce soit d'autre te touche. J'y ai souvent pensé pendant mon exil. Puis Billy me faisait sortir pour qu'on se saoule.

Jules se met à rire et pose son front contre le sien. Là, sur les berges de cet étang, il lui rappelle le garçon qu'elle connaît depuis si longtemps. Son Joseph. Il n'est différent qu'à l'extérieur, avec tous ces cheveux bruns et ces nouveaux angles sur son visage. Cette largeur dans le torse et dans les épaules.

— Nous ne sommes plus les mêmes qu'avant. Mais je ne veux pas qu'on ait changé.

— Mais nous avons changé, Jules, souffle Joseph doucement. Nous avons grandi. Je t'aimais quand j'étais enfant, comme un enfant aime un ami. Mais je suis réellement tombé amoureux de toi pendant mon exil. Les choses ne pourront plus jamais être comme avant.

Il se penche vers elle et leurs lèvres se trouvent. Il est doux et tendre. Chaque mouvement lui fait penser qu'il s'arrêtera alors même que ses bras lui serrent la taille. Il s'arrêtera si ce n'est pas ce qu'elle désire.

Jules passe ses bras autour de son cou et l'embrasse langoureusement.

C'est exactement ce qu'elle désire, c'est exactement ce qu'elle a toujours désiré.

ROLANTH

— Ils vont bientôt venir nous séparer, dit Arsinoé.

Elle ressort des broussailles où elle est allée cueillir des baies, encore. Elle a du jus rouge clair sur la joue. Ou peut-être s'est-elle coupée sur une épine.

— Willa ne les laissera jamais faire, affirme Katharine. Je ne veux pas partir. Je veux rester ici.

Mirabella aimerait rester ici elle aussi. La journée est belle, c'est le début du printemps. De temps en temps, quand elles ont trop chaud, elle appelle le vent pour qu'il chatouille leur peau et fasse glousser Katharine.

Elles se trouvent de l'autre côté du ruisseau, celui qui divise le terrain du cottage, et Willa a décidé qu'elle ne traverserait plus l'eau pour venir les chercher. Elle est trop froide, dit-elle. Elle fait mal à ses vieilles articulations.

— Willa ne t'aidera pas, remarque Arsinoé.

— Mais si, rétorque Katharine. Parce que je suis sa préférée. C'est toi qu'elle ne sauvera pas.

— Je vous sauverai toutes les deux, promet Mirabella avant de passer ses doigts dans les longs cheveux bruns de Katharine.

Ils sont soyeux comme du satin et brillants. La petite Katharine. La plus jeune des trois sœurs. Elle est le trésor de Mirabella et d'Arsinoé depuis qu'elles ont l'âge de lui tenir la main.

— Comment ? demande Arsinoé en se laissant tomber en tailleur dans l'herbe.

Elle cueille une fleur et en badigeonne le nez de Katharine jusqu'à ce qu'il devienne tout jaune.

— J'appellerai le tonnerre pour qu'il les effraie, répond Mirabella, tressant les cheveux de Katharine en un gros chignon. Et je créerai un vent tellement puissant qu'il nous portera jusqu'au sommet des montagnes.

Arsinoé prend ces paroles en considération, fronçant ses petits sourcils. Elle secoue finalement la tête.

— Ça ne fonctionnera jamais. Nous devrons trouver une autre idée.

— Ce n'était rien de plus qu'un rêve, explique Luca.

Elles se trouvent dans le temple, dans sa chambre en désordre remplie de coussins et de bibelots.

— Non. C'était un souvenir.

Luca trottine sous un châle en fourrure, s'efforçant de dissimuler son irritation d'avoir été réveillée avant le lever du jour. Quand les yeux de Mirabella se sont ouverts en grand dans son lit de la maison Westwood, il faisait encore noir. Elle a attendu autant qu'elle le pouvait avant de se rendre au temple pour réveiller Luca. Mais la lumière qui filtre actuellement à travers les volets du temple a une nuance de gris encore très pâle.

— Suis-moi aux cuisines, lui enjoint Luca. On ne peut demander à personne de nous amener un thé à cette heure-ci. Nous allons devoir le faire nous-mêmes.

Mirabella inspire profondément. Quand elle relâche l'air, il tremble. Le souvenir, le rêve, si c'est bien ce que c'était, s'accroche à elle, tout comme les sentiments qu'il a éveillés.

— Faites attention ici, prévient Mirabella tout en guidant Luca vers le bas des escaliers raides.

Elle augmente l'intensité des flammes de leurs torches. Luca devrait choisir des appartements à des niveaux plus bas. Peut-être même à un niveau plus chaud, près des cuisines. Mais la grande prêtresse refusera d'admettre qu'elle est âgée. Jusqu'à sa mort.

Dans les cuisines, Mirabella démarre un feu et met de l'eau à chauffer tandis que Luca fouille les étagères à la recherche des feuilles qu'elle préfère. Elles ne disent pas un mot de plus avant d'être toutes les deux assises avec chacune une tasse de thé brûlant et un peu de miel.

— Ce n'est rien de plus qu'une invention de ton esprit. Pour répondre à ta nervosité. Ce n'est guère surprenant à l'approche de la Révélation. Tu es tellement hantée par la mort de ce sacrifice. Rho n'aurait jamais dû te soumettre à ce rituel.

— Cela n'a rien à voir, insiste Mirabella. Je n'ai rien inventé.

— Tu n'étais qu'une enfant la dernière fois que tu as vu tes sœurs, lui rappelle doucement Luca. Tu as peut-être entendu des histoires. Ou peut-être gardes-tu des souvenirs du cottage et des alentours.

— J'ai une très bonne mémoire.

— Les reines ne se souviennent pas de ce genre de choses, certifie Luca en prenant une gorgée de thé.

— Le répéter ne rend pas l'affirmation plus réelle.

Luca regarde sa tasse solennellement. À la lumière orangée de la lampe posée sur la table, chaque sillon, chaque ride du visage de la vieille femme est clairement visible.

— Il faut bien que cela soit réel, pourtant. Car sinon, la situation serait bien trop cruelle, forcer ainsi une reine à tuer celles qu'elle aime. Ses propres sœurs. Et voir celles qu'elle aime venir à sa porte telles des louves, avec pour seul objectif de lui couper la tête.

Comme Mirabella ne dit rien, Luca s'avance et couvre la main de la reine avec la sienne.

Les mots de Luca résonnent tellement fort dans l'esprit de Mirabella qu'elle n'entend pas Elizabeth arriver avant qu'elle soit juste à côté d'elle.

— Tu ne m'as pas entendue, si ? demande Elizabeth en reprenant son souffle.

— Excuse-moi. Il est tellement tôt que je ne m'attendais pas à rencontrer qui que ce soit.

Elizabeth fait un geste en direction d'un arbre à feuillage persistant.

— Pepper se lève avec le soleil, donc il en va de même pour moi.

En observant la jeune prêtresse, Mirabella ne peut s'empêcher de sourire. Elizabeth a un tel comportement qu'il est impossible de rester triste en sa compagnie. Sa capuche est abaissée, et ses cheveux noirs n'ont pas encore été tressés. Son pic duveteux vient à toute vitesse sur son épaule et elle lui donne des graines à manger dans la paume de sa main.

— Mais c'est aussi agréable, d'être levés si tôt que nous n'avons pas besoin de nous inquiéter d'être vus ou non.

Mirabella saisit doucement le poignet d'Elizabeth. Les bracelets de la prêtresse sont bien peu de choses : ils sont constitués de ruban noir et de perles. Elle n'est qu'une initiée et elle peut encore changer d'avis.

— Pourquoi restes-tu, malgré ton don ? Quand nous nous sommes rencontrées, tu m'as dit que si cela se savait, elles s'empareraient de Pepper et le tueraient. Mais votre relation est tellement forte. Pourquoi ne pas partir ?

Elizabeth hausse les épaules.

— Et pour aller où ? Je suis une enfant du Temple, Mirabella. Je te l'ai déjà dit ?

— Non.

— Ma mère était prêtresse au temple de Kenora. Mon père était un guérisseur auprès duquel elle travaillait souvent. Elle ne m'a pas abandonnée à l'adoption. J'ai grandi là-bas. Je ne connais rien d'autre que le Temple, et j'espère que…

— Tu espères quoi ?

— Que tu me permettras de t'accompagner au temple d'Indrid-Down, après ton couronnement.

Mirabella opine du chef.

— Oui. Beaucoup de personnes attendent le même genre de choses.

— Excuse-moi. Je ne souhaite pas être un fardeau de plus !

— Non.

Mirabella prend son amie dans ses bras.

— Ce n'est pas le cas. Évidemment que tu viendras avec moi. Mais réfléchis un peu…

Elle saisit les bracelets d'Elizabeth.

— Je n'ai pas forcément besoin que tu m'accompagnes au temple. Tu peux faire tes choix. Tu peux faire n'importe quel choix au monde.

Rho n'aime pas être convoquée dans les appartements de Luca. Elle se tient près de la fenêtre, les épaules droites et le dos raide. Elle ne cherche pas à se mettre à l'aise. Elle ne semble jamais être à l'aise, sauf peut-être quand elle supervise les tâches des jeunes prêtresses.

Luca comprend pourquoi Mirabella ne l'apprécie pas. Rho est sévère et ne fait aucun compromis, et quand elle sourit, l'émotion n'atteint jamais ses yeux. Mais c'est l'une des meilleures prêtresses qu'il ait été donné de connaître à Luca. La reine ne porte peut-être pas Rho dans son cœur, et Rho ne porte pas non plus la reine dans le sien, mais la prêtresse aura certainement son utilité.

— Elle a dit ça, s'étonne Rho après que Luca lui a parlé de la visite de Mirabella. Elle se rappelle ses sœurs.

— Je ne sais pas si c'est vrai. Cela pourrait simplement être des rêves lui jouant de mauvais tours. Ce ne sont peut-être que ses nerfs.

Rho baisse le regard. À l'évidence, elle ne partage pas son avis.

— Et alors ? Que souhaitez-vous faire ?

Luca se recule dans sa chaise. Rien. Peut-être n'est-il pas nécessaire de faire quoi que ce soit. Ou peut-être a-t-elle toujours eu tort et Mirabella n'est pas l'élue. Elle s'essuie la commissure des lèvres de la main.

— Vous passeriez pour une idiote, reprend Rho, après l'avoir soutenue. Il est trop tard pour reculer.

— Je ne changerai rien, gronde Luca avec colère. La reine Mirabella est l'élue, c'est forcément elle.

Son regard passe par-dessus l'épaule de Rho et se pose sur la grande mosaïque au mur, derrière elle. Une représentation de la capitale, Indrid-Down, avec le dôme à six pans de son temple et les grandes spires noires du Volroy.

— Combien de temps faudra-t-il encore avant de regarder cette image et de n'y voir qu'une capitale ? demande Luca. Plutôt que la cité des empoisonneurs.

Rho suit son regard et hausse les épaules.

— Ce fut le cas jadis, continue Luca. Ça l'a été pendant un temps, c'était la nôtre. La nôtre et celle de la reine. Maintenant, la ville leur appartient. Tout comme le Conseil, ils sont bien trop puissants pour écouter quiconque et nous n'avons plus notre place nulle part.

Rho ne répond rien. Si Luca cherche de la pitié, elle aurait dû faire appel à une autre prêtresse.

— Rho, vous l'avez vue. Vous la surveillez comme un faucon guette une souris. Que pensez-vous ?

— Est-ce que j'estime qu'elle est capable de les tuer ? demande Rho en croisant les bras. Évidemment qu'elle en est capable. Un don comme le sien pourrait couler une flotte entière. Elle pourrait même renouer avec les reines de l'ancien temps.

— Mais ?

— Mais, termine Rho d'un ton sombre, ce don est gâché. Elle est capable de tuer ses sœurs, grande prêtresse. Mais elle ne s'y résoudra pas.

Luca soupire. Entendre ces mots ne la choque même pas. En fait, elle suspectait cette situation depuis un certain temps. Cette crainte l'avait effrayée dès sa rencontre avec Mirabella sur les berges du lac Céleste, après avoir échappé de peu à la noyade. Une enfant possédée par une telle colère. Elle avait pleuré la perte d'Arsinoé et de Katharine pendant près d'une année. Si elle avait été aussi puissante à l'époque qu'elle l'est aujourd'hui, Luca et chacun des Westwood ne seraient plus qu'un lointain souvenir.

— Si seulement nous avions un moyen de canaliser cette rage, murmure Luca.

— Vous en trouverez peut-être un. Mais j'ai pensé à autre chose.

— Quoi donc ?

— La voie de la reine aux mains blanches.

Luca penche la tête. Ces reines aux mains blanches ont atteint le trône sans verser le sang de leurs sœurs. Sans jamais se tacher les mains.

— De quoi parlez-vous ? Mirabella est une triplée commune.

— Je ne parle pas de la reine bleue, conteste Rho en faisant référence à une quatrième sœur née en plus des triplées, considérée comme étant tellement importante aux yeux de la Déesse que ses sœurs sont noyées en bas âge par la sage-femme.

— À quoi pensez-vous, alors ?

— Les anciennes légendes mentionnent d'autres reines aux mains blanches.

— La reine Andira, dont les deux sœurs étaient des oracles, avec le don de voyance.

Les reines qui ont un don de voyance sont sujettes à la folie et mises à mort. Mais ni Arsinoé ni Katharine ne sont oracles.

— Une autre. Je parle d'une autre reine encore. Je parle de la reine aux mains blanches de l'Année sacrificielle.

Luca étrécit les yeux. Rho réfléchit à cette question depuis longtemps. Une Année sacrificielle fait référence à une génération qui connaît deux reines dont le don est pratiquement nul. Elles sont tellement faibles qu'elles sont moins considérées pour leurs dons qu'elles ne le sont pour leur sacrifice.

Rho est allée chercher loin. Seuls les érudits du Temple auront entendu la moindre allusion ou parabole évoquant une Année sacrificielle.

— Nous sommes peut-être bien en train de vivre une telle année. Mais je ne vois pas en quoi cela nous aide si Mirabella refuse de faire les sacrifices.

— Lors de certaines Années sacrificielles, le peuple s'occupe des sacrifices à la place de la reine, explique Rho. La nuit de la Révélation, dans les lieux les plus sacrés, le peuple se soulève et nourrit les feux du corps des autres reines.

Luca observe Rho avec attention. Elle n'a jamais lu quoi que ce soit à ce sujet.

— Ce n'est pas vrai.

Rho hausse les épaules.

— Plus cela sera murmuré, plus cela deviendra vrai. Ces sacrifices seraient rapides et sans bavure, et ils épargneraient le cœur fragile de notre reine.

— Vous voulez que..., commence Luca, mais elle jette un regard en direction de la porte et baisse la voix, nous sacrifions Arsinoé et Katharine durant le festival de Beltane ?

— Oui. Le troisième jour. Après la cérémonie de la Révélation.

Rho la sanguinaire, toujours à l'affût de solutions définitives. Mais jamais Luca n'aurait imaginé qu'elle puisse avoir une telle idée.

— Le Conseil nous ferait tuer.

— Mirabella aurait tout de même le trône. Et ses sœurs ne l'auraient pas si nous avons le soutien de l'île, si la rumeur a circulé. Nous aurons besoin de Sara Westwood.

Luca secoue la tête.

— Sara ne voudra jamais se retrouver mêlée à une telle manigance.

— Sara est devenue une femme pieuse. Elle exécutera les ordres du Temple. Tout comme les prêtresses. De plus, il serait bon que l'île se souvienne de ses vieilles légendes.

De vieilles légendes montées de toutes pièces.

— Je ne veux pas tourner le dos si rapidement à Mira, dit-elle, et Rho fronce les sourcils. Mais c'est une manœuvre que nous devons prendre en considération.

MANOIR GREAVESDRAKE

Katharine et Pietyr sont assis en compagnie de Natalia autour d'une table sur laquelle il ne reste plus une seule miette de nourriture. Le repas était constitué de la longe d'un porc empoisonnée, la sauce l'accompagnant était à base de beurre et de lait d'une vache nourrie à la jusquiame noire, avec du pain d'avoine complet pour saucer. Il y avait aussi un soufflé de pleurotes de l'olivier. Natalia n'a rien contre le fait de manger de la nourriture qui ne soit pas empoisonnée, mais tout ce qu'elle a servi contenait des poisons pour lesquels Katharine a acquis une immunité presque totale.

Natalia demande plus de vin. Sa salle à manger est agréablement chaude. Le feu craque dans l'âtre et des rideaux rouges épais retiennent la chaleur.

— Comment était l'allure de Croissant-de-lune aujourd'hui ? demande Natalia. L'un des palefreniers avait l'impression qu'il y avait un gonflement sur son paturon arrière droit.

— Son allure était très satisfaisante. Et on ne ressentait aucune chaleur dans sa jambe.

Croissant-de-lune est son hongre noir préféré, on lui a donné ce nom à cause du croissant blanc ornant son front. Si elle avait noté le moindre signe de claudication, Katharine ne l'aurait pas fait sortir. Sous la table, elle vient appuyer son genou contre celui de Pietyr.

— As-tu remarqué quoi que ce soit, Pietyr ?

— Non, rien du tout. Il semblait être en très bonne santé.

Il s'éclaircit la voix et retire son genou, comme s'il avait peur que Natalia devine leur contact. Quand ils se trouvent en sa présence, il fait toujours très attention à maintenir une certaine distance, même si Natalia est bien consciente de ce qu'ils font. Même s'il est là à la demande de la tête de la famille Arron.

— J'ai des nouvelles très intéressantes, reprend Natalia. Une délégation est arrivée plus tôt du continent. Et le prétendant souhaite rencontrer Katharine.

Cette dernière se redresse et lance un regard à Pietyr.

— Mais ce n'est pas le seul à voir, continue Natalia. C'est un début prometteur. Nous avons traité avec sa famille pendant plusieurs années, ils ont accueilli Joseph durant son exil.

— Je serai douce avec lui, alors.

— Pas plus douce qu'avec un autre, réplique Natalia, même si elle veut dire tout à fait l'opposé. Il s'appelle William Chatworth Jr. Je ne sais pas quand nous pourrons arranger une rencontre. Il se trouve à Wolf-Spring actuellement, où il s'entretient avec Arsinoé, le pauvre. Mais quand nous pourrons le faire venir, est-ce que tu seras prête ?

— Certainement.

— Je te crois. Tu as meilleure allure depuis quelques semaines, tu sembles plus forte.

C'est un fait. Depuis l'arrivée de Pietyr, Katharine a changé. Geneviève dira toujours qu'elle est encore fragile et trop menue. Après tant d'années d'empoisonnements, il serait étonnant qu'elle rattrape sa croissance perdue. Mais ses cheveux, son teint et sa façon de se déplacer se sont grandement améliorés.

— J'ai un cadeau pour toi, annonce Natalia.

Son majordome, Edmund, entre avec une cage en verre. À l'intérieur se prélasse un petit serpent corail rouge et jaune s'étirant vers le couvercle.

— Regarde qui j'ai découvert en train de prendre le soleil à une fenêtre.

— Sweetheart ? s'exclame Katharine.

Elle repousse sa chaise assez fort pour qu'elle se renverse et se précipite vers Edmund pour ouvrir la cage. Le serpent recule légèrement, puis s'enroule autour de son poignet.

— J'ai cru l'avoir tuée, souffle-t-elle.

— Pas tout à fait. Mais je suis sûre qu'elle aimerait retourner dans sa cage et retrouver la chaleur de sa lampe. Et j'ai besoin de parler à Pietyr.

— Très bien, Natalia.

Katharine sourit à chacun d'entre eux, puis s'en va pratiquement en sautillant.

— Un simple présent la fait retomber en enfance, note Natalia.

— Katharine adore ce serpent. Je pensais qu'il était mort.

— Il est bien mort. On l'a retrouvé tout flasque et froid dans l'un des coins de la cuisine, trois jours après le Gave noir.

— Et quelle est cette bête, alors ?

Natalia hausse les épaules.

— Elle ne fera jamais la différence. Il a été dressé de la même façon que le premier.

Elle fait un nouveau geste en direction d'Edmund, qui leur apporte alors un plateau d'argent avec deux verres de son brandy empoisonné préféré.

— Tu fais des progrès, remarque Natalia.

— J'avance, oui. Elle ne pense toujours qu'à s'habiller de manière à recouvrir ses blessures et ses côtes saillantes. Et quand elle a peur, elle a encore tendance à détaler comme un rat.

— Allons, Pietyr. Notre traitement n'a pas été si dur.

— Le vôtre, peut-être pas. Mais Geneviève est un monstre.

— Ma sœur est aussi sévère que je le lui permets. Et la formation aux poisons de Katharine n'est en rien ton problème.

— Même quand celle-ci rend ma tâche plus ardue ?

Il repousse des mèches de ses yeux d'un souffle et s'affale sur sa chaise. Natalia sourit derrière son verre de brandy. Elle se retrouve tellement en lui. Un jour peut-être deviendra-t-il même le chef de la famille, si aucune fille convenable ne se démarque.

— Dis-moi, reprend-elle. Est-elle prête à rencontrer ce prétendant ?

— Je pense, oui. L'impressionner ne sera de toute façon pas compliqué, sachant qu'il nous viendra de Wolf-Spring. Tout le monde sait que le visage d'Arsinoé est loin d'être plaisant.

— Peut-être. Mais ce n'est pas le cas de Mirabella. À entendre les Westwood parler d'elle, elle est encore plus belle qu'un ciel étoilé.

— Et tout aussi inatteignable et froide. Katharine, au moins, a un sens de l'humour. Et elle est douce. Vous ne l'avez pas assez violentée pour lui retirer cela.

Quelque chose dans le ton de Pietyr déplaît à Natalia. Il semble trop protecteur. Pratiquement possessif, et c'est inacceptable.

— Jusqu'où es-tu allé ?

— Que voulez-vous dire ?

— Tu sais très bien ce que je veux dire. Tu peux lui apprendre tous les petits tours que tu veux, mais tu ne peux pas aller trop loin, Pietyr. Les continentaux sont étranges. Ils voudront épouser une jeune fille, avec tout ce que cela implique.

Natalia l'observe afin de voir s'il se tortille, mal à l'aise. Il paraît déçu, frustré peut-être, mais il n'a pas peur. Il n'a toujours pas osé sauter ce pas-là.

— Vous êtes certaine qu'ils n'apprécieraient pas ses compétences dans la chambre, plutôt ? demande-t-il avant de hausser les épaules. Si c'est le cas, j'imagine que je peux lui apprendre cela après le mariage.

Il finit son brandy d'une dernière grande gorgée. Il aimerait qu'on l'excuse afin de suivre Katharine pour l'habiller et la déshabiller, comme une poupée.

— Il vaut sûrement mieux que cela reste ainsi, mon neveu. Si tu en venais à coucher avec elle, j'ai peur qu'elle tombe amoureuse de toi. Cela semble déjà être pratiquement le cas, or ce n'est pas la finalité que nous recherchons.

Pietyr bascule d'avant en arrière son verre vide entre ses doigts.

— N'est-ce pas ? demande-t-elle plus franchement.

— Ne vous inquiétez pas, tante Natalia. Seul un roi consort serait assez stupide pour s'amouracher d'une reine.

Katharine n'a pas encore posé le serpent dans sa cage quand Pietyr entre dans ses appartements. L'animal lui a tellement manqué, elle ne parvient pas à s'en séparer et reste assise devant le miroir de sa coiffeuse avec Sweetheart enroulée autour de sa main, son nez reposant pratiquement contre la tête du serpent venimeux.

— Katharine. Mets-la dans son nid, laisse-la se reposer.

Katharine s'exécute, elle se lève pour placer doucement le serpent dans sa cage chaude. Elle laisse le couvercle ouvert afin de caresser les écailles de l'animal.

— Je n'arrive pas à croire qu'elle soit vivante, reconnaît Katharine. Natalia a dû ordonner à tous les serviteurs de la chercher.

— Certainement.

— Alors ?

Elle retire ses mains de la cage et vient les poser sur ses genoux.

— Je vais réellement rencontrer ce prétendant ?

— Oui.

Pietyr et elle se tiennent près l'un de l'autre, sans se toucher ou même se regarder dans les yeux. Pietyr parcourt l'arrière du dossier de son fauteuil recouvert de brocart et s'arrête sur un fil qui dépasse.

— Tu es sûr que je ne peux pas empoisonner mes sœurs d'abord ?

Pietyr sourit.

— Certain. Tu ne pourras pas y échapper, Kat.

Il lance un regard au travers du petit espace ouvert entre les rideaux de la reine, il voit le ciel nuageux et les ombres dans la cour. Le petit lac autour duquel ils ont chevauché le matin même ressemble à un étang gris et fade jeté au sud-est. Bientôt, il sera bleu clair, et la cour deviendra verte et se couvrira de jonquilles. Le temps est déjà plus clément. L'aube apporte davantage de brume que de gel.

— Mirabella sera compliquée à faire oublier. Elle est grande, puissante et belle. À Rolanth, on entend déjà des chansons louant ses cheveux.

— Ses cheveux ? renâcle Katharine.

Elle devrait s'inquiéter de ces chansons, mais en vérité, elle se fiche bien que tous les prétendants préfèrent Mirabella. Aucun d'entre eux ne l'embrassera comme le fait Pietyr. Il la tient avec un tel besoin désespéré qu'il lui arrive parfois de ne pas pouvoir respirer.

— Tu penses que les prétendants m'embrasseront comme tu m'embrasses, Pietyr ? demande-t-elle, juste pour observer sa lèvre inférieure ressortir.

— Évidemment que non. Ce sont des garçons du continent. Pleins de maladresse et de salive. Il te sera compliqué de faire semblant d'apprécier.

— Ils ne peuvent pas tous être mauvais. Je suis sûre que j'en trouverai un qui me plaira.

Pietyr hausse les sourcils. Ses doigts s'enfoncent dans le dossier de la chaise, mais il relâche la tension quand il aperçoit son expression.

— Tu me taquines, Kat ?

— Oui, rit-elle. Je te taquine. N'est-ce pas ce que tu m'as appris à faire ? À contrer la formalité régale de mes sœurs par des sourires et un cœur battant ?

Elle touche la poitrine du garçon et lui saisit la main.

— Tu es trop douée à ce petit jeu, murmure-t-il avant de la plaquer contre son torse. Tu devras rire à leurs blagues, même si elles ne sont pas drôles.

— Oui, Pietyr.

— Et fais-les parler d'eux. Fais en sorte qu'ils se souviennent de toi. Tu dois être le joyau, Kat. Celle qui se démarque des autres.

Il relâche sa main avec un peu de réticence.

— Peu importe ce que tu feras, ils voudront de toute façon vous essayer toutes les trois. Même la fade Arsinoé. Et Mirabella…

Il respire profondément par le nez.

— Peu importe la robe qu'elle portera lors de la Révélation, tu peux être assurée qu'ils feront tout pour la lui arracher.

Katharine fronce les sourcils.

— J'imagine qu'on la présentera comme la reine du bal.

— Et quel prix ! soupire Pietyr, et Katharine lui donne un coup dans la poitrine.

Il rit.

— C'est à moi de te taquiner.

Il la tire vers lui.

— Je ne toucherais pas cette élémentaire même si elle me suppliait à genoux. Elle se comporte comme si elle avait déjà obtenu la couronne. Mais ce n'est pas le cas. Tu es notre reine, Kat. Ne l'oublie pas.

— Je ne l'oublierai jamais. Nous prendrons soin de cette île, Pietyr, quand je serai couronnée et que tu seras à la tête du Conseil noir.

— La tête ? souligne-t-il, les yeux brillants. Je pense que Natalia aurait quelque chose à redire à ce sujet.

— Évidemment, Natalia gardera sa place aussi longtemps qu'elle le souhaitera, se reprend Katharine. Mais même elle ne peut rester à son poste pour toujours.

Derrière eux, le serpent corail grimpe l'un des pans de la cage. La tête écailleuse passe le seuil de la trappe ouverte, elle goûte l'air du bout de la langue. Sans se douter de quoi que ce soit, Katharine repose son bras sur le haut de la table. Le serpent n'apprécie guère le mouvement. Il se courbe en arrière pour frapper.

— Katharine !

Le bras de Pietyr se jette en avant. Les crocs du serpent viennent se planter dans son poignet. Il tient doucement le reptile jusqu'à ce qu'il détende sa mâchoire, même s'il voudrait au contraire lui briser le cou. Katharine ne sera jamais en sécurité à proximité de cet animal, et rien ne doit lui arriver si près de la cérémonie de la Révélation.

— Oh, s'exclame Katharine. Je suis désolée, Pietyr ! Elle doit encore être un peu chamboulée.

— Oui.

Il replace le serpent dans sa cage, en s'assurant de verrouiller le couvercle cette fois-ci.

— Mais tu devrais faire attention quand tu es avec elle, dorénavant. Reprends son éducation. Même quelques semaines passées seule ont pu lui rendre sa sauvagerie.

Deux gouttes de sang jumelles perlent sur le bras de Pietyr. La blessure n'est pas grave. Étant lui-même un Arron puissant, le venin n'aura pas d'autre effet que de provoquer quelques rougeurs.

— J'ai un baume qui pourra t'aider, lance Katharine avant d'aller dans une autre pièce pour le chercher.

Pietyr regarde le serpent avec regret, tout en se tenant le poignet. Sa réaction était la bonne. Katharine aurait souffert du venin pendant des jours entiers, même après avoir reçu un antidote. Mais il a agi par instinct. Et il a eu peur que Katharine soit blessée. Il a vraiment eu peur.

— Seul un roi consort serait assez stupide pour s'amouracher d'une reine, chuchote-t-il doucement.

WOLF-SPRING

Arsinoé et Billy arpentent ensemble le marché d'hiver. Depuis qu'on les a présentés et leur après-midi à l'étang du Bois-au-Chien, il a été difficile pour Arsinoé de se défaire de lui, mais cela ne la dérange pas lorsqu'ils sont en public. Jules est souvent en compagnie de Joseph, et sans elle à ses côtés, Arsinoé a le sentiment d'être exposée dans les endroits bondés. Dans les parties animées de la ville, comme le marché, les coups d'œil malveillants piquent autant que le dard d'une abeille. N'importe qui dans n'importe quelle foule pourrait trouver le courage de se retourner et de lui trancher la gorge.

— Arsinoé ? demande Billy. Est-ce que tout va bien ?

Elle étudie les visages bourrus des poissonniers qu'elle côtoie depuis son arrivée à Wolf-Spring. Une grande partie de ces derniers considèrent sa faiblesse comme une honte et seraient heureux de la voir morte.

— Oui, merci.

Billy soupire.

— Je n'ai pas vraiment envie de rester au marché aujourd'hui. Trouvons quelque chose à manger et allons dans les vergers. Le temps n'est pas trop frais.

En chemin, ils marquent une halte à l'étal de coquillages de Madge afin que Billy achète deux palourdes farcies frites. Il triture à peine les pièces cette fois-ci, il est en train d'apprendre.

Ils mangent rapidement leur en-cas en marchant, afin de pouvoir le déguster encore chaud. Madge farcit ses palourdes avec du crabe et des miettes de pain beurré. Et quand elle se sent d'humeur généreuse, elle ajoute même du bon bacon bien gras coupé en dés.

Alors qu'ils passent devant les quais et qu'ils prennent la route qui remonte la colline et mène à la pommeraie, Billy regarde sa coquille de palourde avec insistance, la retournant encore et encore entre ses doigts.

— La scruter comme ça n'en fera pas miraculeusement pousser une autre. Vous auriez dû en acheter trois.

Il lui fait un sourire malicieux et arme son bras avant de lancer le coquillage le plus loin possible dans l'anse. Arsinoé l'imite.

— Le mien est allé plus loin, dit-elle.

— Ce n'est pas vrai.

Arsinoé sourit. En vérité, elle n'en sait rien.

— Qu'est-il arrivé à votre main ? demande Billy.

Arsinoé tire sur sa veste pour cacher les croûtes de la nouvelle rune qu'elle a tracée dans la paume de sa main.

— Je me suis coupée dans le poulailler.

— Oh, je vois.

Il ne la croit pas. Elle aurait dû trouver un meilleur mensonge. Un poulailler ne laisserait jamais une marque aussi complexe. Et elle n'a toujours pas avoué à Jules ce que Madrigal et elle manigancent.

— Junior, commence-t-elle en regardant les docks de plus près. Où est votre bateau ?

La cale où le navire était mouillé depuis le retour de Joseph est vide, et son absence assombrit l'anse tout entière.

— Mon père est reparti. Il est assez facile de venir et de s'en aller. On lève la voile en direction du brouillard et on le traverse. Mon Dieu, j'ai l'impression d'être fou en disant cela. J'ai même l'impression d'être encore plus fou en sachant que c'est vrai.

— Facile de venir et facile de repartir, murmure Arsinoé.

Une action aisée pour n'importe qui d'autre qu'elle, en tout cas.

— Mais quand il reviendra…

— Quoi ?

— Il souhaite que je rencontre vos sœurs. Nous allons voguer jusqu'à Indrid-Down voir les Arron. Et la reine Katharine.

Évidemment, il veut que son fils porte la couronne. Il n'a aucune loyauté en particulier envers les naturalistes, peu importe à quel point il s'est attaché à Joseph durant son exil.

— Vous ne m'appelez plus « reine Arsinoé », remarque-t-elle.

— Est-ce là ce que vous désirez ?

Elle secoue la tête. Se faire appeler « reine » lui donne l'impression de n'être qu'un surnom. Comme si c'était un nom que seul Luke pouvait employer. Ils continuent à gravir la pente du chemin et font un signe à Maddie Pace quand elle passe dans son char à bœufs. Arsinoé n'a pas besoin de la regarder pour savoir que Maddie s'est tournée dans son siège pour les observer. Cette cour intéresse la ville entière.

— Je ne sais pas si je souhaite réellement toutes vous rencontrer, reprend Billy. J'ai un peu le sentiment de me lier d'amitié avec une vache destinée à l'abattoir.

Arsinoé ricane.

— Assurez-vous de bien dire cela à mes sœurs quand vous les rencontrerez. Mais si vous ne souhaitez pas les rencontrer, alors ne le faites pas.

— Mon père n'est pas le genre d'homme à qui on peut dire non. Il obtient ce qu'il veut. Il refusera d'avoir élevé un raté.

— Et qu'est-ce que votre mère a élevé, alors ? demande-t-elle, et il lui lance un regard surpris.

— Cela n'a aucune espèce d'intérêt. Elle n'a jamais souhaité tout cela, vous savez comment sont les mères. Elles nous garderaient liés à leur tablier si elles le pouvaient.

— Non, je n'en sais rien. Mais je sais que vous me donnez l'impression de geindre un peu. N'oubliez pas la différence qu'il existe entre le fait que vous perdiez la couronne et que moi je la perde.

— Oui. Vous avez raison, excusez-moi.

Elle le regarde du coin de l'œil. Cela ne doit pas être facile d'être un étranger sur cette île et de renoncer à tout ce que l'on connaît pour une couronne et une vie inconnue. Il a essayé de se montrer juste et elle devrait en faire autant. Et elle ferait mieux de garder ses distances, il ne sera pas simple pour lui de la voir morte, s'ils devaient se rapprocher. Mais elle a si peu d'amis, elle ne peut pas en repousser un.

Arsinoé marque un arrêt. Sans même y réfléchir, elle les a guidés vers les bois, vers les vieilles pierres et l'arbre penché.

— Non, dit-elle en changeant de direction. Prenons un autre chemin.

— Comment sont vos sœurs, selon vous ?

— Je n'en sais rien et je m'en fiche. Elles sont très certainement en train de s'entraîner pour la cérémonie de la Révélation. Il reste moins de trois mois, maintenant.

— Le festival de Beltane, il est célébré chaque année, n'est-ce pas ?

— Oui, mais celui de cette année est différent, il marque le début de l'année de l'Ascension.

— Je le sais. Mais en quoi est-il différent cette année ? Est-ce qu'il dure toujours trois jours ?

Arsinoé penche la tête. Elle ne peut répéter que ce qu'elle a entendu. Ni Jules ni elle n'ont jamais pris part à un tel festival. Pour y participer, il faut avoir au moins seize ans.

— Oui, il dure toujours trois jours, et il y a toujours la Chasse. C'est un événement rituel qui fournira la viande pour le festin. Puis, normalement, il y a aussi des bénédictions quotidiennes et des rites effectués par le Temple. Mais il y en aura assez peu cette année. Tout le monde sera surtout en train de se préparer pour la cérémonie du Débarquement qui aura lieu le soir de la Chasse, et ensuite la Révélation, la nuit qui suivra.

— Le Débarquement. C'est là que vous serez présentées aux prétendants.

— C'est là que les prétendants nous seront présentés, le corrige-t-elle en lui frappant le bras.

— Aïe, très bien. Et la Révélation. C'est là que vous démontrerez vos dons. Comment est-ce que vous allez faire ça ? demande-t-il en se préparant à recevoir un nouveau coup.

Mais Arsinoé se met à rire.

— Je pensais jongler avec des harengs. Katharine mangera du poison, et Mirabella… Mirabella pourra lâcher des cyclones comme elle lâcherait des gaz, pour ce que cela importera. L'île la préférera elle.

— Elle pourra lâcher des cyclones comme elle lâcherait des gaz, répète Billy en souriant d'un air malicieux.

— Oui, ça vous plairait, n'est-ce pas ?

Il secoue la tête.

— Et une fois Beltane terminé, c'est à partir de là que l'on peut officiellement vous séduire. Et aussi que…

— Et que nous pouvons nous entretuer, termine Arsinoé. Nous avons toute une année pour y parvenir. Jusqu'au Beltane de l'année suivante. Mais si Mirabella se découvre l'âme d'un taureau avec un excès d'enthousiasme, je pourrais mourir en moins d'une semaine.

Ils marchent dans la neige d'un pas lourd, de la glace s'est formée après les fontes successives, et ils arrivent enfin sur le sol plus agréable du verger. Ils s'enfoncent encore davantage dans la vallée, jusqu'à ce que les oiseaux cessent de chanter et que le vent meure.

— Ne vous demandez-vous jamais ce qui est arrivé à votre mère ? l'interroge Billy. Après avoir accouché de vous et quitté l'île avec son roi ?

— Son roi consort, corrige-t-elle. Et non, je ne me le suis jamais demandé.

Des bruits courent, bien évidemment. Des histoires de grandes reines qui quittent l'île afin de devenir de grandes reines sur le continent. D'autres décrivent la vie paisible de reines auprès de leur consort. Mais Arsinoé n'en a jamais cru un seul mot. Selon elle, chaque reine a trouvé sa place au fond de la mer, noyée par la Déesse après qu'elle en a eu fini avec elle.

Jules caresse de la main les cheveux bruns sur la tempe de Joseph. Ils sont doux et assez longs pour s'emmêler autour de ses doigts. Ils sont seuls dans la maison des Sandrin, aujourd'hui. Le père de Joseph se trouve sur le *Whistler* avec Matthew, et Jonah et sa mère ont pris une calèche en direction de Highgate pour acheter de l'équipement nautique. Mais ils en sont heureux, car le père de Billy est parti avec le bateau en direction du continent, les privant ainsi de la cabine de Joseph.

— Nous sommes aussi mal installés que dans le bateau, affirme Joseph.

Il s'allonge à moitié sur elle, et Camden est couchée sur le bas de leurs jambes.

— Je n'avais pas remarqué.

Elle le tire vers elle et entrouvre sa bouche pour prendre la sienne. À la façon dont ses bras se resserrent autour d'elle, elle peut elle aussi assurer qu'il n'avait rien remarqué.

— Très bientôt, il faudra que l'on trouve un lit assez grand pour nous deux et ton couguar.

— Oui, rapidement, lui accorde-t-elle.

Mais pour le moment, leurs quartiers bondés et le manque d'intimité lui conviennent. Même si elle aime Joseph, elle n'est pas prête à aller plus loin. Avec Camden les empêchant de bouger, elle peut l'embrasser autant qu'elle le veut sans ressentir le besoin de devoir pousser leur étreinte encore plus intimement.

Joseph baisse la tête et embrasse la clavicule de Jules, qui dépasse de sa chemise défaite. Il pose son menton contre elle et soupire.

— Que t'arrive-t-il ? demande-t-elle. Tu as la tête ailleurs, aujourd'hui.

— Ma tête est focalisée sur toi. Mais il y a bien quelque chose.

— Quoi donc ?

— Est-ce que tu te rappelles ce bateau dans la cale ouest ? Le petit voilier léger et brillant avec le nouveau pont et des bandes de peinture bleue toute fraîche ?

— Pas vraiment, non.

Le chantier naval des Sandrin est rempli d'embarcations comme ça depuis des mois. Des petites réparations, provenant de toute la côte. Les continentaux vont bientôt débarquer sur l'île et celle-ci veut faire peau neuve. Ils ont même reçu des commandes de la part de pêcheurs de Wolf-Spring qui prononcent le mot « continental » au travers de lèvres serrées et pleines de dédain. Ils parleront peut-être des continentaux en crachant, mais ils emploieront aussi cette salive pour faire briller leurs chaussures.

— Qu'est-ce qu'il a, ce bateau ?

— Je dois le remonter à Trignor pour le ramener à son propriétaire. Je partirai dès que Jonah et ma mère reviendront de Highgate.

— Oh. Et pourquoi est-ce que ça te perturbe autant ?

Joseph sourit.

— C'est peut-être idiot de le dire à haute voix, mais je ne veux pas me séparer de toi, même pour un court moment.

— Joseph, rit Jules. Nous avons passé pratiquement chaque instant ensemble depuis ton retour.

— Je sais. Et je ne serai pas parti longtemps. Si les vents sont porteurs, je pourrai atteindre Trignor à la nuit tombée. Il me faudra quelques jours tout au plus pour trouver une voiture à cheval et rentrer à Wolf-Spring. Mais quand même (il s'avance encore plus sur elle), peut-être que tu pourrais venir avec moi ?

Voyager dans un petit bateau avec Camden et la promesse de longues journées de route pour revenir ne semble pas très attrayant, mais la présence de Joseph pourrait changer la donne. Elle passe les bras autour de son cou et entend la voix d'Arsinoé : *Jules et Joseph, inséparables depuis la naissance.*

— Je ne peux pas, dit finalement Jules. J'ai déjà assez négligé Arsinoé. Elle a dû travailler sur son don avec ma mère et je ne peux pas lui demander de prendre en charge encore plus de corvées. C'est une reine.

— Les meilleures reines se fichent bien des corvées supplémentaires.

— Peut-être, mais je ne devrais pas la laisser ici. Et tu ne devrais pas me le demander. Toi aussi, tu l'aimes, ne l'oublie pas. Tout autant que tu m'aimes moi.

— Presque autant, Jules. Presque, mais pas plus.

Il pose sa tête contre son épaule.

— Nous ne serons pas séparés longtemps, Joseph. Ne t'inquiète pas.

ROLANTH

Ce cauchemar était particulièrement atroce. Mirabella se réveille au son de ses propres cris. Le réveil est violent ; les contours du rêve s'effacent peu à peu pour laisser place à l'atmosphère familière de la chambre. Son corps est à demi piégé dans chaque état de conscience, et ses jambes sont emmêlées dans les draps humides. Elle se redresse et se touche le visage. Elle pleurait dans son rêve. Elle pleurait autant qu'elle riait.

Un cliquetis ouvre doucement la porte et Elizabeth passe la tête. Elle a repris beaucoup des responsabilités de l'escorte de Mirabella, et cette dernière soupire de soulagement en constatant que c'est elle qui se trouve devant sa porte ce soir.

— Est-ce que tu vas bien ? demande Elizabeth. Je t'ai entendue crier.

Pepper le pic quitte ses épaules et volette autour de la reine, inspectant sa taille et sa tête, s'assurant qu'elle est en sécurité.

— Moi aussi je l'ai entendue, affirme Bree.

Elle ouvre la porte encore davantage et les deux filles entrent avant de verrouiller derrière elles. Mirabella remonte ses genoux jusqu'à sa poitrine, Bree et Elizabeth grimpent sur le lit. Bree, d'un coup de poignet, allume les bougies de la coiffeuse.

— Excusez-moi. Vous pensez que j'ai réveillé qui que ce soit d'autre ?

Bree secoue la tête.

— Oncle Miles pourrait dormir même si la bataille du Port de Bardon faisait rage tout autour de lui.

Les chambres de Sara et du jeune Nico se situent trop loin. Tout comme les quartiers des serviteurs au premier niveau. Il n'y a qu'elles trois, seul îlot d'éveil dans une maison obscure.

— Mira, lance Bree, tu trembles.

— Je vais aller chercher de l'eau, dit Elizabeth, et Pepper atterrit sur la carafe et gazouille comme pour la guider.

— Non. Je ne veux pas d'eau.

Elle se lève pour marcher. Les rêves à propos de ses sœurs s'accrochent à elle, parfois pendant plusieurs jours. Ils ne s'effacent pas comme les autres.

— De quoi as-tu rêvé ? interroge Bree.

Mirabella ferme les yeux. Ce songe n'était pas un souvenir, mais plutôt une succession d'images.

— Je ne pourrai jamais vous le décrire.

— Est-ce que, demande Elizabeth avec hésitation, tu as rêvé des autres reines ?

Les autres reines, oui. Ses très chères sœurs, mortes, raides dans des chaises avec une peau verdissante et des bouches cousues. Puis un flash de Katharine, allongée sur son lit, le torse ouvert et vide, rien de plus qu'un trou rouge et sec. Et enfin Arsinoé, lui criant dessus sans le moindre bruit, car sa gorge était trop encombrée par du sang épais et noir.

Mirabella, disaient-elles. *Mirabella*, *Mirabella*.

— Je leur maintenais la tête sous l'eau. Dans le ruisseau près du cottage. L'eau était tellement froide. De l'encre s'écoulait de leurs bouches. Ce n'étaient que des enfants.

— Oh, Mira, souffle Bree. C'est terrible, mais ce n'était qu'un rêve. Ce ne sont plus des enfants.

— Elles resteront des enfants à mes yeux.

Elle repense à ce qu'elle a ressenti quand Arsinoé et Katharine sont devenues molles, puis elle se frotte les mains comme si elles étaient sales.

— Je ne peux plus continuer.

Luca sera déçue. Elle a eu foi en elle et l'a préparée à régner. Tout comme les Westwood, et la ville, et la Déesse elle-même. Elle est née pour régner. Afin d'être cette reine dont l'île a besoin. C'est exactement ce que dirait Luca si elle allait la voir au temple. Que ces rêves et ces sentiments ont été placés sur son chemin pour une raison précise. Elle est mise à l'épreuve.

— Je dois partir, affirme Mirabella. Je dois quitter cet endroit.

— Mirabella, répond Elizabeth. Calme-toi. Prends un peu d'eau.

Elle accepte le verre et le boit, ne serait-ce que pour faire plaisir à son amie. Mais il lui est difficile d'avaler quoi que ce soit. L'eau a un goût de putréfaction.

— Non. Je dois partir, quitter cet endroit.

Elle va à son placard et ouvre les portes. Elle fouille dans ses manteaux et ses robes, tout est noir, noir et encore noir.

Bree et Elizabeth se lèvent. Elles tendent leurs mains pour essayer de l'arrêter, tenter de la calmer.

— Tu ne peux pas partir, lance Elizabeth. Nous sommes au beau milieu de la nuit !

— Mira, tu ne seras pas en sécurité, ajoute Bree.

Mirabella choisit une robe doublée en laine. Elle la passe par-dessus ses vêtements de nuit et ouvre un tiroir pour prendre de longues chaussettes.

— Je m'enfuirai en direction du sud. Personne ne me verra.

— Bien sûr que si ! rétorque Elizabeth. Elles te feront rechercher.

Mirabella marque une pause, elle tremble toujours. Elles ont raison. Évidemment qu'elles ont raison. Mais elle se doit d'essayer.

— Je dois partir. Je vous en prie. Je ne peux plus rester ici et rêver de mes sœurs s'adressant à moi à travers leurs corps sans vie. Je ne peux pas les tuer. Je sais que vous avez besoin que je le fasse ; je sais que c'est bien cela qu'on attend de moi…

— Mira, s'interpose Bree. Tu peux le faire.

— Je refuse, s'exclame-t-elle avec violence.

Elizabeth et Bree se sont placées de façon à bloquer la porte. Elles sont tristes et inquiètes, et à deux doigts de réveiller Sara et d'alerter le temple. Mirabella passera le reste du temps jusqu'au festival de Beltane enfermée à clé dans les appartements de Luca sous garde rapprochée.

Mirabella enfile ses bottes et en noue les lacets. Peu importe qui le Temple enverra sur ses traces. Elle se fera probablement attraper, mais elle ne leur facilitera pas la tâche.

Elle fait un pas en avant, prête à forcer le barrage que constituent ses amies.

— Attends, intervient Elizabeth.

Elle lève une main et sort de la pièce. Si elle appelle quelqu'un dans le couloir, Mirabella n'aura peut-être pas le temps de courir. Mais Elizabeth n'alerte personne. Elle revient dans la chambre avec sa cape de prêtresse blanche.

— Prends-la. Mets la capuche et recouvre tes cheveux.

Elle sourit de son sourire doux et bienveillant.

— Personne ne regarde à deux fois une prêtresse. Ils ne font que se baisser et s'écarter.

Mirabella la serre dans ses bras avec gratitude. La cape est un peu petite, mais elle est ample, coupée pour recouvrir les courbes généreuses d'Elizabeth, et elle masque entièrement la robe de Mirabella.

— Elizabeth, dit Bree avant de s'arrêter.

Elle prend Mirabella par le bras.

— Laisse-nous au moins t'accompagner.

— Non, Bree, objecte doucement Mirabella. Je ne veux pas que vous sachiez quoi que ce soit. Quand elles verront que je suis partie, elles chercheront à blâmer quelqu'un. À châtier quelqu'un. Ne les laisse pas te punir toi ou Elizabeth.

— Je te le promets. Nous nous protégerons l'une l'autre.

Mirabella sourit avec tristesse et touche le visage de Bree.

— Je ne t'ai jamais vue aussi apeurée, lâche-t-elle avant de la serrer très fort dans ses bras. J'espère que tu comprendras, Bree. Je les aime, tout comme je vous aime vous. Et je ne peux pas rester ici et laisser le Temple me forcer à les tuer.

Elle relâche Bree et tend les bras en direction d'Elizabeth. Elle a de la chance de les avoir.

Alors que Mirabella emprunte la direction du sud en traversant et en quittant les terres des Westwood, l'aube a commencé à rosir l'horizon à l'est. Le rêve a dû la réveiller plus tard qu'elle ne le pensait. Déjà, des feux et des lampes sont allumés dans la ville tandis que les marchands et les forgerons matinaux préparent leur journée. Elle tire sur la cape pour dissimuler son visage.

Elle prend la route principale pour entrer dans Rolanth. Il serait peut-être plus prudent de s'en tenir aux voies secondaires, mais c'est le chemin qu'elle suit en carrosse.

De plus, un risque légèrement plus élevé d'être vue vaut mieux que se perdre.

Quand la route vire vers le centre de la ville et les écluses, Mirabella retient son souffle en entendant le bruit des gens. Plus loin, sur le trottoir, une femme est en train de battre un tapis pour le dépoussiérer et dit bonjour à son voisin qui vide un seau dans le caniveau. Mirabella garde la tête baissée, mais Elizabeth avait raison. La femme ne fait rien d'autre qu'incliner la tête avant de s'écarter de son chemin. Si quiconque se demande ce que fait une prêtresse dans la ville à une heure pareille, personne ne l'arrête pour lui poser la question.

Alors qu'elle quitte Rolanth, elle se retourne une seule fois, pour observer sa ville dans la lumière naissante, les toits et cheminées crachant doucement leur fumée. Derrière celle-ci, nichée dans les grands arbres à feuillage persistant, Sara, ainsi que le reste de la maison Westwood, va bientôt se réveiller. Dans le temple, Luca est probablement déjà en train de boire son thé.

Il est difficile de les abandonner, mais partir aura été plus simple qu'elle ne l'avait imaginé, tout compte fait.

WOLF-SPRING

Près du feu, sous l'arbre penché, Arsinoé a la tête qui tourne. Cette fois-ci, Madrigal lui a fait une entaille plus profonde dans le bras, afin qu'assez de sang vienne nourrir trois longueurs de cordelette. Elle emmagasinera le sang jusqu'à ce qu'elles en aient besoin. Et pour que de la magie basse tue une autre reine, elles vont avoir besoin de tout ce qu'Arsinoé pourra donner.

Elles n'ont pas encore abordé la question de la forme de cette magie. Une malédiction, peut-être. Ou un porte-malheur. Mais cela n'a aucune espèce d'importance. Tout ce qu'Arsinoé sait, c'est qu'avec chaque jour qui passe elle devient plus forte.

— Cela suffira, affirme Madrigal.

Elle place avec douceur la cordelette dans le pot en verre.

— Il ne faudra pas longtemps pour que ça se gâte, on devra l'utiliser juste après Beltane.

Madrigal glisse le pot dans un sac en tissu noir et passe la bandoulière autour de sa tête.

— Tiens, dit-elle en pressant une tasse contre les lèvres d'Arsinoé. Du cidre, bois-en.

— Avez-vous apporté des noix ? Du pain ? Quelque chose à manger ?

Elle tient la tasse en tremblant. Les bords du gobelet sont collants et tachés par les traces des doigts de Madrigal recouverts du sang d'Arsinoé.

— Jules a raison, murmure Madrigal. C'est ton estomac qui prend toujours le dessus.

Elle tend un petit paquet à la reine : du fromage et une douzaine de mûres mûries par la naturaliste.

— Merci.

Son bras la lance et la pique tandis que Madrigal le nettoie et le panse, mais ce sont de bonnes sensations. À vrai dire, Arsinoé n'a jamais eu autant d'espoir de sa vie.

— Je n'aurais jamais imaginé, reprend Arsinoé, que vous m'aideriez à quoi que ce soit.

Madrigal plisse ses narines. Sur elle, même cette grimace est jolie.

— Oui, convient Madrigal. Je sais.

Elle se penche en arrière sur son siège et s'emmitoufle dans une fourrure chaude, boudant parce que personne ne l'a jamais appréciée. Mais personne ne dira jamais rien à l'encontre de Cait et d'Ellis. Dès son plus jeune âge, Madrigal a toujours préféré le confort au travail. Caragh a souvent mentionné l'époque où Madrigal faisait pousser des fleurs en motif de tourbillon dans le seul but de les cueillir et de les mettre dans ses cheveux. Alors que des concombres étaient en train de mourir dans le jardin.

— Et où se trouve ma Juillenne, aujourd'hui ? demande Madrigal.

— Elle fait ses au revoir à Joseph. Il prend la mer vers le nord-ouest en direction de Trignor.

Madrigal regarde le feu, pensive.

— C'est bien pour elle qu'elle ait trouvé un garçon comme lui. Je n'aurais jamais cru qu'elle y arriverait, avec ces yeux bizarres. Et tous les traits qu'elle partage avec son père.

— Son père ? Je n'aurais jamais pensé que vous vous rappelleriez le père de Jules.

— Je ne sais pas qui c'est. Pas vraiment. Je me souviens des feux de Beltane. Et de m'être dit que ce serait fantastique de concevoir un enfant en cette nuit sacrée. Comme elle serait puissante. Comme elle m'aimerait.

Elle renâcle.

— Je ne me rappelle pas qui est son père. Mais comme elle ne me ressemble pas du tout, elle doit donc lui ressembler à lui.

— Pensez-vous qu'il le sait ?

— Qu'il sait quoi ?

— Qu'il a une fille et que c'est la naturaliste la plus puissante de l'île.

Madrigal hausse les épaules. Ce serait étonnant. Et même si c'était le cas, cela n'aurait aucune importance. Aux yeux du Temple, les enfants de Beltane sont sacrés et, tout comme les reines, ils n'ont pas de père reconnu.

Arsinoé se penche en arrière. Avec le fromage et les mûres dans l'estomac, elle a de nouveau chaud et ne tremble plus. Elle étire ses jambes et rapproche les semelles de ses chaussures plus près des braises.

— Joseph est tellement beau, reprend Madrigal avec mélancolie.

— C'est vrai, reconnaît Arsinoé.

— Les voir, Jules et lui, me fait me rendre compte à quel point je suis seule. Je devrais peut-être jeter un sortilège. Me trouver un amant comme ça.

— Hum, renifle Arsinoé, les yeux à demi fermés. Vous n'avez pas besoin de magie basse pour ça, Madrigal.

— Peut-être pas. Mais si je n'employais que quelques centimètres de ces cordelettes, dit-elle en tapotant le sac noir posé sur ses genoux, je pourrais attirer le plus bel homme de l'île.

Arsinoé la regarde du coin de l'œil afin de s'assurer que c'est bien une plaisanterie avant de glousser. Rapidement les gloussements deviennent rires, et elles rient finalement toutes les deux. Mais même si cela n'avait pas été le cas, elles n'auraient pas entendu Camden et Jules s'approcher en silence.

Le félin des montagnes arrive le premier au feu, avant Jules, mais pas assez en avance pour pouvoir feindre l'innocence.

Jules observe d'abord sa mère, puis Arsinoé.

— Qu'est-ce que vous faites ?

Arsinoé fait une grimace. Elles sont assises au bas des pierres sacrées, entourées de tissus souillés par du sang de reine. La manche d'Arsinoé est relevée bien au-dessus de son coude et on peut clairement distinguer les bandages.

— C'est donc ça que tu fais ?

Jules est presque en train de crier sur sa mère.

— Dès que j'ai le dos tourné, tu la conduis ici pour la découper ? Tu lui enseignes de la magie basse ?

— Jules, commence Arsinoé en se levant.

Elle tend un bras, comme si elle voulait protéger Madrigal, ce qui ne fait qu'accentuer la colère de Jules. Camden se met à grogner.

— Je suis en train de l'aider, explique Madrigal.

— Tu l'aides ?

Jules saisit Arsinoé et la tire tellement fort que cette dernière manque de trébucher sur le tronc sur lequel elle était assise.

— Tu ne peux pas faire ça, c'est dangereux.

Madrigal secoue la tête.

— Tu ne comprends rien. Tu ne comprends rien du tout.

— Je sais qu'il y a toujours un prix à payer, rétorque Jules. Je sais que c'est la magie des simplets, des désespérés et des faibles.

— Dans ce cas elle est tout indiquée pour moi.

Arsinoé redescend sa manche pour recouvrir les bandages et les entailles en forme de runes sur sa paume.

— Arsinoé, ce n'est pas vrai.

— Bien sûr que si. Et je vais m'en servir. Je n'ai rien d'autre.

— Mais tu ne sais pas ce que ça va te coûter.

— Tout ira bien, Jules. Madrigal l'a utilisée sur le continent et rien ne lui est arrivé.

— Ceux qui se dressent contre cette magie ne font que propager les superstitions du Temple, affirme Madrigal en éteignant le feu.

Arsinoé et elle font le tour de la colline en silence, pressées de voir Jules quitter leur lieu sacré. Mais celle-ci les suit, en colère.

D'aussi loin que s'en rappelle Arsinoé, Jules et elle ne se sont jamais disputées pour quoi que ce soit de plus important qu'une part de gâteau. Ses épaules s'affaissent.

— Il lui faudra du temps, souffle doucement Madrigal. Mais elle se calmera.

LA CÔTE OCCIDENTALE

C'est plus agréable quand il n'y a aucune calèche ou charrette, elle peut progresser sur le bord de la route. Au moins l'atmosphère est respirable et une partie du ciel dégagée. Mirabella lève le regard vers la lumière qui décline. Cela fait deux jours entiers qu'elle marche après sa fuite de Rolanth, rythmés par quelques heures de repos inconfortable contre un large tronc. La campagne du Sud n'est pas composée de prairies ou de falaises abruptes. Elle compte des forêts plus denses et des petites collines. Même en hiver, alors qu'ils sont dépourvus de leurs feuilles, elle se sent comme emprisonnée au milieu de tous ces arbres. Elle ne comprend pas l'amour que les naturalistes leur portent.

Elle soulève sa jupe pour enjamber une flaque partiellement liquide dans le fossé, essayant ainsi de préserver le vêtement, même si la cape de prêtresse qu'Elizabeth lui a prêtée est constellée de points noirs sur les bords. Le voyage n'a pas été facile. Ses jambes lui font mal et son estomac est vide. Hier, elle s'est servie de la foudre pour assommer une truite, mais elle n'est pas aussi bonne chasseuse sans les prêtresses et leurs chiens de chasse.

Bree et Elizabeth lui manquent. Luca et Sara aussi. Même l'oncle Miles et le nerveux petit Nico. Mais elle va faire en sorte de supporter ces absences. Elle ne peut pas s'arrêter trop longtemps au même endroit, ni se rendre souvent dans des villes. Mais bientôt, elle devra marchander de nouveaux vêtements et un repas contenant au moins un légume, sous peine de perdre des dents.

Mirabella enjambe rapidement le fossé, car quelque chose circule sur la route. Quoi que ce soit, c'est imposant. Plusieurs charrettes, peut-être. Un groupe de recherche lancé depuis Rolanth ?

Elle va devoir grimper très haut dans les arbres pour éviter qu'on la repère ou qu'elle les aperçoive. La vision de la pauvre Luca pressée contre une fenêtre lui briserait le cœur.

Alors qu'elle s'enfonce profondément dans les bois, elle s'arrête et écoute. Une seule charrette passe finalement. Très probablement un vieux chariot en route pour Indrid-Down, peut-être transporte-t-il de la laine, du lait ou du fromage de brebis. Peu de temps auparavant, elle a senti des bergeries et s'est dit qu'elle traversait le Waring et ses nombreuses fermes.

Mais elle n'est pas certaine de savoir où elle se trouve exactement. Elle étudie des cartes depuis son enfance, mais l'île semble bien plus petite sur le papier. Elle n'a vu aucun autre panneau depuis celui qui indiquait le Cumberland Nord plus tôt dans la matinée. Maintenant, alors que le soleil est en train de se coucher, elle doit être au moins au niveau de Trignor. Peut-être même Linwood. Quelques jours de plus et il lui faudra se faufiler le long de la périphérie d'Indrid-Down.

Où tu te feras rattraper, petite sotte, se fait entendre la voix de Luca dans son esprit.

Mirabella repousse des cheveux noirs qui sont venus gêner ses yeux. Quelque part à l'est, le tonnerre gronde. Elle est tellement fatiguée qu'elle ne sait même pas si c'est elle qui l'a appelé, mais elle est attirée par cette tempête et en suit l'odeur, ce qui la pousse à s'écarter encore davantage de la route.

Elle marche plus vite à mesure qu'elle s'approche des falaises et du ciel ouvert. Au-dessus des arbres, des nuages noirs épais se regroupent à tel point qu'elle ne parvient plus à dire quelle heure de la journée il est ou si la nuit a déjà débuté.

Elle passe la limite des arbres. Pendant un instant, elle a peur d'être revenue sur ses pas. Les falaises en haut desquelles elle se trouve ressemblent terriblement à la Chaussée noire qu'elle connaît si bien. Mais cela n'a rien à voir. Un éclair illumine la paroi de la falaise, blanche et dorée, des couleurs bien plus douces que son basalte noir adoré.

— Encore un peu plus, dit-elle au vent, puis il la submerge et l'enserre.

Il repousse la cape abîmée de ses épaules. Mirabella s'avance vers le bord de la falaise, au-dessus de la mer. Un nouvel éclair donne des teintes vertes et bleues à l'eau. Il doit y avoir un moyen de descendre. Elle veut patauger et se retrouver avec de l'eau jusqu'aux hanches.

Le seul accès pouvant la mener au bas des falaises est abrupt et parsemé de rochers humides. La descente est dangereuse, mais elle prend son temps, se réjouissant de tout ce vent et de toute cette pluie. Demain, les gens diront que c'est une tempête de Shannon, du nom de la reine qui est peinte sur une grande portion du mur du temple de Rolanth. Ils en parleront au petit déjeuner. Elle endommagera des toits et abattra des arbres qu'il faudra dégager. On chantera ensuite la *Chanson de Shannon* et ils se rappelleront comme elle pouvait appeler des ouragans et les envoyer faire une commission, comme des pigeons.

Mais ce ne sont peut-être rien de plus que des histoires. Un jour, les gens diront des grands incendies que ce sont des flammes de Mirabella et qu'elle pouvait faire brûler le soleil lui-même. Ou cela aurait été le cas si elle n'avait pas décidé de disparaître.

Mirabella observe la mer et abaisse sa capuche afin que la pluie vienne se déverser sur sa chevelure. Puis un éclair illumine l'eau et elle aperçoit un bateau chaviré.

— Non.

L'embarcation est frêle et les vagues sont violentes. Peut-être que la tempête l'a déracinée de sa cale. Personne n'aurait assez de malchance pour se retrouver coincé sur un bateau si petit dans une telle tourmente.

Le bateau roule sur lui-même et se remet d'aplomb. Les amarres de la voile ne sont plus fixées et elle bat au vent. Elle est humide et fouette l'air. Il n'a pas été abandonné, ni même arraché d'un point d'ancrage sans personne à bord. Un marin seul s'accroche de toutes ses forces au mât.

Mirabella regarde dans toutes les directions, mais il n'y a personne sur la plage, aucune ville, aucun feu accueillant. Elle appelle à l'aide vers la route, mais elle s'en est trop éloignée.

Le bateau va se retourner une nouvelle fois, et cette fois-ci il ne pourra pas se redresser. Il sera engouffré par le fond marin où il sera violemment secoué par les courants jusqu'à ce qu'il n'en reste plus la moindre trace.

Mirabella tend les paumes vers le haut. Elle ne peut pas rester là sans rien faire alors que le navigateur va se noyer. Même si elle est exténuée et que l'eau est l'élément qu'elle maîtrise le moins.

— Utilise le vent, se dit-elle à haute voix, mais elle n'a jamais utilisé le vent que pour mouvoir son propre corps ou de petits objets.

Comme l'écharpe de Luca ou le chapeau de Sara.

Mirabella étudie l'eau. Elle peut essayer de repousser le bateau assez loin vers le large pour qu'il échappe à la tempête.

Ou elle pourrait le rapprocher de la côte.

Peu importe ce qu'elle choisira, la manœuvre sera risquée. Elle pourrait écraser le bateau contre les falaises. Elle pourrait perdre le contrôle de l'eau et le submerger. Ou la coque pourrait être éventrée par un écueil invisible juste au-dessous de la surface.

Elle referme ses poings avec force. Elle n'a plus le temps de réfléchir. Elle concentre son don sur l'eau qui entoure le bateau, la manipulant et modifiant les courants afin qu'ils approchent l'esquif du rivage. Elle appelle trop de vent et le bateau fait une ruade, comme un cheval effrayé.

— Déesse, dit Mirabella, les dents serrées, guidez ma main.

Le bateau tangue péniblement d'avant en arrière. La bôme remue comme la queue d'un chien et le marin tente de s'y accrocher. Il rate son occasion et elle vient lui donner un violent coup dans le dos. L'homme tombe par-dessus le bastingage et se retrouve à la mer.

— Non ! s'écrie Mirabella.

Elle emploie son don pour séparer les différentes strates de l'eau. Elle n'a jamais rien fait de tel auparavant. Les couches de l'océan, ses courants et son sable froid et fluide obéissent à ses ordres. Cela n'a rien de facile, mais l'eau répond à ses invectives.

Le garçon remonte à la surface, soutenu par le courant qu'elle a créé. Il est plus petit que le bateau et plus simple à manipuler.

Quand il touche la plage, son corps percute le sable humide avec force. Elle n'avait aucune idée de comment le faire avec délicatesse, elle a certainement brisé le moindre de ses os.

Mirabella descend le chemin pentu à toute vitesse. Elle glisse et avance difficilement, se coupant les paumes sur les pierres. Elle court sur le sable en direction du garçon et appuie ses mains déchirées contre son torse.

De l'eau s'écoule de sa bouche. Il est tellement pâle, allongé là près des vagues. Il pourrait être n'importe quelle créature marine recrachée par les eaux, comme un poisson échoué le ventre en l'air.

— Respire ! crie-t-elle, mais elle ne peut pas souffler de l'air dans ses poumons.

Elle n'est pas guérisseuse. Elle ne sait pas quoi faire.

Il tousse. Il commence à trembler violemment, mais c'est toujours mieux que la mort.

— Où suis-je ?

— Je n'en sais rien. Quelque part près de Trignor, je crois.

Elle retire sa cape et l'en recouvre. Cela ne suffira pas. Elle doit le réchauffer, mais aussi loin que porte son regard, elle ne voit aucun abri.

— Ce n'était pas…, lance-t-elle avant de le secouer quand elle s'aperçoit qu'il semble perdre une nouvelle fois connaissance. Ce n'était pas le meilleur endroit pour débarquer !

À sa grande surprise, le garçon se met à rire. Il a à peu près son âge, ses cheveux sont bruns et épais. Ses yeux, quand ils rencontrent les siens, sont comme la tempête. Peut-être n'a-t-il rien à voir avec un garçon, c'est une chose élémentaire, créée par les vagues tumultueuses et le tonnerre infini.

— Peux-tu marcher ? demande-t-elle, mais il s'évanouit une nouvelle fois.

Il tremble avec une telle violence qu'il en claque des dents. Elle ne peut pas le porter. Ni vers la route tout là-haut, ni le long de la plage sur la grande distance qui les sépare probablement de la ville voisine.

Là où les falaises se brisent en direction de la route, elles prennent un angle tel qu'elles forment une ouverture moins large en haut qu'en bas. Cela n'a rien à voir avec une caverne. C'est à peine un surplomb, mais il faudra bien que cela suffise.

Mirabella passe son bras sous lui et le hisse sur ses épaules, le tirant, détrempé et mou. Le sable s'accroche à ses bottes. Ses jambes déjà éreintées la brûlent en protestation, mais ils parviennent à atteindre le couvert des falaises.

— Je dois trouver du bois pour alimenter un feu.

Il est couché sur le flanc, il tremble toujours. Même si elle parvient à le réchauffer, il ne passera peut-être pas la nuit. Peut-être a-t-il ingéré trop d'eau.

La plage est recouverte de bois flotté noir et trempé et de brindilles arrachées des arbres en haut de la falaise. Mirabella les rassemble et les arrange sous les falaises en un grand tas désordonné qui comprend aussi des algues, des coquillages et des galets.

Elle tremble également. Son don ne lui sera bientôt plus utile. Quand elle appelle le feu sur le bois, rien ne se produit.

Mirabella s'agenouille et se frotte les mains. Après la foudre, le feu est son élément préféré. Qu'il l'ignore ainsi lui donne le même sentiment qu'un animal aimé tournant le dos à son maître pour prendre la fuite.

Les lèvres du garçon sont bleues.

— Je t'en prie, implore-t-elle en faisant appel aussi fort que possible à son don.

Il ne se passe d'abord rien. Puis, doucement, une fumerole s'élève du tas. Bientôt, des flammes réchauffent leurs joues et commencent à sécher leurs vêtements. Le feu crache et grésille quand la pluie de la tempête de Shannon vient le toucher, mais elle ne peut rien y faire. Elle est trop fatiguée pour repousser les nuages. La tempête passera quand elle passera.

À côté d'elle, les tremblements du jeune homme se sont apaisés. Elle lui retire tant bien que mal sa veste et sa chemise et les étale sur le sable aussi près du feu que possible pour qu'ils ne se mettent pas à brûler. Elle étend la cape d'Elizabeth aussi. Elle le maintiendra bien au chaud, si elle parvient à la sécher.

Le garçon gémit. Si seulement Luca était présente. Elle saurait quoi faire.

— Froid, marmonne-t-il.

Mirabella ne l'a pas tiré des profondeurs et sur toute la largeur d'une plage de sable pour le regarder mourir maintenant. Il ne lui reste plus qu'une chose à faire.

Elle défait sa robe et l'enlève. Elle s'allonge derrière le garçon et le prend dans ses bras, partageant ainsi sa chaleur. Quand sa cape sera sèche, elle l'utilisera pour les protéger tous les deux.

Mirabella s'éveille violemment. Après les avoir recouverts de la cape séchée d'Elizabeth, elle a commencé à s'assoupir en regardant les flammes. Elle a rêvé d'Arsinoé et de Katharine, jusqu'à ce que leurs doigts deviennent des morceaux de bois flotté et que des nœuds d'algues fumantes forment leurs cheveux. Elles se sont consumées et désagrégées en des tas de charbon alors qu'elles essayaient de s'extirper du sable comme des crabes.

Le garçon est allongé dans ses bras. De la sueur perle sur son front et il remue, mais elle le serre fort. Il doit rester au chaud. Le matin venu, il aura besoin d'eau potable. Elle en trouvera sûrement si elle remonte le chemin des falaises et retourne dans la forêt. Même après toute cette pluie, il y aura toujours de la glace dans les bois, posée sur les branches et les souches.

Mirabella ajuste sa position et le bras du garçon vient se poser autour de ses hanches. Ses yeux s'ouvrent à peine.

— Le bateau.

— Il est au fond de la mer.

Certainement cassé et brisé, vu la force de ces vagues de Shannon.

— Ma famille, souffle-t-il. Ils devront le remplacer.

— Ne pense pas à ça maintenant. Comment te sens-tu ? Est-ce que tu as mal quelque part ?

— Non.

Il ferme les yeux.

— J'ai froid, très froid.

Ses mains explorent son dos avec hésitation, et, sous la cape, le pouls de Mirabella s'emballe. Même à moitié noyé, c'est l'un des plus beaux garçons qu'elle ait rencontrés.

— Je suis mort ? demande-t-il. Est-ce que ma vie s'est arrêtée ?

Ses jambes viennent s'emmêler aux siennes.

— Tu n'es pas mort, chuchote-t-elle, à bout de souffle. Mais je dois te réchauffer.

— Réchauffe-moi, alors.

Il attire sa bouche vers la sienne. Il a le goût du sel. Ses mains parcourent doucement sa peau.

— Tout cela n'est pas vrai, murmure-t-il contre ses lèvres.

Peu importe qui a appris à ce garçon à embrasser, il ou elle a fait du bon travail. Il l'approche au-dessus de lui pour lui embrasser le cou. Il lui dit une nouvelle fois qu'elle n'est pas réelle.

Mais c'est peut-être lui qui n'est pas réel. Ce garçon aux yeux de tempête.

Mirabella passe ses jambes autour de lui. Quand il gémit cette fois-ci, cela n'a rien à voir avec le froid.

— Je t'ai sauvé. Je ne te laisserai pas mourir.

Elle l'embrasse avec passion, son contact l'éveille, l'extirpe de la pénombre. Il a le sentiment que sa place est entre ses bras. Elle ne le laissera pas mourir. Non. Elle les réchauffera.

Elle les embrasera tous les deux.

WOLF-SPRING

La mère de Joseph a fait un rêve. Elle a rêvé de son fils, qu'il était envoyé par le fond. Mais c'était bien plus qu'un cauchemar, assure-t-elle, et Jules la croit. Joseph était un peu voyant quand il était plus jeune. Un tel don devait bien venir de quelque part. Mais les autres se montrent sceptiques, jusqu'à ce qu'un oiseau revienne de Trignor avec un message indiquant qu'il n'est jamais arrivé.

Luke place une tasse de thé entre les mains de Jules. Il a amené une théière sur les quais avec une pile de tasses à thé sous le bras.

— Pardon, s'excuse-t-il quand du thé déborde de la tasse et vient légèrement éclabousser les doigts de Jules. Et je suis doublement désolé de ne pas avoir assez de mains pour apporter de la crème. Mais j'ai autre chose.

Il sort une poignée de morceaux de sucre de la poche de sa veste et les verse dans le thé.

— Merci, Luke.

Hank le coq caquète sur son épaule alors que Luke se fraie un chemin parmi tous les inquiets et les badauds en proposant des tasses de thé.

Jules est trop nerveuse pour boire quoi que ce soit. Les oiseaux ont également apporté des messages concernant une tempête venue du large. Une tempête monstrueuse qui a touché l'île de plein fouet et a tout dévasté sur la côte entre Linwood et le port de la baie des Mineurs.

Billy s'avance jusqu'à elle et referme des doigts fermes sur son épaule.

— Joseph est un bon marin, Jules. Il se sera sûrement abrité dans une anse pour attendre que la tempête passe, puis il aura continué sa route comme si de rien n'était. Nous aurons de ses nouvelles d'ici peu, j'en suis persuadé.

Jules acquiesce de la tête, et Arsinoé se colle contre elle. Camden est contre sa jambe. Malgré tous ces bons mots, beaucoup de bateaux ont déjà quitté la Tête-de-Phoque à sa recherche, dont Matthew sur le *Whistler*, et Mme Baxter a dit qu'elle sortirait l'*Edna* pour aller dans des eaux plus profondes.

Jules jette un regard sur l'anse. De là où elle se trouve sur le quai, la mer semble vaste et dangereuse. Pour la première fois de sa vie, les flots lui paraissent laids, indifférents et imperturbables. Rien que des vagues cupides et des fonds jonchés d'os.

Elle n'a haï la mer qu'une seule fois avant : la nuit où ils ont essayé de s'échapper et qu'elle a refusé de laisser Arsinoé partir. Venant toujours achopper contre cette brume, aussi dense qu'un filet, elle l'a tant haïe qu'elle a craché à la mer.

Mais elle n'était qu'une enfant alors. Il est certain que la Déesse ne serait pas assez cruelle pour retenir tant d'amertume et attendre tant d'années pour se venger.

— Je ne sais pas pourquoi on en fait autant, souffle quelqu'un, pour un parvenu qui sent le continent.

Jules se tourne en direction de la foule.

— Qu'est-ce que vous venez de dire ?

Sa tasse de thé explose dans sa main.

— Calme-toi, Jules, supplie Arsinoé avant de tirer sur son bras. Nous allons le retrouver.

— Je ne souffrirai aucun mot à l'encontre de Joseph, grogne Jules. Pas avant qu'il soit de retour. Pas avant que vous ayez assez de courage pour me le dire en face.

— Viens, Jules, insiste Arsinoé alors que la foule recule devant les poings de la fille. Nous allons le retrouver.

— Comment ?

Mais elle laisse Arsinoé l'entraîner loin du quai.

— Arsinoé, je n'ai jamais eu aussi peur.

— Ce n'est pas nécessaire. J'ai un plan.

— Et pourquoi est-ce que ça, ça m'inquiète ? murmure Billy alors qu'il les suit en s'écartant des docks.

Arsinoé, Jules et Billy quittent Wolf-Spring dans l'heure sur trois des chevaux de selle de Reed Anderson. Ceux d'Arsinoé et Billy ont des jambes longues et fines. La monture de Jules est plus large, plus imposante, elle peut parfois supporter le poids du félin des montagnes.

Des vêtements pour Joseph ont été emportés dans un sac sur la selle d'Arsinoé, ainsi qu'un long couteau en argent bien aiguisé.

LA CÔTE OCCIDENTALE

À son réveil, Mirabella est seule sous la cape d'Elizabeth. La tempête est passée et le feu s'est éteint, mais le souvenir des étreintes du garçon suffit à la maintenir au chaud. Il était son premier. Comme Bree sera heureuse quand elle lui racontera…, si elle retourne à Rolanth un jour.

Elle lève la tête. Il est encore tôt. L'eau ne miroite pas encore, mais la lumière du jour a commencé à recouvrir la plage d'une lueur brumeuse. Le garçon est assis en lui tournant le dos. Il a remis son pantalon et sa chemise, il tient sa tête entre ses mains.

Mirabella se soulève sur son coude. Sa robe se trouve quelque part sous elle. Elle pense à se glisser dedans discrètement.

— Est-ce que tu vas bien ? demande-t-elle avec douceur.

Il se retourne lentement.

— Je vais bien, répond-il en fermant les yeux. Merci.

Mirabella rougit. Il est tout aussi beau de jour qu'il l'était près du feu cette nuit. Elle aimerait qu'il revienne s'allonger à ses côtés. Il semble si loin.

— Qu'est-ce que…, commence-t-il à demi retourné. Qu'est-ce qu'il s'est passé ?

— Tu ne t'en souviens pas ?

— Je me rappelle la tempête, toi et moi, énumère-t-il avant de s'arrêter. Je ne comprends simplement pas comment tout s'est… Comment j'aurais pu faire ça.

Mirabella se redresse et enroule la cape autour d'elle.

— Tu ne le voulais pas, panique-t-elle. Cela ne t'a pas plu.

— Si, ça m'a beaucoup plu. C'était merveilleux. Rien de tout ça… rien n'est ta faute.

Elle soupire, soulagée, et s'approche pour les recouvrir tous les deux de la cape. Elle embrasse son épaule, puis son cou.

— Reviens te coucher avec moi alors, souffle-t-elle. Il ne fait pas encore jour.

Il ferme les yeux alors que les lèvres de la reine effleurent sa tempe. Pendant un instant, elle pense qu'il va lui résister, puis il se retourne entièrement et la prend dans ses bras. Il l'embrasse fougueusement et l'allonge sur le sable à côté des charbons calcinés.

— Je ne sais pas ce que je suis en train de faire, murmure-t-il.

— Tu sembles parfaitement savoir ce que tu es en train de faire, sourit Mirabella. Et je ne t'arrêterai pas.

— J'en ai envie. Bon sang, oui, je le veux.

Il se relève pour regarder dans ses yeux.

Elle voit son expression passer de l'incrédulité au désespoir.

— Non. Oh non.

— Qu'est-ce qu'il t'arrive ? Qu'est-ce qui ne va pas ?

— Tu es une reine, dit-il d'une voix rauque. Tu es Mirabella.

Il s'écarte d'elle.

Il ne l'avait pas reconnue la nuit dernière. Une partie d'elle s'était posé la question, avait eu peur qu'il la ramène à Rolanth. Mais majoritairement, elle s'en fichait.

— Non, répète-t-il une nouvelle fois, et elle se met à rire.

— Ce n'est pas grave. Ce n'est pas un crime de partager la couche d'une reine. Tu ne seras pas puni, tu ne mourras pas.

— Qu'est-ce que tu fais ici ? Pourquoi est-ce que tu n'es pas à Rolanth ? Pourquoi as-tu cette cape blanche ?

Elle l'observe prudemment. Ce n'est pas le fait qu'elle soit une reine qu'il regrette.

— Comment t'appelles-tu ?

Il n'est pas un Arron ; il ne partage pas leur couleur de cheveux. Et ses vêtements semblent être ceux d'un artisan, usés et souvent rapiécés. Il a dû parcourir de grandes distances sur son bateau. En outre, son accent est très différent de ceux qu'elle a déjà entendus.

— Je m'appelle Joseph Sandrin.

Le sang de Mirabella se refroidit soudain. Elle connaît ce nom. C'est le garçon qui aime Arsinoé. Celui qui a été banni pour l'avoir aidée à s'échapper.

Elle sort sa robe du sable et l'enfile rapidement sous la cape d'Elizabeth. Elle a couché avec le garçon que sa sœur aime. Son estomac se tord dans tous les sens.

— As-tu pensé que j'étais elle ? demande-t-elle en terminant de mettre sa robe. Pensais-tu que j'étais Arsinoé ?

Vu sa confusion due à la tempête et au froid, cela pourrait tout au moins l'absoudre.

— Comment ? Non !

Il en rit de surprise.

— Si j'avais touché Arsinoé comme je t'ai touchée — il se retourne et devient à nouveau solennel —, elle m'aurait frappé.

Frappé. Oui. Arsinoé avait la main leste quand elles étaient enfants. Surtout si elle vous appréciait.

Joseph contemple les vagues. L'eau est désormais étale. Elle miroite, jouant l'innocente après l'espièglerie et la rage de la veille.

— Pourquoi a-t-il fallu que ça se produise ? Après que je l'ai attendue si longtemps.

— Qui as-tu attendu ?

— La fille que j'ai aimée toute ma vie.

Il ne donne aucun nom à Mirabella. Très bien. Qu'il le garde pour lui.

— Elle n'a même pas besoin de le savoir. Il ne t'est rien arrivé. Tu es vivant. Tu peux rentrer chez toi.

Joseph secoue la tête.

— Moi je le saurai.

Il la contemple et lui touche la joue.

— Le mal est fait.

— Ne dis pas ça. Le mal, comme si ce qui s'était produit avait été quelque chose d'horrible. Nous n'en savions rien !

Joseph ne la regarde pas. Il regarde la mer avec des yeux tristes.

— Mirabella. Il aurait mieux valu que tu me laisses me noyer.

Ils ne peuvent pas rester sur la plage pour toujours. Ils cherchent des palourdes et des moules dans le sable de la marée basse et ils font sécher une nouvelle fois leurs vêtements près du feu, mais ils traînent. Leur temps ensemble est écoulé.

— Où vas-tu aller ? demande Mirabella.

— Je vais m'écarter de la côte, en direction de la route. Je devais trouver une calèche pour rejoindre Wolf-Spring. J'imagine que c'est ce que je vais faire.

Joseph étudie la reine qui se trouve à son côté. Elle n'a rien à voir avec Arsinoé et il ne l'avait pas du tout imaginée ainsi. Il avait entendu dire que Mirabella se comportait comme si la couronne était déjà sur sa tête, qu'il fallait mettre un genou en terre en la croisant dans la rue. Qu'on la retenait dans la demeure des Westwood ou qu'elle était précieusement dissimulée dans le temple. Pour lui, elle était devenue un objet de collection que l'on ne sortait que pour les célébrations et avec lequel personne ne pouvait jouer.

Mais cette Mirabella-ci est différente. Elle est sauvage et courageuse. Ses cheveux bruns ne sont pas montés en chignon ou plaqués contre son crâne. Il se demande si c'est bien elle la reine que tout le monde voit à Rolanth. Si toutes les rumeurs sont infondées. Ou peut-être Mirabella n'apparaît-elle que sur les plages après une tempête. Si tel est le cas, alors elle est sienne et n'appartient qu'à lui.

D'un coup de pied ils étouffent le feu avec du sable, et Mirabella guide Joseph le long du chemin menant en haut de la falaise.

— C'est plus facile de monter que de descendre, note-t-elle en lui montrant les coupures sur ses paumes.

Quand ils atteignent le sommet, ils vont ensemble jusqu'aux arbres en direction de la route.

— Il te faudra certainement marcher jusqu'à la ville voisine pour trouver un moyen de transport. J'ai suivi cette route pendant au moins une journée et je n'en ai pas entendu passer beaucoup.

Joseph s'arrête.

— Que fais-tu ici, dans la nature, toi ? Pourquoi tu n'es pas à Rolanth, entourée de ta cour ?

À la façon dont il lâche ça, il donne l'impression de se moquer. Mais ce n'est pas comme ça qu'il veut le dire. Il prend sa main.

— Tu n'es pas en sécurité seule.

— Je croirais entendre mon amie Bree. Je vais m'en sortir.

— J'ai pensé que tu allais vers le sud, parce que Katharine et Arsinoé sont au sud. Mais ça ne peut pas être ça. La moindre action à l'encontre des autres reines est interdite avant la fin de Beltane, à moins que les règles aient changé. C'est le cas ? Je suis parti longtemps.

— Non, rien n'a changé. Parfois il m'arrive de me sauver. Pour pouvoir être moi-même. Et tu as de la chance que je l'aie fait !

— C'est vrai, reconnaît Joseph en souriant. J'imagine que je te suis redevable.

— Je suppose, oui.

Ils ont pratiquement atteint la route mais ne sont pas pressés de se séparer. Leur marche ralentit. Quand Joseph suggère de l'accompagner plus loin vers le sud, Mirabella lui fait un baiser sur la joue.

Un baiser mène à d'autres choses. Ils ont si peu de temps pour profiter l'un de l'autre. Ils veulent saisir ce qu'ils peuvent. Quand le soleil entame sa descente vers l'horizon, ils ne sont pas allés bien loin, mais au moins, sous les arbres, il est plus facile de trouver du bois pour faire du feu.

LA ROUTE DE WOLF-SPRING

Jules emploie son don pour forcer les chevaux à avancer plus vite. Ils n'ont jamais été autant stimulés de leur vie. Mais même ainsi, les montures et leurs cavaliers doivent tous se reposer à la nuit tombée à Highgate, et une nouvelle fois en arrivant en périphérie d'Indrid-Down. Arsinoé utilise l'argent du père de Billy pour acheter de nouveaux chevaux, ainsi qu'un retour à Wolf-Spring pour ceux loués là-bas.

Jules donne une tape à chacune de leurs anciennes montures et leur embrasse la tête. Ce sont de braves bêtes, et le rythme de ce voyage les a éreintées.

— Parfait, lance Arsinoé. Allons-y.

— Attendez une petite minute, au moins, répond Billy en s'étirant le dos.

C'est un garçon de la ville, dorloté, il n'est pas habitué à tant de hâte et à sommeiller sur une selle.

— Je n'ai même pas encore ajusté mes étriers.

— Tu peux très bien chevaucher sans.

— Mais pas aussi bien qu'avec.

Il s'approche des sangles en cuir et les filles cèdent. Elles prennent également un moment pour ajuster les leurs. Elles vérifient plusieurs fois leurs sangles et Jules donne à Camden un filet de poisson fumé et séché.

Arsinoé aimerait qu'ils soient déjà sur la route. Dès qu'ils s'arrêtent, Jules semble désespérée. Mais ils seront bientôt arrivés à l'endroit fatidique où Joseph aurait contourné le cap Horn et où il aurait rencontré la tempête.

— Nous allons passer par les bois maintenant.

— Et pourquoi donc ? demande Billy.

— Vous verrez.

Elle pivote sur sa selle pour faire face aux flèches du Volroy. Indrid-Down est la cité de sa sœur, pour le moment, et en tant que telle, Arsinoé n'a en aucun cas le droit d'y pénétrer sans invitation. Mais après Beltane, cela changera, et si elle parvient à son Ascension, ces spires seront les siennes. Même si le simple fait de les regarder lui fait tourner la tête.

Ils filent à toute allure dans le labyrinthe des rues pavées et arpentent ensuite des voies faites de gravier, puis de terre, avant de sauter par-dessus le dernier fossé pour disparaître dans les arbres. Leur progression se fait plus lente dans la forêt, et les chevaux d'Indrid-Down n'apprécient pas tellement ce terrain (aussi chic et noir profond soient-ils), mais Jules parvient à continuer à les faire avancer. Camden est fatiguée et s'est étendue sur l'avant de la selle de Jules. Elle est gigantesque, ronronne et s'accroche à l'encolure du cheval. C'est grâce à la puissance du don de Jules que sa monture ne tombe pas par terre tétanisée.

— Nous aurions dû rester sur la route, tente Billy.

Sans réponse, il n'ajoute rien de plus. Depuis leur départ de Wolf-Spring, personne n'a osé dire la vérité : si Joseph a chuté dans l'eau glacée, il ne s'en est pas sorti. Il est mort en quelques minutes et aucune recherche ne le ramènera jamais. Ils en auront bientôt le cœur net. Si la magie d'Arsinoé les conduit au bord de l'eau, ils en seront sûrs.

Quand ils entrent dans une clairière assez grande pour les accueillir tous les trois, leurs montures et un feu, Arsinoé arrête son cheval.

— Très bien. Trouvons du bois.

— Trouver du bois ? Mais nous venons à peine de monter à cheval ! s'exclame Billy.

Arsinoé rassemble des branches tombées à terre. Le feu n'a pas besoin de brûler longtemps. Jules retire de l'écorce d'un bouleau et dépose une poignée de boucles blanc et pêche sur le haut de la pile.

Elle se met à genoux près du feu alors qu'Arsinoé craque une allumette.

— Tu vas avoir besoin de mes cheveux ? demande Jules.

Arsinoé la regarde, surprise. Bien sûr qu'elle sait ce qu'elle fait. Jules l'a toujours mieux comprise que qui que ce soit d'autre. Arsinoé plonge la main dans son sac en cuir et en tire une petite lame en argent, qu'elle sort de son fourreau. Elle est légèrement courbée, aiguisée et semble presque malicieuse. Elle est aussi à moitié plus longue que leurs couteaux habituels. Elle étale par terre les vêtements de Joseph qu'elle a apportés et pose le couteau dessus.

— Que se passe-t-il ? interroge Billy. Que faites-vous ?

Arsinoé alimente le feu avec des herbes sèches et des petites branches afin que les flammes montent plus haut. Il n'y a personne à plusieurs lieux à la ronde. Ils n'ont franchi aucune clôture et n'ont entendu aucun chien aboyer. Il n'y a pas de vent, il fait un peu chaud et il règne un silence inquiétant, si ce n'est les craquements et les explosions provenant du bois qui brûle.

Jules remonte sa manche.

— Je croyais que tu faisais s'épanouir les fleurs et que tu forçais les couguars à se balader avec des livres sur la tête, souffle Billy.

— Jules ne force son félin à rien du tout.

Arsinoé saisit le couteau et fouille la pile de vêtements du bout de la lame.

— Et elle peut effectivement faire en sorte que les fleurs s'épanouissent, mais moi pas. Tout ce qui me reste, c'est ça.

— La magie basse, explique Jules.

— La magie est ce qu'il reste à ceux qui n'ont pas de don.

Arsinoé attrape la chemise de Joseph et en déchire une bande dans le bas avec les dents.

— Pourquoi est-ce que tout ça ne me dit rien qui vaille ? demande Billy. Pourquoi j'ai l'impression que c'est un secret que vous vous êtes bien gardées de répéter ?

— Parce que c'est bien le cas.

— Parce que cette magie ment, ajoute Jules. Parce qu'elle exige son dû.

— Alors pourquoi l'utiliser maintenant ?

Arsinoé incline le couteau d'avant en arrière.

— Est-ce que vous voulez retrouver Joseph ou non ?

Jules regarde l'objet alors qu'il est agité sans peur entre les mains d'Arsinoé. Elle n'a jamais fait l'idiote avec la magie basse, pas même quand elle était enfant, alors que des jeunes de l'île se sont montrés curieux. La magie basse est quelque chose que l'on apprivoise. Elle n'appartient à personne, contrairement à un don. C'est quelque chose qui s'est libéré de sa laisse. Les prêtresses du Temple disent parfois que c'est une prière à double tranchant : parfois il y a une réponse et parfois pas, mais il y a toujours un prix à payer.

— Allons-y, lance Jules en montrant sa main.

— Attends ! intervient Billy avant même qu'Arsinoé pratique une seule incision. Joseph ne voudrait pas que tu fasses ça. Il ne serait pas d'accord !

— Je le sais. Mais il le ferait pour moi si j'avais disparu.

— Ferme les yeux. Pense à Joseph. Ne pense à rien d'autre que Joseph.

Jules acquiesce de la tête. Arsinoé prend une bouffée d'air et coupe la chair de la main de Jules dans le muscle juste au-dessus de son pouce. Des filets fins de sang rouge forment des cercles avant de tomber au sol. Arsinoé pratique ses incisions avec attention, reproduisant les schémas complexes des symboles que Madrigal lui a appris.

Elle met la main de Jules au-dessus de la chemise de Joseph.

— Serre le poing.

Jules referme sa main. Du sang s'écoule sur l'étoffe.

Quand elle en a assez, Arsinoé jette le vêtement sanglant dans le feu et panse rapidement les entailles de Jules avec la bande de tissu qu'elle a arrachée.

— Inspire la fumée.

— Est-ce que tu as pris trop de sang ? Je ne me sens pas très bien. Mes yeux…

— N'aie pas peur, pense à Joseph.

L'odeur de la fumée est encore plus âcre après avoir brûlé du sang. Arsinoé et Billy observent Jules avec une fascination morbide alors qu'elle l'inhale et que le sort l'évide. Il fait de Jules une coquille vide que la fumée peut orienter. Si Arsinoé a bien accompli sa tâche, elle la guidera à Joseph.

— Est-ce qu'elle va bien ? demande Billy.

— Elle ira bien, oui, affirme Arsinoé, même si en vérité elle n'en sait rien.

Et d'ailleurs, cela n'a aucune espèce d'importance désormais. Il est trop tard pour faire marche arrière.

Arsinoé et Billy guident les chevaux à la suite de Jules alors qu'elle marche d'un pas lourd et saccadé entre les arbres. Ce n'est pas facile ; les chevaux sont agités sans le don de Jules pour les calmer. Ils ont peur de la chose qu'est devenue Jules : de la magie piégée dans un corps, sans aucune conscience aux commandes.

— Qu'est-ce que vous êtes en train de lui faire ? souffle Billy.

— Je ne lui fais rien du tout. Elle cherche Joseph.

Cette *chose* est en train de chercher Joseph. Elle ne ressemble en rien à Jules. Mais une fois le garçon retrouvé, elle relâchera Jules, enfin, Arsinoé l'espère.

Camden vient se cogner contre la jambe d'Arsinoé et grogne nerveusement. Le sort semble avoir rendu le couguar légèrement malade. Elle ne veut pas se trouver proche de l'enveloppe qu'est Jules mais en même temps n'est pas elle, et elle reste à proximité d'Arsinoé et des chevaux.

Billy regarde le félin puis Arsinoé.

— Depuis combien de temps pratiquez-vous… ça ? demande-t-il en tournant la tête par-dessus son épaule.

— Pourquoi ?

— Car je ne suis pas certain que vous sachiez exactement ce que vous faites.

Les coins de sa bouche adoptent une moue déçue. Arsinoé lui donne un coup dans le bras.

— Ça marche, non ? Et puis je ne crois pas que vous soyez le mieux placé pour juger.

Jules lui a dit une fois que Joseph pensait que Billy était déjà presque amoureux d'elle. Mais ce n'est pas le cas. Arsinoé peut lire en lui comme dans un livre ouvert et elle voit parfaitement les sombres desseins de son père. Il épousera la reine. *La* reine, pour *la* couronne. Mais devenir son amie a été agréable. Et ce n'est pas non plus comme si elle ne comprenait pas ses motifs.

Devant eux, Jules gémit. Puis elle se met à crier, avant de courir vers la côte. Droit vers l'eau. Arsinoé regarde Billy avec nervosité et il lui presse l'épaule.

Quelques instants plus tard, Jules change de direction et continue sa course.

Arsinoé fourre les rênes de son cheval dans les mains de Billy.

— Prenez ça, bafouille-t-elle. Cam, suis-moi !

Le couguar n'a pas besoin de plus d'encouragement. Elle semble sentir que Jules revient à elle. Ses oreilles se tendent vers l'avant et elle ronronne alors qu'elles courent à la suite de Jules.

Joseph et Mirabella marchent main dans la main. Même après avoir passé une longue matinée près du feu, ils se rapprochent inéluctablement de la capitale. Qu'importe leur allure, ils devront bientôt se séparer. Aucun des deux ne pourra retarder davantage l'échéance.

Joseph doit retourner à Wolf-Spring. À la fille qu'il aime, là où se trouve sa place. Et cet interlude étrange touchera alors à sa fin.

Mais il ne sera jamais oublié.

« C'est idiot d'être triste », avait dit Mirabella la nuit précédente, alors qu'ils étaient allongés l'un à côté de l'autre. « Les choses sont comme ça. Même si tu étais libre, je ne pourrais jamais te garder pour moi. »

Mirabella se fige sur place en apercevant du mouvement dans les arbres, et Joseph se place devant elle pour la protéger. Peut-être est-ce un groupe de recherche venant de Rolanth. Elle l'espère presque. Ils la saisiront et l'emporteront de force, comme ça elle n'aura pas à le quitter d'elle-même.

Le cri d'une fille se fait entendre dans les bois. Les doigts de Joseph se démêlent des siens.

— Jules ? crie-t-il. Jules !

Il lance un regard derrière lui vers Mirabella, peut-être avec du regret. Puis il se met à courir au travers des arbres.

Mirabella le suit à une certaine distance. Elle est juste assez proche pour voir cette fille qui titube dans les feuilles se précipiter dans les hautes herbes comme un animal.

— Joseph !

L'inconnue se jette contre son torse sans aucune grâce, et il l'entoure de ses bras. Elle pleure, elle pleure avec une telle violence pour un corps si fin.

— Ta mère a fait un rêve. J'avais tellement peur !

— Je vais bien, Jules.

Il lui embrasse la tête. Elle saute pour poser ses lèvres contre les siennes.

Le cœur de Mirabella lui fait l'effet d'être pendu hors de sa cage thoracique, à la merci des éléments. Elle s'efface parmi les arbres tandis que Joseph embrasse cette fille qu'il a aimée toute sa vie.

Une autre secousse vient agiter les broussailles, et un grand félin doré leur saute dessus.

Mirabella les observe tapoter et caresser le couguar. Ce sont donc des naturalistes. Et un familier aussi puissant convient parfaitement à une reine. Arsinoé doit être toute proche. Arsinoé, sa sœur.

Puis elle l'aperçoit. Elle s'approche d'eux en courant, tout sourire, une expression que Mirabella reconnaît. Ses cheveux courts battent au vent.

Mirabella veut hurler. Ouvrir grand les bras. Mais elle est tétanisée. Cela fait tellement longtemps qu'elle n'a pas vu Arsinoé, mais elle n'a pas changé. On retrouve même l'ombre de traces de boue sur ses traits malicieux.

Au travers des arbres un autre garçon avance, il guide trois chevaux. Un serviteur, peut-être.

— On te croyait mort, dit Arsinoé.

— Je vois ça. Vous ne vous êtes même pas embêtés à venir avec un quatrième cheval.

Tout le monde rit sauf la fille, Jules.

— Ce n'est pas encore drôle.

Personne n'a remarqué Mirabella. Elle les observe s'embrasser, elle les écoute rire. Mais peu importe combien de fois elle ouvrira la bouche, elle ne trouve pas le courage de parler. Alors elle s'accroupit derrière un arbre et souffre en silence. Il ne leur faudra pas longtemps avant de s'en aller.

Arsinoé soupire de soulagement en regardant Jules et Joseph s'enlacer. Jules est de nouveau elle-même. À l'instant où elle a aperçu Joseph, le sort l'a libérée.

— Est-ce que tu t'es fait mal ? appelle Billy d'un peu plus loin.

Les chevaux sont encore nerveux et il est très occupé à les retenir.

— Non, répond Joseph. Mais le bateau est irrécupérable. Je me suis fait surprendre par la tempête et il a coulé. J'ai à peine réussi à trouver la côte.

— Je pensais t'avoir appris à mieux naviguer que ça, rit Billy.

— Vous ne lui avez pas appris à naviguer du tout, rétorque Arsinoé par-dessus son épaule. Il sait barrer un bateau depuis qu'il a l'âge de marcher.

— Jules, constate Joseph en regardant sa main bandée d'un tissu plein de sang. Qu'est-ce qu'il t'est arrivé ?

— Plus tard, les interrompt Arsinoé. Cela ne suffit pas que tu ne te sois pas noyé ? Et nous ferions mieux de te sortir de ces bois et de te mettre face à un repas bien chaud.

— Tu as raison.

Il passe un bras autour de Jules. Ce faisant, il jette un œil derrière lui au travers des arbres. Arsinoé suit ce regard et aperçoit le pan d'une jupe noire. Alors qu'ils quittent la prairie, elle fait discrètement choir le couteau. Il sera simple de faire remarquer un peu plus tard qu'il est tombé et de revenir sur ses pas.

Mirabella n'entend rien avant qu'Arsinoé contourne le tronc de l'arbre. Rien ne se brise, pas même une brindille.

— Arsinoé !

— Tu n'es pas très douée pour te cacher. Cette belle jupe noire dépasse d'un peu partout.

Mirabella se raidit au ton de la voix d'Arsinoé. Ses yeux observent la main de sa sœur, qui enserre la poignée d'un couteau. Tout le monde lui a répété que ses sœurs étaient faibles. Que les tuer serait facile. Mais cela ne semble pas si aisé. Jusqu'ici, Arsinoé est bien meilleure à ce petit jeu.

— Qu'est-ce que tu fais ici ? demande Arsinoé.

— Je n’en sais rien.

Elle passe pour une idiote. En quittant Rolanth, elle n’aurait jamais imaginé rencontrer l’une de ses sœurs, et encore moins entendre sa voix. Mais les voici face à face, comme si cela avait été orchestré.

— Tu as bien grandi, note Mirabella.

Arsinoé grogne.

— J’ai grandi.

— Tu te souviens de moi ?

— Je sais qui tu es.

— Ce n’est pas ce que je t’ai demandé.

Elle a du mal à croire son envie de s’approcher d’Arsinoé. Elle ne s’était pas rendu compte jusqu’ici comme elle lui avait manqué.

Elle fait un demi-pas vers l’avant. Arsinoé recule et raffermit sa prise sur son couteau.

— Je ne suis pas là pour ça.

— Je me fiche de pourquoi tu es là.

— Tu ne te souviens donc plus de moi. Ce n’est pas grave. Je me souviens d’assez de choses pour toutes les deux. Et je te raconterai tout, si tu veux bien m’écouter.

— Écouter quoi ?

Les yeux d’Arsinoé scrutent avec suspicion les ombres portées par les arbres. Les naturalistes lui ont appris à être méfiante. Ils lui ont appris la haine, tout comme le Temple a essayé avec Mirabella. Mais ce ne sont rien de plus que des mensonges.

Mirabella tend la main. Elle n’a aucune idée de ce qu’elle fera si Arsinoé l’accepte, mais elle doit essayer.

Des bruits de sabots grondent. Arsinoé recule alors que des cavaliers surgissent des arbres. Elles ne sont plus seules. Des prêtresses armées forment un cercle autour d’elles.

— Qu'est-ce qui se passe ? fulmine Arsinoé. Une embuscade ?

Elle regarde le couteau dans sa main comme si elle pensait à prendre Mirabella en otage.

— Jules ! crie-t-elle plutôt. Jules !

Il ne faudra pas attendre longtemps avant que la fille et le couguar bondissent dans la clairière, avec Joseph à proximité. Mais ils ne peuvent pas intervenir. Les prêtresses utilisent leurs montures pour les confiner.

— Non, Arsinoé, commence Mirabella.

— Reine Mirabella !

Cette dernière prend un air renfrogné. C'est Rho, en selle sur un grand cheval blanc. D'une main elle tient les rênes, de l'autre elle porte l'un des longs couteaux dentelés du Temple.

— Êtes-vous blessée ?

— Non. Je vais bien ! Je suis en sécurité ! Cessez tout cela !

Rho fait charger son cheval pour séparer les deux sœurs. Le mouvement est tellement violent qu'Arsinoé tombe à la renverse.

— Rho, cela suffit !

— Non, rétorque-t-elle.

Elle empoigne Mirabella et la pose sur la selle devant elle, comme si elle ne pesait rien.

— Il est trop tôt pour cela, clame-t-elle haut et fort. Même vous ne pouvez pas briser les règles. Vous aurez tout le loisir de tuer après la Révélation !

Au sol, Arsinoé lui envoie un regard noir. Mirabella secoue la tête, mais cela ne sert à rien. Rho donne un signal aux prêtresses et elles se mettent à galoper ensemble. Elles virent au nord, laissant Arsinoé et Joseph loin derrière elles.

— La grande prêtresse est très en colère, ma reine, souffle Rho dans l'oreille de Mirabella. Vous n'auriez pas dû vous enfuir.

LAC CÉLESTE

Luca retrouve Sara Westwood sur les bords du lac Céleste. Il se trouve loin des côtes de Rolanth, c'est un grand lac profond, plus large que long. C'est là que la rivière du Héron-Bleu prend sa source et qu'ils ont amené Mirabella pour qu'elle rencontre Luca la première fois. Cela fait du chemin pour une théière et un repas rafraîchissant, mais ici, il y a moins d'oreilles pressées contre les portes cherchant à entendre ce qui est dit.

Sara salue la grande prêtresse et fait une révérence. Davantage de gris s'est immiscé dans ses cheveux cette année, et il y a de légères rides au coin de ses yeux. D'ici à l'Ascension, Sara sera peut-être devenue une vieille femme.

— Nous n'avons toujours reçu aucune nouvelle ?

— Rien pour le moment. Mais Rho la retrouvera.

Sara fixe le lac au bleu d'acier.

— Notre Mira, dit-elle avec tristesse. Je ne savais pas qu'elle était malheureuse. Après que nous l'avons accueillie, je n'aurais jamais cru qu'elle dissimulerait ses émotions. Et si elle est blessée ?

— Il ne lui arrivera rien. La Déesse la protégera.

— Mais que ferons-nous ? Je ne sais pas combien de temps nous pouvons encore garder ce secret. Les serviteurs commencent à se poser des questions.

— Quand Mirabella sera revenue, ils n'auront aucune preuve. Ne vous inquiétez pas. Personne ne saura jamais qu'elle est partie.

— Et si ce n'est pas Rho qui la retrouve ? Et si…

Luca lui saisit le bras. Si le contact de la grande prêtresse ne sert pas souvent, il a toujours été utile pour calmer les paniques. Et Luca n'a pas assez de patience pour cela aujourd'hui. Elle n'a pas demandé à Sara de faire tout ce chemin dans l'unique but d'apaiser ses frayeurs.

Elle attire Sara à l'écart des berges, en direction d'un bosquet d'arbres à feuillage persistant et d'une grande pierre noire, érodée et plate comme une table. Ses prêtresses y ont déposé du thé, du pain et de la soupe réchauffée au-dessus d'un petit feu de camp.

Luca prépare ses vieux os et grimpe sur le rocher. Elle est contente de s'apercevoir que l'ascension n'est pas compliquée et qu'on a déposé un coussin pour elle ainsi qu'une couverture douce pliée.

— Voulez-vous bien vous asseoir à mes côtés ? Et manger ?

— J'accepte de manger, acquiesce Sara en regardant la table en pierre d'un air grave. Mais je ne m'assiérai pas, grande prêtresse, si cela ne vous fait rien.

— Pourquoi cela ?

— Cette pierre est sacrée. Des prêtresses élémentaires ont jadis sacrifié des lièvres dessus avant de jeter leurs cœurs dans le lac.

Luca passe sa main sur la pierre. Elle lui paraît être faite de bien plus que de roche désormais, en sachant tout ce sang qu'elle a bu. Et elle est certaine qu'elle n'a pas exclusivement goûté à du sang de lapin. Tant de choses sur cette île sont bien plus qu'elles n'en ont l'air. Il y a tellement d'endroits sur lesquels les yeux de la Déesse sont posés en permanence. Il semble approprié que Luca ait choisi cet endroit pour parler du sacrifice de reines.

Luca déchire le pain en deux et en donne un morceau à Sara. C'est un bon pain, moelleux, avec une croûte d'avoine, mais Sara n'en mange pas. Elle le fait passer entre ses doigts jusqu'à ce qu'il finisse en miettes.

— Je n'aurais jamais cru qu'elle ferait une chose pareille. Elle a toujours été si obéissante.

— Cela n'a pas toujours été le cas, remarque Luca en mastiquant. Il fut un temps où Mirabella n'écoutait rien ni personne. Mais c'était il y a fort longtemps, elle était bien loin d'être la jeune reine digne que l'on connaît aujourd'hui.

— Qu'allons-nous faire ?

Luca avale une gorgée de thé et combat cette envie folle de gifler le visage de Sara. C'est une femme bonne et elle a été son amie pendant toutes ces années. Mais on ne trouve aucune fermeté dans sa mâchoire. Il faudra des nerfs d'acier pour maintenir un Conseil noir unifié avec elle à sa tête. Parfois, Luca éprouve de la pitié pour la grande prêtresse qui lui succédera, car c'est elle qui devra s'en charger.

— Qu'allons-nous faire, répète Luca. C'est exactement la question. Dites-moi, Sara, que savez-vous des reines aux mains blanches ?

— Elles sont bénies, répond-elle avec hésitation. Quatrièmes nées.

— Oui, mais ce n'est pas tout. Il est dit d'une reine qu'elle a les mains blanches quand ses sœurs sont tuées autrement que par son intervention. Qu'elles aient été noyées par une sage-femme avant qu'elles atteignent la majorité ou qu'elles trouvent le trépas à la suite d'un sortilège malheureux, ou encore, continue doucement Luca, qu'elles soient sacrifiées par l'île en l'honneur de la seule vraie reine.

— Je n'en avais jamais entendu parler, admet Sara.

— C'est une vieille légende. Ou, tout du moins, je pensais que c'était une légende. L'ombre d'un murmure concernant les Années sacrificielles. Tout cela est tellement vieux que ce n'est pas étonnant que nous n'ayons pas perçu les signes.

— Quels signes ?

— La faiblesse d'Arsinoé et de Katharine. Cette puissance sans limite de notre Mira. Et, bien évidemment, la réticence que ressent Mirabella à tuer.

Luca pose ses mains sur son front.

— J'ai honte d'avouer que pendant tout ce temps, j'ai cru que cela était sa seule faute.

— Je ne comprends pas. Vous pensez que Mirabella se refuse à tuer, car elle est censée avoir les mains blanches ? Et qu'Arsinoé et Katharine… seront sacrifiées ?

— Elles constitueront les offrandes sacrées et sacrifiées la nuit de la Révélation.

Luca tapote la pierre des doigts. Ces vibrations trouvent un écho très profondément, comme les battements d'un cœur.

— Nous parlons ici de vieilles histoires. D'histoires qui parlent d'une reine étant née avec une puissance bien supérieure à celle de ses sœurs. La seule vraie reine à voir le jour lors de ce cycle. La nuit de la Révélation, le peuple le reconnaît et nourrit les flammes avec les autres reines.

Luca attend avec nervosité. Sara garde le silence pendant un long moment. Elle reste stoïque, ses mains posées en un geste pieux contre son estomac.

— Cela rendrait les choses bien plus faciles, admet-elle finalement, ce qui détend Luca.

Sara a les yeux baissés. Qu'elle croie réellement ou non cette histoire n'a aucune importance. Rho a raison. Sara exécutera les volontés du Temple.

— Ne portez pas cela tel un fardeau. Ce qui doit arriver arrivera. Je voudrais simplement que l'île soit prête. Vous avez toujours été une voix importante du Temple, Sara. Il serait bon que le peuple entende parler de ces événements avant qu'ils adviennent.

Sara acquiesce. Elle sera tout aussi douée pour raconter cette histoire que lorsqu'elle a diffusé la gloire de Mirabella. Lors de la nuit de la Révélation, le peuple attendra et le peuple se demandera. Peut-être même prendra-t-il lui-même les armes.

L'une des novices s'approche pour remplir leurs tasses de thé. Au travers des plis de sa robe, Luca aperçoit les longues lames dentelées du Temple. Quand Beltane viendra, chaque prêtresse fidèle en portera une.

Cela n'a rien d'un mensonge, a affirmé Rho. C'est une demi-vérité. Et c'est pour le bien de l'île. Si la reine qu'elles ont élue s'y refuse, quelqu'un doit faire ce qu'il y a à faire.

Après la cérémonie de la Révélation, quand la foule de Beltane sera saoule et en extase après la performance de Mirabella, les prêtresses s'avanceront pour s'emparer des têtes d'Arsinoé et de Katharine. Elles couperont la tête à ras au niveau du cou et les bras au niveau des épaules. Et une fois cette besogne achevée, elles auront une nouvelle reine.

MANOIR GREAVESDRAKE

Les Arron accueillent la délégation Chatworth de la seule manière qu'ils connaissent : avec une fête. Mais celle-ci n'a rien du faste ou du luxe de la salle de bal nord. Même si bien des choses brillent, cette fête en l'honneur du garçon Chatworth est censée présenter la reine à son potentiel roi consort. Cette réunion aura lieu dans la petite salle des repas du premier étage, où l'ambiance sera un peu plus intime. Et la pièce maîtresse de l'événement, son cœur, sera Katharine.

Comme c'est enthousiasmant que la demeure soit une nouvelle fois apprêtée et qu'elle se remplisse d'invités. Le cousin Lucian est venu avec des serviteurs de son foyer et il s'incline quand il croise Katharine dans les couloirs. Il arbore un curieux rictus quand il le fait, et elle ne parvient pas à déterminer s'il se moque d'elle ou s'il lui sourit.

Malheureusement, le retour d'invités à Greavesdrake signifie également le retour de Geneviève, qui a pris son exil d'une façon très personnelle. En tant que sœur cadette, elle ne supporte pas d'être exclue par Natalia, et depuis son retour, elle insiste pour être impliquée dans chacun des aspects de la planification de l'événement.

— Mon cuir chevelu me fait encore mal après tant de tresses de styles différents, lance Katharine en s'adossant contre Pietyr.

Ils se sont cachés entre les étagères de la bibliothèque, l'un des rares endroits où elle peut être seule avec Pietyr depuis le retour de Geneviève.

— Les doigts de la pauvre Giselle doivent aussi lui faire mal, reprend-elle. Geneviève n'est jamais satisfaite de mes coiffures.

— Tes cheveux sont magnifiques. Parfaits.

Geneviève a exigé que des perles de jais soient intégrées à la chevelure, pour ensuite les arracher. Pour finalement conclure que le cou de Katharine est encore trop fin et qu'elle devrait le dissimuler en détachant ses cheveux.

— J'ai parfois l'impression qu'elle ne cherche qu'à me faire échouer, souffle Katharine.

— Ne lui prête pas attention, dit Pietyr en posant ses lèvres sur l'une des croûtes vermillon près de sa tempe. Après le départ du prétendant, Natalia lui ordonnera de quitter la maison pour regagner la ville. Tu ne la reverras plus avant Beltane.

Elle se retourne dans ses bras pour l'embrasser.

— Tu dois embrasser le garçon Chatworth de cette façon-là. Il sera compliqué de repérer le bon moment durant ce petit événement mal préparé, mais vous trouverez une occasion de vous échapper.

— Et s'il ne me plaît pas ?

— Peut-être qu'il finira par te plaire. Mais si ce n'est pas le cas, cela n'aura pas d'importance. Tu es la reine et tu as le droit de choisir ton consort.

Il lui touche la joue, puis soulève son menton. Pietyr, tout comme Katharine, refusera qu'un prétendant succombe au charme de Mirabella.

William Chatworth Jr est un garçon assez beau. Il n'est pas saisissant comme Pietyr, mais il a des épaules solides, une mâchoire marquée et des cheveux très courts de la couleur du sable humide. Ses yeux sont d'un marron lambda, mais son regard reste ferme alors qu'il est convié à un dîner d'empoisonneurs.

Il est venu seul, sans mère ni même père, et avec seulement deux assistants et une escorte. À en juger par la tension dans son visage, cette rencontre n'était pas son idée. On l'a jeté en pâture aux loups. Mais il existe des demeures bien pires pour un continental. Beaucoup de Arron ont eu des contacts rapprochés avec le précédent roi consort. De toutes les familles de l'île, ce sont eux qui connaissent le mieux le continent et ses coutumes.

Katharine et lui n'ont échangé aucun mot, à l'exception d'une révérence raide et d'une introduction. Il a passé la majorité de la soirée à parler au cousin Lucian, mais de temps en temps, Katharine le remarque en train de l'examiner, quand elle relève la tête.

Le repas est servi : des médaillons de viande rosée et grillée avec une tranche de tourte à la pomme de terre dorée au four. Le tout sans poison, bien évidemment. Les Arron font de leur mieux pour avoir l'air impressionnés, même s'il n'y aura guère que les plus affamés pour s'aventurer à goûter un morceau.

Geneviève saisit le bras de Katharine et y enfonce profondément les doigts.

— Ne mange pas salement sous prétexte qu'il n'y a pas de poison.

Pour encore plus appuyer son commentaire, elle pince la peau à l'intérieur du coude de Katharine. Elle lui fait tellement mal que celle-ci manque de crier. Demain, il y aura un nouvel hématome bien noir à recouvrir avec des manches et des gants.

De l'autre côté, Pietyr observe la scène en serrant les dents. Il semble prêt à sauter par-dessus la vaisselle pour refermer ses mains autour du cou de Geneviève. Katharine capte son regard et il paraît se détendre. Il a raison, après tout. Tout cela ne durera que jusqu'au départ du garçon Chatworth, ensuite Geneviève sera une nouvelle fois bannie.

Après le dîner, et après que les aliments ont été poussés et triturés pour donner l'impression qu'ils avaient été mangés, Natalia convie tout le monde au salon. Edmund sert le digestif, qui doit être empoisonné, car les Arron se précipitent tous dessus tels des oiseaux n'ayant pas aperçu une croûte de pain depuis des décennies. Une servante porte un plateau en argent avec une bouteille verte et deux verres : un petit quelque chose pour la reine et son prétendant.

— Laissez-moi faire, propose Katharine.

Elle saisit la bouteille par le goulot et les verres par leurs pieds. De l'autre côté de la pièce, le cousin Lucian la voit arriver et s'incline pour la laisser passer en s'effaçant du côté du garçon Chatworth.

— Prendrez-vous un verre, William Junior ? demande-t-elle.

— Évidemment, reine Katharine.

Elle leur sert un verre chacun, le champagne pétille et crépite.

— Vous pouvez m'appeler Katharine, si vous le souhaitez. Ou même Kat. Je sais à quel point mon titre peut être lourd à prononcer.

— Je n'ai pas l'habitude de le dire. J'aurais dû m'entraîner.

— Vous aurez tout le temps pour cela.

— Et appelez-moi Billy, je vous prie. Ou William. Certaines personnes ont pris l'habitude de m'appeler Junior, mais j'aimerais que cette règle ne se répande pas.

— C'est une coutume bien étrange que de donner le nom d'un de ses parents à un enfant. C'est un peu comme si le parent en question espérait un jour en hériter le corps.

Ils se mettent à rire.

— À en croire mon père, un nom honorable peut être réutilisé.

Katharine rit. Elle jette un regard sur la salle qui les entoure.

— Tout le monde nous observe tout en prétendant ne pas le faire. Je n'aurais pas choisi de vous rencontrer ainsi.

— Oh ? s'étonne-t-il. Qu'auriez-vous privilégié ?

— J'aurais préféré un chemin quelque part, un beau jour de printemps. Sur des chevaux, afin que vous prouviez votre courage en me rattrapant.

— Ne pensez-vous pas que le fait que je sois venu ici seul prouve bien assez mon courage ?

— C'est vrai.

Il est anxieux et boit rapidement. Katharine le ressert.

— La famille Arron vit ici depuis longtemps, lance-t-il alors que Katharine opine du chef.

Les Arron sont enracinés au sein même de Greavesdrake. Et cela va au-delà de leurs poisons et de leurs œuvres d'art morbides accrochées aux murs, des natures mortes de viande découpée et de fleurs, et des serpents noirs enroulés autour de corps dénudés. Ils se sont coulés dans le manoir lui-même. Aujourd'hui chaque morceau de bois et chaque ombre fait partie intégrante de la famille.

— Évidemment, la demeure ancestrale des Arron se trouve à Prynn, explique Katharine. Le manoir

Greavesdrake est le foyer des intendants de la reine et il change de main en même temps que la couronne.

— Vous voulez dire que si Arsinoé devenait la reine, ce sont les Milone qui vivraient ici ?

Billy ferme rapidement la bouche après avoir posé la question, comme s'il avait reçu l'instruction de ne jamais mentionner le nom de ses sœurs.

— Oui. Pensez-vous qu'il leur plaira ? Pensez-vous qu'il leur conviendra ?

— Non, répond-il en levant les yeux vers les hauts plafonds et les grandes fenêtres voilées de velours. Je pense qu'ils préféreraient vivre dans des tentes au milieu de la cour.

Katharine s'esclaffe. C'est un rire honnête, et son regard trouve celui de Pietyr, par culpabilité, ou presque. Il s'est retiré dans le coin le plus éloigné de la salle, prétextant écouter les problèmes politiques du Conseil soulevés par Renata Hargrove et Margaret Beaulin, mais il passe son temps à épier Katharine avec jalousie. Cette idée la met mal à l'aise. Les choses seraient bien plus simples si Pietyr était tout simplement absent.

— Billy, souhaiteriez-vous voir davantage du manoir ?

— J'en serais enchanté.

Personne ne s'oppose au fait qu'ils aillent dans le couloir ensemble, même si un silence momentané se fait entendre au travers des conversations déjà très discrètes. À la seconde où ils quittent le salon, Katharine pousse un profond soupir. Quand le continental lui jette un regard étrange, elle rougit.

— J'ai parfois l'impression que j'ai assisté à tellement de cérémonies que j'ai envie de crier.

— Je comprends ce que vous voulez dire, sourit-il.

Elle ne pense pas que ce soit le cas. Mais il s'en rendra compte bien assez rapidement. La totalité du festival de Beltane n'est qu'une succession de rituels : la Chasse, le Débarquement et la Révélation. Son pauvre esprit de continental s'embrouillera en essayant de se rappeler toutes les règles et le décorum.

— J'imagine que tout cela va s'enchaîner. Il y aura d'autres événements comme celui-ci. Combien de prétendants y aura-t-il, reine Katharine ?

— Je n'en sais rien. Une fois, il y en a eu beaucoup. Mais Natalia estime qu'il n'y en aura que six ou sept.

Même ce chiffre paraît être un bien lourd fardeau quand elle repense à Pietyr. Comment peut-elle lui demander de regarder à côté ? Il affirme que c'est ce qu'il veut, mais elle sait bien qu'il ment.

— Vous n'avez pas l'air très enthousiaste. Aucune de vous trois ne semble vouloir être courtisée. Les filles que je connais sur le continent seraient folles avec autant de prétendants.

Katharine s'efforce de sourire. Elle est en train de laisser passer sa chance, le servant alors sur un plateau pour Mirabella et les Westwood. Elle s'oblige à s'avancer vers lui et à pencher la tête vers le haut pour rapprocher son visage du sien.

Elle l'embrasse, et ses lèvres sont chaudes. Il appuie ses lèvres contre les siennes et elle lutte pour ne pas se retirer. Elle ne se perdra jamais dans ses bras comme elle se perd dans ceux de Pietyr. Cela ne sert à rien de ne serait-ce que l'espérer. Elle connaîtra bien d'autres moments comme celui-ci quand elle sera reine. Sans passion aucune, à crier silencieusement avant de retrouver Pietyr.

— C'était très agréable.

— Oui, très.

Ils échangent un sourire gauche. Il ne donnait pas l'impression de penser ce qu'il a dit, pas plus qu'elle ne le pensait elle. Mais ils se rapprochent quand même l'un de l'autre pour s'embrasser à nouveau.

WOLF-SPRING

— Tu la détestes, c'est ça ? demande Joseph, assis avec Arsinoé à la table de la cuisine des Milone, alors que Madrigal nettoie des runes fraîchement découpées dans la main d'Arsinoé.

Elles s'étendent jusqu'à son poignet maintenant, avec des saignées à l'intérieur de chaque bras.

— Tu parles de Mirabella ? Évidemment que je la déteste.

— Mais pourquoi, alors que tu ne la connais même pas ?

Pendant un instant, dans la forêt, quand Mirabella lui tendait la main, elle a presque convaincu Arsinoé de quelque chose de différent. Puis les prêtresses sont arrivées, elles ressemblaient davantage à des soldates qu'à des servantes du Temple, et peu importe ce qu'elle avait ressenti, cela a disparu. Sa sœur est intelligente et puissante. Elle était toute proche. Il doit bien falloir la présence de toutes ses sentinelles pour la maîtriser. Pour l'empêcher de faire le mur et de tuer ses sœurs trop tôt.

— Je ne trouve pas cela étrange du tout. Tu ne comprends pas ? Il faut bien qu'il n'en reste qu'une. Il ne doit rester qu'elle. Toute ma vie durant, on m'a répété qu'il ne demeurerait qu'elle. Que je suis vouée à mourir afin qu'elle puisse régner. Que je ne suis pas importante car *elle* existe.

De l'autre côté de la cuisine, grand-mère Cait passe un chiffon par-dessus son épaule, repoussant ainsi son corbeau qui s'envole vers une autre pièce et revient avec un pot de pommade. Elle se pose sur la table et frappe contre le bois.

— Je ne toucherai pas à ça, prévient Madrigal. C'est gras et ça sent fort.

— Je le ferai, alors, assure Cait d'une façon bourrue, et elle emploie le même mouvement de chiffon pour faire se lever sa fille de sa chaise.

Les mains de Cait qui s'occupent des coupures d'Arsinoé sont brutales alors qu'elle applique la pommade. Brutales, car elles sont inquiètes, mais elle n'en touche pas un mot. Personne ne parle du fait qu'Arsinoé fait appel à la magie basse. Comme cette dernière a fait revenir Joseph, même Jules ne commente pas.

Ce n'est pas dans le caractère de Cait de tenir sa langue. Mais châtier Arsinoé n'aurait aucun intérêt. Cela fait trop longtemps qu'on ne lui dit rien et elle a désormais l'habitude de faire ce qui lui plaît.

— Tu ferais mieux de laisser ça respirer pendant un moment. Avant de bander le tout une nouvelle fois.

Cait tient la main d'Arsinoé un instant, puis la tapote fermement avant de la poser sur la table. Arsinoé fronce les sourcils. Les Milone lui ont témoigné beaucoup d'amour, mais ils l'ont aimée comme on aime un objet voué à être perdu. Il n'y a que Jules qui l'ait considérée différemment, et Madrigal désormais.

— J'imagine que ce n'est pas important que Mirabella ne soit responsable d'aucune de ces choses, demande Joseph, et Cait lui donne un coup avec son torchon.

— Arrête de défendre cette reine, Joseph Sandrin, s'énerve-t-elle.

— Mais elle m'a sauvé la vie.

— Et c'est tout ce qu'il faut pour obtenir ta loyauté ? le pique Cait, et Joseph et Arsinoé sourient.

Joseph se lève quand Jules passe la porte d'entrée. Il se penche et embrasse le front d'Arsinoé.

— Toi aussi, tu m'as sauvé. Tu m'as retrouvé.

Il pose sa main sur l'épaule d'Arsinoé.

— Mais je ne veux retrouver aucune autre coupure sur Jules, tu m'as bien compris ?

— Pas même si tu disparais une nouvelle fois ?

— Non, pas même à ce moment-là.

Elle s'offusque.

— Tu parles comme un acolyte du Temple.

— Peut-être. Mais ce n'est pas pire qu'autre chose.

Arsinoé ne revoit pas Jules avant bien plus tard, quand celle-ci se glisse dans la chambre qu'elles partagent, suivie de Camden. Sans la queue tristement basse du félin des montagnes, Arsinoé n'aurait certainement jamais remarqué que quelque chose n'allait pas.

— Jules ? Tu ne rentres que maintenant ?

— Oui. Je t'ai réveillée ?

Arsinoé se relève et fouille sur sa table de nuit à la recherche de ses allumettes. Elle allume une bougie et distingue le visage troublé de Jules.

— Je ne dormais pas si bien que ça, de toute façon.

Arsinoé montre sa main à Camden, mais le félin ne fait que lui répondre par un grognement.

— Qu'est-ce qui ne va pas ? Il s'est passé quelque chose ?

— Non. Enfin, je n'en sais rien.

Jules se coule dans son lit sans changer de vêtements.

— Je crois qu'il s'est passé quelque chose avec Joseph.

— Comment ça ?

— Il n'est plus le même depuis l'accident.

Jules s'assied en silence contre ses oreillers. Camden saute pour s'allonger à côté d'elle et poser ses larges pattes sur son épaule.

— Tu penses… Est-ce que tu penses qu'il aurait pu se passer quelque chose avec ta sœur ?

— Ma sœur ? répète Arsinoé.

Jules ne fait pratiquement jamais référence aux autres reines de cette façon-là. Cela semble presque accusatoire, même si Arsinoé se doute bien que ce n'est pas ce qu'elle voulait transmettre.

— Non. Jamais. Tu t'imagines des choses.

— Il passe son temps à trouver des moyens de parler d'elle. Pour la seule raison qu'elle l'a sauvé.

— Ils ont passé deux nuits ensemble.

Une boule inconfortable se forme dans les entrailles d'Arsinoé. Elle aimerait que Jules cesse de parler de ce sujet. Elle ne veut rien savoir.

— Mais cela ne signifie rien. Elle… elle se servait certainement de lui pour me retrouver. C'est peut-être même elle qui a généré cette tempête.

— Peut-être, en convient Jules.

— Tu lui as posé la question ? demande Arsinoé, et Jules lui répond non de la tête. Alors pose-lui la question. Je suis persuadée qu'il t'affirmera qu'il ne s'est rien passé. Joseph t'a attendue pendant des années. Jamais il…

Arsinoé marque une pause et regarde vers la chambre de Madrigal au fond du couloir. Au retour de Joseph, elles ont jeté un sortilège, il a baigné dans son sang puis a été lié. Mais elle a tout détruit avant qu'elles l'achèvent. Ou c'est ce qu'elle croyait, tout du moins.

— Dors, Jules, l'encourage Arsinoé avant d'éteindre la bougie. Tout ira mieux demain matin.

Cette nuit-là, aucune des deux filles ne trouve de sommeil réparateur. Jules et Camden s'affrontent pour l'espace dans le lit, grognant et se poussant l'une l'autre des pattes et des genoux. Arsinoé écoute longuement le froissement des draps. Quand elle ferme finalement les yeux, elle rêve de Joseph. Elle l'imagine se noyer dans une mer rouge sang.

Au matin, Cait envoie Jules et Arsinoé en ville, avec pour ordre de dénicher des vêtements appropriés pour le festival. Des robes habillées, a-t-elle ajouté en grimaçant. Cait, tout comme Arsinoé, n'a rien à faire de tels vêtements. Les robes marron et vert qu'elle porte pour s'occuper du foyer représentent tout ce dont elle a besoin. Mais même pour elle un nouvel accoutrement sera nécessaire. Ce Beltane sera le premier de la doyenne Milone depuis la naissance de Jules. En tant qu'intendants d'Arsinoé, chaque Milone devra être présent. Beltane, dit Cait, est un événement pour les jeunes et les obligés.

— On va voir Joseph d'abord ? demande Arsinoé.

Jules plisse le nez.

— Pour qu'il vienne faire des courses avec nous ?

— Il n'y a aucune raison que nous soyons les seules à souffrir. Lui et moi pourrons essayer des vestes et nous faire mettre à la porte de la boutique de Murrow pour avoir mangé des pinces de crabe. Ce sera génial.

— D'accord, accepte Jules. Il ne travaillera de toute façon pas sur les bateaux.

Joseph ne posera pas un pied sur une embarcation avant longtemps. Le perdre une nouvelle fois si rapidement après l'avoir retrouvé n'a plu à personne, et à sa mère encore moins. Du coup, elle les a confinés sur la terre ferme, Jonah et lui, et les fait travailler au chantier. Matthew n'a pas non plus le droit d'aller trop loin sur le *Whistler*, même si cela signifie qu'elle sacrifie ses meilleures prises.

Arsinoé inspire un air matinal chaud. Wolf-Spring a commencé à dégeler. Très bientôt, les arbres vont bourgeonner et tout le monde sera de bien meilleure humeur.

— Attendez ! Jules ! Arsinoé !

Un petit corbeau blanc s'élève dans les airs au-dessus d'elles et décrit un cercle pour venir battre deux fois des ailes au visage de Jules.

— Aria ! postillonne Jules.

Camden se cabre et essaie de donner une tape sans enthousiasme à l'oiseau, mais celui-ci est trop rapide et se pose aux pieds de Madrigal.

— Je viens avec vous, annonce celle-ci.

Elle est très élégante dans une robe bleue légère et de grandes bottes marron. Ses cheveux sont bouclés et sautillent autour de ses épaules. À son bras pend un panier recouvert d'un tissu blanc. Arsinoé sent une odeur de pain cuit.

— Pourquoi donc ? demande Jules.

— J'ai une plus grande expérience des robes habillées que vous deux réunies. Et il fait trop beau pour rester enfermée.

Jules et Arsinoé échangent un regard et soupirent. Après une bien piètre nuit, aucune des deux n'a assez d'énergie pour argumenter.

Elles trouvent Joseph en compagnie de Matthew, ils parlent tous les deux sur le pont du *Whistler*.

— Les voici, s'exclame Matthew avec un très large sourire. Trois de nos filles préférées.

— Matthew Sandrin, le gronde gentiment Jules en regardant sa mère. Tu es bien trop poli.

Mais elle sourit quand Joseph saute du pont du bateau et atterrit sur le quai pour la rapprocher de lui.

— Comme ils sont mignons, déclare Madrigal.

— En effet, même si j'apprécierais de voir un peu moins de ce spectacle-là, souffle Matthew en jetant des cordages enroulés à la tête de Joseph.

— Nous sommes venus te le subtiliser, explique Arsinoé.

— Et que me donneras-tu en échange ? Ta belle compagnie alors que je rentre des jarres de crabes ?

Arsinoé rougit. Matthew Sandrin est le seul garçon qui ait réussi à la faire rougir. Elle a toujours envié tante Caragh, même enfant.

— Peut-être que ceci suffira en échange.

Madrigal tend son panier.

— Du pain d'avoine tout chaud sorti du four et du jambon séché. Deux tomates des serres bien rouges. Ce que l'on fait de mieux. Je les ai fait mûrir moi-même.

Matthew se penche pour prendre le panier.

— Merci. C'est inattendu.

— Je reviendrai plus tard pour le panier. Seras-tu parti longtemps ?

— Je ne pourrai pas partir bien loin tant que ma mère me surveillera.

— Allons-y.

Jules fait un signe de la main.

— Si nous nous débarrassons rapidement de cette corvée, nous pourrons aller prendre le thé chez Luke.

Leur destination est la boutique de Murrow, le seul endroit où l'on peut trouver des vêtements de festival dignes d'une reine.

— Peut-être l'une de celles en dentelle ? suggère Joseph une fois à l'intérieur, et Arsinoé en saisit une par la manche.

— De la dentelle, répète-t-elle comme une comptine. Dentelle, dentelle, continue et je te fais recracher tes dent-elles.

— Très bien, pas de dentelle.

Il y a beaucoup de choix. Les robes que la boutique propose sont des vêtements tout à fait quelconques en coton bleu et vert.

— Auras-tu besoin de quelque chose ? demande Arsinoé en portant une veste contre son torse. Pour la Chasse peut-être ?

— Pour le festin, tu veux dire, la reprend Madrigal. Les garçons naturalistes participeront à la Chasse torse nu. Sans artifice, si ce n'est les symboles que nous peindrons sur leurs torses. Comme ce sera votre premier Beltane, Jules, tu ferais bien de réfléchir à de jolis motifs pour Joseph.

Elle sourit et place une robe sur les épaules de Jules, qui la repousse un peu à la manière d'un couguar.

— Matthew se joindra-t-il à la Chasse, cette année ?

— Je ne sais pas, admet Joseph. Peut-être. Peut-être pas. Il dit que c'est pour les jeunes.

— Mais Matthew n'est pas vieux, voyons ! Il ne peut pas avoir plus de trente ans !

Joseph serre la main de Jules. Matthew n'a que vingt-sept ans. Comme Luke. Mais Luke a l'air bien plus jeune. Il n'a pas connu la tristesse qui a affligé Matthew. La douleur de la perte. Après le départ de Caragh, toutes ces années ont dû paraître bien longues à Matthew.

— Je vais parler au vendeur, annonce Joseph. Peut-être auront-ils toujours le temps de faire venir des articles d'Indrid-Down, si la crainte de recevoir des robes empoisonnées ne s'est pas répandue.

— Il ne me semble pas si différent, souffle Arsinoé après qu'il s'est écarté.

— Peut-être que tu as raison.

— Pourquoi ne vous éclipsez-vous pas tous les deux pendant un temps ? Nous ne trouvons rien.

— Tu es certaine ?

Jules jette un regard à sa mère.

— Je peux rester.

— Non, file, assure Arsinoé en grimaçant devant une robe faite de dentelle et de rubans noirs. Comme ça tu pourras découvrir ma honte au Débarquement, comme tous les autres.

Jules lui donne un coup de coude dans l'épaule et Arsinoé l'observe souffler quelque chose à l'oreille de Joseph, une parole d'amants idiote qu'elle ne s'imagine pas pouvoir prononcer un jour.

Évidemment que Jules a tort. Joseph aura sûrement regardé, mais il n'a jamais eu qu'une seule fille dans son cœur. Mais, alors qu'ils quittent le magasin, Arsinoé aperçoit le reflet coupable de Joseph dans la vitre de la fenêtre.

— Arsinoé ? demande Madrigal. Qu'est-ce qu'il t'arrive ?

— Oh rien, assure-t-elle avant de saisir le poignet de Madrigal. Ce premier sort que nous avons jeté sous l'arbre quand Joseph est rentré..., il ne s'est pas produit. Il a été détruit. N'est-ce pas ?

— Je n'en sais rien. Je t'avais dit de ne pas le jeter au feu.

Elle ne lui avait pas dit de ne pas le brûler, se remémore Arsinoé tandis que Madrigal et elle parcourent les rues jusqu'au square et la librairie Gillespie. Elle lui a juste suggéré que c'était une erreur, une fois que le charme était déjà en train de se consumer.

La magie basse exige toujours son dû. Combien de fois a-t-elle entendu ce couplet dans tant de bouches différentes ? Dans celles de Jules et de Cait. Et celle de Caragh, il y a si longtemps.

— Et si nous leur avions fait du mal ? À Joseph et Jules.

— Si tu leur as fait du mal, nous n'y pouvons plus rien désormais. Ce mal se répandra comme il l'entend sur le monde. Ce que tu as fait doit se dérouler.

Elle pousse Arsinoé avec malice.

— Ma Jules est amoureuse et heureuse. Tu t'inquiètes pour rien.

Mais durant l'excellent service de thé de Luke, comprenant un gâteau aux graines de pavot et des sandwichs aux dés de poulet, elle ne parvient à penser à rien d'autre. Et quand Madrigal s'excuse pour se rendre sur les quais et voir les prises de l'après-midi de Matthew, Arsinoé l'entend à peine.

— Tu sais, lance Luke, et la façon dont il joue avec les plumes de Hank lui fait deviner que cela fait plusieurs minutes qu'il réfléchit à ce qu'il s'apprête à dire, toutes ces fouilles chez Murrow ne mèneront à rien. Je pourrais te confectionner quelque chose de deux fois plus beau que tous ces tailleurs.

Arsinoé regarde Luke avec un grand sourire.

— Luke, c'est génial ! s'exclame-t-elle. J'ai effectivement besoin que tu fasses la plus belle des robes de tous les temps. Mais j'ai besoin que tu la fasses pour Jules.

Jules et Joseph sont assis près de l'étang du Bois-au-Chien sur un large tronc de bois mort, alors que Camden touche de la patte de la glace en train de fondre afin d'en lécher l'eau sur ses coussinets. Maintenant qu'il est en train de dégeler, l'étang n'est plus aussi beau qu'il ne l'était au plein cœur de l'hiver. Il est boueux, la terre est détrempée, et le tout dégage une forte odeur de plantes en décomposition. Mais cela reste leur endroit à eux, celui où ils se rendent depuis qu'ils sont enfants.

— Je ne pense pas qu'Arsinoé trouvera une robe, affirme Joseph.

Il jette un bâton détrempé dans l'eau, près du centre de l'étang.

— Ou si elle y parvient, je ne pense pas que Cait sera en mesure de la lui faire porter.

— Je pense que cela n'aura aucune importance, si elle n'a aucun don à montrer lors de la Révélation. L'autre jour, je lui ai demandé ce qu'elle comptait faire, et elle m'a répondu qu'elle allait vider un poisson. En dresser les filets.

Joseph rit.

— C'est bien notre Arsinoé. Elle est parfois insupportable.

Joseph tient la main de Jules et l'embrasse. Elle n'a plus besoin d'être bandée. Les coupures pratiquées par Arsinoé pour le sort ont pratiquement guéri. Mais elle recouvre tout de même la cicatrice, tout comme Arsinoé dissimule toujours ses bras et ses mains quand elle est en ville.

— Madrigal devrait être pendue pour l'avoir impliquée dans tout ça.

— Oui, c'est vrai. Même si cette pratique me dérange moins, car elle nous a permis de te retrouver. Et elle me dérange encore moins car elle a donné de l'espoir à Arsinoé. Laissons-la se rassurer jusqu'à ce que son vrai don se fasse connaître.

— Mais ce n'est pas pour ça que le chat et toi êtes là ?

C'est ce que tout le monde dit, oui. Jules et Camden sont les gardiennes de la reine depuis longtemps. Et elles le demeureront jusqu'à ce que tout se termine, d'une façon ou d'une autre.

— Quoi qu'il en soit, il ne lui reste plus beaucoup de temps. Elle ferait mieux de trouver une solution, et il vaudrait mieux qu'elle soit géniale. Il n'y a plus que quelques semaines avant Beltane.

Joseph regarde le sol.

Joseph et elle ont prévu d'être ensemble la première nuit du festival. Ils ont déjà failli succomber à la tentation, dans sa chambre ou pressés l'un contre l'autre sur le matelas au cœur du bateau continental, mais Jules préférait attendre. C'est une petite de Beltane, et d'une façon ou d'une autre, elle a toujours pensé que sa première fois avec Joseph aurait lieu durant Beltane.

— Je sais que tu n'y penses jamais, lance Joseph, mais est-ce que tu te demandes parfois ce qu'il adviendra si Arsinoé devait perdre ? Ce que deviendra ta vie ?

Jules arrache des roseaux morts du rondin et joue avec leurs tiges. Il n'a pas dit « être tuée ». Mais c'est bien ce qu'il impliquait. Et une partie de Jules a toujours cru en secret que si Arsinoé mourait, elle trouverait un moyen de mourir à ses côtés. Qu'elle serait avec elle à se battre, elle aussi.

— Je n'y ai pas souvent pensé, mais j'y ai réfléchi quand même. Il ne me semble pas judicieux d'en parler longuement. Mais il le faudra bien. J'imagine que je reprendrai la maison, les champs et le verger. La Déesse sait bien que Madrigal n'en fera rien.

— Peut-être bien. Tu n'en sais rien. Et cela te permettrait d'envisager d'autres choses.

— Quelles autres choses ?

— Il y a tout un monde devant toi, Jules.

— Tu parles du continent, comprend-elle.

— Ce n'est pas si terrible. Certains endroits sont vraiment surprenants.

— Est-ce que… est-ce que tu veux y retourner ?

— Non, assure-t-il en lui prenant la main. Jamais je n'y retournerai. À moins que tu ne le souhaites. Je dis simplement que… si notre monde trouve une fin ici, nous pourrions le recommencer ailleurs, quelque part.

Il baisse la tête.

— Je ne sais pas pourquoi je parle de tout ça. Pourquoi j'y pense.

— Joseph, souffle-t-elle en embrassant son oreille, qu'est-ce qu'il t'arrive ?

— Je ne veux pas te mentir, Jules. Mais je ne veux pas non plus te faire du mal.

Il se lève subitement et marche jusqu'au bord de l'étang.

— Il s'est passé quelque chose la nuit où Mirabella m'a sauvé.

Il fourre ses mains dans ses poches et baisse son regard vers l'eau.

— J'étais pratiquement noyé. Gelé, en plein délire.

Il s'arrête et lance un juron tout bas.

— Ah, Jules ! Je ne veux pas donner l'impression de me trouver des excuses !

— Des excuses pour quoi ? demande doucement Jules.

Il se retourne pour lui faire face.

— D'abord j'étais en plein délire. C'était même peut-être bien le cas quand tout cela a commencé. Mais j'en suis rapidement sorti. Puis elle était là, et moi j'étais là, et nous…

— Vous avez quoi ?

— Je n'ai rien fait pour que cela se produise, Jules.

Peut-être pas, mais ce fut le cas.

— Jules ? Bon sang, Jules, je t'en prie, dis quelque chose.

— Qu'est-ce que tu veux que je te dise ?

Il lui est difficile de réfléchir. Son corps lui semble pesant, comme le bois sur lequel elle est assise. Un poids chaud repose sur ses genoux. La lourde tête de Camden. Un grognement destiné à Joseph gronde dans sa gorge.

— Insulte-moi. Dis-moi à quel point je suis un abruti. Dis-moi… dis-moi que tu me détestes.

— Jamais je ne pourrai te détester. Mais si tu ne t'en vas pas immédiatement, mon fauve te lacèrera la gorge.

ROLANTH

— Écarte-toi de cette fenêtre, Mira, lance Luca. Et essaie ça.

Mirabella observe quelques secondes de plus les falaises de la Chaussée, où Bree et elle faisaient souvent la course quand elles étaient petites. Bree ne s'intéresse plus à ce genre d'activité, mais ce n'est pas le cas de Mirabella. Son amour du vent et des grands espaces ouverts l'a souvent conduite au bord de ces falaises. Ou tout du moins, c'était le cas, avant que toutes les portes soient verrouillées.

— Pourquoi donc ? Elle ne représente pas grand-chose et elle peut être resserrée, elle m'ira.

Luca repose les vêtements. Ce sont ceux que Mirabella portera la nuit de la cérémonie de la Révélation. Deux bandes de tissu noir trempées et retrempées dans une mixture d'herbes et d'essences bouillies afin qu'elles ne soient pas incinérées.

Lors de la cérémonie de la Révélation, elle fera la danse du feu.

— Quelle sera la musique ? demande Mirabella. Des cordes ? Des flûtes ?

— Des tambours. Une longue rangée de grands tambours en peau. Ils marqueront un rythme proche des battements du cœur.

Mirabella acquiesce.

— Ce sera superbe, poursuit Luca.

Elle allume une lampe constituée d'une longue bougie effilée, sans en refermer le couvercle.

— La cérémonie nocturne et le feu incandescent orange. Tous les yeux de l'île seront posés sur toi.

— Oui.

— Mira, soupire Luca. Qu'est-ce qui ne va pas ?

Le ton de la grande prêtresse est empathique. Mais il est aussi frustré, car elle ne comprend pas la tristesse de Mirabella. Comme si cette dernière devait être heureuse d'être enfermée chez elle, reconnaissante de ne pas avoir été fouettée sur la place publique.

Mais même si Luca sait ce qu'il s'est passé lors de son aventure, qu'elle a retrouvé sa sœur et qu'elle lui a tendu une main, elle n'est pas informée de tout. Elle ignore que Mirabella a également rencontré un garçon, et que cette rencontre lui a brisé le cœur. Et elle ne sait pas non plus que, l'espace d'un instant, une vague de confiance s'est immiscée dans les yeux d'Arsinoé.

— Où est Elizabeth ? demande Mirabella. Vous aviez promis de ne pas la renvoyer.

— Je ne l'ai pas renvoyée. Pas pour toujours, en tout cas. Elle reviendra très bientôt de sa punition.

— Je veux la voir dès son retour.

— Évidemment, Mira. Et elle voudra te voir, elle était très inquiète.

Mirabella fait la moue. Oui, Bree et Elizabeth étaient très inquiètes. Et elles se sont montrées loyales. Elles n'ont rien avoué, même après que douze coups de fouet ont lacéré leur dos. Elle aurait dû savoir que cela arriverait. Tout comme elle aurait dû savoir que le Temple condamnerait Elizabeth pour conspiration dès l'instant où l'on a découvert sa cape blanche sur le dos de Mirabella. La reine a affirmé l'avoir volée quand Elizabeth a détourné le regard. Mais personne ne l'a crue.

Elle aurait dû réfléchir à une façon de les garder en sécurité. Ce ne sera pas facile de revoir Elizabeth. Comme de retrouver Arsinoé durant Beltane, en étant incapable de lui expliquer en quoi tout cela était une erreur. Mirabella grimace. Penser à ce qui l'attend lui oppresse la cage thoracique. Elle ne trouve de réconfort qu'en repensant aux nuits qu'elle a passées avec Joseph, et même ces souvenirs sont ternis par son amour pour une autre fille.

— Il s'est précipité vers elle, murmure-t-elle, se rendant à peine compte qu'elle prononce ces mots. Comme s'il ne l'avait pas vue depuis des centaines d'années.

— Pardon ? demande Luca. Mirabella, qu'est-ce que tu as dit ?

— Rien.

Elle déploie une main en direction de la chaleur dégagée par la flamme de la lampe. Un simple mouvement du doigt, et le feu s'extrait de la mèche et saute sur le dos de sa main. Luca observe la scène, satisfaite, tandis que le feu grimpe le long du poignet de Mirabella et se faufile autour de son bras comme un drôle de ver. C'est ainsi que cela commencera. Avec douceur et chaleur. Les tambours empliront ses oreilles. Le feu se tendra vers elle. Elle s'ouvrira à lui et lui permettra de parcourir son corps alors qu'elle tournera sur elle-même les bras écartés. Elle se drapera de l'élément comme de chaînes et elle le laissera se consumer. Peut-être même que ce feu consumera également l'amour qu'elle ressent pour ses sœurs.

Des jours plus tard, Mirabella parcourt les bois près de la demeure Westwood et entend soudain un pic taper à un arbre. Elle lève le regard, il est petit, noir et blanc, et duveteux. C'est peut-être Pepper. Elle croit que c'est bien lui, même si pour elle, un pic ressemble beaucoup à un autre.

— Restez sur le chemin, reine Mirabella.

L'une des prêtresses de son escorte la remet au milieu du chemin. Comme si elle allait prendre la fuite, entourée comme elle est. Elles sont six désormais, toutes jeunes et en pleine forme. Quand le vent soulève leurs capes, il révèle le reflet argenté de leurs vicieux couteaux dentelés. Les prêtresses les ont-elles toujours portés ? Mirabella en doute. Tout du moins, certainement pas autant et aussi souvent. Mais il lui semble qu'aujourd'hui chaque initiée en transporte un.

— Comme les choses ont changé.

— En effet, répond la prêtresse. On se demande bien à qui en revient la faute.

Devant elles, le pignon de la demeure Westwood surgit derrière les arbres, il est strié de tant de parafoudres qu'il ressemble à une tête hirsute. Elle a hâte de rentrer. Au moins, à l'intérieur, elle sera libre de parcourir les couloirs à sa guise. Peut-être apportera-t-elle du thé à Sara, en guise d'offrande de paix. Sara s'est fait tellement de souci durant son absence. Tant de mèches blanches sont apparues dans son chignon. Et quand Mirabella lui est enfin revenue, elle l'a serrée si fort dans ses bras.

— Mira !

Bree accourt sur le chemin, ses tresses brunes tressautant à chaque pas. Ses yeux sont rouges, comme si elle avait pleuré.

— Bree ? Qu'est-ce qui t'arrive ?

Bree pousse les prêtresses et saisit la main de Mirabella.

— Rien.

Mais elle ne peut pas dissimuler sa détresse. Son expression lui déforme le visage.

— Bree, que se passe-t-il ?

— C'est Elizabeth, avoue-t-elle avant de se retourner vers les prêtresses, les babines retroussées. Je devrais cramer vos robes ! Je devrais vous tuer dans votre sommeil !

— Bree !

Mirabella serre fort son amie contre elle.

— Nous vous avions dit qu'elle n'avait rien à voir avec tout ça ! sanglote Bree. Nous vous avions dit que sa cape lui avait été volée !

— Qu'est-ce que vous lui avez fait ? demande Mirabella aux prêtresses.

Mais elles semblent tout aussi alarmées qu'elle.

Mirabella et Bree se mettent à courir, en bousculant l'escorte.

— Ne courez pas, reine Mirabella !

Plusieurs des prêtresses cherchent à lui attraper les bras, mais la poigne manque d'enthousiasme et elle arrive à se libérer. Elles savent où elles vont. Bree et elle se précipitent le long du chemin, sortent du couvert des arbres et contournent la maison.

Elizabeth se trouve là, dans l'allée. Elle est debout, le dos tourné vers elles, près de la fontaine stagnante. Les prêtresses qui l'accompagnent baissent les yeux à l'approche de Mirabella.

Mirabella soupire de soulagement. Elizabeth est rentrée. Elle semble raide, mais elle est bien vivante.

— Elizabeth ?

Mirabella s'avance.

La jeune prêtresse se tourne à demi.

— Je vais bien. Ce n'est pas si terrible.

— Qu'est-ce qui n'est pas si terrible ? demande Mirabella, et Elizabeth remonte les manches de sa robe.

Elles lui ont coupé la main gauche.

Le moignon est enrubanné dans des bandages blancs rêches, et du sang les a trempés avant de sécher.

Mirabella vacille vers son amie et tombe sur ses genoux, agrippant la jupe d'Elizabeth.

— Non, gémit-elle.

— Elles m'ont plaquée au sol, commence Elizabeth. Mais c'était pour le mieux. Elles ont utilisé leurs couteaux pour la scier, vois-tu, et cela a pris plus de temps qu'avec une hache. Il valait donc mieux qu'elles me maintiennent en place. J'ai tout fait pour lutter et me dégager.

— Non ! s'écrie Mirabella en sentant la main de Bree dans son dos.

Elizabeth lui touche le haut du crâne.

— Ne pleure pas, Mira. Ce n'est pas ta faute.

Mais bien sûr que si, évidemment que c'est sa faute.

WOLF-SPRING

— Elle lui pardonnera bientôt, affirme Madrigal en parlant de Jules et Joseph. Même si elle est en colère et blessée, il lui manque davantage encore. Et je le crois quand il dit qu'il l'aime. Je ne pense pas l'avoir vu sourire une seule fois depuis qu'elle l'a rejeté.

— Comment savez-vous cela ? demande Arsinoé.

Madrigal hausse les épaules.

— Car je me suis rendue sur les quais. Je l'ai vu travailler. Il est tellement sérieux, même ton Billy ne parvient pas à le faire sourire.

Les lèvres d'Arsinoé se pincent d'elles-mêmes quand Madrigal appelle Billy ainsi. Son Billy. C'est un mensonge, mais il est assez drôle. Et ce que certifie Madrigal est vrai. Jules pardonnera bientôt à Joseph. Tout comme Arsinoé. Cela n'a pas été simple pour elle non plus de l'imaginer en compagnie de Mirabella. D'une certaine façon, elle a pris cela comme une trahison.

— Cela ne lui va pas, soupire Madrigal. Les Sandrin ne sont pas censés être si sérieux, si tristes. Ils sont faits pour les rires et l'insouciance.

— Il mérite bien sa peine. Et chacun des mots les plus cruels de Jules et de moi aussi. Qui s'occupera d'elle si j'échoue et que je ne survis pas ? Je comptais sur lui pour ça.

— Moi, je m'occuperai d'elle, assure Madrigal, mais elle ne regarde pas Arsinoé dans les yeux.

Madrigal n'a jamais été douée pour s'occuper des autres. Et Jules ne lui permettrait jamais de tenir ce rôle.

— Je pense que notre Jules a tout ce qu'il faut pour se débrouiller seule, lance Arsinoé alors qu'elle se calme. Et peut-être ne sera-t-elle jamais confrontée à la situation. Je deviendrai peut-être la reine.

— Peut-être, en effet.

Elle saisit son petit couteau argenté et le passe dans les flammes.

— Mais le temps de l'attente est révolu. Nous allons agir.

Madrigal prend un pot rempli d'un liquide noir. Il est composé en grande partie du sang d'Arsinoé, autant du frais que celui qu'elle a récupéré des cordages sanglants. Ces derniers ont été réhumidifiés avec de l'eau provenant de l'anse. Elle se dirige vers le tronc de l'arbre penché.

— Que faites-vous ?

Madrigal ne répond rien. Elle projette le contenu du pot sur le flanc de la colline, sur les pierres sacrées exposées, sur le tronc de l'arbre penché et sur ses racines qui s'enfoncent entre les rochers et qui le lient à cette terre. Quand elle murmure quelque chose à l'écorce, l'arbre semble tout à coup respirer. Au grand étonnement d'Arsinoé, des bourgeons couleur café paraissent pousser le long de ses branches, comme de la chair de poule.

— Je ne savais pas qu'il fleurissait.

— D'ordinaire non, ou pas souvent. Mais il doit fleurir ce soir. Donne-moi ta main.

Arsinoé s'avance jusqu'à l'arbre et tend sa main, en se préparant à la douleur. Mais elle ne s'attend pas à ce que Madrigal la tire et pose sa paume contre le tronc avant d'y plonger son couteau jusqu'au manche.

— Ah ! Madrigal ! crie Arsinoé.

La douleur se diffuse dans tout son bras pour atteindre sa poitrine. Elle est incapable de bouger. Elle est comme clouée, et Madrigal commence à psalmodier.

Arsinoé ne reconnaît pas les mots, ou peut-être sont-ils prononcés trop rapidement. Il lui est difficile d'entendre quoi que ce soit avec cette douleur sourde dans la main. Madrigal s'en retourne au feu et Arsinoé se met sur un genou, essayant de combattre le réflexe qui l'incite à arracher sa main du tronc. La lame est logée profondément dans le bois. Elle tire d'abord doucement sur le couteau, puis plus fort, mais il ne se déplace pas.

— Madrigal, siffle-t-elle au travers de ses dents. Madrigal !

Madrigal est en train d'allumer une torche.

— Non ! s'écrie Arsinoé. Laissez-moi tranquille !

Le visage de Madrigal affiche une détermination qu'Arsinoé ne lui a jamais vue avant. Elle ne sait pas si la femme souhaite fondre sa main dans l'arbre, mais elle ne veut pas le découvrir. Elle prend une grande inspiration, s'apprêtant à retirer sa main même si cela signifie qu'elle déchirera la chair entre les os.

Aussi rapide que l'éclair, Madrigal s'avance et déloge le couteau du tronc. Arsinoé se recule rapidement en serrant sa main contre sa poitrine alors que Madrigal met le feu à l'arbre. Il émet des flammes jaune vif et exsude une forte odeur de sang brûlé.

Arsinoé tombe à la renverse et tout son monde devient noir.

Cette nuit-là, dans un lit qu'elle ne se rappelle pas avoir rejoint, Arsinoé rêve d'un ours. Un grand ours brun, avec d'immenses griffes incurvées et des gencives rose violacé.

Elle le voit pousser un râle devant un arbre penché et fissuré.

L'aube se lève à peine quand Arsinoé secoue doucement Jules pour la réveiller, provoquant des grognements autant chez la fille que chez le couguar qui partage son oreiller.

— Arsinoé ? Qu'est-ce qui t'arrive ? Tu vas bien ?

— Je vais bien mieux que bien.

Jules louche dans sa direction dans la lumière bleu pâle.

— Alors pourquoi est-ce que tu me réveilles aussi tôt ?

— Pour quelque chose d'incroyable, sourit Arsinoé. Maintenant, tu te lèves, tu t'habilles, puis on va chercher Joseph et Billy.

Il ne faut pas longtemps à Jules pour se préparer et contenir ses boucles sauvages avec un ruban à la base de sa nuque. Elles sortent de la maison et se trouvent sur la route de la ville avant que qui que ce soit d'autre ne bouge. Pas même grand-mère Cait.

Jules n'a rien dit contre le fait qu'Arsinoé veuille convier Joseph. Mais une fois arrivées chez lui, elle refuse de frapper à sa porte.

Arsinoé constate qu'elle partage le même sentiment. Même si elle peut difficilement attendre d'aller à l'arbre penché, elle se sent coupable, voire un peu timide, à l'idée de déranger les Sandrin si tôt. Mais alors qu'elle est sur le point de ramasser des petits cailloux pour les jeter contre la fenêtre de Joseph, Matthew passe la porte.

Il sursaute en les voyant, puis il sourit.

— Et qu'est-ce que vous fabriquez toutes les deux là à cette heure-ci ?

— Rien. On vient chercher Joseph. Il est réveillé ?

— À peine. Je vais le secouer un peu pour vous.

— Et le continental aussi, s'écrie Arsinoé alors qu'il rentre dans la maison.

— Une fois qu'ils seront là, commence Jules en s'appuyant sur son familier, est-ce que tu me diras enfin ce que nous faisons là ?

— C'est une surprise.

Elle décrit des cercles autour de Jules. Arsinoé est impatiente, et même le trou à peine bandé de sa main ne la fait pas souffrir. Mais elle hésite toujours à révéler ce qu'elle a vu. Elle a peur que Jules lui dise que ce n'était rien de plus qu'un rêve. Et elle a peur qu'elle ait raison.

Une éternité semble s'écouler avant que les garçons sortent, confus et débraillés. Le visage de Joseph s'illumine lorsqu'il aperçoit Jules, Billy rabat ses épis quand lui repère Arsinoé, et cette dernière tousse pour dissimuler son sourire. Le continental ne l'a pas vue depuis qu'il est revenu de sa rencontre avec Katharine, et même si elle ne l'avouera jamais, elle était un peu inquiète qu'il rentre entièrement dévoué aux empoisonneurs.

— Voilà une vision des plus agréables, s'exclame Billy. Vous ai-je tant manqué qu'il vous aura fallu me retrouver dès le moment où je suis de retour à Wolf-Spring ?

— Je vous croyais revenu depuis plusieurs jours, lui ment Arsinoé. Et ce n'est pas pour vous que je suis ici, mais pour Joseph.

— Je vous ai entendue me demander. « Le continental aussi. » Je ne suis pas sourd.

Arsinoé n'ajoute rien. Elle est bien trop occupée à scruter Joseph observer Jules, et Jules fixer son couguar.

— Arsinoé, est-ce que vous m'écoutez ? Je vous ai demandé où nous allions.

— Au nord, répond-elle, distraite. Dans les bois.

— Dans ce cas nous passerons devant la *Tête de Lion*. Je vais nous acheter de quoi manger.

— Je ne souhaite pas particulièrement m'arrêter.

— Mais il le faudra bien, rétorque Billy, si vous souhaitez jouir de ma compagnie. C'est bien vous qui nous avez traînés dehors avant le petit déjeuner.

Ils pressent le garçon de cuisine de la *Tête de Lion* avant que lui aussi ait pris son petit déjeuner, et il lui faut plus de temps que d'habitude pour préparer des œufs sur le plat avec du bacon et des haricots. Arsinoé est agitée tout le long du repas, même si elle parvient à manger son assiette entière ainsi qu'une partie de celle de Jules.

Après quoi elle les guide sur un chemin qui décrit une courbe dans les allées et les rues de Wolf-Spring, prenant ainsi la route la plus directe pour l'arbre penché. Elle plie le bras pour surélever sa main blessée. Celle-ci a commencé à la lancer.

Peut-être est-ce bon signe. Peut-être aurait-elle dû convier Madrigal. Ou peut-être qu'après tout ce n'était rien de plus qu'un rêve et qu'elle les fait marcher dans la neige fondue pour rien.

Après avoir parcouru une bonne distance dans la forêt, Jules reconnaît le chemin et s'arrête.

— Parle, Arsinoé. Parle maintenant.

— Qu'est-ce qui se passe ? demande Joseph. Qu'est-ce qui ne va pas ? Où est-ce qu'elle nous emmène ?

— C'est encore une histoire de magie basse.

Elle regarde la blessure fraîche sur la main d'Arsinoé.

— N'est-ce pas ?

— Je ne comprends toujours pas la différence entre la magie basse, dit Billy en regardant Jules, et ce que tu fabriques avec ce couguar.

— C'est différent, explique Joseph. Le don de Jules lui appartient à elle seule. La magie basse n'appartient à personne en particulier. Toi, moi..., même chez toi, nous pourrions la pratiquer. Mais c'est dangereux. Et ce n'est pas quelque chose pour les reines.

— Attends un peu. Tu es en train de me dire que même chez moi, nous pourrions...

Il fait un mouvement de tourbillon avec son poignet qu'Arsinoé n'apprécie guère. Joseph opine du chef, et après un moment, Billy hausse les épaules.

— C'est impossible. Et je ne peux pas t'imaginer lancer des sortilèges. Tu es pratiquement mon frère.

— Est-ce que tout ça est bien important ? demande Arsinoé.

— Non, répond rapidement Billy. Je ne sais pas... Je sais que j'ai rencontré Luke, et Ellis, et bien d'autres hommes, mais... des sortilèges ? J'imagine que pour moi les sortilèges sont un truc de filles.

— Et pourquoi ça ne serait qu'un truc de filles ? réplique Arsinoé, mais elle ne peut pas vraiment lui en vouloir de ne rien y connaître.

— Ce n'est pas le problème le plus important là maintenant, reprend Jules. Arsinoé, réponds à cette question : pourquoi est-ce que tu nous conduis à cet endroit ?

— Car j'ai vu mon familier.

Jules et Joseph se raidissent. Même Camden relève ses oreilles aux pointes noires. Arsinoé lève la main et déroule les bandages pour révéler la plaie vicieuse et encroûtée de brun qui se trouve au beau milieu de sa paume.

— Nous avons utilisé mon sang. J'étais liée à l'arbre et nous avons éveillé mon don. Madrigal, je ne sais pas comment, devait savoir que dans cet endroit sacré nous serions entendues, mais à la condition que mon sang vienne imprégner les racines.

Cela semble être de la folie, mais elle a bien vécu cet événement. Elle a senti quelque chose se transmettre d'elle au tronc, puis se diffuser dans les pierres jusqu'à atteindre le cœur même de l'île. Sous l'arbre penché, comme dans tant d'autres endroits, l'île est bien davantage qu'un simple lieu. Là, elle vit et écoute.

— Qu'est-ce que tu as vu ? demande Jules. Et où ?

— Dans mon rêve, la nuit dernière. Un ours, un très grand ours brun.

Jules émet un son d'étonnement muet. Si elle possédait un ours brun comme familier, cela ferait d'Arsinoé la reine naturaliste la plus puissante que l'île ait jamais vue. Plus encore que Bernadine et son loup. Peut-être même encore plus puissante que Mirabella et sa foudre. Jules refuse d'accorder de la foi à l'usage qu'Arsinoé fait de la magie basse, mais même elle ne peut s'empêcher d'espérer.

— Tu es sûre ?

— Je ne suis certaine de rien, mais c'est bien ce que j'ai vu dans mon rêve.

— Est-ce que c'est possible ? interroge Joseph.

Arsinoé referme son poing blessé et les croûtes fraîches se craquent pour laisser couler un peu plus de sang, comme si cela rendait les choses réelles.

— Le Temple pourrait bien remettre en question le soutien qu'il porte à Mirabella, continue Joseph.

— Est-ce que cela t'embêterait ? l'attaque Jules.

En se tournant vers Arsinoé :

— Il ne devrait peut-être pas être là. Il ne devrait peut-être pas nous accompagner.

— Tout ce que je voulais dire, c'est qu'on se fiche pas mal que la nouvelle reine soit élémentaire ou naturaliste, s'explique doucement Joseph, tant que ce n'est pas une empoisonneuse.

Jules fronce les sourcils. Elle ne bouge pas, alors Arsinoé décrit des cercles en direction de l'arbre.

— Cela ne fera pas de mal, n'est-ce pas ? demande Billy.

Il fait quelques pas vers Arsinoé.

— D'aller voir ?

Arsinoé lui donne une tape sur l'épaule.

— Vous avez bien raison, Junior ! Allons-y !

Elle se déplace rapidement entre les arbres, choisissant son chemin au travers des derniers paquets de neige et de glace en train de fondre. Elle ne regarde pas en arrière. Même si elle ne peut pas entendre les mouvements silencieux de Jules et de Camden, elle sait qu'elles sont derrière elle. Qu'elle approuve ou non, Jules ne la laisserait jamais se débrouiller seule.

Alors qu'ils s'approchent de l'arbre, l'image de l'ours devient très vivace derrière les paupières d'Arsinoé. Même en songe il était gigantesque. Il cachait tout. Dans son esprit, elle entend un rugissement, ne voit que de la fourrure brune et brillante, ainsi que des canines blanches et des griffes incurvées noires assez longues pour déchiqueter un cerf en pleine course.

— Il ne sera pas sauvage, cet ours, si ? s'inquiète Billy.

— Il sera apprivoisé comme Camden, le rassure Joseph.

— Il ne sera donc pas apprivoisé, explique Jules, mais il ne sera pas un danger envers ses amis.

— Ce chat est plus apprivoisé que la moitié des cockers de ma mère. Mais je n'arrive pas à imaginer un ours se comporter de la même façon.

Ils contournent la colline et atteignent la petite déclivité qui mène à l'arbre penché et aux vieilles pierres sacrées.

L'arbre est intact. La nuit précédente, il donnait l'impression d'avoir explosé en une boule de feu jaune, mais il ne porte aucune marque hormis une saignée calcinée montant de la base du tronc aux branches les plus basses. Il n'affiche plus aucun des bourgeons qu'Arsinoé se rappelle avoir vu Madrigal faire fleurir, et la moindre goutte ou éclaboussure de sang a disparu, comme si rien ne s'était passé. Ou comme si tout le liquide avait été bu.

— Qu'est-ce qu'il s'est passé ici ? grimace Jules.

Elle marche avec précaution autour du charbon froid et passe une main à proximité de la partie noircie du tronc. Puis elle essuie ses doigts contre sa veste, même si elle n'a rien touché.

— J'ai l'impression..., commence Billy. J'ai l'impression que même moi je ressens quelque chose. Comme une vibration, presque.

— Cet endroit semble las, ajoute Joseph. Comme s'il avait été épuisé.

— Non, le contredit Jules. Il semble être exactement ce qu'il est. Étranger. Il n'est pas comme les autres arbres. Il n'est pas comme le reste du sol qui l'entoure.

— Oui, confirme Arsinoé, à bout de souffle. C'est exactement ça.

Des picotements se font sentir dans la nuque d'Arsinoé. Elle n'a jamais ressenti cela ici. Comme si les appréhensions de Jules et l'anxiété de Billy se transmettaient à l'atmosphère.

— Était-il censé être là ? demande Joseph. C'est ici que tu l'as vu ?

— Oui.

Il se tenait là, juste devant l'arbre. Il rugissait alors que les branches se consumaient derrière lui.

Mais les branches n'ont pas brûlé. Et elle les a menés jusqu'ici pour rien.

— Combien de temps doit-on attendre ? interroge Billy. Est-ce que… nous devrions le siffler ?

— Ce n'est pas un chien, le tance Arsinoé. Ce n'est pas un animal de compagnie. Encore… un petit peu, s'il vous plaît.

Elle se tourne pour fouiller les arbres du regard. Il n'y a aucun bruit, pas de vent, pas de chants d'oiseaux. Tout est aussi immobile et silencieux que d'habitude.

— Arsinoé, dit doucement Jules. Nous ne devrions pas être ici. C'était une erreur.

— Non, ce n'est pas une erreur.

Jules n'était pas là quand c'est arrivé. Ce n'est pas elle qui a été liée à cet arbre, qui lui a offert son sang. Elle n'a pas perçu ce changement dans l'atmosphère. Madrigal a dit que le sang d'une reine avait une vraie valeur, et elle avait raison. La magie basse d'Arsinoé est puissante.

— L'ours viendra, scande-t-elle. Il viendra.

Elle commence à marcher vers le nord.

— Arsinoé ? l'interpelle Jules avant de faire quelques pas dans sa direction, mais Billy l'arrête en tendant le bras.

— Donne-lui un petit moment.

Mais lui décide de la suivre, gardant une certaine distance alors qu'elle cherche.

Quand il arrive, il n'est pas compliqué de le discerner. Le grand ours brun est gigantesque et il descend le flanc de la colline comme s'il était ensommeillé. Ses épaules décrivent de sombres arcs alors qu'il essaie de trouver un chemin pour rejoindre la reine au travers des arbres proches.

Arsinoé est prête à crier, mais quelque chose l'en empêche. L'ours ne ressemble pas tout à fait à celui qu'elle a vu dans son rêve. Ses griffes labourent la boue et sa tête dodeline, on pourrait presque croire que quelqu'un l'a tiré d'un fossé où il gisait mort et qu'on l'a forcé à marcher sur ses pattes décomposées.

— Il me reconnaîtra, murmure Arsinoé, puis elle pousse sur ses jambes pour faire un pas, puis un autre.

Elle sent l'odeur des chairs en putréfaction. La fourrure de l'ours se meut de la même façon qu'une fourrure inerte dans laquelle une colonie de vers et de fourmis se serait logée.

— Jules, souffle-t-elle en osant enfin regarder derrière elle.

Mais Jules est bien trop loin, elle ne peut pas apercevoir tout cela.

— Arsinoé, écartez-vous de cette bête. C'est de la folie !

Mais elle ne le peut pas. Elle l'a appelé et il lui appartient. Elle tend la main.

D'abord, l'animal ne semble pas remarquer sa présence. Il poursuit sa lente avancée, quelque chose ne va pas dans sa démarche : son épaule gauche s'affaisse bien plus bas que sa droite. Elle distingue des traînées de sang dans ses empreintes de pas. Une griffe démesurée a poussé dans sa patte, ce n'est pas rare chez les ours très vieux ou malades.

— C'est bien lui ? demande Billy. Votre familier ?

— Non.

L'ours est en colère, ses yeux troubles rencontrent finalement ceux de la reine.

— Courez ! crie-t-elle en se retournant alors que l'ours rugit.

Le sol tremble sous le poids de la bête quand elle se met en chasse.

Ils dévalent la colline et le temps ralentit. Plusieurs années auparavant, quand Jules et elle n'étaient alors que des enfants, un fermier avait déposé ses limiers au centre du village. Ils avaient été massacrés par un ours solitaire. Une battue avait été menée, l'ours retrouvé et tué quelques jours plus tard. Il n'était qu'un ours noir commun, mais les dépouilles ne ressemblaient plus du tout à des chiens. Ils avaient été coupés en deux par des griffes, de la pointe du museau au bout de la queue. Toutes ces années durant, Arsinoé s'est rappelé la façon dont les mâchoires des chiens étaient rattachées au reste de leur corps par un tout petit filament de peau.

De la boue projetée par l'ours virevolte autour de ses épaules. Elle ne va pas y arriver.

Jules hurle et se précipite dans sa direction, mais Joseph la saisit par le bassin.

C'est un bon garçon. Il ne peut pas la laisser courir un tel danger. Il doit s'occuper d'elle, tout comme l'avait espéré Arsinoé.

Le pied de la reine glisse dans la boue et elle tombe tête la première par terre. Elle ferme les yeux. D'ici quelques instants, les griffes viendront déchirer ses mollets. Ce qui lui reste de sang ira nourrir le sol.

— Hé ! crie Billy. Hé ! Hé !

L'idiot s'est rapproché de la scène, il est en plein dans le champ de vision de l'ours. Il agite les bras tout en lui jetant des boules faites de glace et de boue. Elles ne lui font rien à part rebondir contre son cuir, mais elles permettent à Arsinoé de se remettre sur ses pieds.

— Courez ! s'époumone le garçon. Courez, Arsinoé !

Mais Billy a troqué la vie de la reine contre la sienne. L'ours l'aura atteint dans quelques secondes. Peut-être pense-t-il que c'est un échange équitable, mais elle n'est pas d'accord.

Arsinoé saute entre Billy et l'ours. La bête donne un violent coup de patte. Toute la force du coup vient très facilement déloger son épaule de son articulation. Le reste de la patte balafre ensuite son visage.

Une bruine rouge se déverse sur la neige.

Camden grogne et fonce en haut de la colline où l'ours brun est désormais une boule de fourrure dorée.

Billy entoure de ses bras la cage thoracique d'Arsinoé et la soulève.

— Il fait chaud et froid, marmonne-t-elle, mais elle ne parvient pas à utiliser correctement sa bouche.

— Allons-y, souffle Billy, et Jules hurle derrière eux.

Camden gémit pitoyablement. Elle s'arrête soudainement après avoir été projetée contre un arbre.

— Non ! s'écrie Arsinoé.

Mais on entend à peine les sons provenant de la reine sous les cris de Jules qui se font de plus en plus forts, jusqu'à tellement distordre sa voix qu'elle ne paraît plus humaine. Le gigantesque ours brun commence à secouer la tête et à se donner des coups de patte. Il se griffe comme s'il essayait de s'arracher le cœur.

Pendant un instant, entre les hurlements émis par Jules, il semble que l'ours lévite dans les airs.

Puis il retombe, mort.

Des gouttes de sueur coulent de Jules comme s'ils étaient au beau milieu de l'été, puis elle chute lourdement sur un de ses genoux. L'ours est mort, ses grandes pattes sont écartelées dans tous les sens. Il est paisiblement allongé, ni trop vieux ni trop malade. Il ne souffre plus.

— Jules, murmure Joseph en se baissant à côté d'elle.

Il passe un bras autour de ses épaules et lui tourne le visage pour la regarder en face.

— Est-ce que tu vas bien ?

— Ou-oui.

Elle inspire, oui, elle va bien. Peu importe ce à quoi elle a fait appel pour tuer cet ours en faisant exploser son cœur dans sa cage thoracique, cela a disparu. Peut-être au sein de cet arbre noueux et tordu.

— Cam. Arsinoé.

— Je sais, lui répond Joseph.

Il se met à courir entre les arbres, il grimpe la colline jusqu'à l'endroit où sont allongées Arsinoé et Camden. Billy a arraché les manches de sa chemise et les a utilisées comme bandages sur le haut du bras d'Arsinoé. Il appuie vigoureusement le reste du tissu contre le visage de la reine.

— Elle n'avait déjà pas assez de sang avant tout ça, grogne-t-il. Nous devons l'amener voir un docteur, tout de suite.

— Il n'y a pas de docteurs ici, réfute doucement Joseph. Mais nous avons des guérisseurs.

— Eh bien, tout ce qui fera l'affaire, s'emporte Billy. Elle a besoin qu'on s'occupe d'elle.

— Ils se trouveront au temple, précise Jules en s'approchant pour s'agenouiller à côté d'elles. Ou chez eux. Oh, ma Déesse. Tout ce sang…

— Leurs maisons sont plus proches, non ? Tu ne peux pas paniquer maintenant, Jules. Tu dois m'écouter. Cette joue va énormément saigner et la neige donnera l'impression qu'elle saigne bien davantage encore. Est-ce que tu peux aider, ou est-ce que tu vas tomber dans les pommes ?

— Non, je resterai avec vous.

— Peut-on prendre le risque de la déplacer ? demande Joseph.

— Nous n'avons pas tellement le choix, répond Billy. L'hémorragie est trop importante. Je ne peux pas l'arrêter.

Joseph et lui échangent un regard grave au-dessus du corps d'Arsinoé. Jules parvient à peine à voir la scène, les larmes remplissent trop rapidement ses yeux. Billy lui a enjoint de ne pas paniquer, mais elle ne peut pas s'en empêcher. Arsinoé est tellement pâle.

— Très bien, lance Billy. Passe tes bras sous ses hanches et ses jambes. Je la soulève par les épaules et je maintiens la pression sur son visage.

Jules fait ce qu'on lui ordonne. Du sang chaud vient instantanément ou presque recouvrir ses mains.

— Joseph. Camden. Je t'en prie, n'abandonne pas Camden.

— Je n'y aurais jamais pensé, la rassure-t-il en lui donnant un baiser rapide. Je te le promets.

Jules et Billy transportent Arsinoé au travers des arbres, en rebroussant chemin. Joseph les suit de près avec Camden sur les épaules. Le félin grogne doucement. Quand Jules passe la tête par-dessus son épaule, elle aperçoit Cam lui lécher l'oreille.

Quand ils atteignent Wolf-Spring, ils sont tous exténués. La première maison de guérisseur n'est pas à plus de quatre rues, mais ils n'y parviendront pas.

— Le Wolverton, propose Billy en faisant un mouvement du menton.

Il donne des coups de pied dans la porte pour qu'elle cède et appelle très fort Mme Casteel jusqu'à ce que des pas accourent dans tous les sens.

— N'y a-t-il donc personne d'utile dans cette ville ? rugit Billy.

Ils posent Arsinoé sur le divan près de l'entrée et attendent. Quand le guérisseur arrive accompagné de deux prêtresses pour cautériser les plaies et les refermer avec du fil, ils repoussent Jules et Billy.

— Qu'est-ce que c'est que ça ? demande l'une des prêtresses. Comment s'est-elle fait ces blessures ? C'est une autre attaque de Rolanth ? Est-ce que Mirabella est venue une nouvelle fois dans les bois ?

— Non, dément Jules. C'était un ours.

— Un ours ?

— Nous…, commence Jules avant de s'arrêter.

Tout est arrivé si rapidement. Mais elle aurait dû s'en douter. Elle aurait dû la protéger.

— Nous nous promenions, explique Joseph derrière elle. Nous sommes sortis du sentier et l'ours nous a surpris tout à coup.

— Où ça ? s'enquiert la prêtresse en touchant son couteau dentelé sur sa hanche. Je vais monter une battue.

— Ce ne sera pas nécessaire. Je l'ai tué.

— Vous l'avez terrassé ?

— Oui, elle l'a tué, confirme Joseph d'un ton se voulant définitif. Enfin, son félin et elle.

Il passe son bras autour de la taille de Jules et la détourne de toute autre question. Ils marchent doucement pour se rapprocher de Billy, agenouillé en train de caresser la tête de Camden. Le félin ne peut toujours pas marcher, mais il ronronne.

— Joseph ? Elles vont s'en sortir, n'est-ce pas ?

— Tu as rendu Camden coriace, l'apaise-t-il en la serrant fort contre lui. Et tu sais aussi bien que moi qu'aucun ours ne fera jamais le poids face à Arsinoé.

MANOIR GREAVESDRAKE

Jamais le poison ne viendra à manquer au manoir Greavesdrake. En ouvrant n'importe quel placard ou tiroir, n'importe qui peut trouver une poudre, une décoction, un pot ou encore une racine toxique. On souffle dans les rues d'Indrid-Down que lorsque les Arron seront mis à la porte, les Westwood retrouveront la demeure saccagée : ils pensent que du poison suinte de chacun des murs. Les idiots ! Comme si les Arron pouvaient être aussi négligents dans l'exercice de leur art. Comme s'ils pouvaient être aussi irréfléchis pour quoi que ce soit.

Natalia se tient debout devant l'âtre dans la salle des poisons, à boire un thé de fin de matinée avec Geneviève. Katharine est également présente, elle travaille sur les tables, mélangeant et mixant avec ses gants noirs de protection.

— Ça y est, lance Geneviève. Le temps a finalement tourné et le feu est trop chaud. Il va falloir commencer à ouvrir les fenêtres.

— Pas ici, rétorque Natalia.

Jamais dans cette pièce, la moindre brise passant sur la mauvaise poudre et la reine mourrait instantanément.

Geneviève prend un air renfrogné et se tourne sur sa chaise.

— Mais qu'est-ce qu'elle fabrique là-bas ?

— Elle travaille.

Katharine a toujours été très douée pour mélanger les poisons. Dès son plus jeune âge, elle se penchait sur les tables et les fioles avec un tel enthousiasme que Geneviève la forçait à arrêter et la giflait afin qu'elle devienne un peu plus sérieuse. Mais Natalia a vite mis un terme à ce comportement. L'attrait de Katharine pour la confection des poisons est ce qu'elle préfère chez la jeune reine.

Geneviève soupire.

— Tu as entendu les nouvelles ?

— Oui. J'imagine que c'est pour ça que tu es ici ? Pour t'assurer que j'entende les nouvelles ?

— Mais elles sont intéressantes, non ? réplique Geneviève.

Elle pose sa tasse de thé et se frotte les doigts pour faire tomber des miettes de gâteau dans son assiette.

— D'abord cette tentative dans les bois de la Tête-de-Mât, et maintenant Arsinoé qui se trouve sur son lit de mort ?

Derrière elles, les tintements et les cliquetis s'interrompent alors que Katharine marque une pause pour écouter.

— On dit qu'un ours l'a attaquée.

— Un ours, attaquer une reine naturaliste ?

Geneviève étrécit les yeux.

— Ou peut-être Mirabella est-elle plus intelligente quc nous ne l'avions imaginé ? Une mort « accidentelle » ne jouerait pas en sa défaveur.

— Elle se fichait bien de ce qui jouait ou non en sa faveur quand elle a quitté Rolanth pour tuer Arsinoé dans la forêt.

Elle jette un regard en direction de Katharine. Cette attaque les a toutes affectées. La Tête-de-Mât n'est qu'à une demi-journée de cheval d'Indrid-Down. La jeune élémentaire s'est bien trop approchée.

Natalia se détourne de l'âtre et traverse la pièce pour poser une main sur la frêle épaule de Katharine. La table est tout en désordre. On dirait qu'elle a extirpé des poisons de chaque étagère et de chaque tiroir.

— Qu'est-ce que tu nous as préparé, Kat ?

— Rien encore. Il faut d'abord faire bouillir la mixture et la laisser réduire. Et ensuite nous pourrons la tester.

Natalia baisse le regard vers le pot de verre, rempli de deux centimètres d'un liquide ambré. Les combinaisons que l'on peut concocter ici sont infinies. Par bien des aspects, la salle des poisons de Greavesdrake est bien supérieure à la chambre du Volroy. D'abord, elle est mieux organisée, et elle abrite beaucoup des mélanges spéciaux de Natalia.

Natalia parcourt tendrement le bois de sa main. Combien de vies a-t-elle ôtées depuis cette table ? Combien de maris non désirés ou de maîtresses gênantes ? Tant de problèmes continentaux réglés depuis cette pièce au nom de l'alliance et des intérêts du roi consort.

Elle saisit le pot et Katharine se tend, comme si Natalia devait s'inquiéter.

— N'en versez pas sur le bois, explique Katharine en rougissant. La substance est caustique.

— Caustique ? s'étonne Natalia. Qui aurait besoin d'un tel poison ?

— Certainement pas Arsinoé. Elle aura peut-être droit à la clémence.

— La clémence, grommelle Geneviève en écoutant depuis sa chaise au coin du feu.

— Mirabella, alors ? demande Natalia.

— On vante tout le temps son incroyable beauté. Mais la peau, ce n'est pas grand-chose.

Elle lève le regard vers Natalia avec tant de timidité que cette dernière rit en lui embrassant le haut du crâne.

— Natalia.

Son majordome, Edmund, se tient bien droit dans l'ouverture de la porte.

— Quelqu'un souhaite vous voir.

— Maintenant ?

— Oui.

Katharine détourne le regard de son poison pour le poser sur Geneviève. Elle n'a pas terminé ce qu'elle faisait, mais elle n'aime pas rester là si Geneviève est présente sans Natalia.

— Cela suffira pour aujourd'hui, conclut Natalia.

Elle verse le poison avec dextérité dans une fiole en verre et la referme. Puis elle la jette dans les airs et la rattrape. Quand elle ouvre ses paumes à l'intention de Katharine, le poison a disparu, glissé dans l'une de ses manches. Un tour de main facile et un tour de passe-passe pratique pour un empoisonneur. Elle souhaiterait que Katharine puisse en faire autant.

— Je vais le garder pour que tu le termines plus tard.

Le visiteur de Natalia l'attend dans son bureau. Son visage ne lui est pas inconnu, mais il est inattendu. C'est William Chatworth, le père du premier prétendant. Il est déjà assis dans l'une des bergères. La préférée de la maîtresse de maison.

— Puis-je t'offrir quelque chose à boire ?

— J'ai amené ma propre boisson.

Il plonge une main dans sa veste pour lui montrer une flasque en argent. Ses yeux balaient son bar avec dédain. Ils s'arrêtent sur son brandy, infusé avec de la ciguë, où un superbe scorpion noir est suspendu à quelques millimètres du fond de la bouteille.

— Ce n'était pas nécessaire. Nous avons toujours des produits non empoisonnés pour les invités.

— Et combien en avez-vous intoxiqué par accident ?

— Aucun ne portant à conséquence, sourit-elle. Nous entretenons une alliance avec les continentaux depuis trois générations et personne n'a jamais été empoisonné sans que cela lui pende au bout du nez. Ne verse pas dans la paranoïa.

Dans le fauteuil, Chatworth a l'air sûr de lui, comme si ce meuble lui appartenait. Il est tout aussi beau et arrogant que la première fois qu'ils se sont rencontrés, il y a toutes ces années. Elle se penche en avant et glisse une main sur son épaule avant de la faire courir sur son torse.

— Non, la coupe-t-il, pas aujourd'hui.

— Tu es donc là pour les affaires. Je suis un peu déçue.

Elle s'installe dans le fauteuil qui lui fait face. William est un très bon amant. Mais plus ils partagent un lit, moins il semble penser à elle. Comme si elle offrait une partie d'elle-même qu'elle ne retrouvait jamais par la suite.

— J'aime beaucoup ta façon de parler.

Elle prend une gorgée de son verre. Peut-être aime-t-il la façon dont elle s'exprime, mais il aime aussi son physique. Ses yeux n'ont de cesse de parcourir son corps, même maintenant, alors qu'ils parlent d'autre chose. Pour les hommes du continent, toutes les routes, quand on évoque les femmes, paraissent toujours conduire à ce qu'il y a entre leurs jambes.

— Qu'as-tu pensé de mon fils ?

— C'est un jeune homme bien sous tous rapports. Charmant, comme son père. Il avait l'air très intéressé par Wolf-Spring.

— Ne t'inquiète pas. Il fera ce qu'on lui ordonne, notre accord tient toujours.

Leur accord. Passé il y a si longtemps, quand Natalia avait besoin que Joseph Sandrin soit exilé quelque part. Son ami et amant avait été un choix facile à faire. Elle n'avait certes pas le droit de le tuer, mais on ne pouvait pas tout lui refuser. On parvient toujours à tirer quelque chose d'une situation, en cherchant bien.

— Très bien, il vaudrait mieux pour lui qu'il obéisse. Les accords commerciaux à eux seuls porteront ta famille vers les sommets.

— Oui. Et le reste ?

Natalia termine son verre de brandy et se lève pour s'en servir un autre.

— Tu es si craintif, rit-elle. N'aie pas peur des mots « assassinats », « meurtres », « empoisonnements ».

— Ne sois pas vulgaire.

Rien de tout cela n'est vulgaire, mais elle soupire.

— Oui, lâche-t-elle. Et le reste.

Tant que leur alliance se maintiendra, elle tuera qui il faudra, discrètement et d'une telle distance que personne ne pourra la retrouver. Tout comme elle l'a déjà fait, ainsi que les Arron, pour chaque famille de roi consort.

— Mais pourquoi es-tu là, avec tant d'empressement et sans être attendu ? Ce n'est pas simplement pour t'assurer que nos accords tiennent encore.

— Non. Je suis ici car j'ai appris un secret qui me déplaît. Un secret qui pourrait bien mettre tous nos plans si bien préparés à mal.

— Et quel est-il ?

— Je viens de Rolanth, où je négociais une rencontre entre mon fils et la reine Mirabella. Et Sara Westwood m'a soufflé une information que tu ignores certainement.

Natalia renâcle, ce serait étonnant. L'île est très douée pour rester dissimulée au regard de tous, mais elle ne peut rien lui cacher.

— Si ce secret te vient de Sara Westwood, alors tu as fait courir ton cheval pour rien. Elle n'est rien de plus qu'une bonne femme. Bonne et dévouée. Autrement dit, deux mots totalement inutiles.

— La majorité de Fennbirn est dévouée, affirme Chatworth. Si tu écoutais un peu plus ce qui se passe dans ton temple, je n'aurais pas besoin de te dire tout cela.

Un éclair de colère zèbre les yeux de Natalia. Si elle trempe son coupe-papier dans son brandy, elle pourra le lui planter dans le cou. Ensuite, il faudra déterminer ce qui lui aura été fatal, le poison ou l'hémorragie.

— Elles comptent faire assassiner les reines.

Pendant un temps, les mots semblent si ridicules que Natalia n'en saisit pas le sens.

— Pardon ? Bien évidemment, comme nous tous.

— Non. Je parle du Temple, des prêtresses. Après votre cérémonie lors du festival. Elles vont nous piéger. Elles vont tuer notre reine et celle de Wolf-Spring. Elle a appelé ça une « Année sacrificielle ».

— Une « Année sacrificielle », répète Natalia.

Une génération comptant deux reines faibles et une puissante. Personne ne pourra remettre cela en cause. Mais elle n'a jamais entendu dire que les reines étaient sacrifiées par les prêtresses lors de la cérémonie de la Révélation.

— Luca, souffle-t-elle. Comme vous êtes maligne.

— Eh bien ? lui demande Chatworth avant de se pencher dans son fauteuil. Qu'allons-nous faire ?

Natalia secoue la tête avant d'afficher un sourire radieux.

— Nous n'allons rien faire. Tu as déjà joué ton rôle. Laissons les Arron s'occuper du Temple.

— Tu en es certaine ? Qu'est-ce qui te fait penser que vous pourrez faire quoi que ce soit ?

— Nous le manipulons depuis une centaine d'années, voilà tout.

WOLF-SPRING

À son réveil, Arsinoé sait que quelque chose ne va pas avec son visage. Tout d'abord, elle pense avoir dormi dans une mauvaise position, peut-être avec le visage appuyé un peu trop fort contre l'oreiller. Mais elle est allongée sur le dos.

La pièce est calme et il y règne une lumière de mi-journée ; elle ignore combien de temps elle est restée inconsciente. Les rideaux bleu et blanc sont tirés. Des assiettes d'aliments à peine touchés jonchent le bureau.

— L'ours, souffle-t-elle.

Jules apparaît à côté d'elle, fatiguée, ses cheveux châtains formant une masse de nœuds ondulée.

— Ne bouge pas, préconise-t-elle, mais Arsinoé se soulève sur ses coudes.

Dans le mouvement, son épaule droite hurle.

— Laisse-moi au moins t'aider.

Jules la tire pour la redresser et empile des oreillers dans son dos.

— Pourquoi est-ce que je suis encore vivante ? Où est Camden ?

— Elle va bien. Elle est là-bas.

Elle fait un signe de la tête en direction de l'endroit où le couguar s'est couché, sur le lit de Jules. Le grand félin semble être allongé dans une aise relative. Elle affiche quelques coupures et l'une de ses pattes avant est bandée, mais cela pourrait être pire.

— Elle a une épaule brisée, murmure Jules. Quand nous avons fini par nous occuper d'elle… Elle ne guérira jamais complètement.

— C'est ma faute, lâche Arsinoé, et Jules baisse les yeux.

— Tu aurais pu mourir. Madrigal n'aurait jamais dû t'apprendre tout ça.

— Elle voulait simplement m'aider. Ce n'est pas sa faute s'il y a eu un problème. Nous savons qu'il peut parfois y avoir un imprévu avec la magie basse. On connaît tous les risques.

— Tu dis ça comme si tu allais continuer à la pratiquer, quoi qu'il arrive.

Arsinoé fronce les sourcils. Ou, en tout cas, elle essaie, mais sa bouche refuse d'exécuter ses ordres. Et sa joue lui paraît bizarre et lourde. Elle ne peut plus sentir une partie de son visage, comme si de la pierre s'était insinuée sous sa peau.

— Tu veux bien ouvrir une fenêtre, Jules ?

— Bien sûr.

Elle traverse la pièce et repousse les rideaux. L'air frais est un véritable soulagement. L'atmosphère de la chambre exhale le renfermé, le sommeil et le sang.

— Luke est passé. Il a apporté des cookies.

Arsinoé lève une main vers son visage et en retire les bandages.

— Non, Arsinoé !

— Je veux un miroir.

— Tu dois rester au lit.

— Ne joue pas l'imbécile. Apporte-moi l'un de ceux de Madrigal.

L'espace d'un instant, Jules donne l'impression de vouloir refuser. C'est alors que ses premières réelles inquiétudes surviennent. Mais elle va finalement fouiller la commode de Madrigal jusqu'à dénicher un joli miroir avec une poignée en perles.

Arsinoé passe sa main valide sur un épi de cheveux noirs, les aplatissant après avoir posé la tête sur son oreiller. Puis elle lève le miroir et contemple son reflet.

Elle ne cligne pas de l'œil. Même lorsque Jules se cache le visage dans ses mains. Il faut qu'elle voie. Chaque millimètre de chair à vif recousue. Chacun des points noirs vicieux qui maintiennent en place ce qui reste de son visage.

La majorité de sa joue droite a disparu, il n'y a plus que du vide là où elle devrait être charnue. Des lignes de fil noir courent du coin de sa bouche jusqu'au-dessous du coin de son œil. Une autre ligne de points, plus grosse, recouvre le vide de sa pommette jusqu'à atteindre son menton.

— Bon. Un petit poil au-dessus et il m'aurait fallu porter un cache-œil.

Elle se met à rire.

— Arsinoé, arrête.

Elle regarde les points se tendre dans le miroir jusqu'à ce qu'un filet de sang perle sur son menton. Jules tente de la calmer et appelle Cait et Ellis, mais Arsinoé rit encore plus fort.

Les blessures s'étirent. Le sel de ses larmes la brûle. Heureusement, elle s'est toujours fichue de son apparence.

Jules retrouve Joseph sur le chantier de la famille, en train de démêler un amas de cordages. La journée est chaude, et il a retiré sa veste et remonté les manches de sa chemise. Elle l'observe sombrement alors qu'il frotte la sueur qui goutte sur ses sourcils. Il a ce genre de beauté qui attire l'œil.

— Jules, lance-t-il en l'apercevant et en posant ses cordages. Comment va-t-elle ?

— C'est Arsinoé. Elle a arraché ses points. Ils sont en train de les refaire. Je ne pouvais pas rester. Je ne pouvais plus le supporter.

Il essuie ses doigts contre un mouchoir. Il prendrait bien sa main, mais il ne sait pas si elle le lui permettrait.

— J'allais lui amener des fleurs, glousse-t-il. Tu peux imaginer ça ? J'aimerais la voir, mais je ne sais pas si elle voudra me recevoir. Si elle voudra qu'on la voie.

— Si, elle acceptera. Arsinoé ne se cachera jamais de quoi que ce soit.

Jules se retourne pour faire face à l'eau, mais cette vue est bouchée par les bateaux en cale sèche. La mer est à peine visible au bout du quai.

— Je me sens bizarre. Sans Camden. Sans Arsinoé. Mes ombres m'ont quittée.

— Tu les retrouveras bientôt.

— Ce ne sera plus comme avant.

Joseph pose des doigts timides sur son épaule et elle s'appuie contre lui. Pendant un instant, il a le sentiment de pouvoir la soulever, prendre tout son poids dans une seule main.

— Je l'aime aussi, Jules. Presque autant que je t'aime toi.

Ils regardent ensemble l'anse. Elle est paisible, il n'y a rien que des vaguelettes et du vent, et elle invite à voguer vers l'infini.

— Joseph… J'aurais tant voulu qu'on parvienne à lui faire quitter l'île il y a cinq ans.

Billy ne sourit pas en entrant dans la pièce, et c'est une bonne chose. Ou tout du moins c'est mieux que les petits sourires coupables et forcés que les guérisseurs et les Milone essaient d'arborer. Il lève les mains, il lui a apporté des fleurs. Elles ont une couleur jaune-orange vif et elles ne sont pas de Wolf-Spring.

— Mon père les a fait venir. Elles viennent du fleuriste préféré de ma mère. Il les a commandées dès qu'il a entendu la nouvelle. Avant même que nous sachions si vous alliez survivre ou non. Il a dit qu'elles seraient de toute façon utiles, que ce soit pour la cour ou des condoléances. Voulez-vous que je les piétine ?

— Dans une maison de naturalistes ?

Elle les prend. Ce sont de petits pétales veloutés et ils ont un parfum qui rappelle quelque peu les oranges importées en été.

— Elles sont très belles. Jules pourra les maintenir fleuries pendant un certain temps.

— Mais vous non.

— Non, pas moi.

Elle place les fleurs sur sa table de chevet, près du rebord de la fenêtre et de la fougère morte et desséchée. Billy pose sa veste sur le dos d'une chaise, mais au lieu de s'asseoir sur cette dernière, il s'installe au bout du lit.

— Comment êtes-vous arrivée ici, alors ? Si vous n'avez réellement… aucun don, pourquoi vous placer auprès des Milone ? Ils ont gagné un prix dans une loterie, ou au contraire ont-ils perdu ?

Arsinoé émet un petit rire qui enflamme le côté de son visage. Billy s'approche tandis qu'elle se tient la joue, mais il ne peut rien faire. Et quoi qu'il en soit, ce rire lui fait plaisir.

— Personne n'a jamais dit que je n'avais aucun don. Tout du moins à cette époque. Aucune d'entre nous n'a été marquée comme étant sans don.

— Marquée ?

— La reine sait ce à quoi elle donne naissance, quand elle accouche. Puis elle nous laisse aux sages-femmes pour notre éducation. Quand nous sommes assez âgées, nos familles viennent nous chercher. Pour moi, c'était Jules. C'est sa présence qui m'a permis de ne pas être terrifiée. Elle est arrivée, tenant la main de tante Caragh d'un côté et celle de Matthew de l'autre.

— Ah, s'exclame Billy en se redressant. Tante Caragh et Matthew, le frère de Joseph. Pour ce que j'en ai compris, ces deux-là formaient un couple assez solide.

— Oui. Certains disaient qu'elle était bien trop sérieuse pour lui. Que lui était trop jeune. Mais je n'oublierai jamais son visage quand il les a vus la lui enlever.

Arsinoé s'éclaircit la voix. Comme elle doit avoir l'air ridicule, alitée et recouverte de bandages, à parler d'amours perdues.

— Vous vous êtes mise en travers du chemin de cet ours pour moi.

— Non, c'est vous qui vous êtes interposé en premier.

Il fait un timide sourire.

— Puis Jules l'a tué. J'ai toujours pensé qu'elle était trop puissante pour le bien commun. Mais nous avons tellement de chance qu'elle ait été là.

— Oui, reconnaît Arsinoé. Je m'assurerai de sa présence quand je m'y réessaierai.

— Réessayer ? Mais, Arsinoé, vous avez failli mourir.

— Et si je ne réessaie pas, je mourrai à coup sûr.

Ils se regardent dans les yeux et Billy détourne la tête le premier.

— La reine sait, reprend-il. Elle sait ce que vous êtes à votre naissance.

Il secoue la tête.

— Vous êtes si étranges, de bien des façons.

— Vous a-t-on déjà dit que les reines ne sont pas réellement des personnes ? Alors, quand nous nous entretuons, nous ne tuons pas réellement une autre personne.

Elle baisse le regard.

— Enfin, c'est ce que l'on dit. Je ne sais plus si tout cela est vraiment la vérité.

Vrai ou non, cela n'a aucune espèce d'importance. C'est ainsi que se déroule la vie sur l'île. Et le temps est pratiquement arrivé. Beltane débute avec la fonte. Bientôt, l'île va commencer à se mouvoir et tout va tendre vers l'intérieur, vers son cœur. Toutes les grandes familles réunies, les unes sur les autres, le temps de trois nuits dans la vallée d'Innisfuil.

— Une lettre de mon père est arrivée hier. Mais je ne veux pas l'ouvrir. Je sais qu'elle va m'enjoindre à rencontrer Mirabella, mais je ne le veux pas.

— Vous voulez que je gagne. Vous voulez m'épouser.

Billy fait un large sourire.

— Je ne veux pas vous épouser. Vous n'avez rien d'une épouse. Mais je ne veux pas vous voir mourir. Je vous compte parmi mes amis, Arsinoé.

Il lui saisit la main et la tient, et tout ce que ces mots représentent pour elle la surprend. Il est sincère, même si elle sait qu'il finira par rencontrer Mirabella, quoi qu'il advienne.

— Voulez-vous voir ? demande-t-elle en se touchant le visage.

— Est-ce que nous sommes redevenus des petits enfants ? Nous comparons nos blessures ?

— Si c'était le cas, je gagnerais haut la main.

Elle tourne la tête et retire ses bandages. Les points tirent sur sa joue, mais elle ne saigne pas.

Billy prend son temps, il regarde tout.

— Devrais-je vous mentir en disant que j'ai déjà vu pire ? s'enquiert-t-il, et elle secoue la tête pour toute réponse. Il existe une comptine à votre propos, vous savez ? Elle vient de chez moi. Les petites filles l'entonnent quand elles sautent à la corde.

Trois sombres sorcières
nées dans un val,
trois douces triplées
à jamais rivales.

Trois sœurs
belles et sombres,
l'une aura la couronne,
deux rejoindront les ombres.

— C'est ainsi qu'on vous désigne sur le continent. Des sorcières. C'est ainsi que vous appelle aussi mon père. Des monstres. Des bêtes. Mais vous n'êtes rien de tout cela.

— Non. Et ce n'est pas le cas non plus des autres. Mais cela ne change pas ce que nous avons à faire.

Elle lui saisit la main et la serre doucement.

— Retourne auprès des Sandrin, Junior. Retourne lire ta lettre.

INDRID-DOWN

Pietyr Renard n'a jamais été invité au Volroy, mais il en a toujours rêvé depuis son plus jeune âge, depuis que son père lui a raconté des histoires à son propos. Rien dans les couloirs ne capte le son, avait-il révélé. Le Volroy défie tous les éléments décoratifs, comme si ce qu'il contenait avait une importance telle qu'il n'avait pas besoin de se parer de tapisseries. Seule la chambre où se réunit le Conseil affiche autre chose que des surfaces noires lisses, et ce sont des bas-reliefs représentant des fleurs de naturalistes, des feux d'élémentaires, des venins d'empoisonneurs et le chaos des guerriers. Il dessinait la portion consacrée aux empoisonneurs pour Pietyr, du fusain sur un papier blanc, un nid de vipères noueux sur un lit de pétales de laurier-rose.

Il avait promis d'y emmener Pietyr dès qu'il serait majeur. Mais c'était avant sa maison à la campagne et sa nouvelle femme.

— Par ici, indique l'intendant qui mène Pietyr dans les marches de la tour est, où l'attend Natalia.

Il n'a pas besoin d'un guide. Il a parcouru le Volroy un millier de fois dans son esprit.

En passant devant une fenêtre, il aperçoit la tour ouest à l'extérieur. Haute et gigantesque, on ne voit qu'elle. De près, elle ne donne pas cette même impression de grandeur que lorsqu'on la découvre de plus loin, découpant le ciel comme un couteau gravé. D'ici, elle semble noire et oppressante, rien d'autre, et verrouillée jusqu'à l'arrivée de la nouvelle reine.

L'intendant s'arrête devant une petite porte et fait une révérence. Pietyr frappe avant d'entrer.

La pièce est un minuscule bureau circulaire qui ressemble presque à une cellule de prêtresse, un drôle de petit endroit creusé à même la pierre. Se tenant à côté de la seule fenêtre, Natalia paraît trop grande pour le tout.

— Entre.

— J'ai été surpris que vous me convoquiez ici.

— Je savais que c'était ce que tu attendais. Un aperçu de ta récompense. Est-ce que c'est tout ce que tu as toujours imaginé ?

Pietyr regarde par la fenêtre et siffle.

— Je dois avouer que j'ai toujours pensé qu'il devrait y avoir trois tours au lieu de deux. Une par reine. Mais maintenant que je vois l'ouvrage, le bâtiment est impressionnant ! En avoir construit ne serait-ce que deux est un véritable exploit.

Natalia traverse la pièce et se penche sur un placard étroit, ses pas résonnent comme les sabots d'un cheval dans une rue pavée. Il n'y a aucun revêtement au sol. Cela doit faire terriblement souffrir les jambes des serviteurs.

Natalia leur sert deux verres d'un liquide à la couleur de paille. Du maitrank. Il peut le sentir depuis la fenêtre. C'est un choix étonnant. Une boisson pour enfant empoisonneur. Il saisit son verre et le renifle, mais il ne détecte aucune toxine.

— C'est en quel honneur ? Cela fait des années que je n'ai pas bu de maitrank. Ma belle-mère nous en préparait pour mes cousins et moi durant l'été, sucré avec du miel et du jus de fraise.

— Exactement comme je le préparais pour Katharine. Elle a toujours aimé ça. Même si au début cela la rendait malade comme un chien, la pauvre.

Pietyr avale une gorgée. Il est très bon, même sans avoir été sucré.

— Il vient des vignes de Wolf-Spring. Les naturalistes sont des êtres sales, mais ils connaissent certainement leur affaire lorsque cela touche à la vigne. Un petit soleil dans chaque fruit, disent-ils, conclut-elle en ricanant.

— Tante Natalia. Que se passe-t-il ?

Elle secoue la tête.

— Pietyr, es-tu pieux ? Est-ce que tu connais beaucoup de choses sur le Temple ?

— Je ne suis pas un expert. Marguerite a bien essayé après qu'elle a épousé père. Mais il était trop tard.

— Il n'est jamais trop tard. Elle a bien réussi à persuader ton père de quitter le Conseil, n'est-ce pas ? De renoncer à la capitale et à sa famille, soupire-t-elle. J'aurais aimé que Paulina ne meure pas. C'était une insulte à sa mémoire que Christophe épouse Marguerite.

— Oui. Mais ce n'est pas pour ça que je suis ici.

Natalia éclate de rire.

— Nous nous ressemblons tellement. Tu es si direct. Et tu as raison. Je t'ai convoqué car le Temple est en train de mettre sur pied des plans qui vont contre nos intérêts. N'as-tu jamais entendu souffler le nom d'« Année sacrificielle » ?

— Non, admet Pietyr.

— Cela ne me surprend pas. Tu es pour le moins isolé avec Katharine. L'Année sacrificielle est le nom que l'on donne à une génération de reines parmi lesquelles l'une est puissante et deux sont faibles.

— Une génération comme celle que nous connaissons actuellement.

— Exactement. Et cette partie-là de l'histoire se vérifie. Même moi je m'en rappelle, c'est ma grand-mère qui me l'a racontée, qui l'a elle-même entendue de sa grand-mère. Mais le Temple a décidé de se défaire de cette histoire.

— Comment ?

— Elles affirment que durant les Années sacrificielles, les deux reines les plus faibles sont démembrées par le peuple à la suite de la cérémonie de la Révélation.

— Pardon ?

Il pose son vin sur la table avec hésitation. Il en reverse un peu sur le bord de la fenêtre.

— Elles disent que le peuple s'est soulevé et qu'il a arraché les bras et les têtes des reines pour jeter le tout au feu. Et c'est exactement ce qu'elles comptent faire avec Katharine et Arsinoé. Elles essaient de faire de Mirabella une reine aux mains blanches.

Pietyr retient son souffle. Les reines aux mains blanches sont aimées du peuple. Seules les reines bleues sont plus populaires. Mais cela fait deux cents ans qu'il n'y en a pas eu.

— Cette partie-là de l'histoire de l'Année sacrificielle n'est pas véridique. Ou tout du moins, selon les versions que j'en ai entendu.

— La vieille Luca est donc réellement désespérée ? Il doit y avoir un problème avec leur élémentaire.

— Peut-être. Ou peut-être que le Temple est simplement opportuniste. Cela n'a aucune importance. Ce qui est important, c'est que nous le sachions.

— Et comment le savons-nous ?

— Un oiseau un peu idiot du continent m'en a informée. Il me l'a soufflé à l'oreille.

Pietyr passe une main sur son visage. Katharine, la douce Katharine. Ils veulent lui couper les bras et la tête et ensuite la brûler.

— Pourquoi suis-je le seul ici, Natalia ? Où sont Geneviève, Lucian et Allegra ?

— Je ne leur en ai pas parlé. Ils ne peuvent rien y faire.

Elle tourne la tête vers la fenêtre, son regard la transporte par-dessus la ville jusque dans la campagne.

— Rien ne se passe sur cette île sans que je n'en sois informée. Ou c'est ce que je pensais jusqu'à présent. Mais je sais que des lames cérémoniales du Temple sont en chemin vers Innisfuil. Chacune des prêtresses en portera une.

— Nous allons donc nous armer aussi !

— Nous ne sommes pas des soldats, mon neveu. Et même si nous en étions, nous n'avons plus le temps. Nous aurions besoin de chacun des empoisonneurs de la ville. À Innisfuil, les élémentaires et les prêtresses du Temple dépasseront nos effectifs de trois contre un.

Pietyr saisit sa tante par le bras et serre fort. Il ne l'a peut-être pas souvent vue quand il était plus jeune, mais son père lui a assez parlé d'elle pour qu'il constate quand elle n'est pas elle-même. La matriarche des Arron ne peut pas simplement se résoudre à avoir été dupée.

— Nous n'allons pas juste les regarder décapiter notre reine.

Il adoucit sa poigne et sa voix.

— Pas notre Katharine, notre Kat.

— Que ferais-tu pour la sauver, alors, Pietyr ? Durant Beltane, nous n'avons pratiquement aucun pouvoir. Les prêtresses supervisent tout, que ce soit la Chasse ou la Révélation. Il nous sera pratiquement impossible de manœuvrer au milieu d'entre elles.

— Pratiquement impossible, la reprend-il. Mais pas non plus totalement impossible. Et je ferai ce que j'aurai à faire, je ferais n'importe quoi.

Elle retrousse sa lèvre.

— Tu l'aimes.

— Oui. Tout comme vous.

WOLF-SPRING

Ellis sculpte un masque pour cacher les blessures en voie de cicatrisation d'Arsinoé. Il est tellement fin et couvre de si près son visage qu'il peut tenir seul même s'il ne repose que sur le bout de son nez, mais il ajoute des trous sur les côtés et y glisse un mince ruban pour l'attacher derrière la tête de la reine. Le masque est noir laqué et il recouvre sa bonne joue et son arête nasale pour reposer sur son menton sur la droite. À la demande de la reine, il peint des griffures rouges en travers du masque, partant de son œil vers le bas de la joue.

— Cela fera une forte impression à tes prétendants, quand ils descendront de leur bateau. Ils se demanderont qui tu es et ce qui se dissimule derrière ce masque.

— Ils seront horrifiés quand ils le découvriront, rétorque-t-elle en touchant le bras d'Ellis, et il fronce les sourcils. Ce masque est superbe. Merci.

— Laisse-moi t'aider à le passer, lance Jules.

— Non. Il vaut mieux le garder pour la cérémonie du Débarquement, comme le suggère Ellis.

Cait acquiesce d'un air sévère.

— Une très bonne idée. C'est bien trop joli pour que ce soit porté sans bonne raison.

Elle tape dans ses mains et de la farine vole dans tous les sens. Elle était en train d'étendre une pâte à tarte pour terminer les dernières pommes en conserve. Jules a déjà découpé des bandes pour le treillage de la tarte. Madrigal devait aider, elle aussi, mais elle est introuvable, ce matin.

Quelque chose fait un bruit à l'extérieur, au coin de la maison, près du poulailler, et Jules passe la tête par la fenêtre.

— C'est Billy. Il est pris dans l'épine-vinette. Il a dû passer par le verger.

— Je vais voir, glisse Arsinoé avant de s'écarter de la table.

Il lui est tellement agréable d'être sortie de son lit et de pouvoir marcher à nouveau. Peut-être l'emmènera-t-elle sur le chemin de la colline. Ou peut-être pas. Ce chemin serpente bien trop près de l'arbre penché, où aucun des Milone ne souhaite qu'elle aille. Mais qu'est-ce qu'elle a envie de s'y rendre…

À l'extérieur, Billy est en train de donner des coups de pied à des plantes épineuses.

— Mais qu'est-ce que c'est que cette plante maudite ?

— De l'épine-vinette. Cait en plante autour des poulaillers pour décourager les renards. Qu'est-ce que tu fais ici ?

Il arrête de gesticuler.

— Ce n'est pas un accueil très chaleureux. Je viens te rendre visite. À moins que tu sois d'une humeur noire.

— Une « humeur noire » ?

— Une humeur sombre. Déprimée, morne, méchante.

Il rit.

— Mon Dieu, vous êtes parfois tellement étranges sur cette île.

Il tend la main et elle l'extirpe des buissons.

— J'ai pensé que tu voudrais sortir d'ici. T'échapper de ton lit de malade.

— Alors ça, c'est une très bonne idée.

Il la conduit à l'anse, à l'une des cales des Sandrin. Un joli voilier avec des voiles bleues et une coque jaune se trouve au mouillage. Arsinoé n'est pas vraiment censée faire du bateau, pas depuis qu'elle a essayé de s'enfuir. Mais rien ne lui a été explicitement interdit.

C'est une belle journée pour naviguer ; elle n'a jamais vu la baie aussi calme, et quelques-uns des phoques qui donnent leur nom à cette étendue d'eau pointent le bout de leur museau près des rochers de la pointe.

— Allons-y. J'ai demandé à Mme Sandrin si elle voulait bien nous préparer un repas.

Il soulève un panier recouvert d'un linge.

— Du poulet frit, des pommes de terre rôties et de la crème aigre. Elle m'a dit que c'était l'un de tes repas préférés.

Arsinoé observe le panier, ainsi que les regards mal dissimulés de M. Bukovy alors qu'il marchande des prix avec deux vendeurs du marché. Qu'est-ce qui se murmure à son sujet ces jours-ci ? La reine défigurée. Attaquée dans les bois par sa sœur et pratiquement achevée par un ours. Même ceux qui lui sont les plus loyaux auront des doutes, maintenant. Même Luke.

— Du poulet frit ? répète-t-elle avant de mettre un pied dans le bateau.

Billy largue les amarres. Il ne leur faut pas longtemps pour passer devant les phoques, voguant vers le nord en longeant la côte occidentale de l'île.

— Si nous allons un peu plus loin, nous verrons peut-être des dos d'écume, lance Arsinoé. Des baleines. Nous aurions dû inviter Jules. Elle aurait pu leur demander de tirer le bateau et nous aurions pu baisser les voiles.

Billy se met à rire.

— Tu sais, tu as un ton presque amer.

Non, pas presque. Elle est amère. Elle a tant rêvé d'avoir ne serait-ce qu'une fraction du don de Jules. Elle soulève la main et touche les crevasses bandées sur son visage. Elles ne seront même pas encore cicatrisées d'ici Beltane. Elles seront rouges, laides et pleines de croûtes.

— Quand pars-tu pour le Débarquement ?

— Bientôt. La baie de Long-Matin n'est pas loin. Mon père dit que nous ne ferons pas de halte pour la nuit et que si les vents tiennent, nous arriverons même avec de l'avance. De plus, nous n'avons pas besoin d'aller au-delà de Port-Sablon. Ensuite ce sera une lente procession jusqu'à la baie. C'est ce que m'avait expliqué Joseph.

— J'imagine qu'il t'a tout raconté.

— J'aurais dû y prêter plus d'attention, admet Billy. Mais rien de tout ça ne me paraissait réel jusqu'à ce que je traverse le brouillard et voie Fennbirn grossir à l'horizon.

Arsinoé jette un regard en direction de l'île. Elle semble différente depuis la mer. Plus sûre. Comme si elle ne respirait pas et n'exigeait pas de sang.

— Je suis déçu que les prétendants n'assistent pas à la Chasse. C'est la seule partie du festival qui m'a l'air réellement agréable.

— Ne sois pas trop triste. Quand tu seras roi consort, tu mèneras la Chasse chaque année. Et même si tu ne deviens pas roi consort, les prétendants participent à la Chasse des célibataires l'année suivante, avant le mariage.

— Es-tu déjà allée là où on va ? À Innisfuil ?

— Non. Même si c'est très proche du Cottage noir où je suis née.

— Et là où vit aujourd'hui la tante de Jules, Caragh, se rappelle Billy. Ce sera compliqué pour elle de se trouver si proche. Jules et Madrigal essaieront-elles de la voir, tu crois ?

— Jules a beau avoir son petit caractère, elle ne brisera pas les règles imposées par le Conseil. Peu importe si ces dernières sont injustes. Pour ce qui est de Madrigal, Caragh et elle ne se sont jamais tellement appréciées.

— Mais est-ce qu'aucune sœur n'aime ses sœurs sur cette île ? demande-t-il, ce qui fait ricaner Arsinoé.

— En parlant de sœurs, ne devrais-tu pas être en train de courtiser les miennes ? Pourquoi n'es-tu pas à Rolanth, auprès de Mirabella ?

— J'ai refusé d'y aller après que tu as été blessée. Je la verrai pendant le festival, comme tout le monde.

Ses mots mettent du baume au cœur d'Arsinoé. Il est bien, ce continental. Et même s'il n'avait pas tort quand il a dit qu'elle ferait une bien piètre épouse, lui fera un très bon roi consort pour ses sœurs. Jamais elle n'oserait penser qu'il tiendrait ce rôle pour elle. De tels espoirs sont dangereux.

Billy abaisse la voilure alors qu'il vire pour s'écarter de l'île, prenant la direction des eaux profondes.

— Nous ne devrions pas aller trop loin. Ou il fera nuit d'ici à ce que nous rentrions.

— Nous ne retournons pas à Wolf-Spring.

— Comment ? Où allons-nous, alors ?

— Je fais ce que n'importe quel être civilisé ferait. Je te fais quitter cette île. Nous allons traverser le bras de mer et nous rentrons. Tu pourras disparaître si tu veux. Ou tu pourras rester avec moi. Je te fournirai tout ce dont tu as besoin, mais tu ne peux pas rester ici.

— Rester avec toi ?

— Pas tout à fait avec moi. Je devrai revenir pour le festival. Si je refuse, mon père me scalpera. Mais si je ne deviens pas roi, je viendrai te retrouver. Et ma mère et mes sœurs s'occuperont toutes de toi en attendant.

Arsinoé s'assied en silence. Elle ne s'était pas attendue à cela. Il essaie de la sauver en tentant de l'écarter du danger par la force. C'est un comportement de continental. Et un acte très courageux pour un ami.

— Je ne peux pas te laisser faire. Si je m'en vais, tu seras puni.

— Je ferai croire que tu m'as poussé par-dessus bord et que tu m'as laissé rentrer à la nage. Tu as déjà essayé, personne ne remettra ma parole en question.

— Junior.

Elle regarde vers le large, se préparant à voir le filet de brouillard se dresser à nouveau.

— Elle ne me laissera pas partir. Joseph ne t'a rien dit ?

— Cette fois-ci ce sera différent. Ce bateau ne provient pas de Fennbirn. Il est à moi, il peut aller et venir comme il l'entend.

Il touche le mât comme s'il flattait l'encolure d'un cheval.

— Je l'ai fait venir. Quand mon père est revenu du continent la dernière fois, je lui ai demandé de me le ramener. Un cadeau pour Joseph, avais-je dit. Pour que nous puissions faire du bateau ensemble.

L'espoir se fait sentir dans la gorge d'Arsinoé. Il rend leur fuite possible.

— Billy. Tu as été un très bon ami. L'un des meilleurs que j'aie jamais eus. Mais je ne peux pas partir. De plus, tu devrais avoir un peu plus confiance, même avec ce visage ruiné, je peux encore gagner.

— Non, c'est impossible. Arsinoé. Ils vont te tuer. Pas avant le festival de l'année prochaine. Pas un jour lointain, pas d'ici quelques mois, mais maintenant. Mon père m'a dit ce qu'ils comptent faire. C'est pourquoi il a envoyé cette lettre. Les prêtresses de cette satanée île oubliée. Elles vont vous découper, Katharine et toi. Elles vont jeter vos membres au feu et couronner Mirabella avant l'aube du jour suivant.

— Ce n'est pas vrai, réfute-t-elle, puis elle l'écoute alors qu'il lui raconte ce qu'il a appris du complot qui se joue pour l'Année sacrificielle.

— Arsinoé, est-ce que tu me fais confiance ? Je ne te mentirais pas. Jamais je ne pourrais imaginer cela.

Arsinoé reste assise en silence. Sur sa droite se trouve l'île, inaltérable. Impavide face aux vagues. Profondément ancrée. Si seulement elle pouvait être désolidarisée du fond marin et laissée libre de voguer. Si seulement elle ne pouvait être qu'une île plutôt qu'un joli chien endormi avec du sable sur les pattes et des falaises sur les épaules attendant de se réveiller pour la fendre de part en part.

— Ton père pourrait se tromper.

Mais ce n'est pas le cas, Billy lui dit la vérité.

Arsinoé repense à Luke et aux Milone. Elle pense à Joseph. Elle pense à Jules.

— Nous comptions nous battre. Même si c'était une bataille perdue d'avance. Mais je pensais avoir plus de temps. Je ne veux pas mourir, Junior.

— Ne t'inquiète pas, Arsinoé. Je ne te laisserai pas mourir. Maintenant, tu vas attraper ce bout. Aide-moi à aller plus vite.

Le festival de Beltane

Vallée d'Innisfuil

CAMPEMENT DES WESTWOOD

— Personne n'a rien trouvé, aucune trace d'elle. Elle n'était pas cachée dans un grenier de Wolf-Spring et les bateaux n'ont rien remonté d'autre que du poisson dans leurs filets. Arsinoé est partie.

— Mais c'est impossible, conteste Mirabella, et Bree retrousse les lèvres.

— Peut-être ou peut-être pas, reprend Bree. Mais c'est bien le cas.

— C'est une bonne chose, intervient Elizabeth. Si elle a réellement pris la fuite, personne ne peut te forcer à lui faire du mal. Et elle ne pourra pas t'en faire non plus.

Faire du mal. C'est une expression bien gentille pour décrire ce qu'elles doivent accomplir, mais elle ne s'attendait pas à des mots plus durs de sa part.

Mirabella est debout devant un haut miroir alors que Bree lui noue une longue robe noire. Elle est confortable, ample et pas trop lourde. Parfaite pour rester à la maison une journée où elle n'a besoin de voir personne.

Elizabeth s'agenouille, à la recherche d'une brosse douce dans leurs nombreux coffres. Elle en oublie sa blessure et cogne le moignon de son poignet contre l'un des couvercles. Elle serre fort son bras et se mord la lèvre. Pepper le pic vient à toute vitesse se poser sur son épaule.

— Elizabeth, l'interpelle Mirabella. Tu n'as pas besoin de faire ça.

— Si, il le faut. Je dois apprendre à m'en servir.

Des ombres passent à l'extérieur. Les prêtresses sont toujours proches. Elles sont constamment en train de tout surveiller. Dans la luxueuse tente noir et blanc de Mirabella, décorée de tapis et disposant d'un lit, d'oreillers moelleux et de chaises, il est facile d'oublier que ce n'est pas une pièce avec des murs épais, mais juste de la toile et de la soie au travers desquelles on peut facilement les entendre.

Bree termine d'attacher la robe et se tient au côté de Mirabella devant le miroir.

— Est-ce que tu as fait attention aux garçons, ici ? demande-t-elle fort. Ils érigent des tentes en plein soleil sans avoir de chemise sur le dos. Est-ce que tu crois que les garçons naturalistes sont vraiment aussi sauvages qu'on le dit ?

Mirabella retient son souffle. Les garçons naturalistes. Comme Joseph. Elle n'a rien raconté de ce qui s'était passé entre eux à Bree et Elizabeth. Même si elle en a très envie, elle a peur de l'énoncer à voix haute. Joseph sera présent au festival. Elle pourrait le revoir. Mais il se trouvera en compagnie de Juillenne Milone. Et peu importe ce qu'il est advenu entre Mirabella et Joseph sur la plage ou dans la forêt, peu importe le fait qu'ils étaient si proches l'un de l'autre qu'ils n'ont pas entendu la tempête se déchaîner, Mirabella sait qu'elle n'est rien d'autre que l'intruse de leur histoire.

— Probablement pas, réplique Mirabella tout aussi fort. Mais je suis sûre que tu vas le découvrir par toi-même et m'en parler.

Les longues ombres s'en vont, et Bree presse l'épaule de Mirabella. Ce sera une longue journée sous la tente, après deux journées éreintantes sur la route. La voiture cahotante les amenant de Rolanth leur a un peu retourné l'estomac, surtout lorsqu'elles ont contourné l'embouchure de Port-Sablon, qui sentait le sel et le poisson laissé à l'air libre sur une plage.

Mirabella glisse un regard par l'ouverture de la tente. Il y a tant de gens qui rient et travaillent au soleil. Elle n'a pas vu grand-chose de la vallée. Le Temple l'a gardée dans sa voiture jusqu'à ce que sa tente soit prête et l'a ensuite immédiatement fait entrer dedans. Elle n'a aperçu que des falaises avant l'aube et des arbres sombres et épais entourant la large clairière.

Les prêtresses disent qu'elle devrait se sentir mieux ici. Davantage souveraine, comme elle se trouve au cœur de l'île, près du pouls de la Déesse, dans le gouffre profond et obscur du domaine Breccia. Mais elle n'est pas plus à l'aise. Mirabella ressent l'île vrombir sous ses pieds et cette sensation ne lui plaît pas du tout.

— Où est Luca ? Je l'ai à peine croisée.

— Elle s'occupe des recherches, répond Elizabeth. Je ne l'ai jamais vue si agitée ou en colère. Elle n'arrive pas à croire à la rébellion de ta sœur.

Mais c'est Arsinoé. Elle a toujours été ainsi, et il semblerait que grandir à Wolf-Spring n'ait fait qu'accentuer ce trait de caractère. Mirabella l'a bien discerné dans ses yeux le jour où elles se sont rencontrées dans la forêt. Elle l'a remarqué aussi dans ceux de Joseph. Wolf-Spring produit des enfants rebelles.

— Luca s'occupe également de surveiller le déplacement du contenu de ces caisses, ajoute Bree. Des caisses, des caisses et encore des caisses. Et personne ne peut dire ce qu'elles recèlent. Tu le sais, toi, Elizabeth ?

La prêtresse secoue la tête. Ce n'est pas surprenant. Le Temple ne lui fait plus confiance, et avec sa main amputée, elle ne serait pas utile pour les chargements et déchargements.

— Est-ce que vous pensez qu'ils vont la retrouver ? demande Elizabeth. A-t-elle vraiment pu s'en aller et survivre ?

— Personne ne le pense, admet doucement Bree. Mais il vaudrait mieux qu'elle meure ainsi qu'autrement.

LE CAMPEMENT DES ARRON

Les empoisonneurs arrivent dans la nuit, leur clan tout entier prenant d'assaut le lieu du festival comme des fourmis. Ils érigent leurs tentes à la lumière de la lune et de quelques petites lampes, travaillant dans un tel silence que lorsque le jour se lève sur un campement pratiquement retranché, les prêtresses au sommeil le plus lourd regardent tout cela la bouche grande ouverte.

Dans sa tente, Katharine fait les cent pas. Pietyr devait lui apporter son déjeuner, mais cela fait trop longtemps qu'il est parti. Ce n'est pas juste que lui puisse se promener dans la clairière à loisir alors qu'elle est obligée de rester cloîtrée jusqu'à la cérémonie du Débarquement. Peut-être que si elle trouve Natalia, elles pourront aller marcher ensemble.

Elle sort de sa tente et tombe nez à nez avec Bertrand Roman.

— Il vaudrait mieux demeurer à l'intérieur, ma reine, dit-il en plaçant ses énormes paluches sur ses épaules pour lui faire repasser l'ouverture de la tente.

— Ne la touchez pas.

Pietyr s'interpose et écarte Bertrand, même si cette grande brute ne peut pas être repoussée bien loin.

— C'est pour son propre bien.

— Je m'en fiche. Vous ne devez plus jamais la toucher ainsi.

Il passe son bras autour de la taille de Katharine et l'attire à l'intérieur.

— Je ne l'apprécie pas.

— Moi non plus. Je ne l'avais pas revu depuis mon enfance. Il m'avait alors montré comment empoisonner quelqu'un avec du lait de laurier-rose, explique Katharine. Je ne pensais pas qu'il avait besoin de le démontrer sur une portée entière de chatons !

— Et pourtant, il n'y a pas mieux placé que lui pour mener une escorte armée. Nous ne devons pas nous montrer négligents quant à ta sécurité.

Mais d'autres auraient pu être tout aussi efficaces. Le choix de cette brute de Bertrand Roman était l'idée de Geneviève. Katharine en est persuadée.

Pietyr grimpe sur son lit de fortune et y dispose la nourriture qu'il a pu trouver. La majorité des aliments est toujours dans des caisses ou en train d'être stockée pour les festins. Mais il a tout de même déniché du pain et du beurre, ainsi que des œufs durs.

— Pietyr. Tu as une fleur dans les cheveux.

Il soulève une main et la retire de derrière son oreille. Ce n'est qu'une pâquerette, la clairière en est pleine.

— Où l'as-tu trouvée ?

— Une prêtresse quelconque, avoue-t-il, et Katharine croise les bras. Kat.

Il se lève et l'entoure de ses bras. Il lui couvre le visage de baisers jusqu'à ce qu'elle se mette à rire. Il lui embrasse les lèvres et le cou, et elle glisse ses mains sous sa chemise.

— Ma jalousie est injuste.

— Cela n'a aucune importance, c'est ainsi. Nous devons nous rendre fous de jalousie. Tu embrasseras un prétendant, j'embrasserai une prêtresse, et le brasier que tu entretiens pour moi n'en brûlera que plus fort.

— Ne te moque pas de moi, lâche-t-elle, et il lui répond par un sourire.

À l'extérieur de la tente, les empoisonneurs discutent tout en déplaçant et en débarrassant des coffres. Les préparatifs pour la Chasse de la soirée ont commencé. Chaque empoisonneur présent à Innisfuil sera bientôt en train de bander un arc ou une arbalète, trempant ses flèches dans une solution empoisonnée d'hellébore noir.

— J'aimerais pouvoir participer à la Chasse, confesse Katharine.

Elle va jusqu'au lit et pose un genou dessus pour étaler du beurre sur un peu de croûte.

— Comme ce serait agréable de faire du cheval dans les collines et de débusquer la caille et le faisan. Tu y participeras à cheval ou à pied ?

— Je n'y participerai pas. Je vais rester avec toi.

— Pietyr. Tu n'en as pas besoin. Je serai tellement ennuyante, à m'inquiéter pour le Gave noir et le Débarquement.

— Non. Ne t'inquiète pour rien de tout ça.

— Il me sera compliqué de penser à quoi que ce soit d'autre.

— Je t'aiderai à te changer les idées, alors.

Pietyr l'attire contre son torse et l'embrasse encore jusqu'à ce qu'ils perdent tous deux haleine.

— N'y pense pas, Kat. Ne t'inquiète pas.

Il l'allonge sur le lit.

— N'aie pas peur.

Il se place sur elle, son souffle chaud dans son oreille. Quelque chose chez Pietyr a changé ; ses caresses sont désespérées et un peu tristes. Elle s'imagine que cela provient du fait qu'ils seront bientôt séparés par un prétendant, mais elle n'en dit rien, par crainte qu'il cesse. Ses baisers lui font tourner la tête, même si elle ne comprend pas quand il trace des lignes sur sa peau avec son doigt, d'abord là où son bras rejoint son épaule, puis au niveau de sa gorge.

LE CAMPEMENT DES MILONE

Jules lève le maillet très haut au-dessus du piquet de la tente. Elle va le frapper. Mais quand elle abat l'outil, l'impact brise le piquet en deux. C'est un gâchis de bon piquet, mais au moins cela aura eu le mérite de faire peur aux curieux. Depuis la disparition d'Arsinoé, Jules n'a pas une minute de répit. Tout le monde se dit qu'elle doit savoir où est passée la reine.

Même le père de Billy s'est manifesté. Le lendemain de la disparition du bateau, William Chatworth s'est enfin présenté chez les Milone, dans le seul but de donner des grands coups à la porte et d'exiger des réponses. D'exiger une punition. Mais il n'y a personne à punir. La reine est partie, et Billy est parti avec elle.

Ellis se penche en même temps que son épagneul blanc, Jake.

— Je ne cherchais pas à le casser.

— Je le sais bien. Ne t'inquiète pas. Jake pourra le sortir du sol, il y en a d'autres dans la charrette.

Jules s'éponge les sourcils alors que le chien commence à creuser.

Leur tente principale est posée sur l'herbe comme l'aile d'une chauve-souris morte, et elle sent tout aussi fort. Elle n'a rien à voir avec les belles tentes qui abritent Mirabella et Katharine. Non pas que cela ait de l'importance. Ils n'ont pas réellement besoin de la préparer. Sans Arsinoé, leur venue à Innisfuil n'était même pas nécessaire.

Jules tâte du bout du pied l'extrémité de la tente et découvre un trou qui doit être réparé.

— C'est une honte. Nous aurions dû nous en occuper davantage. Nous aurions dû la traiter comme une vraie reine.

— C'est exactement ce que nous avons fait, lui rétorque Ellis. Nous l'avons traitée comme une reine naturaliste. Avec le nez dans la boue, à courir et à pêcher avec nous. Les reines naturalistes sont des reines du peuple ; c'est pourquoi elles font de si bonnes reines, quand elles sont assez puissantes pour le devenir.

— Allez, ouste !

Jules et Ellis se retournent et voient Cait chasser Camden de sa tente. Éva coasse et bat des ailes autour de la tête du couguar.

— Qu'est-ce qui se passe ? demande Jules.

— Oh, pas grand-chose. Elle en a juste après le bacon.

Elle fait un geste du menton.

— Tiens, voilà Joseph.

Il les salue avec une démarche légèrement courbée. Les yeux de l'île ne le quittent pas non plus depuis la disparition de Billy et Arsinoé.

— Bonjour, Joseph, lance Ellis. Ta famille et toi êtes installés ? Vous campez où ?

— On n'est pas loin, vers là-bas, indique-t-il en pointant vers l'est. Mais mes parents ont décidé de rester avec Jonah, il n'y a donc que Matthew et moi.

— Tu as fait des repérages pour la Chasse ? demande Cait.

— Non. Pas encore.

— Dans ce cas, vous feriez bien de vous y mettre, Juillenne et toi. Si vous n'allez pas trop vite, vous pourrez emmener cette bête avec vous.

Quand on parle d'elle, Camden regarde Jules avec des yeux pleins d'espoir. Sa patte avant et son épaule guérissent avec difficulté, mais ses yeux sont brillants et jaune-vert. Ils semblent lui dire qu'elle n'est pas inutile, qu'elle est bien vivante et volontaire.

— Allons-y, souffle Jules, et le félin part en avant au petit galop sur ses trois pattes.

— Et ne lambinez pas, les avertit Cait. Il y aura davantage d'animaux abattus cette année, rien qu'en voyant tous ces pieds qui s'activent.

Elle jette un regard sur la clairière gigantesque.

— Il ne faudra pas longtemps pour que cette marée de tentes atteigne les plages.

Et il en viendra encore plus. Des gens sans aucune tente, qui dormiront à la belle étoile.

— Jules, commence Joseph quand ils sont sous le couvert des arbres.

— Les broussailles ne sont pas épaisses.

Cela facilitera l'affaire, mais chasser dans l'ombre des arbres est toujours dangereux. Les gens tombent et sont écrasés. Ils se brisent les os sur un terrain accidenté. Ou ils reçoivent une lame ou une flèche perdue.

— Jules.

Il lui touche l'épaule.

— Comment vas-tu ? Enfin, après tout ça.

— Ne devrions-nous pas être heureux ? demande-t-elle en repoussant sa main d'un mouvement de l'épaule. N'avons-nous pas toujours voulu qu'elle quitte cette île ?

— Si. Mais je n'avais jamais pensé que ce serait si soudain et sans le moindre mot. Je n'aurais jamais pensé qu'elle partirait sans nous.

Les yeux de Jules la piquent.

— Effectivement, ça fait mal. Mais je ne lui en veux pas. Elle a saisi sa chance.

Camden ouvre la voie et grogne sur le bord d'une ravine glissante située le long des rives d'un large ruisseau. Durant la Chasse, Cam restera au camp avec les autres familiers. Même si elle adorerait se joindre à l'équipage de chasse, ce n'est pas un événement qui convient aux os fragiles des chiens et des oiseaux, et chacun d'entre eux pourrait être pris pour une proie.

— Mirabella est présente.

Du coin de l'œil, elle voit Joseph se tendre.

— Est-ce que tu as vu la voiture qui l'a amenée ? Dorée et propre comme un sou neuf. Les chevaux n'avaient pas le moindre poil blanc. S'ils n'avaient pas tant d'argent sur leurs harnais, on aurait pu croire que c'étaient des ombres.

— Je ne les ai pas vus. Je ne l'ai pas vue elle, Jules.

— Je me dis que c'est une bonne chose qu'Arsinoé soit partie. Elle n'allait jamais gagner. Elle aurait peut-être pu y parvenir si elle avait eu les Westwood ou les Arron à ses côtés, plutôt que nous. Si nous avions pu lui donner… quoi que ce soit…

— Arsinoé était heureuse. Elle était notre amie et elle est partie. Tu l'as rendue assez forte pour qu'elle puisse s'en aller.

Les oreilles de Camden se tournent vers l'arrière en direction d'une branche craquant sous un pied. D'autres chasseurs qui explorent les bois. Joseph lève un bras pour les saluer, ils ne les connaissent pas. Ce sont sûrement des naturalistes, mais ils pourraient avoir n'importe quel autre don. Durant Beltane, les gens se mélangent même si la disposition des tentes ne le reflète pas. Les naturalistes s'installent près d'autres naturalistes, et toutes les tentes d'Indrid-Down et de Prynn sont à proximité les unes des autres. Même lors de la Chasse, seuls ceux qui ont le don de la guerre se sépareront de leur groupe, et eux seuls, car ils sont tellement peu et savent que le don naturaliste fournira de meilleures opportunités de chasse.

— L'heure approche.

Ses yeux brillent. Aussi triste qu'il soit pour Arsinoé, il reste un jeune loup, et c'est la première fois qu'il va chasser en meute.

— J'imagine que tu n'as jamais participé à des chasses aussi impressionnantes sur le continent.

— Non. Nous chassions, mais cela n'avait rien à voir avec tout ça. Déjà, ça se passait en plein jour, donc nous voyions ce qu'on chassait.

Au loin, en direction du camp, quelqu'un frappe sur un tambour. La journée s'est avancée sans même qu'ils s'en aperçoivent. Bientôt, les flammes s'étireront très haut et des gens sauteront au travers. Les naturalistes troqueront leurs vêtements contre de la peau de cerf et des bandes noir et blanc sur leur corps.

Quand ils regagnent la clairière, le soleil est passé derrière la cime des arbres et sa lumière a pris une teinte jaune de crépuscule. Cait avait raison, en leur absence, Innisfuil s'est tellement remplie qu'elle ne peut pratiquement plus accueillir qui que ce soit. Les tentes sont bord à bord et séparées par à peine assez d'espace pour que quelqu'un puisse se faufiler entre elles. Les allées et les feux sont occupés par des visages enthousiastes et souriants.

Ils atteignent la tente de Joseph et il retire sa chemise.

— Et tu vas garder ça ? demande Jules en faisant un geste en direction de son pantalon de continental.

— Je ne vois pas pourquoi je ne le garderais pas. Tout le monde s'imagine que je viens du continent, de toute façon.

Il l'aide à retirer sa chemise aussi, il ne lui reste plus que sa tunique en cuir tendre et son collant. Elle n'a pas tellement le cœur à la chasse, mais le sang naturaliste qui coule dans ses veines ne la laissera pas demeurer en retrait. Déjà, il la pousse à aller vers les arbres.

— Tu veux bien me peindre ?

Il tient un pot rempli d'une substance noire.

Au début, elle ne sait pas quoi dessiner, puis elle trouve une idée. Elle trempe quatre doigts et trace des lignes sur son épaule. Elle les imbibe une nouvelle fois et reproduit des lignes sur sa joue droite, avant de faire la même chose sur sa peau.

— Pour Arsinoé.

— C'est parfait. Mais une dernière chose.

— Une dernière chose ?

Il saisit son poignet.

— J'aimerais porter l'empreinte de ta main sur mon cœur.

La main de Jules s'approche de son torse. Puis elle recouvre sa paume de peinture et la pose contre son cœur battant. Dans le même temps, elle pose ses lèvres contre les siennes.

Son contact lui a manqué. Sa chaleur et la force de ses bras autour d'elle. Depuis Mirabella, il lui semblait parfois que Joseph n'était jamais réellement revenu sur l'île. Mais il est bien là, même si Arsinoé ne l'est pas, et même si les promesses qu'ils se sont faites par rapport à Beltane et à leurs retrouvailles pour leur première fois ont été brisées.

Joseph serre Jules fort contre lui. Il l'embrasse comme s'il avait peur que tout s'arrête.

Elle plaque ses mains contre son torse et le repousse.

— Joseph. Je n'aurais jamais dû faire ça.

— Si, conteste-t-il à bout de souffle. Tu as bien fait. Nous pouvons rester ici toute la nuit, Jules, nous n'avons pas besoin d'aller chasser.

— Non.

Il touche son visage, mais elle refuse de le regarder dans les yeux. Ce qu'elle y trouverait pourrait bien lui faire changer d'avis.

— Ne me pardonneras-tu donc jamais ?

— Pas maintenant. Je ne veux pas avoir l'impression que tout ce qu'il y avait entre nous a été ruiné. Je veux que l'on se retrouve et que tout redevienne comme avant.

— Et si ce n'est pas le cas ?

— Nous saurons alors que nous n'étions pas faits l'un pour l'autre.

LE DOMAINE BRECCIA

— Il fait si sombre ici, constate Katharine.

— Oui, lui répond Pietyr. Mais il vaudrait mieux que tu t'y habitues, comme tu es une reine.

Sa voix lui parvient d'assez loin derrière elle. Il a refusé de s'approcher autant du bord. Mais dès que Katharine a vu le domaine Breccia, elle s'est mise à plat ventre et a ondulé jusqu'au gouffre comme un serpent.

Le domaine Breccia est un gouffre profond qui lézarde le sol, que l'on appelle aussi le « cœur de l'île ». C'est un lieu sacré. On prétend qu'il n'a pas de fond, et en le voyant, Katharine est incapable d'en décrire l'obscurité. Il est tellement noir qu'il en devient presque bleu.

Pietyr l'a fait sortir en catimini dès que Natalia et Geneviève se sont laissé distraire par la Chasse. Ils se sont faufilés dans les profondeurs des bois au sud d'Innisfuil, où il est interdit de chasser. Puis ils ont poursuivi leur chemin jusqu'à ce que les arbres cèdent leur place aux roches grises et à la fissure noire de l'île. Elle ressemble à une blessure causée par une lame dentelée.

— Viens me rejoindre.

— Non merci.

Elle rit et penche la tête au-dessus du vide. Pietyr ne peut pas imaginer ce qu'elle ressent en tant que reine. C'est un lieu destiné à son espèce.

Elle prend une autre inspiration profonde, très profonde.

Le domaine Breccia est conscient. Le domaine Breccia vit, de la même façon que tant d'autres lieux sacrés de Fennbirn vivent, mais cet endroit est celui où convergent tous les autres. Ici est la source. Si Katharine avait été élevée dans des temples comme Mirabella, elle aurait peut-être de meilleurs mots pour qualifier ce bourdonnement de l'air et la façon dont il hérisse les poils de sa nuque.

L'air froid et dense qui règne ici pénètre dans son sang et la rend tellement heureuse qu'elle en rit.

— Kat, écarte-toi.

— Est-ce que nous devons partir ? J'aime cet endroit.

— Je ne comprends pas pourquoi. C'est un endroit morbide au milieu de nulle part.

Elle pose sa tête sur sa main et continue à regarder au fond de la fissure. Pietyr a raison. Elle ne devrait pas ressentir une telle fascination. Par le passé, c'est dans ce gouffre qu'on jetait le corps des reines qui n'avaient pas survécu à leur année de l'Ascension. Geneviève affirme qu'au fond leurs corps forment des petits tas, brisés.

Mais Katharine n'y croit pas. Le domaine Breccia est si vaste et si profond, ces reines ne sont certainement pas brisées au fond. Non, elles doivent encore être en train de tomber.

— Katharine, nous ne pouvons pas rester ici toute la nuit. Nous devons regagner le campement avant la fin de la Chasse.

Elle scrute une dernière fois longuement l'obscurité et soupire. Puis elle se relève et époussette sa robe. Ils feraient effectivement mieux de rentrer. Elle va avoir besoin de se reposer avant demain.

Demain, ils prépareront la cérémonie du Débarquement qui aura lieu au coucher du soleil, quand Mirabella et elle rencontreront leurs prétendants pour la première fois, et elles se reverront aussi. Elle se demande si la jolie élémentaire sera étonnée de voir sa faible empoisonneuse de sœur en si bonne forme.

— Quel gâchis. Embrasser ce garçon du continent, Billy Chatworth, pour qu'ensuite il prenne la fuite avec Arsinoé.

— Comment ça, l'embrasser ? Tu l'as embrassé ?

— Bien évidemment. D'après toi, pourquoi est-ce que nous avons quitté le salon ? Pour que tu ne puisses pas nous surprendre.

— C'est gentil de ta part, mais je ne pourrai bientôt plus l'éviter. Tu devras simplement prétendre que je ne suis pas là, Kat. Tu devras prétendre que je n'existe pas.

— Oui, mais je ne ferai que prétendre. Et aucun d'entre eux ne me touchera durant Beltane. Je ne serai seule avec eux qu'après la Révélation.

Pietyr détourne le regard, et Katharine s'avance vers lui et l'embrasse rapidement. Elle lui volera bien des baisers ce soir et la nuit suivante, à l'abri des yeux désapprobateurs de Geneviève.

— Personne ne nous séparera, souffle-t-elle contre ses lèvres. Même si nous devrons toujours nous cacher.

— Je le sais, Kat, dit-il avant de l'entourer de ses bras.

Elle pose sa tête contre son menton.

Cela sera compliqué, mais pas impossible. Ils sont très doués pour se cacher.

LA CHASSE

La Chasse a été lancée. Jules était si proche de Joseph qu'ils se touchaient presque. Ils se tenaient devant la horde de naturalistes alors que les tambours égrainaient le temps avant la Chasse. La grande prêtresse a soufflé dans le cor, puis ils se sont mis à courir avec les autres. Les seuls sons qu'ils percevaient étaient les cris des autres chasseurs et le bruit de l'herbe foulée sous leurs pieds.

Ils sont d'abord restés près l'un de l'autre, à cavaler alors que les dons des naturalistes faisaient entrer les animaux dans les bois. Puis elle a porté son regard sur la droite, et il n'était plus là.

Elle l'a cherché partout. Elle a même pris l'une des torches pour examiner le sol, au cas où il serait tombé. Mais elle ne l'a pas trouvé, et les bois sont désormais calmes.

— Joseph ? crie-t-elle.

Les autres naturalistes et ceux qui ont le don de la guerre l'ont laissée loin derrière eux. Pendant un instant, elle a entendu leurs cris de victoire, mais elle ne saisit plus cela non plus. Les empoisonneurs et leurs lames et flèches toxiques ont pris de la hauteur sur les collines, sous les falaises, et les élémentaires, légers et rapides, sont certainement en train d'occuper les bois au nord derrière la tente de leur précieuse reine.

— Joseph ! s'écrie-t-elle encore avant d'attendre.

Tout ira bien. C'est un chasseur en bonne condition physique et qui sait ce qu'il fait. Il est facile de perdre la trace d'un compagnon dans une foule en mouvement ; peut-être même étaient-ils un peu idiots de vouloir rester ensemble.

Jules soulève sa torche et fouille l'obscurité du regard. L'air nocturne lui refroidit la peau maintenant qu'elle ne court plus. Après un temps, elle marche dans la direction opposée à la horde. Elle a déjà été jusque-là, il n'y a aucune raison pour qu'elle ne cherche pas quelques proies.

Mirabella est assise devant une assiette de fruits et de fromage. Elle se relève avec tension quand quelque chose cogne lourdement à l'extérieur de sa tente. Quelques instants plus tard, Bree et Elizabeth tirent ses gardes évanouies dans sa tente.

— Qu'est-ce que vous faites ?

Bree est très jolie dans sa tunique à ceinture noire avec des bordures argentées et ses bottes souples et hautes. Elizabeth et elle portent toutes deux des capes de laine gris sombre, des capes de chasse.

Mirabella observe les prêtresses inconscientes. Tout du moins, elle pense qu'elles sont inconscientes. Elles sont toutes les deux si immobiles.

— Qu'est-ce que vous avez fait ?

— Nous ne les avons pas tuées, affirme Bree d'un ton qui laisse entendre que ça ne l'aurait pas dérangée outre mesure si c'était le cas. Elles sont simplement droguées. Un coup d'empoisonneur, je sais, mais quel est l'intérêt d'être dans une clairière pleine d'empoisonneurs si on ne peut pas dénicher un petit peu d'eau de sommeil ?

Elizabeth tend une cape grise enroulée pour Mirabella.

— On se fera prendre.

Elle regarde le flanc d'Elizabeth, là où devrait se trouver sa main.

— Nous ne pouvons pas prendre de risques.

— Je ne te servirai pas d'excuse, objecte la prêtresse. Je suis peut-être du Temple, mais ils ne me contrôleront pas.

Sous sa capuche, ses joues olivâtres sont pleines d'excitation.

— Un jour, tu feras une bien piètre prêtresse, remarque Bree en riant malicieusement. Pourquoi tu restes à leur service ? Tu pourrais vivre avec nous. Tu n'as rien à voir avec cette bande.

Elizabeth jette la cape entre les mains de Mirabella.

— Ce n'est pas si désagréable d'être une paria, admet-elle. Et ce n'est pas parce que les prêtresses se sont retournées contre moi que c'est le cas de la Déesse. Venez. Nous n'avons pas besoin d'être parties longtemps. Juste assez pour voir les naturalistes. Les vrais chasseurs, avec des plumes tressées dans leurs cheveux et des os autour du cou.

— Et leurs torses nus, ajoute Bree.

— Nous pourrons replacer ces deux-là à leur poste quand nous reviendrons. Elles auront peut-être même trop honte pour avouer qu'elles se sont endormies.

Il y a une dague et un lance-pierre à la ceinture de Bree, et une arbalète sur l'épaule d'Elizabeth. Ces armes ne sont pas là pour le gibier, mais pour se protéger. Mirabella lance un regard rapide à la main manquante de son amie : elle aura besoin d'aide pour recharger.

— Très bien, cède-t-elle en enfilant la cape, mais faisons vite.

Jules entend l'ours avant même de repérer son antre à flanc de colline. Elle déplace le faisceau de sa torche afin que la lumière passe devant l'entrée, et il se retourne vers elle avec des yeux brillants de feu.

C'est un grand ours brun. Elle ne le cherchait pas. Elle suivait la trace d'un cerf et allait rattraper sa proie à la prochaine colline.

L'ours ne montre aucune violence. Il s'est très certainement retiré dans sa tanière d'hiver pour éviter les chasseurs.

Jules sort son couteau, il est long et aiguisé et il peut percer le cuir de l'ours. Mais celui-ci pourrait tout de même la tuer s'il décide de se battre.

L'animal regarde le couteau et hume l'air. Une partie d'elle veut qu'il s'approche. La chaleur de sa colère et le poids de son désespoir la surprennent.

— Si tu viens pour la reine, c'est trop tard.

Il n'est pas nécessaire de voir les élémentaires ou les empoisonneurs pour savoir que ce sont les naturalistes qui chasseront le plus de viande. Tant de chasseurs ont envahi les arbres, et il y a tant de cris de victoire. La plupart de ceux qu'aperçoit Mirabella ont un animal à la ceinture : des lapins ou des faisans bien gras. Ceux qui participeront au festin naturaliste ne mangeront pas de chèvres élevées en prairie, c'est certain.

Elizabeth, Bree et elle ont suivi les chasseurs très loin dans leur course. Peut-être même plus loin qu'elles ne le voulaient. Mais les groupes se déplacent si rapidement, il est pratiquement impossible d'éviter d'être happé dans leurs courants.

— Le don naturaliste commence à gagner en puissance, note Mirabella en repensant à Juillenne Milone et son félin des montagnes.

— J'ai entendu des rumeurs, révèle Elizabeth, d'une fille qui aurait un couguar pour familier.

— Ce ne sont pas que des rumeurs. Je l'ai vue. Le jour où j'ai rencontré ma sœur dans la forêt.

— Avec ta sœur ? demande Bree.

Elle semble inquiète. Mais dans la faible lumière de la lune, elle n'est rien d'autre qu'une silhouette.

— Quoi ? Qu'est-ce qui ne va pas ?

— Tu ne t'es jamais demandé si les naturalistes, en plus de devenir puissants, n'étaient pas aussi devenus plus malins ? S'ils avaient dissimulé le don d'Arsinoé pendant tout ce temps et qu'en vérité le couguar lui appartient ?

— Je ne pense pas.

— Et quoi qu'il en soit, ajoute Elizabeth, félin ou pas, Arsinoé est partie.

Mirabella opine du chef. Elles devraient retourner au camp. Les prêtresses droguées vont bientôt se réveiller. Mais avant de pouvoir dire un mot, un autre groupe de chasseurs arrive et les rattrape dans leur course.

— Jules !

Ce n'est qu'un murmure marqué, que l'on entend à peine par-dessus les cris des chasseurs et les rires de Bree et Elizabeth.

— Jules !

Mirabella ralentit, puis s'arrête. Bree et Elizabeth continuent sans elle.

— Joseph ?

Il est seul, il tient une torche qui ne brûlera plus très longtemps. Il a des marques noires sur le visage et l'épaule, mais c'est bien lui.

Quand il la repère, il s'immobilise.

— Reine Mirabella. Que faites-vous là ?

— Je n'en sais rien. Je ne devrais certainement pas être ici.

Il hésite un instant, puis la prend par la main et l'attire derrière un large tronc d'arbre où personne ne les verra. Aucun d'eux ne sait quoi dire. Ils se serrent les mains si fort. La mâchoire de Joseph est tachée de sang, mais la plaie n'est visible qu'à la lumière de la torche.

— Tu es blessé.

— Ce n'est qu'une égratignure. J'ai chuté sur un rondin au début de la Chasse. J'ai perdu mon groupe.

Il a perdu Juillenne, sous-entend-il. Mirabella sourit timidement.

— Il semblerait que tu te blesses souvent. On ne devrait peut-être pas te permettre d'être seul.

Joseph rit.

— Peut-être. Depuis que je suis revenu, j'ai beaucoup… d'accidents.

Elle touche le sang sur son menton, ce n'est rien de grave. Cela ne fait qu'ajouter à son caractère sauvage, en plus des lignes noires sur son visage et son épaule nue. Elle se demande qui les a peintes et imagine les doigts de Jules glisser sur la peau de Joseph.

— Je savais que tu serais ici. Même après le départ d'Arsinoé. Je le savais, je l'espérais.

— Je ne pensais pas te voir. Tu es censée être recluse quelque part.

Recluse, emprisonnée sous une garde constante, mais Bree et elle mettent à mal toutes les tentatives du Temple pour l'enfermer depuis qu'elles sont enfants. C'est étonnant que les prêtresses n'aient pas encore renoncé ou ne se soient pas améliorées depuis.

Mirabella passe sa main le long du torse de Joseph pour la poser sur son épaule. Sa course l'a réchauffé et son pouls sursaute à chaque fois qu'elle le touche. Elle s'approche de lui jusqu'à ce que leurs lèvres soient près de se toucher.

— Tu ne me connais pas aussi bien que tu connais Jules. Mais est-ce que tu me désires tout autant ? Est-ce que ce qui s'est passé entre nous cette nuit-là pendant la tempête était important ?

Joseph respire fort. Il la regarde sous un sourcil froncé. Il ne résistera plus longtemps. Il n'était déjà pas bien vaillant au début de leur échange.

Elle passe son deuxième bras autour de son cou et il l'embrasse avec passion, en la pressant contre l'arbre.

— Oui, c'était très important, avoue-t-il contre elle. Mais bon sang, j'aimerais que ce ne soit pas le cas.

LE CAMP DES ARRON

Les empoisonneurs ont majoritairement attrapé des oiseaux et quelques lapins. Un piètre butin comparé aux proies des naturalistes, mais ce n'est pas surprenant. La Chasse est véritablement l'événement qui convient le mieux aux naturalistes durant Beltane.

Katharine rejoint Natalia dans la longue tente de cuisine blanche, et elle la retrouve entourée de plumes, en train de les arracher d'un faisan.

— Est-ce que j'aurais dû faire venir un serviteur ?

— Non. Les rares qui sont venus avec nous ont d'autres tâches à effectuer. Mais il y a d'autres oiseaux à plumer. Beltane fait de nous tous des serviteurs.

Katharine remonte les manches de sa robe et attrape le volatile le plus proche.

Natalia acquiesce avec approbation.

— Pietyr a eu une bonne influence sur toi.

— Il ne m'a pas appris à plumer quoi que ce soit. Je vais peut-être salir un peu.

— Mais tu es plus sûre de toi, tu es charmante. Tu t'es épanouie depuis son arrivée.

Katharine sourit en réponse et souffle des plumes qui se sont posées sur son nez. La majorité des oiseaux sont destinés aux festins, mais certains des meilleurs seront réservés à la cérémonie de la Révélation et au Gave noir.

— N'est-ce pas pour ça que vous l'avez fait venir à Greavesdrake ?

— Tout à fait. Il était de sa responsabilité de faire de toi une fille à fiancer et il y est parvenu.

Elle a un peu de sang sur les doigts. Elle a tiré trop fort et a arraché de la peau.

— Il était de mon devoir de développer ton don et de te garder en sécurité. Mon devoir était de faire de toi une reine.

— Natalia, que se passe-t-il ? Vous donnez l'impression d'avoir échoué.

— C'est peut-être bien le cas, dit-elle en baissant la voix pour qu'elle devienne à peine plus audible qu'un murmure, bien qu'il n'y ait personne d'autre dans la tente et aucune ombre à proximité de la toile. J'espérais que la fuite d'Arsinoé mettrait leurs plans à mal. Qu'ils seraient trop occupés à chercher cette horrible gamine. Ou qu'ils les considéreraient dorénavant comme inutiles. Mais j'ai suivi leurs caisses et je sais ce qu'elles contiennent. Tous ces couteaux dentelés.

De l'autre côté de la table, Katharine continue de travailler. Ce regard vide et distant dans les yeux bleu glace de Natalia couplé à l'horreur qui règne dans sa voix refroidit Katharine jusqu'au sang.

— La manœuvre d'Arsinoé était intelligente. C'est une lâche, mais une lâche intelligente. Utiliser ce garçon du continent pour filer en douce… Qui l'aurait cru ?

— Je ne pense pas qu'ils y soient arrivés. Je pense qu'ils sont tous les deux au fond de la mer. Avec des poissons en train de se repaître de leurs joues.

Natalia se met à rire.

— Peut-être. Mais si elle se trouve effectivement au fond de la mer, il demeure qu'elle n'est pas ici. Et il ne leur restera donc plus qu'une seule cible.

— « Leur » ? Natalia, de quoi parlez-vous ? Est-ce que quelque chose ne va pas ? Pensez-vous que je vais échouer au Gave noir ?

— Non. Tu n'échoueras pas. Ce sera un succès retentissant.

Katharine rougit de honte. C'est le Gave qui la remplit le plus d'effroi. Bien plus que l'humiliation de son anniversaire. Une telle débâcle devant Natalia et Geneviève est une chose, mais échouer aux yeux de tous les habitants de l'île en est une autre.

— « Retentissant » ? Ce serait surprenant.

Natalia repousse les oiseaux morts. Ses yeux détaillent Katharine comme si elle la voyait pour la première fois.

— Est-ce que tu me fais confiance, Kat ?

— Évidemment.

— Alors, mange durant le Gave, mange jusqu'à t'en faire éclater la panse.

Sa main traverse la table à toute vitesse pour attraper celle de la jeune reine.

— Sers-toi sans crainte. *Et crois-moi quand je te dis qu'il n'y aura pas de poison.*

— Comment ?

— Les prêtresses se pensent peut-être intelligentes. Mais personne n'est aussi doué que moi pour les tours de passe-passe. Et je ferais n'importe quoi pour donner l'impression que tu es puissante. Ainsi, personne ne pourra dire que nous vivons une Année sacrificielle.

LE CAMP DES MILONE

— Avant, on partageait la viande, explique Ellis, maintenant on la divise selon les différents festins. Empoisonneurs, naturalistes, guerriers, élémentaires et même les sans-don. Nous ne faisions qu'un le jour des festivités quand j'étais jeune.

— Et c'était quand, ça, grand-père ? Il y a un ou deux siècles ?

Ellis sourit et envoie Jake par-dessus la table pour lui mordiller les doigts.

La matinée suivant la Chasse est calme. Tous ceux qui se trouvent dans la prairie sont soit en train de travailler, soit en train de se reposer. Ou alors ils s'occupent des blessures. Comme c'était à prévoir, bien des individus de la grande horde ont été blessés. Mais il n'y a pas eu de décès. Certains ont même commencé à murmurer que ce Beltane est béni.

Mais c'est impossible, alors qu'Arsinoé est absente.

Camden grimpe gauchement sur les genoux de Jules et renifle la coupure bandée sur son épaule. Elle ne provient pas de l'ours. Elle l'a laissé où elle l'a découvert, au chaud dans sa tanière. Elle s'est plutôt mise sur les traces du cerf et l'a rapidement achevé, d'une entaille nette au niveau de la gorge. Mais un sabot incontrôlé l'a touchée alors qu'elle le maintenait au sol.

Jules passe le bras par-dessus la table et découpe un beau morceau de cœur de cerf pour Cam.

— Ce cerf est la plus belle prise de la Chasse, affirme Cait. De droit, ce cœur devrait mijoter dans un ragoût pour les reines.

— Envoie le reste alors. Toutes les reines ne sont pas là. Et Arsinoé voudrait que Cam en profite elle aussi.

Derrière la table, la tente de Madrigal s'anime. Jules fronce les sourcils et serre son couguar. Cette tente remue depuis qu'elle s'est réveillée. Elle bouge et rit. Madrigal n'est pas seule.

— Debout et dehors, ordonne Cait en donnant un coup de pied dans l'ouverture. Il y a du travail.

Le rabat de la tente se lève. Matthew le garde ouvert afin que Madrigal puisse se glisser sous son bras.

Cait et Ellis restent cloués sur place. Matthew était avec Madrigal, mais cela n'a pas le moindre sens. Il aime tante Caragh. Ou il l'aimait, tout du moins. Les doigts de Madrigal se faufilent sous le col ouvert de sa chemise et il sourit. Un sourire presque malicieux, comme un limier candide qui a couru derrière un bâton pendant des heures.

Jules saute tellement rapidement de la table qu'elle bouscule Camden.

— Mais qu'est-ce que vous avez fait ? crie-t-elle en frappant la table du plat de la main.

Tout ce qui se trouve dessus se met à trembler.

— Écarte-toi de lui !

— Jules, non !

Ellis saisit Camden par le col juste au moment où elle est prête à bondir. Matthew se place devant Madrigal pour la protéger et Jules grogne.

— Je, tente Madrigal. Je…

— Je me fiche que tu sois ma mère ! Ferme ta grande bouche !

— Juillenne Milone.

Jules se calme. Elle serre les poings et la mâchoire et détourne le regard de Matthew et Madrigal pour fixer sa grand-mère.

— Va-t'en, enjoint Cait avec fermeté. Maintenant.

Jules prend plusieurs inspirations profondes. Mais elle parvient à reprendre le contrôle et Ellis relâche Camden. Elle fait demi-tour sur ses talons.

— Jules, attends, lance Madrigal.

— Madrigal, la coupe Cait. Ne dis rien.

Jules s'enfonce dans la foule de Beltane. Il lui faut moins de quelques secondes pour disparaître.

Pendant un temps, elle erre sans but, une fille en colère et un félin des montagnes dégageant un large passage. Matthew et Madrigal semblaient tellement à l'aise. Ils n'avaient rien de jeunes amants. Avec les disparitions fréquentes de Madrigal, il est impossible de déterminer quand leur histoire a commencé.

— Je la déteste, souffle Jules à Camden.

Madrigal l'égocentrique, toujours à agir sans réfléchir. Elle a ruiné la vie tout entière de Jules et n'a jamais offert qu'une moue en guise de solution. Maintenant, elle a Matthew. Elle a toujours apprécié de voler les affaires de Caragh. Matthew était la toute dernière chose qui appartenait encore à Caragh.

— Jules !

Elle se retourne et aperçoit Luke en train de se frayer un chemin dans la foule à coups d'épaule.

Elle n'était pas sûre qu'il viendrait. Ce fidèle Luke. Depuis le début, il a toujours cru en Arsinoé, jamais il n'a douté d'elle.

Quand il atteint Jules, il la prend dans ses bras. Hank, le coq, descend du dos de Luke pour donner un petit coup de bec amical à Camden.

— Je suis heureuse que tu sois là. Ton visage est l'un des seuls que je suis contente de voir à ce festival.

Il lui tend un paquet enveloppé dans du papier brun.

— Qu'est-ce que c'est ?

— La robe que j'ai faite pour Arsinoé.

Jules serre le tissu au travers du papier.

— Pourquoi l'as-tu amenée ? Elle ne peut pas la mettre.

— Elle n'a jamais été pour elle. Elle me l'a commandée pour toi. Elle m'a demandé de faire la robe la plus belle de tous les temps. Pour toi et pour les yeux de ton jeune homme.

Jules porte le paquet à sa poitrine. Cette douce idiote d'Arsinoé a pensé à son amie avant de penser à elle. Ou peut-être pas. Peut-être a-t-elle commandé cette robe car elle savait déjà qu'elle allait partir.

— Est-ce qu'elle nous a vraiment quittés, Jules ? Ou est-ce que c'était le continental ? Est-ce qu'on l'a enlevée ?

Jules n'arrive pas à imaginer Arsinoé se laisser contraindre à quoi que ce soit. Mais ce n'est pas impossible. Et cette idée réconforterait Luke.

— Je ne sais pas, elle a peut-être été enlevée, oui.

Luke soupire. Les visages qui les entourent sont joviaux, ceux de festivaliers sans le moindre souci. La plupart d'entre eux sont même peut-être heureux qu'Arsinoé ait disparu. C'est un obstacle de moins en travers de la route de Mirabella. Il ne reste plus que Katharine. Une empoisonneuse que les rumeurs qualifient de faible et de chétive.

— J'imagine que nous devrions soutenir Mirabella, maintenant. Je suppose que nous allons devoir apprendre à l'aimer. Cela sera plus simple que si elle avait tué notre Arsinoé.

Jules acquiesce d'un air sinistre. Elle n'aimera jamais Mirabella, mais elle ne partagera pas ses propres raisons. Et cela ne veut pas dire qu'elle ne fera pas une bonne reine.

— J'ai vu les bateaux des prétendants en passant par Port-Sablon. Il y en avait cinq, même si celui de Billy ne compte pas vraiment.

Jules hoche une nouvelle fois la tête d'une mine sombre tandis que Luke lui décrit les fanions qu'arborait chaque navire. Deux proviennent des terres du consort de Bernadine. Un de celui de Camille. Un qu'il n'a pas reconnu. Mais Jules ne l'écoute plus. Le bateau du père de Billy est à Innisfuil. Mais est-ce que Billy est à bord ? Elle ne le pense pas. Elle doute que Chatworth en sache davantage sur le destin de Billy et d'Arsinoé que les autres.

— C'est étrange, non ? réfléchit Luke. La façon dont on se rapproche des continentaux pour finalement les maintenir à bonne distance.

Dans le port se trouvant au sud-est, les bateaux des délégations devront attendre le coucher du soleil et ils pourront ensuite se lancer dans leur procession en direction de la baie de Long-Matin. Et là, ils jetteront l'ancre pour la cérémonie du Débarquement. Si Arsinoé avait été présente, Jules aurait été espionner la scène avec Camden depuis les falaises. Mais cela n'a plus guère d'importance. Que Mirabella choisisse celui qui lui plaira. Il n'aura que peu d'influence sur l'île. Les rois consorts ne sont rien d'autre que des potiches. Des symboles de paix avec le continent.

— Que se passe-t-il ? demande Luke en pointant quelque chose du doigt.

Des prêtresses forment une ligne noire, blanche et pressée qui dévale le chemin vers les falaises. Jules et Luke s'avancent pour mieux voir, comme d'autres. À cause de sa petite taille, Jules doit sauter afin de distinguer quelque chose par-dessus les têtes et les épaules.

Il y a du mouvement près de la tente des Westwood. Ou peut-être dans la tente de la grande prêtresse. Elles sont tellement proches qu'il est difficile de déterminer où a lieu l'action. Luke donne un coup à un grand type.

— Hé, tu sais ce qui se passe là-bas ?

— Je ne suis pas sûr, mais on dirait qu'ils ont rattrapé la reine traîtresse.

— C'est impossible.

— J'en ai l'impression. Il y a des prêtresses qui arrivent.

— Laissez-nous passer ! s'époumone Jules.

Mais la foule est trop dense. Elle rugit et Camden gronde avant de sauter sur le dos d'un homme pour réduire sa chemise en pièces. Les bords du tissu sont tachés de sang et il crie.

La foule s'écarte, mais elle lui hurle quand même dessus, des « horribles naturalistes » sont lancés à son encontre et celle de sa bête. Mais elle s'en fiche. Derrière elle, Luke est parti chercher Cait et Ellis. Si Arsinoé a vraiment été retrouvée, comme l'espère et s'en inquiète Jules, elle aura alors besoin de tous ses alliés.

LE CAMPEMENT DE LA GRANDE PRÊTRESSE

Il ne faut pas longtemps au Conseil noir pour se rassembler dans la tente désignée par Luca. La tente est petite et vide, elle ne contient que quelques tapis et des piles de caisses. Elle paraît bien légère et éphémère, mais le poids des personnes se tenant dedans lui donne une substance proche de la roche.

Les empoisonneurs Paola Vend et Lucian Marlowe, et Margaret Beaulin, qui possède le don de la guerre, sont debout d'un côté en compagnie de Renata Hargrove. Natalia Arron est à la tête du groupe. La tête du serpent, comme l'appelle parfois Luca. Derrière se trouvent les Arron du Conseil : Allegra, Antonin, Lucian et Geneviève. Cette dernière demeure à proximité de l'épaule de Natalia. Elle représente l'oreille de Natalia au Conseil et sa lame dans l'obscurité. Mirabella la déteste rien qu'en la regardant.

La reine n'est présente ici que par hasard. Elle était avec Luca quand les prêtresses les ont abordées en leur annonçant qu'Arsinoé avait été capturée, et Luca n'a pas pris le temps de lui enjoindre de partir.

De part et d'autre de la tente, Mirabella et Jules ne se quittent pas des yeux. C'est un moment tendu, un de plus dans un événement déjà plein de tensions, néanmoins il ne s'éternise pas. Mais plus tard, Mirabella se rappellera la sauvagerie de l'expression de Jules et sa forte ressemblance avec le couguar à son côté.

— La reine Mirabella ne devrait pas être là, lance Natalia froidement et d'une voix ferme.

Elle semble être la seule de la pièce dont le cœur ne bat pas à tout rompre.

— Elle n'a pas de voix au Conseil.

— Beaucoup d'individus ici présents n'ont pas de voix au Conseil, remarque Cait.

— Cait. Évidemment, vous pouvez rester. En tant que famille d'accueil, tous les Milone sont les bienvenus.

— Oui, et nous vous en remercions, rétorque Cait avec sarcasme. Mais est-ce vrai ? A-t-elle été retrouvée ?

— Nous le saurons bien assez vite, intervient Luca. J'ai demandé à des prêtresses de se rendre sur la côte pour nous amener ces voyageurs, quels qu'ils soient.

Les membres du Conseil noir ricanent à l'usage du mot « voyageurs », et Natalia les reprend comme des enfants.

— Si l'un de ces voyageurs s'avère effectivement être Arsinoé, alors la reine Mirabella doit s'en aller. Vous savez tous mieux que n'importe qui qu'elles n'ont pas le droit de se rencontrer avant la cérémonie du Débarquement.

— Elles se sont déjà rencontrées une fois, réplique Luca. Une fois de plus ne fera de mal à personne. La reine restera. Elle restera, mais elle demeurera silencieuse. Tout comme vous, jeune Milone.

Le couguar tend les oreilles. Les Milone les plus âgés placent une main sur les épaules de Jules.

Les prêtresses reviennent de la plage d'un pas lourd en bousculant les corps sur leur passage. Mirabella écoute les murmures et les soupirs de surprise de la foule avec tension. Puis le rabat de la tente s'ouvre et les prêtresses jettent Arsinoé au sol par l'embrasure.

Mirabella se mord l'intérieur de la joue pour s'empêcher de crier. Il est difficile d'identifier Arsinoé. Elle est détrempée et tremble de tout son être, elle s'est mise en boule sur le fin tapis du Temple. Et son visage a été ruiné par de profondes blessures recousues.

Les prêtresses montent la garde, leurs mains posées sur la poignée de leurs couteaux. Elles sont ridicules, la fille tient à peine debout, elle ne pourra jamais prendre la fuite.

— Qu'est-il arrivé à son visage ? demande Renata Hargrove, dégoûtée.

— Il y a donc réellement eu un ours, souffle Geneviève par-dessus l'épaule de Natalia.

Les plaies sont rouge vif, irritées par le sel marin.

D'autres bruits grondent à l'extérieur de la tente, et deux autres prêtresses entrent avec un garçon se débattant. Malgré ses vêtements dégoulinants et recouverts de sable, Mirabella reconnaît le garçon qui était dans les bois quand Arsinoé et Jules ont retrouvé Joseph. Il tenait les chevaux. Elle pensait que c'était un serviteur, mais il doit s'agir du prétendant William Chatworth Jr.

Le garçon se dégage de la prise des prêtresses et s'agenouille près d'Arsinoé en tremblant.

— Arsinoé. Tout va bien se passer.

— Arsinoé, je suis là ! crie Jules, mais Cait et Ellis la retiennent.

Lucian Marlowe se baisse et soulève Chatworth par le col.

— Le garçon doit mourir.

— Peut-être, répond Natalia. Mais il n'en reste pas moins un prétendant.

Elle s'avance vers lui et redresse son menton de sa main.

— Est-ce que vous avez emmené la reine Arsinoé en étant conscient de votre acte, continental ? Avez-vous essayé de l'aider à s'échapper ? Ou a-t-elle pris le contrôle de votre navire pour s'enfuir par elle-même ?

Sa voix est soigneusement neutre. Quiconque écoute pourrait avoir l'impression qu'elle se fiche de ce qu'il avouera ou non.

— Nous avons été pris dans des vents contraires. Nous sommes à peine arrivés jusqu'ici. Notre intention n'était pas de fuir.

Margaret Beaulin s'esclaffe. Geneviève Arron secoue la tête.

— Il ne savait rien, souffle Arsinoé depuis son tapis. Je l'ai forcé, c'est ma faute.

— Très bien, acquiesce Natalia.

D'un geste de son poignet, deux prêtresses saisissent Billy par les bras.

— Non. Elle ment !

— Pourquoi devrions-nous croire la parole d'un continental plutôt que celle de l'une de nos reines ? Emmenez-le au port. Délivrez la nouvelle à son père. Dites-lui que son retour sain et sauf nous rassure au plus haut point, et dépêchez-vous. Il lui reste bien peu de temps pour se préparer avant le Débarquement.

— Vous êtes fous, gronde Billy. Ne la touchez pas ! Ne levez pas un seul doigt sur elle !

Il se débat, mais étant donné son état de fatigue, il n'est pas difficile de le forcer à sortir.

Une fois Billy retiré, tous les yeux retombent sur Arsinoé.

— C'est malheureux, dit Renata.

— Et déplaisant, ajoute Paola. Il aurait mieux valu qu'elle ne soit pas retrouvée, ou qu'elle se noie. Maintenant, ça va faire tache.

Geneviève se déplace en silence de derrière Natalia et s'approche de l'oreille d'Arsinoé.

— Elle est très bête. Un autre bateau et un autre garçon. Elle n'a même pas cherché à trouver un plan différent.

— Écartez-vous d'elle.

La voix de Jules Milone est un grognement. Geneviève regarde un instant en direction du couguar, elle n'est pas sûre que ces paroles ne provenaient pas directement de la bête.

— Silence, exige la grande prêtresse. Et vous, Geneviève, reculez-vous.

Geneviève serre les mâchoires. Elle jette un coup d'œil à Natalia, mais celle-ci n'émet aucune objection. Durant Beltane, c'est le Temple qui dicte la loi. C'est la Déesse qui a le dernier mot, que cela plaise ou non au Conseil noir.

Luca s'agenouille devant Arsinoé. Elle prend la main de la reine entre les siennes et la frotte.

— Tu es froide comme la glace. Et tu ressembles à un poisson avec le ventre en l'air.

Elle fait un geste vers l'une des prêtresses.

— Apportez-lui de l'eau.

— Je ne veux pas d'eau.

Luca soupire, mais elle fait un sourire doux à Arsinoé et essaie de rester patiente.

— Qu'est-ce que tu veux, alors ? Est-ce que tu sais où tu es ?

— J'essayais de vous échapper. J'ai essayé de fuir, mais le brouillard a refusé que je m'en aille. Nous nous sommes battus. Nous avons pagayé. Mais il nous retenait comme un filet.

— Arsinoé, intervient Cait. N'en dis pas plus.

— Cela n'a plus aucune importance, Cait. Je n'ai pas pu m'échapper. Elle nous a retenus dans son brouillard jusqu'à pouvoir nous recracher dans ce port maudit.

Les bras d'Arsinoé tremblent, mais ses yeux ne vacillent pas. Ils sont rouges et fatigués, emplis de haine et de désespoir, mais ils demeurent vissés sur le visage de la grande prêtresse.

— Est-ce qu'elle le sait ? lui demande Arsinoé. Est-ce que votre précieuse reine sait ce que vous planifiez ?

Luca inspire furieusement. Elle tente de s'écarter, mais Arsinoé la retient. Des prêtresses s'avancent et attrapent Arsinoé par les épaules.

— Est-ce qu'elle sait que vous planifiez de me tuer ?

Les prêtresses plaquent le visage d'Arsinoé contre le sol. Jules crie et Ellis tient fermement Camden par le cou pour l'empêcher de bondir.

— Est-ce qu'elle le sait ? hurle Arsinoé.

— Tuez-la, ordonne Luca avec calme. Cette fuite ne peut pas être pardonnée une seconde fois.

Elle fait un geste destiné aux prêtresses, et celles-ci sortent leurs couteaux.

— Ôtez-lui la tête et les bras. Arrachez-lui le cœur. Et jetez le tout dans le domaine Breccia.

Arsinoé se débat alors que les prêtresses s'approchent d'elle. Elles la maintiennent fermement en place. Elles lèvent leurs couteaux. Le Conseil observe la scène, choqué. Même les empoisonneurs ne s'attendaient pas à ça. La seule à ne pas afficher un teint verdâtre est Margaret Beaulin, avec son don de la guerre.

— Non ! s'écrie une nouvelle fois Jules.

— Faites-la sortir d'ici, exige Natalia. Pour le bien de cette fille, Cait. Elle n'a pas besoin d'assister à ça.

Cait et Ellis s'efforcent de traîner Jules en dehors de la tente. Mirabella s'avance et saisit le bras de Luca.

— Vous ne pouvez pas faire ça. Pas ici, pas maintenant, c'est une reine !

— Et elle aura droit aux rites funéraires d'une reine, même si elle meurt en disgrâce.

— Luca, arrêtez. Arrêtez tout de suite !

La grande prêtresse repousse doucement Mirabella.

— Tu n'as pas à rester non plus. Peut-être vaudrait-il mieux que je te fasse également escorter à l'extérieur.

Sur le tapis, Arsinoé est en train de hurler alors que les prêtresses s'affairent autour d'elle. Elles la contiennent au sol et étirent ses membres pour qu'ils soient le plus à plat possible. Elle donne l'impression de pleurer des larmes rouges, les points de son visage ont commencé à céder.

— Arsinoé, souffle Mirabella.

Arsinoé avait pour habitude de pourchasser Katharine comme un monstre sur des berges boueuses. Elle était toujours sale, toujours en colère, toujours en train de rire.

L'une des prêtresses place un pied sur le dos d'Arsinoé et tire violemment sur l'un de ses bras pour le déboîter. Arsinoé pousse un cri perçant. Il ne lui reste plus beaucoup de force. Il ne sera pas difficile de cisailler les chairs de ses bras et de son cou.

— Non ! rugit Mirabella. Vous ne ferez pas ça !

Elle appelle une tempête presque inconsciemment. Le vent incline les flancs de la tente et en fait battre le rabat. Les prêtresses sont tellement préoccupées par ce qu'elles font à Arsinoé qu'elles ne remarquent rien avant que le premier éclair vienne faire trembler le sol sous leurs pieds.

Le Conseil noir se disperse dans toutes les directions comme des rats, avant qu'elle puisse les chasser avec les flammes provenant des bougies ou les foudroyer de la tête aux pieds. Luca et les prêtresses tentent de la raisonner, mais la fureur de Mirabella continue de donner de l'ampleur à sa tempête. La moitié de la tente croule sous la force du vent.

Finalement, l'assemblée entière prend la fuite.

Mirabella pose Arsinoé sur ses genoux et dégage ses cheveux sales et pleins de sel de ses joues. La tempête se calme.

— Tout va bien, souffle doucement Mirabella. Tu vas bien.

Arsinoé cligne de ses yeux noirs et fatigués.

— On te fera payer cela très cher.

— Je m'en fiche. Qu'on nous exécute toutes les deux.

— Ah, ricane Arsinoé. Qu'ils essaient.

Mirabella embrasse le front de sa sœur. Elle est faible et fiévreuse. Les blessures recousues qui forment des lignes sur son visage sont gonflées et commencent à s'arracher. Chacune des parties de son corps doit la faire terriblement souffrir. Pourtant Arsinoé n'en montre rien.

— Tu es plus solide que la pierre, lâche Mirabella en touchant la joue recousue d'Arsinoé. C'est surprenant que quoi que ce soit ait réussi à pénétrer ta peau.

Arsinoé se dégage des bras de Mirabella. Ce geste aussi lui rappelle sa sœur. Un être sauvage, bien loin des embrassades.

— Est-ce qu'il y a de l'eau ? Ou est-ce que tu en as fait une flèche pour percer le cœur de Natalia Arron ?

Mirabella va chercher le broc là où la tempête l'a fait tomber sur le sol. La majorité de son contenu s'est renversée, mais il contient encore assez de liquide pour remplir un verre.

— Il ne reste plus grand-chose. Je n'étais pas concentrée. Je voulais seulement les repousser. C'était comme ce jour-là au Cottage noir.

— Je ne m'en souviens pas.

Elle attrape le broc et boit avec avidité. Peut-être vomira-t-elle en se relevant.

— Alors essaie, essaie de t'en rappeler.

— Je ne veux pas.

Arsinoé repose le pichet. Il lui faut un moment, mais elle finit par réussir à se lever.

— Ton épaule, s'inquiète Mirabella. Fais attention.

— Je vais demander à Jules de la remboîter. Je dois y aller.

— Mais le Conseil et Luca… Ils t'attendront.

— Oh, réagit Arsinoé.

Elle fait un pas, puis retient son souffle avant d'en faire un autre.

— Je ne pense pas. Je pense que ton message est passé.

— Mais si tu me laissais…

— Te laisser faire quoi ? Écoute un peu, je sais que tu imagines avoir fait quelque chose d'incroyable. Mais je suis ici, ils m'ont piégée, nous le sommes toutes.

— Tu me détestes, alors ? Tu veux me tuer ?

— Oui, je te déteste. Je t'ai toujours détestée. Je n'ai pas essayé de m'échapper pour t'épargner. Il n'a jamais été question de toi.

Mirabella regarde sa sœur boiter vers l'ouverture de la tente.

— J'ai donc été idiote. J'imagine que…

— Arrête de prendre cette voix triste et arrête de me regarder avec cet air-là. C'est ce que nous sommes, que l'on ne nous ait pas demandé notre avis n'a aucune espèce d'importance.

Arsinoé se tient au rabat de la tente. Elle hésite, comme si elle allait ajouter autre chose. Comme si elle regrettait.

— Je te déteste un petit peu moins maintenant, dit-elle doucement avant de disparaître.

LE CAMP DES MILONE

Jules attend Arsinoé au niveau de la tente à demi écroulée. Arsinoé refuse toute épaule sur laquelle se reposer, mais elle accepte le bras de Jules et tire sur le col de sa chemise pour dissimuler son visage. Cela lui fournit un petit bouclier contre les crachats et les pelures de fruits alors qu'elles parcourent la foule.

— Que tout le monde recule ! hurle Jules. Que personne ne dise un seul mot !

Ils restent bien en arrière, grâce à Camden. Mais elle ne les empêche pas de lancer des injures et des déchets.

— C'est comme à la maison, hein ? ricane Arsinoé d'un ton sinistre.

Dans sa tente du camp Milone, loin des yeux curieux, Cait et Ellis s'occupent d'elle. Luke et Joseph sont présents eux aussi, il y a même Madrigal. Quand Ellis remet l'épaule d'Arsinoé en place, Luke se met à pleurer.

— La reine Mirabella respecte les lois à la lettre, commente Ellis. Elle ne laissera même pas les prêtresses faire du mal à une reine avant que son heure vienne.

— C'est pour ça qu'elle les a arrêtées ? interroge Jules. Ou est-ce qu'elle veut juste le faire elle-même ?

— Peu importent ses raisons, le Temple la trouvera certainement plus difficile à contrôler qu'ils ne l'imaginaient.

— Est-ce que Billy va bien ? demande Arsinoé. Quelqu'un a de ses nouvelles ?

— Il était en sécurité quand elles l'escortaient au port, l'informe Joseph. Je suis certain qu'il s'y trouve encore et qu'il se prépare pour le Débarquement.

— Le Débarquement, reprend Madrigal. Il ne nous reste plus longtemps avant le crépuscule.

— Tais-toi, Madrigal, la coupe Jules. Elle n'a pas à s'inquiéter de ça.

— Au contraire. Je suis ici et je refuse que vous ayez davantage d'ennuis par ma faute.

— Mais…, tente Jules.

— Je préférerais marcher jusqu'à ces falaises plutôt que d'y être traînée par des prêtresses.

Cait et Ellis se regardent solennellement.

— Nous ferions mieux de terminer nos préparatifs pour le festin, alors, annonce Cait. Et de dépoussiérer nos parures noires pour l'occasion.

— Je peux vous aider, propose Luke.

Il est très beau et très chic dans ses vêtements de festival. Mais Luke est toujours mieux habillé que le reste de Wolf-Spring.

— Si je dois rester et manger, je ferais mieux de participer.

Il prend la main d'Arsinoé pour la serrer.

— Je suis heureux de te voir de retour parmi nous, ajoute-t-il avant de suivre Cait et Ellis qui sortent de la tente.

Arsinoé s'assied sur le lit improvisé de coussins et de couvertures. Elle pourrait dormir là des jours entiers, même dans cette tente qui sent la moisissure, sans autre meuble qu'un coffre en bois et une table sur laquelle est posée une carafe d'eau couleur crème.

— Je devrais te tordre le cou.

— Sois gentille. Ma nuque a bien failli être coupée en rondelles il n'y a pas une heure.

Jules verse de l'eau dans un verre pour Arsinoé avant de s'installer sur le coffre.

— Je dois te dire quelque chose. Je dois vous le dire à tous.

Ils se rapprochent. Jules, Joseph et Madrigal. Ils écoutent attentivement alors qu'elle leur raconte ce que Billy lui a appris concernant l'Année sacrificielle et le fait que les prêtresses se préparent à l'assassiner, ainsi que Katharine.

— C'est impossible, conteste Jules une fois qu'Arsinoé a terminé.

— C'est pourtant bien le cas. Je l'ai vu clairement dans les yeux de la vieille Luca, soupire Arsinoé. Luke devrait s'en aller. Quelqu'un devrait l'aider à partir. Il se mettrait en travers du chemin d'un millier de prêtresses armées de couteaux et je refuse qu'il lui arrive quoi que ce soit.

— Attends, intervient Joseph. On ne peut pas renoncer, pas après tout ce qui s'est passé. Il doit bien y avoir un moyen… Un moyen de les arrêter.

— Duper la grande prêtresse durant le festival de Beltane ? Ça m'étonnerait. Tu devrais…, commence Arsinoé avant de s'arrêter. Tu devrais emmener Jules aussi, Joseph. Pour la même raison que Luke.

— Je n'irai nulle part, affirme Jules.

Ses yeux se posent sur Joseph comme s'il allait l'attraper immédiatement.

— Je ne veux pas que tu assistes à tout ça, Jules. Je veux qu'aucun de vous n'y assiste.

— On va tout arrêter, alors, annonce Madrigal.

Ils se retournent pour l'observer. Elle semble très sûre d'elle.

— Tu as dit que le Temple se cache derrière le fait que nous vivons une Année sacrificielle. Qu'il y a une reine puissante et deux faibles.

— Oui.

— Nous allons donc te rendre puissante. Elles ne pourront rien faire après la Révélation si l'île ne constate pas de faiblesse. Leur mensonge ne sera pas crédible.

Arsinoé examine Jules puis Joseph.

— Ça pourrait fonctionner, reconnaît Arsinoé avec lassitude. Mais il n'y a aucun moyen de me rendre puissante.

— Attendez, les coupe Jules.

Ses yeux sont concentrés et regardent au loin. Peu importe ce à quoi elle pense, elle est tellement distraite qu'elle ne réagit même pas quand Camden tire sur l'une des jambes de son pantalon avec des griffes très aiguisées.

— Et si on donnait l'illusion que tu es puissante ?

Ses yeux reviennent se fixer sur Arsinoé.

— Si demain soir, sur la scène, tu appelais ton familier et qu'il prenait la forme d'un gigantesque ours brun ?

Arsinoé touche inconsciemment les balafres sur son visage.

— De quoi parles-tu ?

— J'en ai vu un dans les bois à l'ouest. Et si je parvenais à le convaincre de te rejoindre ? Je pourrais le contraindre à rester sur la scène.

— C'est beaucoup trop, même pour toi. Un grand ours brun, au milieu d'une foule et de ses clameurs... Tu ne pourrais pas le tenir longtemps. Il me réduirait en pièces devant tout le monde.

Arsinoé penche la tête.

— Même si je préférerais mourir comme ça qu'aux mains des prêtresses.

— Jules est capable de le faire, affirme Madrigal. Mais contraindre cet ours sur la scène ne suffira pas. Il doit t'obéir, ou personne n'y croira un instant. Nous devons le lier à toi par le sang.

Jules saisit le poignet de sa mère.

— Non. C'est fini, tout ça.

Madrigal se dégage de l'emprise et secoue la main avec dédain.

— Juillenne. Nous n'avons aucun autre choix. Et même ainsi cela restera dangereux. Ce ne sera pas un lien de familier. Tu ne seras pas en mesure de communiquer avec lui, il agira davantage comme un animal de compagnie.

Arsinoé regarde Camden. Elle n'a rien d'un animal de compagnie, c'est l'extension de Jules. Mais mieux vaut un animal de compagnie que perdre la tête et les bras.

— Qu'est-ce qu'il nous faut ? demande Arsinoé.

— Son sang et le tien.

Jules prend une inspiration tremblotante. Joseph l'attrape par le coude.

— Elle va trop loin. Contraindre un ours est une chose, mais lui prélever son sang ? Il doit y avoir une autre solution.

— Il n'y en a pas.

— C'est trop dangereux, Jules.

— Tu es parti trop longtemps, lui rétorque Madrigal. Tu ne sais pas de quoi elle est capable.

Jules place sa main sur celle de Joseph.

— Fais-moi confiance. Comme tu as toujours eu confiance en moi.

Joseph resserre les mâchoires. Il a l'impression que le moindre muscle de son corps va exploser sous l'effet de toute cette tension, mais il parvient néanmoins à acquiescer.

— Comment est-ce que je peux aider ? demande-t-il.

— Reste à l'écart.

— Pardon ?

— Excuse-moi, mais je le pense. Je n'ai jamais fait une chose aussi compliquée avec mon don. Je ne peux pas être distraite. Et je n'ai pas beaucoup de temps. Il me faudra un moment pour le faire sortir des bois. Je vais devoir lui faire contourner la vallée afin que personne ne le voie. Même si je pars cette nuit, après que tout le monde s'est endormi, je n'y parviendrai peut-être pas à temps. Et si la Chasse l'a poussé à aller encore plus loin…

— C'est notre seule chance. Jules, si tu le veux bien, j'aimerais qu'on essaie.

Jules regarde Madrigal puis opine du chef.

— Je m'en occuperai ce soir.

LE DÉBARQUEMENT

Arsinoé est la dernière reine à prendre sa place en haut des falaises pour assister à la cérémonie du Débarquement. Au moment où elle traverse la prairie et grimpe le long du chemin, la vallée est vide. Tout le monde s'est rendu sur la plage pour se tenir debout à côté de grandes torches allumées pour attendre les bateaux.

Arsinoé ajuste son masque. La moindre pression, si légère soit-elle, sur ses coupures inflammées lui fait mal. Mais elle doit garder ce masque. Elle le souhaite, après toute la peine que s'est donnée Ellis. De plus, les stries de peinture rouge lui donneront un air féroce à la lumière des feux. Même si ses blessures seraient peut-être bien plus impressionnantes, en définitive.

Elle s'approche du pavillon de fortune en haut des falaises et regarde vers le bas, vers la foule. Ils verront ce qu'ils verront. Habillée d'un pantalon, d'une chemise et d'une veste noire, Arsinoé ne cherche pas à se cacher.

À l'opposé de son pavillon, Katharine se maintient droite comme une statue, entourée de Arron. Elle porte une robe habillée noire sans bretelles, très près du corps, et des gemmes noires s'enroulent autour de sa gorge. Un serpent vivant ondule à son poignet.

Sur la plate-forme centrale, la robe de Mirabella est chahutée autour de ses jambes. Elle a les cheveux détachés et ils s'étirent derrière ses épaules. Elle ne regarde pas Arsinoé, ses yeux se projettent droit devant. Elle se comporte comme si elle était déjà la reine et qu'elle n'avait aucune raison de fixer une autre direction.

Les Arron et les Westwood s'écartent de leurs pavillons.

Arsinoé panique et retient Jules.

— Attends. Qu'est-ce que je suis censée faire ?

— La même chose que d'habitude, lui répond Jules en clignant d'un œil.

Arsinoé lui agrippe les mains. C'est Jules qui devrait être debout entre les torches, superbe dans la robe que Luke lui a confectionnée. Dans la tente, Madrigal a appliqué une couleur cuivrée et rouge sur les lèvres de Jules et a tressé dans ses cheveux des rubans cuivre et noir soutenu, pour rappeler le ruban bordant sa robe. Si Jules se trouvait sur la plate-forme, l'île tout entière verrait une superbe naturaliste avec son félin des montagnes, et ils n'auraient pas l'ombre d'un doute.

Arsinoé jette un œil en contrebas, en direction de la plage, et la tête lui tourne.

— J'ai peur, souffle-t-elle.

— Tu n'as jamais peur de rien, essaie de la rassurer Jules avant de redescendre le chemin des falaises pour aller attendre avec sa famille.

Les tambours commencent à battre, et l'estomac d'Arsinoé remue. Elle est encore faible de sa dernière excursion en bateau et son estomac est toujours plein d'eau salée.

Elle pousse sur ses jambes et redresse les épaules. Elle ne tombera pas et ne sera pas malade. Et elle ne chutera pas non plus des falaises pour le plus grand plaisir de ses sœurs.

Elle regarde une nouvelle fois Mirabella, belle et royale sans faire le moindre effort, et Katharine, qui est jolie et aussi impressionnante que du verre noir. Comparée à elles, elle n'est rien. Une traîtresse, une lâche. Elle n'a pas de don, elle n'a rien de naturel et elle est toute recousue. Comparée à elles, elle n'a rien d'une reine du tout.

Dans la baie, cinq navires du continent ont jeté l'ancre. Chacun d'eux envoie sa chaloupe, et chacune de ces chaloupes transporte un garçon qui espère devenir le roi d'une île. Elles sont toutes décorées et brillent sous les torches. Elle se demande laquelle appartient à Billy et elle espère que son père ne l'a pas trop battu quand il l'a retrouvé.

Le rythme des tambours s'accélère et la foule détourne son attention des reines pour contempler les chaloupes qui s'approchent. Cette foule toute de noir vêtue doit être une vision impressionnante quand on vient de la mer pour accoster, mais seul l'un des prétendants semble effrayé : un garçon au teint mat et aux cheveux noirs portant une fleur rouge sur sa veste. Les autres sont penchés vers l'avant et sourient, ils ont hâte.

La chaloupe de Billy reste en retrait tandis que les autres accostent. Les prétendants sont bien trop loin pour qu'ils puissent échanger des paroles ou se présenter. Cela viendra plus tard. La cérémonie du Débarquement est très solennelle. Premiers regards et premiers rougissements.

Arsinoé lève le menton alors qu'un garçon fait une révérence à Katharine. Celle-ci sourit et répond par une demi-révérence. Quand il fait la même chose devant Mirabella, celle-ci acquiesce. Quand il en vient à Arsinoé, il répète le geste presque par surprise, comme s'il ne l'avait pas remarquée. Il fixe son masque trop longtemps et ne lui fait qu'une révérence partielle.

Arsinoé ne bouge pas. Elle leur envoie des regards noirs jusqu'au dernier et elle laisse le masque remplir son office. Jusqu'à ce que Billy arrive.

Son cœur se réchauffe. Il ne semble ni affaibli ni blessé.

Billy se tient au bas des falaises et lève les yeux pour l'observer. Il s'incline très bas et très lentement, ce qui fait murmurer la foule. Arsinoé retient son souffle.

Il ne s'incline que pour elle.

LE CAMP DES ARRON

Les empoisonneurs n'ont le droit à aucun poison pendant les festins de Beltane. C'est la règle établie par le Temple, car ainsi chacun peut participer à n'importe quelle offrande durant le festival. Cette convention paraît particulièrement injuste à Natalia, car les élémentaires ont la possibilité de faire souffler tout le vent qu'ils souhaitent dans la vallée et les naturalistes laissent leurs familiers courir en tous sens.

Un oiseau rôti et luisant se trouve dans son assiette. Totalement vierge de toute toxine. Elle ne s'abaissera pas à le manger. Hier, il chantait gaiement dans les fourrés. Quel gâchis.

Elle se lève en émettant un souffle de dégoût puis entre dans la tente. Le rabat bouge encore après son passage, quand elle se tourne pour voir Pietyr.

— Ils devraient nous laisser faire ce que bon nous semble durant nos festins, lâche-t-il comme s'il lisait dans ses pensées. Ce n'est pas comme si quelqu'un était de toute façon assez courageux pour déguster notre nourriture.

Elle jette un regard dans la nuit, des feux de joie et des gens partout. Évidemment, il a raison. Même ceux qui ont trop bu ne veulent pas s'aventurer à goûter ce que préparent les empoisonneurs. Il règne trop de peur et trop peu de confiance.

— Les délégués, eux, s'aventureront peut-être assez près pour se laisser tenter, suggère Natalia. Et nous ne voudrions pas les empoisonner. Cela causerait une scène trop importante de les voir se tordre, pris de convulsions, sur le tapis.

Et ils ne peuvent pas se permettre d'en perdre un seul. À chaque génération, il y a de moins en moins de prétendants. Sur le continent, le nombre de familles partageant le secret de l'île s'amenuise. Un jour, Fennbirn deviendra peut-être une simple rumeur, une légende destinée à enchanter les enfants.

Natalia soupire. Elle a déjà vu certains prétendants se présenter devant le festin de Katharine. Le premier était le beau garçon aux larges épaules et aux cheveux d'or. Elle semblait beaucoup lui plaire, mais ils n'ont toujours pas le droit de parler.

— J'espère que tu lui as appris à flirter de loin.

— Elle sait se servir de ses yeux. Et de sa gestuelle, ne vous inquiétez pas.

Mais elle est inquiète. Il peut le discerner dans l'affaissement de ses épaules.

— C'est malheureux que le jeune Chatworth se soit montré loyal envers Arsinoé, lance Pietyr.

— Vraiment ? Je n'en suis pas si sûre. On m'a assuré qu'il suivra les ordres.

— Cela ne paraissait pas être le cas sur la plage. À l'heure qu'il est, il est probablement en train de rôder en périphérie du festin d'Arsinoé comme un chien attendant des restes.

Natalia ferme les yeux.

— Est-ce que vous allez bien, ma tante ? Vous semblez fatiguée.

— Je vais bien.

Mais oui, elle est fatiguée. L'année de l'Ascension de Katharine est la seconde à laquelle elle assiste. Ce sera certainement sa dernière. Tout était bien plus simple avec Camille, alors que Natalia n'était encore qu'une fille et que sa mère était vivante pour jouer le rôle de la cheffe de famille.

Pietyr regarde au travers du rabat de la tente.

— Les idiots de la campagne se défient les uns les autres à qui s'approchera le plus possible de notre festin. Ainsi va notre influence. Il est difficile de croire que tout cela sera fini demain, de croire que les prêtresses ont gagné.

— Qui te dit qu'elles ont gagné quoi que ce soit ? réplique Natalia, et Pietyr affiche un air surpris. Tu me trouves fatiguée, mais selon toi, quelle est la raison de ma fatigue ? Tu m'as demandé de trouver un moyen de sauver notre Kat. Toute la journée, j'ai préparé des aliments pour le Gave noir. Des aliments qui ne contiennent aucune trace de poison.

— Mais comment ? Les prêtresses surveillent tout.

Natalia incline la tête. Aucun empoisonneur n'a plus de dextérité qu'elle.

— Natalia, elles goûteront.

Natalia ne répond rien. Il réagit comme si elle n'avait jamais empoisonné quoi que ce soit de sa vie sans être vue.

LE CAMP DE LA GRANDE PRÊTRESSE

— Je n'arrive pas à croire que cette petite sotte soit de retour, lance Rho, debout à l'extérieur de la tente de la grande prêtresse en compagnie de celle-ci.

Elles regardent les dernières caisses du Temple en train d'être rangées.

— C'est effectivement curieux, en convient Luca. La reine Arsinoé échouée sur notre plage, ce n'était vraiment pas quelque chose auquel je m'attendais. Mais elle n'a rien choisi.

— Son rôle dans cette histoire n'est toujours pas terminé. Ou peut-être que la Déesse tient autant aux traditions que notre Mirabella et qu'aucune reine ne peut quitter cette île sans avoir été abattue par la main de sa sœur.

— Qu'avez-vous entendu, Rho ? demande Luca, les yeux fixés sur les caisses. Concernant la débâcle du jour, avez-vous entendu des murmures ?

— Les seuls dont j'ai eu vent s'intéressent au retour d'Arsinoé. Quand on mentionne la tempête de Mirabella, on ne parle que de rage. Personne ne se doute de la véritable raison derrière cette tempête.

Rho s'écarte pour aboyer sur l'une des prêtresses qui n'avait pas remarqué que la caisse qu'elle transportait était endommagée. Elle la lui retire des mains et lui donne une claque à l'arrière du crâne. L'initiée, de treize ans à peine, s'en va en pleurant.

— Cela n'était pas nécessaire. Il n'y avait aucun risque que la caisse cède.

— C'était pour son bien. Si elle s'était brisée, elle aurait pu perdre la majorité de sa main.

Rho saisit la caisse et la retourne. L'un des côtés est effectivement en train de s'ouvrir. À l'intérieur s'étalent trois douzaines de couteaux à lame dentelée du Temple.

Luca sort l'un des couteaux de la caisse. La longue lame légèrement incurvée brille de façon inquiétante à la lumière des feux de joie du festival. Elle ne sait pas quand il a été fabriqué, mais le manche est usé et très confortable. Il pourrait venir de bien des temples avant d'avoir trouvé son chemin jusqu'à Innisfuil. Peut-être même provient-il d'un lieu de naturalistes et a-t-il été principalement utilisé pour faucher du blé. Mais peu importe son origine, il a très certainement goûté au sang.

Elle manipule le couteau d'avant en arrière. En tant que grande prêtresse, cela fait des années qu'elle n'en a pas eu un en main.

— Il vous faudra les guider, demain. Dans le silence après la danse du feu de Mirabella. Avant que je parle. Rendez-vous d'abord chez les Arron et occupez-vous de Katharine. Ne perdez pas trop de temps. Je veux que vous soyez en première ligne quand nous nous consacrerons à Arsinoé.

— Oui. Je serai présente. La fille Milone et son félin sont les seuls qui peuvent me causer un quelconque souci. Je m'occuperai du félin d'abord, s'il essaie de nous arrêter.

Luca passe un pouce sur la lame du couteau, sans se rendre compte que celle-ci a transpercé la pulpe de son doigt avant que du sang coule sur sa peau.

— Ils doivent tous être aussi bien aiguisés. Afin que la besogne soit rapide et qu'elles ne sentent rien.

LE CAMP DES MILONE

Le festin des Milone est le plus populaire du festival, et ce n'est pas seulement à cause de la bonne viande rôtie du cerf de Jules. Presque malgré elle, Arsinoé a fait son petit effet lors de la cérémonie du Débarquement. Les gens s'amassent autour des tentes et de la table pour apercevoir le masque laqué de plus près. Elle n'avait rien à voir avec les autres reines, quand elles étaient toutes en haut des falaises. Ils se demandent aujourd'hui si elle ne cachait pas bien son jeu. S'ils n'ont pas manqué quelque chose.

— Voici le dernier, pointe Joseph, la bouche pleine de ragoût.

Il fait un geste en direction des corps en mouvement et Arsinoé distingue un prétendant, celui aux cheveux blonds. Il l'observe de l'autre côté de la table. Elle se permet un sourire et jette un regard vers Billy, qui scrute la scène d'un œil protecteur.

— Ils sont donc tous passés, constate Luke.

Arsinoé ne s'était même pas attendue à en voir un seul. Être l'objet de tant d'attention est étrange.

— Si j'avais su à quel point les continentaux appréciaient l'indifférence, je ne me serais pas tant inquiétée, lâche-t-elle avant de regarder Billy une nouvelle fois. Si seulement Junior n'avait pas besoin de rester à distance. Que quelqu'un aille le chercher. Laissons le Temple parler.

Jules rit.

— Regardez-moi qui est en train d'apprécier son heure de gloire. Non, Arsinoé. Tu as enfreint bien assez de règles pour aujourd'hui.

Elle pose une main sur Joseph.

— Joseph et moi allons lui tenir compagnie.

— Avant qu'il se batte avec l'un des autres prétendants en ton nom, sourit Joseph.

Avant qu'ils s'en aillent, Jules donne un coup dans l'épaule d'Arsinoé. Il commence à se faire tard. Il ne faudra plus attendre longtemps avant que les flammes se réduisent et qu'elle s'enfonce dans les bois en quête du grand ours brun.

Arsinoé regarde longtemps Jules dans les yeux. C'est une fille courageuse. Son don est tellement fort, mais peut-être qu'un grand ours s'avérera plus puissant.

— J'aimerais ne pas avoir besoin de toi. Ou j'aimerais pouvoir me joindre à toi.

— Je ferai attention. Ne t'inquiète de rien.

Billy a un air maussade quand Jules et Joseph le rejoignent en marge du festin. Il se tient les bras croisés et examine les autres prétendants avec une hostilité évidente.

— Nous t'avons apporté du ragoût d'Ellis, l'informe Joseph en lui jetant un bol dans les mains. Comme tu ne t'es pas assez approché pour te servir.

— Je ne savais pas jusqu'à quel point j'avais le droit de m'approcher. Et après la façon dont on nous a retrouvés, je pensais qu'il valait mieux garder mes distances.

— Mais tu ne crois pas que saluer uniquement Arsinoé était une erreur ? Ton père te le fera payer cher.

— Crois-moi, je le sais. Je ne sais pas à quoi je pensais.

Il mange une bouchée de ragoût.

— Cela l'a aidée, assure Jules. Regarde tous ces gens. Ton geste a contribué à amasser toute cette foule. Et ce que tu as fait auparavant aussi. L'aider à s'échapper.

Billy baisse la tête.

— Je suis désolé. Je suis désolé de ne vous avoir rien dit. Il fallait que je le fasse, en sachant ce que les prêtresses avaient planifié. Et la revoilà, elle est de retour. Tout ça pour rien !

— Tout va bien se passer. Nous avons notre plan à nous.

— Qu'est-ce que c'est ? s'enquiert Billy, et Jules le lui souffle à l'oreille.

Son visage s'illumine immédiatement.

— Joseph a toujours affirmé que tu étais glorieuse. Et cette tenue, tu es renversante dans cette robe.

— Renversante ? C'est un bien joli mot.

— Peut-être, mais c'est le mot juste.

Jules rougit et s'approche de Joseph pour se cacher sous son bras.

— Eh bien, soupire Billy. Vous n'avez pas besoin de me faire la causette. Je compte rester ici toute la nuit jusqu'à ce que les prêtresses m'escortent à ma chaloupe.

— Tu en es certain ? demande Joseph, mais Jules tire sur son bras.

Ils lui font au revoir de loin et s'enfoncent dans la foule.

— Qu'est-ce que tu fais ? l'interroge Joseph alors qu'elle lui prend la main.

— Je pensais que le fait de nous voir ensemble serait une bonne chose. Comme ça, quand je serai absente demain, si quelqu'un se pose la question, il se dira que je suis dans une tente quelque part avec toi.

La nuit est remplie de feux de joie et de rires. Des filles attirent des garçons dans des danses, les joues chaudes et rosies. Dans la robe de Luke, Jules se sent aussi belle que n'importe laquelle d'entre elles.

— Je ne t'ai jamais vue comme ça, lui avoue Joseph, et la façon dont ses yeux parcourent son corps l'emplit de joie. Luke va devoir fermer sa librairie et devenir couturier.

Jules rit. Le poids qu'elle ressentait au début de Beltane s'est dissipé. Arsinoé est de retour. Et ils ne vont pas rester là à la regarder se faire tuer. Ils ne resteront pas passifs, et cette idée lui fait tellement plaisir que Camden sautille en formant de petits cercles, comme si elle était redevenue un chaton.

Du coin de l'œil, une fille glisse ses doigts sur le torse nu d'un garçon. Bien des couples disparaîtront dans des tentes ce soir, ou sur le sol meuble qui se trouve au pied des arbres.

— Comment sommes-nous arrivés ici ?

Jules a navigué autour des feux en décrivant des cercles lents afin qu'ils se retrouvent debout près de sa tente.

Elle tire Joseph à l'intérieur.

— J'ai le sentiment de devoir m'excuser pour ce temps perdu.

— Non, conteste Joseph. Tu n'as rien à te faire pardonner du tout.

Elle allume une lampe et referme le rabat. Sa tente n'est pas très grande et son lit n'est rien d'autre qu'une fine couche de couvertures. Mais cela devra suffire.

Elle s'approche de lui et coule ses doigts sous le col de sa chemise. Le pouls du garçon s'accélère avant qu'elle soulève ses lèvres pour lui embrasser la gorge. Il porte l'odeur des épices utilisées pour préparer le festin. Ses bras l'enlacent.

— Tu m'as manqué.

— Avant la Chasse, tu ne voulais rien avoir à faire avec moi, commence-t-il, mais elle secoue la tête.

Tout lui faisait mal, avant. Mais tout est différent aujourd'hui.

Jules attire sa bouche contre la sienne et appuie farouchement son corps contre le sien. Elle se montre audacieuse, ce soir. Peut-être que cela lui vient de sa robe ou de l'énergie des feux.

Ils s'embrassent avec avidité et les mains de Joseph agrippent le dos de Jules.

— Excuse-moi, lance-t-il.

Elle déboutonne sa chemise. Elle avance ses mains vers les fermetures de sa robe.

— Jules, attends.

— Nous avons attendu bien assez longtemps.

Elle se recule vers son lit de fortune et ils se mettent à genoux.

— Il faut que je te dise, continue-t-il, mais Jules l'arrête de ses lèvres et de sa langue.

Elle ne veut rien entendre, rien au sujet de Mirabella. C'est du passé, c'est terminé. Mirabella ne compte pas.

Ils s'allongent ensemble et les mains de Jules planent au-dessus de la chemise de Joseph. Elle veut toucher l'intégralité de son corps ce soir. Chaque centimètre de sa peau nue.

Joseph se met sur elle prudemment. Il lui embrasse les épaules et le cou.

— Je t'aime, souffle-t-il. Je t'aime, je t'aime.

Puis il ferme ses yeux avec force et son visage se déforme.

Il s'étend à côté d'elle sur le dos.

— Joseph ? Que se passe-t-il ?

— Je suis désolé, dit-il avant de se couvrir les yeux de ses mains.

— J'ai fait quelque chose qu'il ne fallait pas ? demande Jules, et Joseph la serre fort contre lui.

— Laisse-moi te tenir contre moi. Je veux juste te serrer contre moi.

LE CAMP DES ARRON

Après le festin et lorsque les feux sont au plus bas, Katharine et Pietyr sont dans la tente de la reine, côte à côte, Pietyr sur le dos et Katharine sur le ventre. Ils écoutent les derniers échos de la fête dans la nuit. L'air transporte l'odeur des braises et de la fumée des diverses essences de bois et des différentes viandes. Derrière ces parfums chauds, on retrouve les aiguilles des arbres à feuillage persistant et l'iode des falaises.

— Est-ce que tu crois Natalia ? demande Pietyr. Quand elle dit qu'elle sera en mesure de changer le Gave noir.

Katharine tapote son torse de ses doigts.

— Elle ne m'a jamais donné aucune raison de douter d'elle.

Pietyr ne lui répond rien. Il n'a pas dit un mot de tout le festin. Katharine lui grimpe dessus et essaie de l'égayer avec ses baisers.

— Qu'est-ce qui ne va pas ? Tu n'es pas comme d'habitude. Tu es si mou.

Elle soulève sa main avant de la relâcher, et elle retombe lourdement sur sa hanche.

— Où sont tes caresses généralement si exigeantes ?

— Ai-je été une telle brute ? sourit Pietyr.

Puis il ferme les yeux.

— Katharine. Douce et idiote Katharine. Je ne sais pas ce que je suis en train de faire.

Il roule sur son flanc, puis saisit le menton de la reine.

— Te rappelles-tu comment aller au domaine Breccia ?

— Je pense, oui.

— Il est dans cette direction, explique-t-il en pointant un doigt vers les bois du sud. Au travers des arbres, derrière la tente à cinq pans qui tient avec de la corde. C'est droit derrière celle-ci, et il te faut marcher jusqu'à atteindre les pierres et la fissure. Tu dois traverser le ruisseau. Tu t'en souviens ?

— Je m'en souviens, Pietyr. Tu m'as portée par-dessus l'eau.

— Mais je n'en ferai rien demain soir. Je ne le pourrai pas.

— Que veux-tu dire ?

— Écoute-moi, Kat. Natalia pense avoir le contrôle sur tout. Mais ce n'est pas le cas…

— Pardon ?

— Je ne serai pas présent demain soir lors de la Révélation. Si les choses tournent mal, je ne pourrai pas assister à cette scène.

— Tu n'as donc aucune foi en moi, affirme-t-elle, blessée.

— Cela n'a rien à voir. Katharine, tu dois me promettre quelque chose. Si les choses deviennent dangereuses demain soir, je veux que tu fuies. Que tu viennes me rejoindre au domaine Breccia. Est-ce que tu comprends ce que je suis en train de te dire ?

— Oui, souffle-t-elle. Mais Pietyr, pourquoi…

— Quoi que ce soit, Kat. Si quoi que ce soit va de travers. N'écoute personne. Va simplement au domaine Breccia. Est-ce que tu me le promets ?

— Oui, Pietyr. Je te le promets.

La Révélation

LE CAMP DES WESTWOOD

Elizabeth drape le dos de Mirabella de sa cape noire et Bree la noue sur la poitrine de la reine. Elle pend soigneusement sur le tissu détrempé et infusé d'herbes qui entoure ses hanches et sa poitrine. Voilà tout ce qu'elle portera lors de la cérémonie de la Révélation, à l'exception du feu, naturellement.

— Ton jeune amoureux ne pourra jamais te quitter des yeux.

— Bree, nie Mirabella en lui intimant de se taire. Il n'y a aucun jeune homme.

Bree et Elizabeth échangent des sourires complices. Elles n'en croient pas un mot depuis qu'elles l'ont retrouvée en périphérie de la prairie après la Chasse, écarlate et à bout de souffle. Mais Mirabella n'arrive pas à leur parler de Joseph. Il est naturaliste, loyal envers sa sœur. Cela pourrait bien être plus que ce que ne pourrait comprendre Bree.

À l'extérieur, la lumière devient orange et prend des teintes roses et bleues. La cérémonie commence sur la plage au coucher du soleil.

— Vous avez déjà vu Luca ? interroge Mirabella.

— Je l'ai vue se diriger vers la plage tard dans l'après-midi. Elle a bien des choses à faire. Je ne sais pas si elle sera en mesure de revenir te voir avant l'heure, dit Elizabeth avec un sourire qui se veut rassurant.

Oui, la grande prêtresse doit être occupée. Cela n'a aucun lien avec le fait qu'elle soit furieuse contre Mirabella pour s'être opposée à l'exécution d'Arsinoé.

— De toute façon, tu devrais être en colère contre elle, pointe Bree.

— Je le suis.

Elle l'est, et en même temps elle ne l'est pas. Luca a toujours été gentille avec elle, pendant toutes ces années. La dispute qui les animait ces derniers mois n'a pas été agréable.

— Mais que fabriquent ces prêtresses, Elizabeth ? demande Bree en regardant par le rabat de la tente. Elles se comportent bizarrement. Les unes sur les autres, parlant à voix basse.

— Je n'en sais rien. Je suis l'une d'entre vous, maintenant, et elles le savent très bien. Elles ne me disent rien.

Mirabella étire le cou pour observer. Bree a raison. Les prêtresses n'ont pas montré une attitude normale aujourd'hui. Elles sont encore plus autoritaires et distantes qu'à leur habitude. Et certaines donnent l'impression d'avoir peur.

— Quelque chose se trame, conclut Bree, et cela ne me plaît pas.

LE CAMP DES MILONE

Arsinoé boutonne une veste par-dessus un autre chemisier noir et remet droit le ruban ornant son masque. Derrière elle, Madrigal remue dans une robe noire élégante.

— Est-ce que Jules t'a dit qu'elle m'a vue avec Matthew ?

Arsinoé s'immobilise. Elle se retourne vers Madrigal, surprise et déçue.

— Matthew ? Vous voulez dire le Matthew de Caragh ?

— Ne l'appelle pas comme ça.

— À vos yeux et aux yeux de nous tous, c'est bien ce qu'il est. J'imagine que cela n'a pas plu à Jules.

Madrigal donne un coup de pied dans un coussin, ce qui secoue ses jolis cheveux auburn.

— Ça n'a plu à personne. Je savais que ça ne te plairait pas non plus. Je savais exactement ce que tu allais dire.

Arsinoé se détourne à nouveau d'elle.

— Si vous saviez déjà ce que nous allions en dire, alors nos opinions ne devaient pas avoir une grande importance. Vous l'avez fait quoi qu'il arrive.

— Ne cherche pas à nous fâcher aujourd'hui ! Tu as besoin de moi.

— C'est pour ça que vous me l'avouez maintenant ? Afin que je ne puisse pas vous disputer comme vous le méritez ?

Mais elle a effectivement besoin de Madrigal. Sur une petite table circulaire se trouve le début du sort : un petit bol d'eau en pierre dont le contenu a été bouilli, refroidi et agrémenté d'herbes et de pétales de rose. Madrigal fait une moue tout en allumant une chandelle pour venir y réchauffer la lame de son couteau.

— Je n'ai pas encore revu Jules, lance Arsinoé pour changer de sujet. Si elle ne revient pas à temps…

Madrigal saisit le bol et marche dans sa direction avec le couteau. Arsinoé remonte sa manche.

— Ne vois pas les choses ainsi.

Elle entaille profondément le bras d'Arsinoé.

— Elle sera au rendez-vous.

Le sang d'Arsinoé goutte dans le bol comme du miel le ferait d'une alvéole. Il éclot d'un rouge éclatant dans l'eau et déplace les herbes et les morceaux de pétales. Entre le sang de la reine et celui de l'ours, le bol contiendra autant d'eau que de sang. Elle n'arrive pas à s'imaginer devoir en boire le contenu.

— La magie opérera-t-elle si je vomis tout ça sur la scène ?

— Chut. Tu ne peux plus marquer la peau de ta main de la rune. Il y a bien trop de stigmates, et cette rune ne peut pas être souillée. Il te faudra la dessiner, puis l'appuyer contre la tête de l'ours, badigeonnée de potion. Gardes-en assez pour ta paume après avoir bu le reste.

— Vous êtes absolument certaine que je dois tout boire ? L'ours et moi ne pouvons pas partager ?

Madrigal appuie un tissu contre la coupure et serre fort le bras d'Arsinoé.

— Arrête de plaisanter ! Ce sort n'a rien d'une blague. Il ne fera pas de l'ours ton familier. Peut-être même pas ton ami. Si Jules n'est pas assez puissante pour le guider au travers de la vallée, il pourrait peut-être bien te déchiqueter devant tout le monde.

Arsinoé ferme la bouche. Elles n'auraient pas dû exiger un tel effort de Jules. Joseph avait raison, c'est bien trop. Contraindre l'ours dans des bois calmes sera déjà difficile. Le contraindre devant une foule hurlante et des torches enflammées, ce sera pratiquement impossible.

— Si seulement nous pouvions teindre les cheveux de Jules en noir et la laisser être reine…, déclare Arsinoé avec sarcasme.

— Oui, admet Madrigal. Si seulement.

À l'extérieur de la tente, Jake aboie.

— Arsinoé, lance Ellis. C'est l'heure.

Madrigal tient la jeune reine par les épaules et la secoue pour la stimuler.

— Quand Jules arrivera, elle me donnera le sang et je lui demanderai d'amener la potion sur la scène. Tout ira bien, il nous reste encore du temps.

Arsinoé sort de la tente, et une boule se forme dans sa gorge. Il n'y a pas que les Sandrin, Luke et les Milone qui l'attendent dehors, il y a aussi la moitié des naturalistes de la vallée.

— Qu'est-ce qu'ils font tous ici ? souffle Arsinoé pour Joseph.

— Ça ? sourit Joseph. Il semblerait que la rumeur de tes performances se soit répandue. La reine Arsinoé et son grand ours brun.

— Et comment est-ce que cela a bien pu se produire ?

— Quand Luke en a eu vent, il a dispersé la nouvelle dans toute la vallée en moins d'une heure.

Arsinoé regarde toutes ces personnes. Certaines lui sourient à la lumière des torches. Toute sa vie durant ils l'ont prise pour une ratée, et pourtant, au premier signe d'espoir, ils se mettent en marche pour la suivre, comme si c'était ce qu'ils attendaient depuis le début.

C'était peut-être bien le cas.

LA SCÈNE DE LA REINE KATHARINE

Le Temple a établi l'ordre de passage des performances de la Révélation. Katharine sera la première. Les prêtresses ont posé sur la longue table en acajou le festin de l'empoisonneuse. Les torches sont allumées. Il ne lui reste plus qu'à grimper sur scène et commencer le spectacle.

Katharine étire le cou pour voir la foule. La mer de visages et de corps tout de noir vêtus s'étend devant les trois scènes jusqu'à atteindre la côte. La scène de Katharine se situe au milieu. Juste devant elle se trouve une estrade surélevée où sont assis les prétendants en compagnie de la grande prêtresse Luca.

— Il y a tant de prêtresses, murmure Natalia à côté d'elle.

— Oui.

Son estomac se tord. Natalia est une source importante de réconfort, mais elle aurait aimé que Pietyr change d'avis et soit également présent.

— Très bien, Kat, lance Natalia. Allons-y.

Elles grimpent les marches ensemble. Katharine offre le sourire le plus lumineux qu'elle puisse, se rappelant de ne pas avoir l'air rigide comme son élémentaire de sœur. Et pourtant, les yeux que posent la foule sur elle sont sombres. Quand Mirabella montera sur sa scène, il ne fait aucun doute que leur accueil sera bien différent.

Geneviève et le cousin Lucian siègent au rang le plus proche. Elle leur fait un signe de tête, et pour une fois, Geneviève n'arbore pas un air renfrogné.

Katharine et Natalia prennent place à la table.

— Aie confiance. Prononce les mots, fort.

La robe de Katharine se froisse contre ses jambes. C'est un trop bel habit pour qu'il soit ruiné par des taches du Gave noir. Elle ne peut qu'espérer qu'aucune de ces traces ne sera le résultat de ses nausées.

Devant elles, les prêtresses ôtent les cloches de chaque plat empoisonné et en annoncent le contenu. Des coprins noir d'encre fourrés de fromage de chèvre et d'aconit. Du cabillaud poché dans des baies d'if. Des tartelettes de belladone. Des rôdeurs mortels, scorpions sucrés et beurrés, à côté d'une saucière gorgée de crème au laurier-rose. Et du vin de cantarella. Le clou de ce festin est une gigantesque tourte délicatement dorée au four en forme de cygne.

L'air se remplit d'odeurs délicieuses. Les trois premiers rangs d'empoisonneurs lèvent le nez pour humer l'air comme des chats de gouttière près d'une fenêtre de cuisine.

— Est-ce que vous avez faim, reine Katharine ? demande Natalia.

Katharine inspire profondément.

— Je suis affamée.

Natalia se tient à côté de Katharine tandis qu'elle mange. Ses premières bouchées sont petites et indécises, comme si elle était méfiante. Mais au fur et à mesure que le festin se poursuit et que les empoisonneurs applaudissent, elle se sent gagnée par la confiance. De la sauce rosée dégouline le long de son menton.

Les garçons du continent, sur l'estrade, se mouillent les lèvres. Qu'est-ce qu'ils doivent être émerveillés face à cette fille qui ne peut pas mourir ! Cela n'a aucune importance que tout soit faux.

Katharine repousse le plat de scorpions enrobés de sucre. Elle en a dévoré trois, en se montrant assez fine pour laisser de côté les queues dans leur sucre doré. Tout ce qu'il reste est la tourte en forme de cygne.

Natalia guide Katharine autour de la table, et la reine déchiquette la croûte pour prendre une cuillère pleine de viande. C'est tout. Katharine fait descendre ce repas avec un gobelet entier de vin et n'en perd pas une seule goutte.

Elle frappe la table de ses mains et la foule hurle. Plus fort encore, de surprise, semblerait-il.

Natalia lève les yeux vers l'estrade et y croise le regard glacial de Luca.

Natalia sourit.

LA SCÈNE DE LA REINE ARSINOÉ

De là où elle se tient derrière la scène, à la droite de Katharine, le Gave noir est exactement comme Arsinoé s'était représenté un festin d'empoisonneurs. Grotesque. Elle connaît très peu des poisons listés dans les ingrédients des plats, mais même elle doit bien admettre qu'elle est impressionnée quand la pâle et frêle Katharine les avale tout rond. Quand tout est terminé, Katharine est recouverte de baies et de jus de viande jusqu'aux coudes, ce qui forme comme un étrange glaçage sur sa peau. La foule hurle.

Arsinoé serre les poings avant de se souvenir de la rune inscrite au creux de sa paume, qu'elle rouvre rapidement. Elle ne peut pas être brouillée ou troublée. Et ce n'est pas le meilleur jour pour demander à ses paumes de ne pas suer.

— Arsinoé.

— Jules ! Louée soit la Déesse !

Jules lui place le petit bol de potion entre les mains. Arsinoé grimace.

— Imagine que c'est du vin.

Arsinoé regarde au fond. Boire cette potion lui paraît impossible. Même s'il n'y a pas plus de quatre gorgées, c'est un liquide salé, métallique et tiède. Du sang provenant de ses veines et de celles de l'ours.

— Je crois même apercevoir un peu de fourrure, observe Arsinoé.

— Arsinoé, bois !

Elle renverse le bol jusqu'à ce qu'il vienne cogner contre son masque en bois.

La potion est tout aussi répugnante qu'elle l'avait imaginée. Elle est étonnamment épaisse, et les herbes et les roses n'aident en rien, ne faisant qu'ajouter une texture et une consistance non désirées. La gorge d'Arsinoé essaie de se refermer, mais elle parvient à se forcer, se rappelant d'en conserver assez pour y tremper la paume de sa main marquée.

— Je serai juste à côté de la scène, lui assure Jules avant de disparaître.

Les prêtresses annoncent Arsinoé et elle prend place. Les regards de la foule sont tout aussi lourds qu'ils l'étaient quand elle se trouvait en haut des falaises, mais elle ne peut pas se permettre de penser à cela. Quelque part, tout proche, un ours attend.

Elle marche au centre de la scène, les planches assemblées à la va-vite craquent sous ses pieds. Le goût du sang lui tapisse la langue et semble tourner dans son estomac. Elle garde sa main marquée légèrement refermée sur sa poitrine. Cela va marcher. Cela donnera l'impression qu'elle prie. Comme si elle appelait son familier.

— Viens ici, mon petit nounours, souffle Arsinoé en fermant les yeux.

Pendant un instant, tout n'est que silence. Puis il se met à rugir.

La foule crie et lui ménage un large passage alors qu'il court à toute vitesse en direction de la scène depuis les falaises. Il grimpe à côté d'elle sans hésiter. Voir ses grandes griffes incurvées lui démange les balafres qu'elle a au visage. Quelque part sur sa droite, Arsinoé entend Camden grogner et feuler.

Il ne reste peut-être plus longtemps à Arsinoé. Jules n'a peut-être pas un grand contrôle sur lui. Elle doit apposer contre son front le sang et la rune.

Il s'approche. Sa fourrure vient toucher sa hanche et elle demeure clouée sur place. Ses mâchoires sont immenses et il pourrait emporter la moitié de sa cage thoracique en une bouchée.

— Viens-là, lui enjoint-elle, surprise que sa voix soit si franche.

L'ours tourne le museau pour la regarder. Sa lèvre inférieure pendouille, comme celle de tous les ours. Ses gencives ont une couleur rose mouchetée. Il a un point noir sur le bout de la langue.

Arsinoé s'approche et appuie la rune de sang dans sa fourrure, entre ses yeux.

Elle retient son souffle. Elle observe la robe brune de l'ours et ses yeux tachetés d'or.

L'ours renifle son visage et bave sur son masque, ce qui fait rire Arsinoé.

La foule applaudit. Même les naturalistes qui doutaient d'elle lancent leurs bras en l'air. Elle ébouriffe la fourrure brune de l'ours et décide de tenter sa chance.

— Allez, Jules, conjure-t-elle, et elle lève les bras pour former un grand V. Debout !

L'ours se dresse, se tient sur ses pattes arrière et rugit.

La plage se remplit de cris et de hurlements, d'aboiements et de coassements de familiers heureux. Puis l'ours se repose sur ses quatre pattes, et Arsinoé passe un bras autour de son cou et le serre très fort contre elle.

L'ESTRADE

La grande prêtresse regarde la fille enlacer l'ours et se joint aux applaudissements des autres. Elle n'a pas le choix. Dans la liesse et les hurlements, elle cherche Rho, qui la fixe avec des yeux injectés de sang. Luca secoue la tête. Tout est terminé, elles ont perdu.

Rho secoue la tête elle aussi. Elle montre les dents et saisit le manche du couteau qui est sur son flanc.

LA SCÈNE DE LA REINE MIRABELLA

— Personne ne s'attendait à un tel spectacle de la part de Katharine et Arsinoé, lance Sara Westwood en ajustant la cape de Mirabella. Mais cela n'a aucune importance. C'est toujours toi qu'ils sont venus voir.

Mirabella tend son cou en direction de Katharine, assise sur sa scène au beau milieu d'une table empoisonnée, et encore plus loin, sur la droite, où se tient Arsinoé qui caresse doucement un énorme ours brun. Elle n'est pas persuadée que Sara ait raison. Mais elle ne peut pas faire plus que ce qu'elle sait faire.

Les tambours sont battus avant même que la prêtresse l'appelle sur la scène. Toutes les torches sont éteintes afin que sa scène soit plongée dans l'obscurité, à l'exception de l'incandescence rouge et agréable d'un seul brasier.

Mirabella grimpe en trois pas rapides les marches. Elle rejette sa cape et la foule se tait. Le silence est total.

Les tambours roulent encore plus vite pour faire écho à son pouls. Elle s'étire vers le feu et il saute dans sa main. Un murmure se diffuse dans l'assistance alors que les flammes escaladent le long de son bras et tournent autour de son ventre.

Travailler le feu est lent et sensuel. Elle maîtrise davantage cet élément que lorsqu'elle convoque le vent ou les tempêtes. Les flammes sont vives. Elles ne la brûlent pas, mais elle a tout de même l'impression que son sang bouillonne.

Elle pivote. La foule s'exclame et le feu crépite dans ses oreilles. Parmi les gens pressés dans sa direction, il y a Joseph.

Le voir lui fait presque faire un faux pas. L'expression de son visage est la même que celle qu'il avait la nuit où ils se sont rencontrés, illuminée par les flammes sur une plage sombre. Comme elle désire le faire monter sur sa scène. Elle les draperait tous les deux de feu. Elle les embraserait ensemble l'un contre l'autre, plutôt que loin l'un de l'autre.

Elle projette sa tête en arrière alors qu'il l'appelle.

— Mirabella.

LA SCÈNE DE LA REINE KATHARINE

Natalia regarde la fille tournoyer, en feu. La foule est une mer de visages vides et captivés. Mirabella les tient au creux de sa main.

Un mouvement agite les nombreuses rangées de prêtresses qui bordent les scènes. Leurs doigts se faufilent sous leurs capes pour se poser sur le manche de leurs couteaux. L'une des prêtresses aux cheveux aussi rouges que le sang lance vers Natalia un regard tellement intense que cette dernière est obligée de détourner les yeux.

La force de la performance de Mirabella est difficile à croire. Même Natalia se sent happée, tirée vers elle sur la scène.

Elle cligne des paupières et se tourne vers Luca et ses yeux sombres, brûlants, de vieille femme. Les ruses de Natalia et des naturalistes n'ont pas d'importance. Le Temple ne renoncera pas. Elles feront en sorte que l'Année sacrificielle ait bien lieu.

LA SCÈNE DE LA REINE ARSINOÉ

Jules peut à peine contraindre l'ours et regarder Mirabella danser en même temps. Les bruits et les mouvements venant de la foule le rendent nerveux, et à côté d'Arsinoé, il commence à agiter la tête et à griffer les planches de bois du sol.

Jules se reconcentre.

— Tout va bien, souffle-t-elle, des perles de sueur sur le front.

Dans son esprit, l'ours lutte de toutes ses forces.

La foule s'avance vers Mirabella et Jules grince des dents. Mais quand est-ce que cette fille en aura terminé ? Elle paraît danser depuis une éternité, mais personne ne semble s'en plaindre. Jules prend une grande inspiration et cherche Joseph du regard. Il est sûrement en train de l'observer quelque part, fier de ce qu'elle a accompli avec cet ours.

Seulement il ne regarde pas Jules du tout. Il est juste devant la scène de Mirabella. S'approchant d'elle avec la foule.

Jules arrive à peine à croire la lueur qu'elle discerne dans les yeux du garçon. Même si elle criait son nom à pleins poumons, il ne l'entendrait pas. Il ne l'entendrait pas même si elle se tenait juste à côté de son oreille. Le désir qu'exprime son visage rend Jules malade au plus profond d'elle-même. Il ne l'a jamais contemplée comme il contemple Mirabella actuellement.

Dans sa danse, Mirabella se tend vers Joseph avec ses flammes. Tout le monde peut le remarquer. Ils doivent tous savoir qu'ils sont ensemble. Que Jules est l'idiote dans cette histoire.

Dans sa poitrine, le cœur de Jules devient aussi tranchant qu'un éclat de verre, et quelque chose se brise. À ce moment, son emprise sur l'ours éclate elle aussi.

Arsinoé devine que quelque chose ne va pas dès que l'ours se met à secouer la tête. Son regard passe de la sérénité à la frayeur, et enfin à la colère.

Elle se recule.

— Jules, tente-t-elle, mais quand elle essaie de capter l'attention de son amie, elle n'y parvient pas.

Jules scrute intensément la scène de Mirabella, comme tout le monde.

L'ours tape sur les planches de bois de ses pattes.

— Du calme, ordonne Arsinoé, mais elle ne peut rien faire.

La magie basse qui les unit n'a rien à voir avec le lien de familier. L'ours est effrayé, et Jules a perdu tout contrôle.

Il n'y a plus le temps de prévenir qui que ce soit, il rugit et saute de la plateforme pour plonger dans la foule, frappant de ses griffes aiguisées et jetant sa tête d'avant en arrière. Personne ne peut fuir, ils sont bien trop les uns sur les autres alors qu'ils se pressent contre la scène de Mirabella. Même les griffes de l'ours les déchiquetant ne ménagent pas assez d'espace pour créer un chemin. L'ours se retourne ensuite vers les scènes.

— Jules ! s'écrie Arsinoé.

Mais ses cris se perdent parmi les autres, tandis que la foule commence à se rendre compte de ce qu'il se passe.

L'ours grimpe sur la scène du milieu et Katharine pousse un hurlement. Il renverse la table du Gave noir, la réduisant en mille morceaux et la faisant tomber dans le sable. Mais il ne s'approche pas de Katharine, qui réagit rapidement et s'éclipse vers le côté, en sécurité.

Les prêtresses sortent leurs couteaux et avancent avec des visages terrifiés. L'ours lance un coup de patte vers la femme la plus proche, et sa robe blanche ne dissimule plus du tout le sang et les viscères que les griffes de la bête font jaillir en arc de cercle. À la vue de tant de sang, le courage des autres les quitte, et elles se retournent pour s'enfuir avec la foule.

La grande prêtresse Luca se lève et se met à vociférer. Les prétendants observent la scène avec horreur.

Sur la scène la plus éloignée, Mirabella a cessé de danser, mais des flammes sont toujours vives sur sa poitrine et sur ses hanches. Il ne faut pas longtemps à l'ours pour qu'il se concentre sur elle. Il charge, abattant les torches et quiconque se trouvant sur son passage. Mirabella ne peut pas bouger, elle ne peut même pas crier.

Joseph saute sur la scène, en plein sur le chemin de l'ours. Il protège Mirabella de son corps.

— Non, s'époumone Arsinoé. Non !

Jules doit bien savoir que c'est Joseph. Elle doit bien le voir. Mais il est peut-être trop tard pour rappeler la bête.

LA SCÈNE DE LA REINE MIRABELLA

Les prêtresses vagissent pour protéger la reine. Mais Mirabella n'entend rien d'autre que les rugissements de l'ours. Tout ce qu'elle sent sont les bras de Joseph autour d'elle.

L'ours ne les a pas attaqués. Il s'est dressé sur ses pattes arrière et a rugi. Puis il s'est donné un coup de patte, comme s'il souffrait, a plongé pour quitter la scène et a couru en direction de la plage.

Mirabella lève la tête et regarde la foule dispersée et paniquée. La majorité des spectateurs ont trouvé un chemin au travers des falaises et ont pu regagner la vallée. Mais plusieurs corps gisent sans vie devant les scènes. La jeune prêtresse qui a apporté son assistance sur la plateforme de Katharine est allongée tout devant, ses bras sont tordus, sa robe et son abdomen ne renferment plus rien. Tant d'autres personnes ont été blessées.

— Est-ce que tu vas bien ? souffle Joseph dans son oreille.

— Oui, le rassure-t-elle en s'accrochant à lui.

Il lui embrasse les cheveux et l'épaule. Des prêtresses habillées de robes blanches les entourent, les lames de leurs couteaux à nu.

— Calmez-vous ! tonne Luca, debout sur l'estrade à côté de deux prétendants en train de trembler. Il est parti !

Mirabella jette un œil par-dessus l'épaule de Joseph pour contempler les ruines des scènes. Arsinoé se trouve seule debout, les bras ballant sur ses flancs. Peut-être ne s'était-elle pas rendu compte de l'étendue des dégâts qu'elle causerait.

— Elle a délibérément envoyé cet ours dans ma direction. Après tout ce que j'ai fait pour la sauver. Elle l'aurait laissé me déchiqueter si tu ne m'avais pas sauvée.

— Ce n'est pas important. Tu es saine et sauve.

Il prend son visage entre ses mains et l'embrasse.

— Où est la reine Katharine ? crie Natalia Arron. Luca ! Où est-elle ?

— Pas de panique. Nous la retrouverons. Elle ne fait pas partie des corps.

Natalia observe les alentours, peut-être dans le but de former sa propre équipe de recherche. Mais tous ses empoisonneurs ont pris la fuite. Des gémissements se font entendre au pied de sa scène et elle fait une grimace.

L'ours a fait tomber le Gave noir de l'estrade, aux pieds de la foule. Toute la nourriture empoisonnée est répandue dans le sable. Plusieurs familiers canins la lapent avec empressement.

— Ils en ont mangé un peu, gémit une femme. Arrêtez-les ! Rappelez-les !

Natalia s'avance rapidement sur le devant de la scène.

— Isolez la nourriture, ordonne-t-elle, ayant retrouvé son calme, sa voix franche et profonde. Que ces chiens soient amenés à ma tente, pour que je puisse les traiter. Rassemblez-les au plus vite et gardez les autres à distance.

De l'autre côté des scènes, Arsinoé se retire en compagnie des Milone. Le masque qu'elle porte rend la lecture de la plus petite de ses expressions impossible.

— Comment a-t-elle pu ? demande Mirabella, le cœur brisé.

Mais même à ses oreilles, cette question semble idiote dans la bouche d'une reine.

Joseph la fait taire et lui embrasse les cheveux.

— Reculez maintenant, naturaliste.

Rho le saisit et écarte Joseph sans faire le moindre effort. Il ne se débat pas quand il voit le couteau à lame dentelée dans sa main.

— Laissez-le, Rho. Il m'a sauvée.

— De la tentative de meurtre de sa propre reine.

Elle fait un violent signe de la tête et trois autres prêtresses s'avancent pour escorter Joseph. Rho attrape le bras de Mirabella. Ses doigts s'enfoncent profondément dans sa peau et la reine crie.

— Retournez à votre tente maintenant, ma reine. La Révélation est terminée. L'année de l'Ascension vient de débuter.

LE DOMAINE BRECCIA

Des branches griffent le visage de Katharine alors qu'elle court entre les arbres du bois sud. Son cœur bat à tout rompre et son genou la lance depuis qu'elle est tombée contre la scène. Elle chute une nouvelle fois quand sa jupe se prend dans des ronces. Sans aucune torche, elle n'a rien d'autre que la lumière de la lune pour se guider, et ce n'est pas ce que l'on trouve en plus grande quantité sous une canopée épaisse.

— Pietyr ! crie-t-elle, affaiblie et à bout de souffle.

Elle a suivi ses ordres et a rejoint la tente à cinq pans après avoir quitté la cérémonie de la Révélation, puis elle s'est enfoncée dans les bois.

— Pietyr !

— Katharine !

Il sort de derrière un arbre, tenant une petite lampe en l'air. Elle titube et il la serre contre lui.

— Je ne sais pas ce qu'il s'est passé. C'était tellement horrible.

L'ours aurait pu la tuer. Il aurait pu l'ouvrir en deux comme cette pauvre prêtresse. Il lui faudra du temps pour oublier la folie contenue dans ses yeux et l'arc acéré et sauvage de ses griffes.

— J'espérais que cela n'arriverait pas. J'espérais que Natalia avait raison. Qu'elle contrôlait la situation. Je suis désolé, Kat.

Elle pose sa tête sur son épaule. C'était gentil de sa part de la retrouver ici, loin de tout le monde, pour quelques instants de réconfort. Ses bras lui réchauffent la peau et l'étrange odeur de terre profonde du domaine Breccia la calme alors qu'elle l'inspire.

Pietyr la balance d'avant en arrière. Il fait des pas avec elle, presque comme s'ils dansaient, et leurs pieds virevoltent sur la surface lisse de la roche au bord de la crevasse.

— J'aurais peut-être dû rester avec Natalia. Elle pourrait être blessée.

— Natalia peut se débrouiller toute seule. Ce n'est pas elle qui court un danger. Tu as fait ce qu'il fallait.

— Elles viendront bientôt me chercher. Me rechercher. Nous n'avons pas longtemps.

Pietyr lui embrasse le haut du crâne.

— Je sais, regrette-t-il. Ce Temple assoiffé de sang.

— Pardon ?

— Je n'étais pas censé t'aimer, Kat.

Il prend son visage entre ses mains.

— Mais tu m'aimes ?

— Oui, avoue-t-il en l'embrassant. Je t'aime.

— Je t'aime aussi, Pietyr.

Pietyr se recule. Il la tient tendrement par les épaules.

— Pietyr ?

— Excuse-moi, dit-il avant de la jeter dans le vide.

Elle dégringole, encore et encore, dans l'abîme sans fond du domaine Breccia.

L'année de l'Ascension commence

LE CAMP DES ARRON

Un jour et demi après le désastre que s'est révélée être la cérémonie de la Révélation, la vallée d'Innisfuil est pratiquement vide. Les naturalistes et les élémentaires s'en sont allés. Tout comme ceux qui n'ont aucun don ou ceux possédant le don de la guerre. Même la majorité des empoisonneurs sont rentrés chez eux, sauf les Arron et les familles qui leur sont les plus loyales.

De nombreuses prêtresses sont encore présentes, dont la grande prêtresse Luca, alors qu'elles explorent et examinent les falaises à la recherche de Katharine. Mais la vallée dans son intégralité a été fouillée. La côte et la forêt aussi, dans toutes les directions. Le pauvre Pietyr cherche Katharine sans relâche depuis sa disparition.

Mais ils n'ont trouvé aucun corps et aucune réponse.

Natalia est assise dans sa tente, seule. Elle a arrêté de sonder les environs hier, et plus la recherche s'éternise, moins elle a envie de la retrouver. Aujourd'hui, le corps serait encore celui de Katharine. Mais bientôt, il se mettra à gonfler et à se décomposer. Natalia ne sait pas si elle serait capable de découvrir les petits os de Katharine seulement joints par des tendons et une robe noire en lambeaux.

Elle laisse tomber sa tête entre ses mains, trop fatiguée pour la maintenir droite. Et elle est certainement trop épuisée pour démonter des tentes et retourner à Indrid-Down, pour se trouver face au Conseil et prétendre qu'il lui reste quoi que ce soit à faire.

Le rabat de la tente s'ouvre et la grande prêtresse Luca entre, habillée de sa robe blanche à col noir. Natalia se redresse, mais elle ne peut pas avoir de nouvelles de Katharine. Si c'était le cas, Luca l'aurait fait conduire à elle plutôt que de venir elle-même sans aucune escorte.

— Grande prêtresse. Je vous en prie, entrez.

Luca se retourne à demi et s'assure que le rabat de la tente est bien refermé. Ensuite elle relève le nez et renifle.

— Cette tente, Natalia, sent le chien agonisant.

Natalia pince les lèvres. Les familiers qui ont été amenés ici après la Révélation sont morts de manière salissante. Elle n'avait pas le temps de concocter un poison propre. Elle a utilisé ce qu'elle avait sous la main. Ils se sont mis à convulser et à vomir sur les tapis et les coussins.

Luca retire la capuche de son vêtement et déboutonne son col, révélant ainsi un cou ridé et des cheveux blancs, fins et éclatants.

— Je vais bientôt devoir partir. Pour retrouver Rolanth et Mirabella.

— « Devoir », reprend Natalia avec amertume.

— Un petit contingent de prêtresses restera ici. Elles ne cesseront pas de chercher tant que la reine ne sera pas retrouvée.

Pendant un temps, les deux femmes s'observent l'une l'autre. Puis Natalia fait un geste au-dessus de la petite table, en direction de la chaise face à elle.

Luca claque des doigts et fait apporter une théière. Quand elles sont installées et de nouveau seules, elle soupire et s'écroule de fatigue dans la chaise.

— L'une des délégations a pris la fuite, l'informe Luca. Le prétendant tout en noir, avec une fleur rouge sur la veste. Sa famille est superstitieuse et ils ont dit que cette génération était maudite.

— Ce Beltane n'était pas un franc succès, admet Natalia, et Luca émet un rire.

— Si seulement nous avions pu prendre la tête et les bras de cette petite sotte quand nous en avions l'occasion.

— Si seulement votre Mirabella nous avait laissé faire.

Luca ajoute de la crème et deux morceaux de sucre à son thé et pose un petit biscuit sur son assiette.

— Il ne contient pas de poison, commente Luca avec ironie à propos du thé. Peut-être pourriez-vous presser votre serpent sur votre tasse.

Natalia répond d'un sourire suffisant et boit une gorgée.

— Que peut-on faire pour Arsinoé ? demande Natalia.

— Que voulez-vous dire ?

— Elle a attaqué les reines avant la fin de la Révélation. Avant que l'année de l'Ascension débute. C'est un crime, non ?

— Une violation d'une journée. C'était une démonstration de force, que cela nous plaise ou non. Le peuple sera mécontent si nous la punissons en public.

— À quoi sert le Temple s'il ne peut même pas faire appliquer ses propres lois, grogne Natalia.

— En effet, en convient Luca.

Elle prend une gorgée de thé et jette des regards à Natalia par-dessus le bord de sa tasse.

— Ce superbe Gave noir que vous aviez préparé. Tout ce poison gâché dans le sable. J'en ai mis un tout petit peu dans le dîner d'une de mes prêtresses. Et, oh !

Le visage de Luca s'illumine brièvement.

— Elle a survécu ! Elle n'est même pas tombée malade. Contrairement à ces pauvres chiens dont vous vous êtes occupée. Que leur avez-vous donné, Natalia ? De l'arsenic ?

Natalia tapote la table de ses doigts. La grande prêtresse hausse un sourcil.

— Ne vous plaignez pas de nos faiblesses, maintenant, continue Luca. Quand nous ne sommes rien d'autre que le fruit de votre travail. Alors que c'est vous qui avez repoussé le peuple.

— Que le peuple se désintéresse de vos prédications n'a rien à voir avec nous. Nous n'avons jamais cherché à imposer la volonté du Conseil au Temple.

— Non, reconnaît Luca. Vous avez seulement essayé de nous réduire au silence.

Elle étudie Natalia sans rien ajouter. Elles sont adversaires depuis tant d'années. Elles se sont rarement retrouvées seules l'une avec l'autre et cela n'a jamais été le cas quand elles étaient en paix.

— C'est étrange, vous vous êtes détournée de la Déesse alors que c'est elle qui crée les reines. C'est son pouvoir qui préserve notre mode de vie sur cette île. Oui, je sais, réagit-elle quand Natalia lève les yeux. Vous pensez que tout cela vous est dû. Que la puissance de votre don nous met à l'abri. Mais selon vous, *qui* vous l'a donné ? Elle est à l'origine de cette chose que vous révérez, et pourtant, vous ne la vénérez pas, elle. Dans votre orgueil, vous oubliez qu'elle a donné et qu'elle pourrait tout aussi bien reprendre.

ROLANTH

Au travers des vitres du carrosse cahotant, les rues de Rolanth semblent étrangement calmes. La cité s'attendait au retour triomphal de Mirabella, mais maintenant que ce n'est pas le cas, il y a comme une atmosphère de défaite. Les magasins du quartier central ont ôté la majorité de leurs décorations de Beltane. Seuls quelques rubans et couronnes modestes demeurent. Elle n'a pas tout à fait été battue, après tout. Sa performance lors de la Révélation était pratiquement un succès.

Pratiquement. Mais grâce à Arsinoé, elle n'a même pas pu terminer.

Elles retrouveront bientôt la sécurité de la demeure Westwood. Même si elle ne sera plus tout à fait la même. Maintenant que Katharine a disparu et est présumée morte, le Temple adoptera une posture défensive jusqu'à ce que toute la lumière soit faite sur cette affaire. Rho va poster une petite armée autour de Mirabella, de jour comme de nuit. Des prêtresses armées entourent déjà son carrosse, ainsi que celui de Sara et d'oncle Miles, qui se trouve devant.

Mirabella doute qu'Arsinoé lance une nouvelle attaque de sitôt. Mais le Temple se prépare à n'importe quoi.

— Je suis restée clouée sur place quand cet ours s'est mis à charger, souffle Mirabella alors que Bree et Elizabeth relèvent la tête des fenêtres. J'ai d'abord cru que c'était une erreur. Mais il s'est dirigé droit sur moi.

Ses amies baissent le regard avec tristesse. Elles ne lui diront pas que c'était une maladresse de la part d'Arsinoé. Et ce n'est pas ce qu'elle cherche. Elle a eu plusieurs jours pour revivre cette horreur et pour que la douleur dans son cœur se transforme en colère. Peut-être qu'Arsinoé a aussi tué Katharine. Peut-être qu'une autre de ses créatures l'attendait aussi quand elle a pris la fuite dans les bois.

La douce Katharine, qu'Arsinoé et elle avaient juré de protéger.

— Elizabeth, lance Mirabella. Tu es naturaliste, est-ce que tu aurais pu faire ce qu'Arsinoé a fait avec cet ours ?

Elizabeth secoue la tête.

— Jamais, même si j'avais la puissance de cinquante filles comme moi. Elle est… plus puissante que les naturalistes que j'ai rencontrés.

— Ou même dont on a entendu parler, ajoute Bree, les yeux grands ouverts. Mira, qu'allons-nous faire ? Sans ce garçon, Joseph, tu serais morte.

Mirabella leur a avoué a posteriori qui était Joseph et ce qu'il s'était passé entre eux. Tout est sorti d'un coup, dans sa tente, alors que son cœur avait été brisé de tant de façons différentes. Trahie par Arsinoé et arrachée de Joseph. Très probablement à jamais.

— Ce cher Joseph. L'amour qu'il te porte te sauvera peut-être une nouvelle fois. S'il est vraiment un proche ami d'Arsinoé, il pourra peut-être l'arrêter. Il pourra peut-être nous sauver.

— Je ne lui demanderai pas de choisir un camp.

— Mais quelqu'un le fera. Arsinoé ou Luca. Je ne pense pas que quelqu'un d'aussi puissant qu'Arsinoé hésitera à jouer de ses avantages.

— C'est très bien, rétorque Mirabella. Je ne veux pas qu'elle hésite. Je veux qu'elle me pousse et qu'elle me pousse encore, jusqu'à ce que je la déteste.

Elle reporte son regard sur l'extérieur, afin d'échapper à la tristesse qui se lit dans les yeux de Bree et d'Elizabeth. Elles savaient que c'était ainsi que les choses se termineraient. Tout le monde le savait, à l'exception de Mirabella. Mais elle est fatiguée d'être sentimentale. Voir cet ours et le visage froid d'Arsinoé derrière son masque lui a permis de regarder la vérité en face.

Les sœurs qu'elle a aimées au Cottage noir ne sont plus. Arsinoé a vu sa chance et elle l'a saisie. Mirabella en fera autant la prochaine fois.

MANOIR GREAVESDRAKE

Après une semaine de recherches, Pietyr a regagné Greavesdrake en compagnie de Natalia. Mais il n'est pas resté. Katharine partie, plus rien ne le retenait dans cette demeure.

Natalia n'a pas essayé de le convaincre du contraire. Ce garçon était malheureux. Même sa terne maison de campagne était mieux que ce manoir hanté par le fantôme de Katharine.

Avant de s'en aller, ils ont partagé un dernier verre dans son bureau.

— Vous m'aviez tant persuadé de cette affaire d'Année sacrificielle que j'ai cru qu'ils allaient lui couper la tête. Je n'ai même pas pensé à Arsinoé.

Maintenant qu'il n'est plus là, avec ses affaires dans une calèche, Natalia se retrouve une nouvelle fois seule. Geneviève et Antonin sont retournés directement chez eux, en ville, craignant son humeur. Ils n'oseront pas revenir sans invitation.

Les serviteurs aussi refusent de la regarder dans les yeux. Il serait agréable que l'un d'eux ait la décence de prétendre que tout va bien.

Natalia descend le couloir principal et écoute le vent du printemps agiter les branches contre les fenêtres. Le manoir semble bien ouvert aux courants d'air, cette année. Elle va avoir besoin d'appeler des ouvriers de la capitale pour qu'ils inspectent les fenêtres et les portes. Il ne lui appartiendra peut-être plus très longtemps, mais elle ne laissera pas le manoir dépérir.

Dans le long couloir rouge qui rejoint l'escalier conduisant à sa chambre, elle remarque de la poussière sur les appliques et un petit tas de vêtements pliés et posés dans l'entrebâillement de la porte menant à la salle de bains. Elle s'avance pour les ramasser, puis s'arrête.

Elle n'est pas seule. Il y a une fille, debout dans le vestibule.

Sa robe n'est plus qu'un souvenir et ses cheveux sont emmêlés et plaqués par la crasse. Cela pourrait faire longtemps qu'elle se tient là.

— Kat ? demande Natalia.

La silhouette ne répond rien. Alors que Natalia s'approche, elle commence à craindre que cela ne soit rien d'autre qu'un pur produit de son imagination. Que son esprit se soit brisé et que d'un instant à l'autre la fille disparaisse ou se dissolve en un amas grouillant de poux.

Natalia tend le bras et Katharine lève les yeux pour rencontrer son regard.

— Katharine, s'anime Natalia en écrasant la fille contre elle.

C'est bien Katharine, sale et frigorifiée, mais bel et bien vivante. Des coupures sont visibles sur le moindre centimètre de sa peau. Ses mains déformées pendent dans le vide sur ses flancs, leurs extrémités sont tachées de noir et la plupart de ses ongles ont disparu.

— Je ne suis pas tombée, coasse Katharine.

Sa voix est rauque, comme si sa gorge était remplie de la terre d'une tombe.

— Il faut te réchauffer. Edmund ! Amenez des couvertures et faites couler un bain !

— Je ne veux rien de tout ça.

— Que veux-tu dire, ma chérie ? Que veux-tu ?

— Me venger, souffle-t-elle alors que ses doigts laissent des traînées rouges sur le bras de Natalia. Ensuite, je veux ma couronne.

WOLF-SPRING

Alors que les habitants auraient bien aimé la voir, Arsinoé passe son temps à la maison Milone ou dans le verger. Elle ne se cache pas, pas tout à fait. Mais les choses sont plus simples là-bas, où personne ne la fixe avec un regard empli d'un nouveau respect et où elle n'a pas à expliquer où est passé son ours.

Expliquer aux gens que l'ours n'était en fait pas son familier ne sera pas facile. Peut-être seront-ils impressionnés par sa ruse, mais ils resteront néanmoins déçus qu'elle ne le chevauche pas en ville.

— Acceptes-tu d'avoir de la visite ? demande Billy en remontant le chemin venant du verger.

— Junior ! s'exclame-t-elle en souriant.

Il s'est remis de leur excursion en mer dans le brouillard et il semble en bonne forme dans sa veste légère marron. Avec les jeunes feuilles tombées sur son épaule, il ressemble à peine à un continental.

— Je ne t'ai jamais entendue aussi heureuse de me voir.

— Je n'étais pas certaine que tu sois toujours parmi nous. Je pensais que ton père aurait rassemblé tes affaires et t'aurait renvoyé sur le continent.

— Non, non. Je dois officiellement commencer ma cour, tout comme les autres prétendants. Mon père est un homme obstiné. Il ne renonce jamais, tu finiras par l'apprendre aussi bien que moi.

Il tend la main. Dans le creux de sa paume se trouve une boîte emballée dans un papier bleu et nouée d'un ruban vert et blanc.

— Il te fait envoyer ça, tu vois ? Une offrande de paix.

Il hausse les épaules.

— Ce n'est pas grand-chose. Des sucreries de notre magasin préféré sur le continent. Des noisettes enrobées de chocolat. Et quelques caramels. J'ai pensé que ça te ferait plaisir, comme ton estomac dicte une grande partie de ta vie.

— Un cadeau ? Vraiment ? se réjouit Arsinoé avant de se saisir de la boîte. Je suppose que l'ours lui aura fait changer d'opinion à mon propos.

— Il aura fait changer tout le monde d'avis.

Il soupire et fait un signe de tête en direction de la maison.

— Comment vont les choses, là-bas ?

Arsinoé fronce les sourcils. Depuis la Révélation, Jules est malheureuse comme les pierres. Elle a à peine lâché un mot à qui que ce soit.

Joseph grimpe le sentier derrière Billy, les mains dans les poches. Le regard qu'il arbore est sombre, mais déterminé.

— Qu'est-ce que tu viens faire ici ? lui demande Arsinoé.

— Je viens voir Jules. Je dois lui parler de ce qu'il s'est passé.

— Il va falloir que tu rampes, plutôt, et pour nous deux.

— Pour vous deux ? répète-t-il, confus.

— Elle doit vraiment être quelque chose, ma chère élémentaire de sœur, pour que tu oublies toutes les promesses que tu nous as faites à Jules et moi.

— Arsinoé.

— Est-ce que tu veux que ce soit moi qui meure maintenant, plutôt qu'elle ? Est-ce que ça te ferait plaisir ?

Elle le repousse violemment en reprenant le chemin de la maison. Il y a tant d'autres choses qu'elle aimerait jeter à Joseph, mais ce n'est que justice que Jules passe la première.

— Laisse-moi ranger ça, conclut-elle en secouant la boîte de sucreries. Puis je vais aller te la chercher.

Il ne lui faut pas longtemps pour retrouver Jules en train d'arpenter l'un des champs sud avec Ellis, à parler des semis du printemps. Quand Jules l'aperçoit, son visage se décompose, comme si elle devinait pourquoi elle était là.

— Il faudra bien que tu lui parles un jour.

— Vraiment ? soupire Jules.

Ellis pose doucement une main sur l'épaule de sa petite-fille et descend une rangée du champ, en portant Jake dans un bras. Le petit épagneul blanc a à peine fait un pas seul depuis Beltane. Ellis est tellement heureux qu'il n'ait pas touché au poison comme tous ces malheureux familiers qui ont mangé le Gave noir tombé par terre.

Alors qu'elles contournent la maison, Jules laisse Arsinoé la guider là où Joseph et Billy les attendent.

Arsinoé prend Billy par l'épaule et l'attire plus loin afin que Jules et Joseph puissent être un peu seuls.

— Très bien, assène Jules. Parlons.

Elle fait entrer le garçon dans la chambre qu'elle partage avec Arsinoé et clôt gentiment la porte à la truffe de Camden. Elle ne sait pas ce qu'il sera dit ou à quel point elle sera en colère. Mais si Camden devait blesser Joseph, elle pourrait être amenée à le regretter.

Dehors, Joseph avait semblé tendu mais calme, comme s'il s'était répété plusieurs fois la remontrance qu'il comptait lui adresser. À l'intérieur, il paraît se refermer. Il regarde son lit, là où ils ont passé tant de moments ensemble.

— Comment as-tu pu faire ça ? demande-t-il doucement. Comment as-tu pu lâcher cet ours ?

— Je l'ai arrêté, non ? s'emporte Jules. Et c'est pour ça que tu es venu me voir ? Pour m'accuser ? Et non pas pour t'excuser d'être tombé amoureux de quelqu'un d'autre ?

— Jules. Il y a eu des morts.

Elle se détourne de lui. Elle le sait, ça. Il croit qu'elle est stupide ? Tout est arrivé si vite. Un instant elle dominait l'ours, et le suivant… C'est la chose la plus compliquée qu'elle ait jamais faite, en reprendre le contrôle. Mais elle ne pouvait pas laisser la bête faire du mal à Joseph.

Elle se repose sur le bureau et pousse une boîte emballée d'un papier bleu.

— Qu'est-ce que c'est ?

— Billy l'a amenée pour Arsinoé. C'est une boîte de bonbons.

Jules ouvre le couvercle. Elle n'aime pas tellement les sucreries. Pas autant qu'Arsinoé, en tout cas.

— Il a bien choisi.

— Jules. Réponds à ma question. Pourquoi tu l'as fait ?

— Je n'ai rien fait ! pleure-t-elle. Je ne voulais pas le relâcher. Je le contrôlais. Jusqu'à ce que je la voie danser. Jusqu'à ce que je t'aperçoive et que je remarque la façon dont tu la regardais. Comme tu ne m'as jamais regardée moi.

Les épaules de Joseph s'affaissent.

— Ce n'est pas vrai. Je t'ai regardée, je te vois, Jules. Cela a toujours été le cas.

— Pas comme tu la regardes elle.

Elle revoit l'ours charger. Elle ignore si elle l'aurait empêché de tuer Mirabella. Elle ne se souvient que de la rage et de la souffrance, et de la teinte cramoisie que son monde a prise.

Jules saisit une sucrerie dans la boîte et la met en bouche. Elle n'a pas de goût, mais, au moins, il ne peut pas poser d'autres questions tant qu'elle mâche.

— La nuit du Débarquement, souffle-t-elle. Dans ma tente. Quand tu as refusé de me toucher. C'était à cause d'elle, n'est-ce pas ?

— Oui.

Il répond avec une telle simplicité. Un seul mot. Comme si la situation n'exigeait pas d'autres explications. Aucune justification. Comme si cela ne faisait pas tourner la tête de Jules.

— Tu ne m'aimes donc plus ? Est-ce que tu m'as jamais aimée ?

Elle repousse le bureau et titube, son estomac est affaibli et douloureux.

— J'ai été une sacrée idiote, hein ?

— Non.

Jules cligne des yeux. Sa vision passe du noir au blanc aveuglant, puis de nouveau au noir. Ses jambes flageolent sous son genou.

— Jules… Je…

— Joseph, halète-t-elle, et sa voix le pousse à relever la tête.

Il tend le bras et la serre contre son torse alors qu'elle tombe.

— Joseph. Du poison.

Ses yeux s'ouvrent grand. Ils se dirigent rapidement vers la boîte de bonbons alors que Jules s'évanouit, et il crie les noms de Cait et Ellis.

— C'est ma faute, lance Joseph.

— Tais-toi, le coupe Arsinoé. Comment est-ce que cela pourrait être ta faute ?

Ils sont assis près du lit de Jules, ils n'ont pas quitté cette place depuis que les guérisseurs sont partis. Ils ne pouvaient rien faire, ont-ils admis, ils ne pouvaient qu'observer et attendre que le poison paralyse ses poumons ou son cœur. Cait les a mis dehors et a pleuré pendant des heures, affalée sur la table de la cuisine.

— Bon sang, où est Madrigal ?

Joseph agrippe la fourrure de Camden alors que le félin est installé sur les jambes de Jules.

— Elle ne peut pas voir ça.

Mais elle sait bien où se trouve Madrigal. Elle est à l'arbre penché, elle prie et passe des pactes de magie du sang. Elle supplie pour le sort de sa fille.

Ellis frappe délicatement à la porte et passe la tête par l'entrebâillement.

— Arsinoé. Le continental est dehors, il demande à te voir.

Arsinoé se lève et se sèche les yeux.

— Ne la quitte pas, Joseph.

— Je ne la laisserai pas seule. Plus jamais.

Dans la cour, Billy attend, le dos tourné vers la maison. Il se retourne quand il l'entend et pendant un instant, elle pense qu'il va essayer de l'enlacer, mais ce n'est pas le cas.

— Je n'en savais rien, Arsinoé. Il faut que tu me croies. Je ne savais rien.

— Je le sais bien.

Son visage est envahi par une vague de soulagement.

— Je suis vraiment désolé. Est-ce qu'elle va s'en sortir ?

— Je l'ignore. Ils pensent que non.

Billy passe ses bras autour d'Arsinoé, avec douceur et hésitation, comme si elle allait le mordre. Elle le mordrait sûrement s'il ne semblait pas si solide et s'il n'était pas si agréable de se reposer contre lui.

— Ils paieront tous pour cela, promet-elle contre son épaule. Ils saigneront et crieront, et ils auront tout ce qu'ils méritent.

Deux jours après avoir été empoisonnée, Jules ouvre les yeux. Arsinoé est tellement éreintée qu'elle croit avoir une hallucination, jusqu'à ce que Camden saute sur Jules et lui lèche le visage.

Madrigal hurle de joie. Ellis s'agenouille près du lit et prie. Cait envoie son corbeau, Éva, prévenir une nouvelle fois les guérisseurs.

Joseph ne peut rien faire d'autre que pleurer et presser la main de Jules contre sa joue.

Arsinoé apporte un nouveau pot de fleurs de la part de Joseph dans leur chambre et le pose sur le bord de la fenêtre. Il n'y a presque plus assez de place. Tant de cadeaux remplissent cet espace qu'il commence à ressembler à une serre. Alors qu'elle réarrange les différentes fleurs, certains bourgeons s'ouvrent, avec de petits bruissements mutins. Elle se tourne vers Jules, qui est relevée contre ses oreillers.

— Ça va mieux, donc ?

— Je voulais surtout voir si j'en étais toujours capable.

— Évidemment. Tu en seras toujours capable.

Elle s'avance jusqu'au lit pour s'y asseoir, en grattant le flanc de Camden. Jules a une bien meilleure mine aujourd'hui. Enfin assez forte, peut-être, pour entendre ce qu'Arsinoé souhaite lui confier de tout son cœur.

— Qu'est-ce qu'il t'arrive ? demande Jules. Qu'est-ce qui se passe ? On dirait Camden après qu'elle a farfouillé dans les œufs.

Arsinoé jette un œil dans le couloir. La maison est vide. Cait et Ellis sont dans le verger et Madrigal est en ville avec Matthew.

— J'ai quelque chose à t'avouer, commence Arsinoé. À propos des bonbons.

— Quoi ? C'est Billy ? C'est lui qui a manigancé tout ça ?

— Non. Je n'en sais rien. Je ne pense pas.

Elle déglutit et regarde Jules avec des yeux brillants.

— J'en ai mangé aussi.

Jules la fixe d'un air confus.

— Quand j'ai posé la boîte sur le bureau. Avant de venir te chercher dans le champ. J'en ai mangé trois. Deux chocolats et un caramel.

— Arsinoé.

— Quand est-ce que j'ai jamais refusé une sucrerie ?

— Je ne comprends pas, admet Jules.

— Moi non plus, je ne comprenais pas. Au début, en tout cas. Toi, tu étais si malade, et Joseph a dit que tu n'en avais mangé qu'un seul. Et j'étais si inquiète pour toi que pendant un temps je n'y ai pas pensé du tout. Mais tu t'es réveillée et j'ai compris.

Arsinoé se repose sur ses coudes.

— Ce n'est pas que je n'avais aucun don pendant tout ce temps, Jules. Incapable de faire germer une tige de haricot ou rougir une tomate, ou de faire en sorte qu'un stupide oiseau se pose sur mon épaule.

Sa voix se fait plus forte et elle parle plus vite, jusqu'à ce qu'elle s'en rende compte et se calme.

— Pendant tout ce temps, je pensais n'être rien du tout. Mais je ne suis pas rien, Jules.

Arsinoé lève les yeux et sourit.

— Je suis une empoisonneuse.

REMERCIEMENTS

Bonjour. Ce livre s'est avéré être une sacrée odyssée. Des années de travail. Tant de personnes à remercier. Mais par où commencer ?

Par l'idée, j'imagine. On demande souvent aux écrivains d'où leur viennent leurs idées et je ne sais jamais quoi répondre de bien. Je suis donc assez enthousiaste, car cette fois-ci je sais quoi dire. Merci beaucoup à mon amie Angela Hanson et à son amie apicultrice, Jamie Miller, pour cette conversation sur les essaims d'abeilles qui a tout mis en branle. La bière à la myrtille était elle aussi très bonne. Des bières et encore des bières, vous savez vraiment comment passer un bon moment.

Ensuite, le gouffre qui sépare l'idée de l'écriture. Je dois remercier mon agente, Adriann Ranta, pour cela (et pour tant d'autres choses aussi). Quand j'en ai parlé à Adriann, ses yeux se sont illuminés. Puis elle m'a poliment écoutée lui parler d'un autre livre que je voulais écrire d'abord. Elle l'a même lu après que je l'ai écrit. Mais je savais que ce n'était pas celui-là qu'elle attendait. Alors merci, Adriann, d'avoir soutenu *Three Dark Crowns* alors que ce n'était rien de plus qu'une vague idée de rien du tout et de l'avoir accompagné jusqu'au bout.

Merci à ma merveilleuse éditrice, Alexandra Cooper. Tu as tant apporté au monde de ces reines. Et j'adore ta pointilleuserie. Ce n'est pas vraiment un mot, si ? Peu importe, je sais que tu comprends ce que je veux dire. Tu es aussi une très grande défenseuse de livres. Ces reines ont de la chance.

Merci à toute l'équipe éditoriale de HarperTeen : Aurora Parlagreco, designer extraordinaire, Erin Fitzsimmons, directrice artistique légendaire ! Olivia Russo, magicienne publicitaire, et Kim VandeWater et Lauren Kostenberger, machines de marketing. Merci Jon Howard, pour toujours davantage d'excellence éditoriale. Et cette fabuleuse correctrice, Jeannie Ng. J'admire toute la passion que vous insufflez à vos projets et tout ce travail que vous abattez !

Virginia Allyn, carte d'enfer. John Dismukes, couronnes qui déchirent. Ces deux-là sont vraiment des artistes très talentueux.

Merci à Allison Devereux et Kirsten Wolf chez Wolf Literary.

Merci à Amy Stewart, que je n'ai jamais rencontrée mais dont l'excellent livre *Wicked Plants: The Weed That Killed Lincoln's Mother & Other Botanical Atrocities* m'a beaucoup aidée en matière de poisons. Évidemment, j'ai pris beaucoup de libertés, donc si vous repérez des erreurs, ce n'est pas sa faute.

Merci également à l'écrivaine April Genevieve Tucholke d'avoir lu l'un des premiers jets et de m'avoir dit ce qu'elle en avait pensé.

Merci aux lecteurs, bibliothécaires, blogueurs, libraires et booktubers, à tous les dévoreurs de livres (j'en ai vu quelques-uns, n'ayez aucune honte, dévorez).

Merci à mes parents (parés pour un autre barbecue de sortie littéraire ?) ; à mon frère, Ryan ; et à mon amie Susan Murray. Merci à Missy Goldsmith.

Et merci à Dylan Zoerb, pour la chance.

DANS LA MÊME COLLECTION

MAJIK

HERMINE
LEFEBVRE
CATHÉDRALE
MAJIK

CATHÉDRALE

Hermine Lefebvre

Un étinceleur et un héritier
Une magie instable et une violence sourde
Un royaume à sauver

Dans un royaume miné par les querelles entre la reine et ses grands vassaux qui réclament leur indépendance, Cathédrale est une université d'élite. Elle devient bientôt l'enjeu de luttes de pouvoir : pour préserver la paix, la souveraine est mise au défi de trouver le « Cœur de Cathédrale », artefact à la source de sa magie et symbole de l'unité du pays, perdu depuis des siècles.
Fils d'ouvrier ambitieux tout juste admis au sein de l'école grâce à son don, Frédéric se lance dans cette quête, mais se heurte à Lionel, héritier d'une grande famille. Malgré leurs différences, ils n'auront d'autre choix que de s'allier pour affronter la violence qui gangrène l'école et dresse les étudiants les uns contre les autres. Mais parviendront-ils à sauver le royaume et Cathédrale alors que Lionel semble en savoir beaucoup trop sur Frédéric, qui devine un secret profondément enterré ?

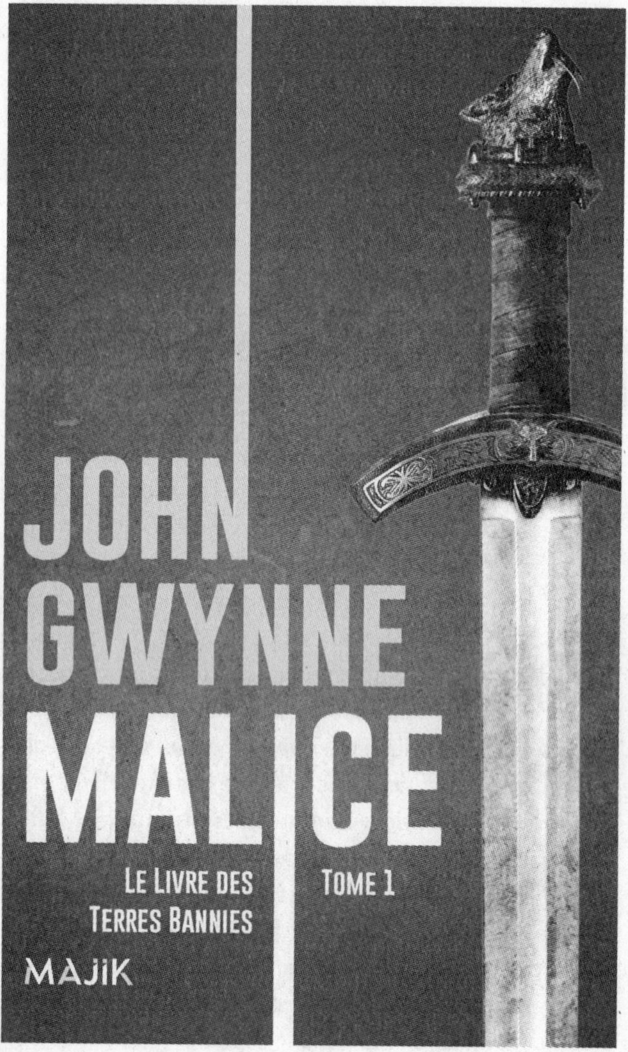
JOHN
GWYNNE
MALICE
LE LIVRE DES
TERRES BANNIES
TOME 1
MAJIK

MALICE
LE LIVRE DES TERRES BANNIES
TOME 1

John Gwynne

Il y a bien longtemps que les humains sont arrivés sur les Terres Bannies, qu'ils ont disputées victorieusement aux clans
de géants qui les peuplaient. Des terres que l'affrontement entre les dieux antagonistes Asroth et Elyon a bien failli détruire. Aussi, quand cette guerre larvée menace d'éclater à nouveau, bien des destins vont se trouver bouleversés.
À commencer par celui du jeune Corban, qui aspire à manier l'épée et la lance pour protéger son royaume et va devoir mettre son courage à l'épreuve bien plus vite que prévu. Mais la prophétie indique que l'obscurité et la lumière exigeront deux champions, le Soleil Noir et l'Étoile Vive. Il serait sage de rechercher les deux, car si le Soleil Noir prend l'ascendant, les espoirs et les rêves de l'humanité tomberont en poussière. Sauf que personne ne sait qui ils sont, à commencer par eux-mêmes.
Alors que les géants s'agitent de nouveau et que le chaos semble sur le point de s'abattre sur les Terres Bannies, le Haut Roi Aquilus tente de former une alliance avec les autres souverains pour sauver le monde des humains. Mais tous ses alliés n'ont pas la même vision de l'avenir…

BRIAN
McCLELLAN
LA PROMESSE
DU SANG
LA TRILOGIE DES
POUDREMAGES
TOME 1
MAJIK

LA PROMESSE DE SANG

LA TRILOGIE DES POUDREMAGES

TOME 1

Brian McClellan

« L'Âge des Rois est mort... et c'est moi qui l'ai tué. »

Il n'est pas facile de renverser un roi. Pourtant, le coup d'État fomenté par le maréchal Tamas a envoyé les nobles à la guillotine et sauvé le peuple d'Adro de la famine. Mais ce n'est qu'un début et il le sait. La guerre couve entre les Neuf Nations, et les Kez, privés de juteux accords commerciaux, sont sur le point d'envahir Adro. Tamas doit compter sur les derniers poudremages de sa cabale, ainsi que sur Taniel, un tireur d'élite qui est également son fils, et Adamat, un ancien inspecteur de police désormais détective.
Mais entre les derniers royalistes et les alliés de Tamas, l'Église, une armée de mercenaires et le puissant syndicat des travailleurs d'Adro, la trahison bat son plein. À qui Tamas peut-il encore se fier ? Lorsque des prophéties immémoriales auxquelles plus personne ne croit, annonçant le retour d'un dieu ancien, menacent de devenir réalité, comment empêcher le pire ?

Suivez-nous !
www.editions-leha.com
facebook / twitter : @EditionsLEHA
Instagram : leha.editions
editionslehajeunesseya

Première édition
Dépôt légal : mars 2024

Numéro d'impression : 3056041
Achevé d'imprimer en février 2024
par CPI Brodard et Taupin en France
Suivi de fabrication centSucres